Catherine Steadman

Catherine Steadman est une auteure et actrice britannique vivant à Londres. Son premier roman, *Sous l'eau*, (Les Escales, 2019), se hisse parmi les best-sellers en Angleterre et aux États-Unis. Il est en cours d'adaptation par la maison de production de Reese Witherspoon. *Emily a disparu*, le dernier ouvrage traduit de Catherine Steadman, paraît chez le même éditeur en 2023.

CATHERINE STEADMAN

Catherine Steadman est une autrice et actrice britannique vivant à Londres. Son premier roman, Something in the Water (Les L[illegible] des, 2019), se hisse parmi les best-sellers en Angleterre et aux États-Unis, et est en cours d'adaptation par la maison de production de Reese Witherspoon. [illegible], le dernier ouvrage traduit de Catherine Steadman, paraît chez le même éditeur en 2023.

SOUS L'EAU

CATHERINE STEADMAN

SOUS L'EAU

Traduit de l'anglais
par Isabelle Maillet

LES ESCALES
NOIRES

Titre original :
SOMETHING IN THE WATER

Édition française publiée par :

ISBN : 978-2-266-33385-6
Dépôt légal : juillet 2023

Pour Ross

« Une victoire racontée en détail,
on ne sait plus ce qui la distingue d'une défaite. »

Jean-Paul Sartre,
Le Diable et le Bon Dieu

« Je vais sourire : mon sourire ira au fond
de vos prunelles et Dieu sait ce qu'il va devenir. »

Jean-Paul Sartre,
Huis clos

1

Samedi 1er octobre
La tombe

Vous êtes-vous jamais demandé combien de temps il faut pour creuser une tombe ? Ne vous interrogez plus. Ça prend un temps fou. Quelle que soit votre estimation, multipliez-la par deux.

Je suis sûre que vous avez déjà vu cette scène dans les films : le héros, peut-être sous la menace d'un pistolet, ahanant et suant à grosses gouttes, qui creuse encore et encore, jusqu'au moment où il se retrouve debout dans sa propre tombe, à six pieds de profondeur. Ou les deux malfrats poissards qui, dans un chaos loufoque, se chamaillent et blaguent en même temps qu'ils manient frénétiquement la pelle, faisant s'envoler vers le ciel de grandes gerbes de terre, façon dessin animé.

La réalité est bien différente. Ça n'a rien de facile. Oh non. Le sol est compact, lourd, résistant. C'est dur. Foutrement dur.

Et lassant. Et long. Et nécessaire.

Le stress, l'adrénaline, le besoin désespéré, quasi animal, de faire ce que vous avez à faire vous stimulent pendant une vingtaine de minutes. Ensuite, vous flanchez.

Les muscles de vos bras et de vos jambes se raidissent, fatiguent. Peau contre os, os contre peau. La décharge d'adrénaline a rendu votre cœur douloureux, votre taux de glycémie chute, vous foncez droit dans le mur. De plein fouet. Pourtant, vous savez sans le moindre doute que, découragé ou pas, à bout de forces ou pas, il faut creuser ce trou.

Alors vous changez de régime. Comme un marathonien, vous avez atteint le stade critique de la course où l'attrait de la nouveauté s'est dissipé, où il ne s'agit plus que de terminer cette foutue épreuve de malheur. Vous vous êtes investi, vous êtes à fond. Vous avez annoncé à tous vos copains que vous alliez participer, vous leur avez arraché des promesses de dons à telle ou telle association avec laquelle vous êtes vaguement en contact. Eux, poussés par la culpabilité, ils se sont engagés à verser plus qu'ils ne le voulaient ; ils s'y sentaient obligés à cause d'une course caritative, à vélo ou autre, à laquelle ils avaient pris part à la fac et dont ils vous infligent les détails chaque fois qu'ils sont bourrés. Entendons-nous bien : j'en suis toujours à mon marathon. Vous vous êtes entraîné tous les soirs, seul, écouteurs aux oreilles, ignorant les élancements dans vos tibias, accumulant les kilomètres en vue de cet objectif. Pour pouvoir vous confronter à vous-même, à votre corps, à ce moment – ce moment difficile –, et savoir qui va l'emporter. Personne d'autre n'assiste à cet affrontement. Personne d'autre n'y attache vraiment d'importance. C'est un combat entre vous et vous-même, pour survivre. Voilà ce que ça fait, de creuser une tombe. La musique s'est tue, mais vous devez continuer à danser. Parce que si vous arrêtez, c'est la mort assurée.

Donc, vous continuez. Vous n'avez pas le choix, car l'alternative est pire que de creuser un putain de trou sans fond dans un sol dur comme du béton avec une pelle trouvée dans la remise d'un petit vieux.

Tout en la maniant, vous voyez des couleurs danser devant vos yeux – des phosphènes provoqués par une stimulation métabolique des neurones dans le cortex visuel due à un manque d'oxygénation et à une glycémie basse. Le grondement du sang résonne dans vos oreilles, votre tension dégringole à cause de la déshydratation et de l'intensité de l'effort. Quant à vos pensées, elles survolent les eaux étales de votre conscience, ne ricochant à la surface que de temps à autre. Envolées avant même que vous ayez pu les saisir. Vous avez la tête vide. Le système nerveux central gère cette suractivité comme une situation de lutte ou de fuite : la neurogenèse déclenchée par l'effort physique, de même que la fameuse « libération d'endorphines » si chère aux magazines sportifs, permet à la fois de bloquer le cerveau et de le protéger de la douleur et du stress engendrés par votre tâche.

L'épuisement est un extraordinaire niveleur d'émotions. Fuir ou creuser.

Au bout de trois quarts d'heure, je décide que six pieds, soit un mètre quatre-vingts, c'est irréaliste. Je ne parviendrai jamais à creuser aussi profond. Je mesure un mètre soixante-dix. Comment pourrais-je seulement ressortir ? Je m'enterrerais moi-même.

D'après une étude de YouGov datant de 2014, un mètre soixante-dix est la taille idéale pour une Britannique. Apparemment, c'est celle que le Britannique moyen préfère pour sa partenaire. Une chance pour moi. Une chance pour Mark. Oh Seigneur ! Comme j'aimerais que Mark soit là...

Bon, mais si je renonce à faire un trou d'un mètre quatre-vingts, jusqu'où faut-il que je creuse ? Quelle profondeur sera suffisante ?

Quand on retrouve un corps, c'est en général parce qu'il a été mal enseveli. Je ne veux pas que ça se produise. Sûrement pas. Je refuse d'envisager une telle éventualité. Or un ensevelissement bâclé – comme tout ce qui est bâclé, à vrai dire – s'explique par trois raisons :

1. Manque de temps.
2. Manque d'initiative.
3. Manque de motivation.

Pour ce qui est du temps, je dispose de trois à six heures pour faire le travail. Trois, c'est une estimation prudente. Six, c'est ce qu'il me reste avant la tombée de la nuit. J'ai de la marge.

Je crois avoir l'esprit d'initiative : deux cerveaux valent mieux qu'un. Je l'espère, du moins. Il faut juste que je ne brûle pas les étapes.

Et le numéro trois, la motivation ? Oh, pour ça, j'en ai. Oh oui. Bien plus que je n'en ai eu dans toute ma vie.

Un mètre, c'est la profondeur minimum recommandée par l'ICCM (l'institut de gestion des crématoriums et des cimetières). Je le sais parce que je viens de me renseigner sur Internet. Vous voyez ? Esprit d'initiative. Motivation. Je me suis accroupie à côté de la dépouille, sur un tapis spongieux de boue et de feuilles mortes détrempées, et j'ai cherché sur Google comment procéder. En me servant du téléphone prépayé du mort. Si le corps est découvert… *il ne sera pas découvert*… et s'ils réussissent à récupérer les données… *ils ne récupéreront pas les données*… alors l'historique des recherches constituera une lecture fascinante.

Au bout de deux heures, je pose ma pelle. Le trou fait un petit peu plus d'un mètre de profondeur. Je n'ai rien sous la main pour mesurer, mais je crois me rappeler qu'un mètre, c'est à peu près la hauteur de l'entrejambe. C'est aussi celle de l'obstacle le plus élevé que j'ai réussi à franchir sur mon cheval pendant le stage d'équitation auquel j'ai participé avant d'entrer à la fac, il y a douze ans. Un cadeau pour mes dix-huit ans. C'est bizarre comme certaines expériences restent gravées dans la mémoire, non ? En attendant, me voilà bel et bien en train de penser à ce parcours d'obstacles alors que je suis enfoncée dans une tombe jusqu'à la taille. J'ai décroché le deuxième prix, à propos. J'étais toute contente.

Bref, la fosse mesure approximativement un mètre de profondeur sur soixante centimètres de large et un mètre quatre-vingts de long. Oui, ça m'a pris deux heures.

Au risque de me répéter, creuser une tombe, c'est l'enfer.

Juste pour vous donner une idée : les dimensions de cette tranchée sur laquelle je m'acharne depuis deux heures sont de 1 m × 60 cm × 1,8 m, ce qui représente un mètre cube de terre, soit, en gros, une tonne et demie.

Autrement dit, le poids moyen d'une petite voiture, d'un béluga adulte ou encore d'un hippopotame. J'ai soulevé puis transféré l'équivalent de cette masse de son lieu d'origine jusqu'à un point situé légèrement sur la gauche. Et tout ça pour un trou profond d'un mètre seulement.

Je jette un coup d'œil par-dessus la boue au monticule proche et me hisse lentement hors de la fosse, les avant-bras tremblant sous l'effort. Le corps gît en face de moi sous une bâche déchirée dont la couleur vive, bleu cobalt, tranche sur le sol brun de la forêt. Je l'ai découverte près de l'aire de repos, accrochée à une branche tel un rideau, tenant silencieusement compagnie à un frigo abandonné dont la porte du freezer grinçait sous la brise. Une décharge sauvage.

Il émane toujours une grande impression de tristesse des objets jetés dans la nature, vous ne trouvez pas ? Et de désolation. Mais ils ne sont pas dénués d'une certaine beauté. Moi, c'est un corps que je suis venue mettre au rebut.

Ce frigo est là depuis un bon moment. Je le sais parce que je l'ai vu de la voiture quand nous sommes passés sur cette route il y a trois mois, alors que nous rentrions à Londres, Mark et moi, après avoir fêté notre anniversaire dans le Norfolk. Et il n'a pas bougé. C'est étrange de penser qu'il est arrivé tant de choses – à moi, à nous – durant cette période mais que rien n'a changé ici. Comme si cet endroit se situait hors du temps, comme si c'était une sorte d'entrepôt de stockage. C'est l'atmosphère qu'il dégage. Il est possible que personne ne soit venu dans ce coin depuis que le propriétaire du frigo l'a déposé, et Dieu sait à quand ça remonte. L'appareil a un aspect typique des années 1970 – vous voyez, dans le genre cubique. Kubrick. Un monolithe au beau milieu d'un bois anglais humide. Obsolète. Trois mois au moins qu'il est là. Il n'a pas été évacué. Personne ne s'aventure ici, c'est clair. Sauf nous. Pas d'employés municipaux, pas d'habitants du coin ronchons prêts à écrire des lettres de protestation au conseil municipal, pas de promeneurs de chiens matinaux qui risquent de tomber sur mon excavation. C'est le lieu le plus sûr auquel j'ai pu penser. Voilà, c'est comme ça. Il faudra un certain temps pour que la terre se tasse. Mais je crois que, le frigo et moi, nous ne sommes pas pressés.

Je tourne la tête vers le monticule formé par la bâche froissée. Dessous, il y a de la chair, de la peau, des os, des dents. Un corps. Mort depuis trois heures et demie.

Je me demande s'il est encore chaud. Mon mari. Si je le touche, sera-t-il tiède ? Je cherche sur Google. Dans un cas comme dans l'autre, je veux éviter de subir un choc.

OK.

OK, les bras et les jambes devraient être froids, mais le reste du corps sera encore chaud. OK.

Je relâche longuement mon souffle.

OK, j'y vais.

Je me fige. *Non, attends.*

Je ne sais pas pourquoi, j'efface l'historique des recherches sur le téléphone prépayé de mon époux. Ça ne rime à rien, je le sais, puisque le portable est intraçable. Quoi qu'il en soit, après quelques heures passées dans la terre humide du mois d'octobre, il ne fonctionnera plus. Je le glisse dans la poche de son manteau et tire son iPhone personnel de sa poche de poitrine. Il est en mode avion.

Je fais défiler les photos dans la galerie. Des photos de nous. Les larmes me montent aux yeux puis coulent en deux filets brûlants le long de mes joues.

J'ôte la bâche, exposant ce qu'elle dissimule. J'essuie l'iPhone pour faire disparaître les empreintes, le range dans la poche de poitrine et, genoux pliés, me prépare à haler la dépouille.

Je ne suis pas foncièrement mauvaise. Ou peut-être que si. Et si je vous laissais vous faire votre propre idée ?

Mais je vous dois des explications. Et pour ça, il faut que je revienne en arrière. Jusqu'à cette matinée d'anniversaire, il y a trois mois.

2

Vendredi 8 juillet
Matinée d'anniversaire

Ce matin-là, Mark et moi nous réveillons avant l'aube. C'est notre anniversaire, aujourd'hui. Celui du jour de notre rencontre.

Nous séjournons dans un hôtel de charme sur la côte du Norfolk. Mark a déniché l'adresse dans le supplément « How to Spend It[1] » du *Financial Times*. S'il est abonné au journal, il n'a guère le temps de lire autre chose que les magazines du week-end. En attendant, le *Financial Times* avait raison : c'est bien « le nid campagnard douillet de vos rêves ». Et je suis ravie que nous ayons choisi d'y dépenser notre argent. Bon, évidemment, ce n'est pas encore le mien, mais ça le sera bientôt, j'imagine.

Quoi qu'il en soit, l'établissement a tout du havre bucolique avec fruits de mer frais, bière glacée et châles

1. Littéralement : « Comment bien dépenser son argent ». *(Toutes les notes sont de la traductrice.)*

en cachemire. Les guides touristiques l'ont même baptisé « Chelsea[1]-sur-Mer ».

Nous avons passé les trois jours précédents à randonner jusqu'à en avoir les muscles raidis et douloureux, les joues rougies par le soleil et le vent anglais, les cheveux imprégnés des senteurs de la forêt et de l'air iodé. À marcher, à faire l'amour, à nous baigner et à manger. Le paradis.

L'hôtel, construit en 1651, était à l'origine un relais de poste accueillant les agents des douanes qui faisaient le voyage chaotique jusqu'à Londres. Depuis, il se targue d'avoir compté parmi ses clients réguliers le célèbre lord Horatio Nelson, originaire du Norfolk et vainqueur de la bataille de Trafalgar. Le vice-amiral occupait la chambre 5, voisine de la nôtre et, apparemment, durant ses cinq années d'inactivité, il venait ici tous les samedis chercher ses dépêches. C'est plutôt amusant de se dire que lord Nelson a connu des périodes de chômage, non ? Moi, j'ai toujours pensé que, quand on était dans la marine, on était dans la marine, point final. Mais bon. Preuve que ça arrive aux meilleurs d'entre nous. Bref, au fil des années, l'établissement où nous séjournons a vu défiler foires aux bestiaux, procès d'assises et toutes les joyeusetés de l'époque de Jane Austen.

De fait, l'ouvrage posé sur la table basse dans notre chambre nous a gaiement informés que les audiences préliminaires du procès des tristement célèbres meurtrières de Burnham s'étaient déroulées dans ce qui est aujourd'hui le salon privé au rez-de-chaussée. « Tristement célèbres », ça se discute. Pour ma part,

1. Quartier chic de Londres.

je n'avais jamais entendu parler d'elles. Alors j'ai lu leur histoire.

Tout commença en 1835, quand Mme Taylor, la femme d'un fabricant de chaussures, fut prise de violentes convulsions à la table du dîner familial, sous le regard de son mari. L'enquête établit par la suite que la malheureuse avait été empoisonnée à l'arsenic, dont des traces furent découvertes dans son estomac lors de l'autopsie. Elle révéla aussi que M. Taylor entretenait une liaison avec leur voisine, une certaine Mme Fanny Billing. Or, ladite Fanny Billing avait, peu auparavant, acheté pour trois pennies d'arsenic dans une pharmacie du quartier. La substance s'était mystérieusement frayé un chemin jusqu'au sac de farine des Taylor et s'était ensuite retrouvée dans les boulettes de pâte qui avaient mis un terme à la vie de Mme Taylor. Je suppose que M. Taylor s'était abstenu ce soir-là. Peut-être faisait-il un régime sans glucides.

Des informations complémentaires fournies aux enquêteurs par un autre voisin permirent d'établir qu'une certaine Catherine Frary avait eu accès au domicile des Taylor ce jour-là et qu'on l'avait entendue dire à Fanny avant son interrogatoire : « Tiens ta langue, ils ne pourront rien contre nous. »

Plus tard, les investigations firent apparaître que le mari de cette Catherine et leur enfant avaient eux aussi connu une mort brutale dans les quinze jours précédents.

Les autorités soupçonnèrent un acte criminel. L'estomac du mari et celui de l'enfant furent envoyés à Norwich, où l'analyse de leur contenu confirma la présence d'arsenic. Un témoin présent chez les Taylor au moment des faits affirma avoir vu Catherine soigner Mme Taylor après sa crise de vomissements et prendre dans « un sachet en papier une poudre blanche sur la pointe d'un couteau » pour l'ajouter au gruau de la malade, l'empoisonnant ainsi pour la seconde fois. Une dose fatale, pour le coup. Avec l'aide de Fanny, Catherine avait également réservé le même sort funeste à sa belle-sœur une semaine plus tôt.

Les deux complices furent pendues à Norwich pour les meurtres de leurs maris respectifs, de Mme Taylor, de l'enfant de Catherine et de sa belle-sœur. D'après le *Niles Weekly Register* du 17 octobre 1835, le duo « embarqua pour l'éternité devant un immense parterre de spectateurs (20 000 ou 30 000) dont plus de la moitié étaient des femmes ». *Embarqua pour l'éternité.* Jolie métaphore maritime.

En attendant, ça me paraît bizarre de faire figurer l'histoire des « meurtrières de Burnham » dans la brochure de l'hôtel, surtout si l'on considère la nature romantique des escapades du week-end.

Le réveil nous tire du sommeil à quatre heures et demie du matin, nous arrachant à notre cocon bien chaud, mélange de duvet d'oie et de coton égyptien. Nous enfilons en silence les vêtements sortis la veille en prévision de l'occasion : T-shirts en coton fin, chaussures de randonnée, jeans et pulls en laine pour affronter la fraîcheur de l'aube. Je fais du café en me servant de la petite machine mise à disposition dans la chambre pendant que Mark se coiffe dans la salle de bains. Il n'est pas particulièrement coquet mais, comme la plupart des trentenaires, il consacre l'essentiel de sa routine matinale à ses cheveux. Pour ma part, j'aime bien ses tergiversations devant la glace, cette minuscule faille dans son armure.

J'aime savoir que je peux être prête plus vite que lui. Une fois habillés de pied en cap, nous buvons notre café en silence, assis sur la couette, les fenêtres ouvertes. Mark a passé ses bras autour de moi. Il nous reste encore un peu de temps avant de sauter dans la voiture pour foncer à la plage voir les premières lueurs de l'aube. D'après la carte d'informations quotidiennes posée sur la table de chevet près de notre lit, le soleil se lèvera à 5 h 05.

Nous roulons dans un silence relatif jusqu'à Holkham Beach, respirant l'air frais, absorbés dans nos réflexions. Nous sommes ensemble, mais chacun est seul avec ses pensées et se raccroche aux vestiges de somnolence qui ne se sont pas encore dissipés. Ce moment est empreint d'une atmosphère de rituel. Ce n'est pas la première fois que ça arrive entre nous : une touche de magie s'immisce dans notre vie et nous la choyons comme une plante fragile. Nous avons déjà fait ce genre de chose, c'est un de nos petits trucs à nous. Une matinée d'anniversaire. Quand nous nous garons sur le parking, je me demande si nous fêterons encore cette journée après notre mariage, prévu dans deux mois, ou si nous déciderons plutôt de célébrer nos noces.

Une fois garés, nous sortons. Le calme le plus profond règne sur Holkham Beach, seulement rompu de temps à autre par des explosions de chants d'oiseaux. Des chevreuils dans le champ adjacent redressent la tête et se figent lorsque nous claquons nos portières. Nous soutenons leur regard, tous momentanément plongés dans une même immobilité, jusqu'au moment où ils reportent leur attention sur l'herbe.

Notre voiture est l'une des premières sur le parking. La plage s'animera plus tard – c'est toujours le cas –, quand arriveront les familles et les chiens, les cavaliers avec leurs chevaux dans des vans, et tous ceux qui veulent profiter du beau temps. Apparemment, la chaleur ne durera pas. Mais n'est-ce pas ce qu'on nous dit tous les ans ?

Il n'y a personne en vue alors que nous nous engageons sur les chemins de gravier qui descendent jusqu'à la grande étendue désertique de Holkham Beach : six kilomètres de sable blanc doré, bordés de forêts de pins. Le vent de la mer du Nord agite les touffes d'herbes folles et fait voltiger le sable sur la crête des hautes dunes. Des kilomètres de plage battus par les vents, de vagues moutonnantes, et pas âme qui vive… Un spectacle presque irréel dans la grisaille de l'aube. Un paysage nu, vierge. De quoi donner le sentiment qu'un nouveau départ est possible. Comme le premier de l'an.

Mark me prend par la main pour m'entraîner vers la grève. Au bord de l'eau, nous ôtons nos chaussures et, après avoir retroussé nos jeans jusqu'aux genoux, nous entrons dans la mer glaciale.

Le sourire de Mark. Ses yeux. Sa main chaude serrant la mienne. La morsure brutale du froid sur mes pieds, qui fait remonter une sensation de brûlure dans mes jambes. Un froid *brûlant*. Notre timing est parfait : le ciel commence tout juste à s'éclaircir. Nous éclatons de rire. Mark consulte sa montre et égrène à voix haute les secondes jusqu'à 5 h 05 tandis que nous gardons la tête tournée vers l'est.

La pénombre se dissipe au-dessus de nous avant que le soleil émerge des eaux argentées. Des traînées jaunes se dessinent à l'horizon, puis se déclinent en nuances de pêche et de rose en atteignant les nuages les plus bas, et au-delà – au-delà, l'immensité du ciel se déploie, d'un bleu incroyablement lumineux. Bleu azur. Ah, c'est trop beau. Tellement beau que j'en ai presque la nausée.

Lorsque le froid devient intenable, je retourne sur la grève et me penche pour essuyer mes pieds avant de remettre mes chaussures de randonnée. Ma bague de fiançailles scintille sous l'éclat du soleil réfléchi par les eaux cristallines. La brume du petit matin a disparu, l'air est saturé d'humidité, iodé et vif. Si limpide. Si clair. Le ciel est d'un bleu haute définition. C'est la plus belle journée de l'année. Toujours. Si riche d'espoirs, tous les ans.

Mark m'a demandée en mariage en octobre dernier, après son trente-cinquième anniversaire. Nous avions beau être ensemble depuis des années, sa proposition a tout de même été plus ou moins une surprise pour moi. J'en viens parfois à m'interroger : suis-je moins observatrice que mes semblables ? Peut-être que je ne prête pas assez attention à ce qui se passe autour de moi ou peut-être que je ne suis tout simplement pas douée pour repérer les signes. Je suis souvent prise de court, par exemple quand Mark m'apprend qu'Untel n'apprécie pas Machin-Chose, que quelqu'un a de l'attirance pour moi ou, au contraire, de l'antipathie à mon encontre. Je ne remarque jamais rien. Mais ce n'est probablement pas plus mal : ce qu'on ne sait pas ne peut pas nous atteindre.

Mark, lui, est attentif. Il a un don pour mettre les gens à l'aise. Ils s'illuminent dès qu'ils le voient arriver. Ils l'adorent. On me demande souvent, en ces rares occasions où nous faisons des choses séparément : « Mark ne vient pas ? », d'un ton à la fois incrédule et déçu. Je n'y vois rien de personnel, parce que c'est aussi ce que je ressens. Tout va tout de suite mieux lorsque Mark est là. Il écoute les autres, vraiment. Les regarde droit dans les yeux, sans la moindre agressivité, d'une façon qui les rassure. Il n'y a pas d'arrière-pensée dans le regard de Mark ; il est là, avec vous, et c'est tout. Il s'intéresse aux gens. Il ne cherche pas à tirer profit d'eux.

Nous nous asseyons au sommet d'une dune, d'où nous contemplons la vaste étendue plane du ciel et de la mer. Le vent souffle plus fort là-haut. Il hurle à nos oreilles. Je me félicite d'avoir mis un gros pull. Sous l'effet de ma chaleur corporelle, l'épaisse laine irlandaise dégage une senteur animale. Notre conversation s'oriente vers nos projets. Nous en bâtissons toujours ce jour-là. Ce sont un peu nos bonnes résolutions à nous, six mois avant le Nouvel An. J'aime me projeter dans l'avenir, depuis toute petite. Planifier. Faire le point. Mark n'était pas comme ça avant notre rencontre, mais il a rapidement adopté l'idée. Cette manière de raisonner, tournée vers le futur, lui convenait.

Mes résolutions de la mi-année n'ont rien d'extraordinaire. Ce sont invariablement les mêmes : lire plus, regarder moins la télé, travailler mieux, passer plus de temps avec mes proches, manger plus sainement, boire moins, profiter de tous les instants. De son côté, Mark m'annonce qu'il veut se concentrer plus sur son travail. Il est dans la finance. Je sais, oui, bouh... Mais laissez-moi vous dire une chose : ce n'est pas un connard prétentieux. Faites-moi confiance sur ce point. Il n'a absolument rien d'un de ces anciens élèves d'Eton amateurs de clubs privés et d'équipes de polo. C'est un gars du Yorkshire qui a réussi à la force du poignet. D'accord, son père n'était pas mineur ni ouvrier. M. Roberts, aujourd'hui retraité, était conseiller en assurance-vie pour Prudential à East Riding.

Mark a vite fait son chemin dans la City. Après avoir obtenu sa certification, il est devenu trader, puis s'est spécialisé dans la dette souveraine, a été débauché, a décroché une promotion, et là-dessus, la catastrophe est survenue. La crise financière.

Le secteur financier a dévissé. Tous ceux qui étaient capables de comprendre ce qui arrivait ont été terrifiés dès le premier jour. Ils voyaient déjà comment les choses allaient se dérouler. En principe, Mark ne craignait rien. Son poste n'était pas menacé. Au contraire, il était même plus que jamais assuré de garder ses fonctions, car il était devenu expert dans un domaine où tout le monde avait besoin d'aide après le krach. Et puis les primes se sont effondrées pour tous. Là encore, ce n'était pas trop grave, nous n'en étions pas à faire la queue pour la soupe populaire, mais bon nombre de ses amis ont été licenciés, ce qui était effrayant. À l'époque, ça m'affolait de voir des adultes en plein marasme professionnel ; ils avaient des enfants à l'école, des emprunts qu'ils ne pouvaient plus rembourser… Leurs femmes n'avaient pas repris le travail depuis leur grossesse. Personne n'avait de plan de secours. Cette année-là, les invités qui venaient dîner chez nous fondaient en larmes. Au moment de partir, ils nous présentaient leurs excuses, affichaient un sourire bravache et promettaient de nous donner des nouvelles une fois qu'ils seraient réinstallés dans leur ville natale et auraient remis leur vie sur les rails. Pas mal d'entre eux ont disparu de la circulation. D'après ce que nous avons entendu dire, certains sont retournés vivre chez leurs parents dans le Berkshire, d'autres sont partis s'établir en Australie et quelques-uns ont divorcé.

Mark a changé de banque. Comme tous ses collègues avaient été remerciés dans la sienne et qu'il devait assumer le travail de cinq personnes, il a décidé de tenter sa chance ailleurs.

Cette nouvelle banque, je ne l'aime pas. Elle a quelque chose de malsain. Les hommes qu'elle emploie sont à la fois gras et tout en nerfs. Ils ne prennent pas soin d'eux, sans compter qu'ils fument. Si ça ne m'avait jamais dérangée chez les autres jusque-là, il me semble maintenant déceler une sorte de désespoir fébrile dans cette habitude. Ça m'inquiète. Ça sent la bile et les rêves brisés. Les collègues de Mark qui nous retrouvent parfois pour boire un verre ricanent avec mépris, se plaignent de leurs épouses et de leurs gosses comme si je n'étais pas là. Comme si, sans leur famille, ils seraient à la plage quelque part.

Mark est différent. Il s'entretient. Il court, nage, joue au tennis, fait attention à sa santé. Or, désormais, il reste assis dans une pièce onze heures par jour en compagnie de ces hommes. Je sais qu'il a du caractère, mais je me rends bien compte que ça l'use. Et aujourd'hui, en cette journée si spéciale, celle de notre anniversaire, il m'annonce qu'il veut se concentrer plus sur son travail.

Autrement dit, je le verrai encore moins. Il est déjà trop investi dans son boulot. En semaine, il se lève à 6 heures tous les matins, quitte la maison à 6 h 30, déjeune au bureau et rentre à 19 h 30, totalement épuisé. Nous dînons, parlons un peu, regardons parfois un film, et à 22 heures il est au lit, prêt à recommencer le lendemain.

— C'est justement ça que je voudrais changer, dit-il. Je bosse là-bas depuis un an. Quand je suis arrivé, on m'a assuré que j'occuperais ce poste temporairement, jusqu'à ce que le service soit restructuré. Mais ils ne m'en laissent pas la possibilité. Je ne peux pas mettre en œuvre ce qu'ils m'ont fait miroiter.

Il soupire. Se frotte le visage.

— Bon, en fait, il faut que je puisse avoir une vraie conversation avec Lawrence. Qu'on parle de ma prime de fin d'année et d'un éventuel changement d'équipe, parce que certains de ces gars sont de vrais tocards.

Il s'interrompt, puis me regarde.

— Je suis sérieux, Erin. Je ne voulais pas te le dire, mais après que l'offre a été validée lundi, Hector m'a téléphoné en pleurant.

— Pourquoi ? Qu'est-ce qui s'est passé ?

Mark collabore avec lui depuis des années. Lorsqu'il a décidé de quitter l'autre banque, alors que tout partait à vau-l'eau, il a promis à Hector de lui trouver une place chez son futur employeur. Et il a tenu parole. Il a inclus Hector dans ses négociations d'embauche : c'était eux deux ou rien.

— Tu sais que, l'autre jour, on attendait d'avoir les chiffres pour signer ?

Mark me regarde d'un air interrogateur.

Je confirme d'un signe de tête.

— Oui, tu as pris l'appel dehors.

Hier, il est sorti du pub où nous déjeunions et a passé une heure à arpenter le gravier du parking pendant que son plat refroidissait. En l'attendant, j'ai bouquiné. Je suis à mon compte, alors je connais bien la « déambulation téléphonique ».

— C'est ça. Hector m'a annoncé qu'il les avait reçus. Les types de la salle des marchés ne voulaient pas revenir au bureau pendant les vacances et ils ne lui ont pas facilité la tâche, loin de là. Ils ont exigé qu'on organise une réunion à notre retour pour discuter des heures supplémentaires et des bonnes pratiques. C'est ridicule. Bref, Hector a appelé New York pour essayer d'expliquer que les chiffres tardaient à arriver parce qu'il n'y avait personne sur place, mais ils ont pété les plombs, là-bas. Andrew… tu te souviens d'Andrew, à New York ? Je t'ai raconté le…

— C'est lui que j'ai entendu t'insulter dans ton téléphone au mariage de Briany ?

Mark renifle, puis sourit.

— Oui, c'est lui. Il est… hyper stressé. Bref, il a tellement gueulé que Hector a paniqué. Il a vite validé l'offre et l'a transmise. Ensuite, il est allé se coucher. À son réveil, il avait des centaines d'appels manqués et d'e-mails. Figure-toi qu'il y avait un zéro de trop dans les chiffres. Greg et les autres types de la salle des marchés l'avaient ajouté exprès pour ralentir la procédure. Ils pensaient que Hector s'en apercevrait et leur demanderait de recommencer la semaine prochaine, quand on serait tous revenus. Le problème, c'est que Hector n'a pas vérifié. Il a signé. Et c'est un contrat juridiquement contraignant.

— Oh merde. Vous ne pouvez pas dire que c'était une erreur, tout simplement ?

— Non, ma puce, ce n'est pas possible. C'est pour ça que Hector m'a appelé : pour me dire qu'il était parti du principe que c'était OK et qu'il vérifie toujours, toujours, d'habitude… mais Andrew lui a mis la pression pour qu'il envoie les documents et… et là, Hector s'est mis à chialer. Erin, je… je me sens piégé par…

Il s'arrête et remue tristement la tête.

— Alors je vais commencer à prospecter, à activer mon réseau. Et tant pis si je dois accepter une diminution de ma prime ou une baisse de salaire. Pas de problème. De toute façon, le marché n'est pas près de revenir à son niveau antérieur, inutile de se leurrer. Et moi, je n'en peux plus de ce stress. Je veux avoir le temps de vivre. Je veux profiter de toi, de nos enfants et de nos soirées.

Ces mots-là sonnent agréablement à mes oreilles. Très agréablement, même. Je le serre dans mes bras. Niche ma tête dans le creux de son épaule.

— Moi aussi, c'est ce que je veux.

— Tant mieux.

Il dépose un léger baiser sur mes cheveux.

— Je vais trouver quelque chose de bien ailleurs, déclare-t-il. Je donnerai ma démission quand cette histoire avec Hector se sera tassée, je ferai mon préavis pour le mariage et la lune de miel, et, avec un peu de chance, je pourrai prendre mon poste en novembre. Juste à temps pour Noël.

Il a déjà fait des préavis de ce genre – c'est un congé imposé à tous ceux qui travaillent dans le milieu de la finance quand ils changent d'employeur. Si la mesure est censée empêcher le délit d'initié, c'est surtout un congé de deux mois avec solde. Le plan de Mark me paraît parfaitement se tenir. C'est une bonne chose pour lui. De mon côté, je devrais être capable de m'arrêter aussi quelques semaines. Nous pourrions envisager quelque chose de bien, nous offrir une lune de miel digne de ce nom. Je travaille sur mon premier documentaire long-métrage actuellement, mais j'aurai terminé les premiers tournages au moment du mariage. Ensuite, j'aurai un trou de trois ou quatre semaines avant d'entamer la deuxième étape. Ces trois ou quatre semaines pourraient vraiment nous permettre de nous faire plaisir.

Une douce sensation de chaleur se diffuse dans ma poitrine. La situation se présente bien. Notre vie n'en sera que meilleure.

— Où irons-nous ? demande Mark.

— Pour la lune de miel ?

C'est la première fois que nous avons cette discussion. Nous avons passé en revue tous les aspects du mariage, sauf cette partie-là. Nous l'avons laissée intacte, comme un cadeau encore emballé. Pourquoi ne pas aborder le sujet aujourd'hui ? Après tout, ce moment en vaut bien un autre, non ? Et puis la perspective de ce voyage m'enchante. Avoir Mark rien que pour moi, pendant des semaines…

— Soyons fous, répond-il. C'est peut-être la dernière fois qu'on a le temps et l'argent pour se chouchouter.

Je me lance.

— Deux semaines, alors ? Non, trois !

— Oui ! s'écrie-t-il, gagné par mon enthousiasme.

Je plisse les yeux en réfléchissant à mon planning de tournage et aux interviews qu'il me reste à faire. Oui, je peux me débrouiller pour prendre trois semaines.

— Je suis avec toi à cent pour cent ! s'exclame-t-il. Alors ? Les Caraïbes ? Les Maldives ? Bora Bora ?

— Bora Bora ! Ça me paraît idéal. Je n'ai aucune idée d'où ça se trouve, mais ça a l'air sublime. Et puis merde, pourquoi pas en première classe ? On peut s'offrir la première classe ?

Il me décoche un grand sourire.

— On peut. Je me charge des réservations.

— Top !

Je n'ai jamais voyagé en première classe.

Et là, je dis quelque chose que je regretterai sans doute toute ma vie.

— Je veux bien faire de la plongée avec toi, quand on sera là-bas. Je réessaierai, pour qu'on puisse descendre ensemble.

C'est la seule idée qui m'est venue pour lui montrer à quel point je l'aime. Je me sens comme un chat qui apporte une souris à son maître. Qu'il en veuille ou pas, je la dépose à ses pieds.

— Sérieux ?

Il me dévisage, troublé, les yeux mi-clos pour se protéger du soleil, les cheveux ébouriffés par la brise. Il ne s'y attendait pas.

Mark est un plongeur chevronné. Il a bien tenté de me convaincre de pratiquer cette activité avec lui chaque fois que nous sommes partis en vacances, mais je me suis toujours dégonflée. J'ai eu une mauvaise expérience une fois, avant de le rencontrer. J'ai paniqué. Rien de bien méchant, mais depuis j'ai une trouille bleue des profondeurs. La perspective de me retrouver piégée, la pensée de la pression et de la lente remontée sous l'eau suffisent à me remplir de terreur. Pourtant, je tiens à le faire pour lui. Nouvelle vie avec lui, nouveaux défis.

Je souris à mon tour.

— Oui, absolument.

J'en suis capable. Ça ne doit pas être si terrible, après tout. Même les gosses font de la plongée. Tout se passera bien.

Il me regarde.

— Je suis dingue de toi, Erin Locke, dit-il.

Comme ça, sans préambule.

— Moi aussi je suis dingue de toi, Mark Roberts.

Il se penche, attire mon visage vers lui et m'embrasse.

— Est-ce que tu es réelle ? demande-t-il en rivant ses yeux aux miens.

Nous avons déjà joué à ce jeu, sauf que ça n'en est pas vraiment un. Ou peut-être que si. Un jeu de stratégie, alors.

Ce qu'il me demande, en fait, c'est : « Est-ce que tout ça est réel ? »

C'est tellement beau que ça ne peut pas être vrai. Ce doit être une ruse, une erreur. Je dois mentir. Est-ce que je mens ?

J'attends quelques secondes. Alors qu'il m'observe, je laisse les muscles de ma figure se relâcher, mes pupilles se rétracter comme l'univers qui implose et je réponds posément :

— Non.

Non, je ne suis pas réelle. C'est effrayant. Je ne l'ai pas fait souvent – m'absenter de mon propre visage. M'arranger pour disparaître.

— Non, je ne suis pas réelle, dis-je, le visage inexpressif.

Il faut que je paraisse convaincante.

C'est plus crédible ainsi.

Mark scrute mes traits à la recherche d'un signe, d'un appui auquel se raccrocher, qui lui permettra de lever le doute. Mais il n'y a rien. Je me suis évaporée.

Je sais qu'il s'inquiète. Qu'il craint, au plus profond de lui, que je puisse un jour me volatiliser. Partir. Que tout ça ne soit qu'un rêve : il se réveillera un beau matin, et rien n'aura changé dans la maison, mais je ne serai plus là. Je connais cette peur : je la vois quelquefois altérer ses traits quand nous sortons avec des amis ou lorsque nous sommes à quelques mètres l'un de l'autre dans une pièce bondée. Et, dans ces moments-là, son expression me révèle que *lui*, il est réel. C'est celle qu'il affiche en cet instant. Et ça me suffit.

Je laisse un sourire naître sur mes lèvres et la joie illumine aussitôt ses traits. Il éclate de rire. Débordé par l'émotion. Je ris à mon tour. Il prend mon visage entre ses mains et pose sa bouche sur la mienne. Comme si j'avais gagné une course. Comme si je revenais de la guerre. Bien joué, ma grande. *Bon sang, je t'aime tellement, Mark*. Il m'entraîne dans les roseaux des marais et nous faisons l'amour avec une sorte d'avidité désespérée, sentant sous nos mains la laine de nos pulls et notre peau humide. Quand il jouit, je lui murmure à l'oreille :

— Je suis réelle.

3

Lundi 11 juillet
Le coup de téléphone

L'année dernière, j'ai enfin réussi à obtenir des fonds auprès d'une association de soutien aux détenus pour cofinancer mon premier projet en solo. Il prend enfin forme, après des années de réflexion et de préparation : mon propre film documentaire. Je me suis débrouillée pour faire les recherches et la préproduction tout en acceptant des contrats free-lance en cours de route, et je dois commencer le tournage des interviews dans neuf jours. Je me suis investie à fond et j'espère que les choses se dérouleront au mieux. Il y a un moment où il faut arrêter de planifier et se contenter d'attendre de voir ce qui se passe. C'est une grande année. Pour moi. Pour nous. Le film, le mariage, tout semble arriver en même temps. J'en viens à penser que j'ai atteint ce stade magique de ma vie où tous les plans que j'ai échafaudés entre vingt et trente ans sont sur le point de se concrétiser – comme si, d'une manière ou d'une autre, j'avais moi-même orchestré les événements, même si je ne me rappelle pas l'avoir fait consciemment. Mais n'est-ce pas toujours comme ça, au fond ? Il ne se passe rien pendant longtemps, puis tout s'accélère d'un coup.

L'idée du film est assez simple, à vrai dire ; elle m'est venue un soir alors que je racontais à Mark mon expérience de la pension. La nuit, après l'extinction des feux, nous, les filles, discutions des heures dans l'obscurité de ce que nous ferions lorsque nous serions enfin rentrées chez nous. De ce que nous mangerions dès que nous aurions la possibilité de choisir nos menus. Nous fantasmions sans fin sur ces festins imaginaires – sur des *Yorkshire puddings* nageant dans la sauce ou des saucisses cocktails sur des cure-dents. Nous imaginions les tenues que nous porterions, les pays où nous irions, tout ce que nous entreprendrions quand nous aurions notre liberté. Et là, Mark avait dit que ça lui faisait penser à la prison. Que nous avions les mêmes rêves de retour au bercail que les détenus.

C'est de cette remarque que tout est parti. Le format du documentaire est classique : nous suivrons trois prisonniers pendant et après leur incarcération, à travers des interviews et des tournages en immersion dans leur quotidien. Deux femmes et un homme confiant leurs espoirs et leurs rêves de liberté avant et après leur sortie. Aujourd'hui, je dois avoir un dernier échange téléphonique préliminaire avec mon troisième candidat, ensuite je rencontrerai chacun des trois en prison. Jusque-là, j'ai parlé plusieurs fois au téléphone avec les deux détenues, mais il a été beaucoup plus difficile d'avoir accès à mon sujet masculin. Mais voilà, nous y sommes. Je vais recevoir un appel d'Eddie Bishop. Le fameux Eddie Bishop, l'un des derniers survivants du gang d'East End London.

Un authentique gangster, de ceux qui taillent leur adversaire en pièces à la hachette, hantent les casinos et les night-clubs, font des rimes en cockney. Membre du Richardson Gang et, plus récemment, chef du plus important gang criminel de Londres sévissant au sud du fleuve.

Je contemple le téléphone fixe. Il ne sonne pas. Il est censé sonner. Il est 13 h 12 et j'attends un coup de fil de la prison de Pentonville depuis maintenant douze, non, treize minutes. Mes autres sujets, Alexa et Holli, m'ont appelée pile à l'heure. Je me demande quel est le problème et prie pour qu'Eddie n'ait pas changé d'avis, qu'il ne soit pas revenu sur sa décision. Pour que les membres du conseil d'administration de la prison ne soient pas revenus sur la leur.

Ça n'a pas été facile de leur arracher des autorisations, aussi me chargerai-je seule des interviews. Juste moi et une caméra sur pied en position fixe. Ce ne seront que des rushes à ce stade, mais c'est cohérent avec mon projet, alors ça me convient. Dans un second temps, lorsque mes participants seront dehors, Phil et Duncan travailleront avec moi.

Phil est un cameraman que je connais et qui a toute ma confiance ; il a un vrai œil et nous avons un sens de l'esthétique très similaire. Je sais, ça peut paraître un peu prétentieux, mais je vous assure que c'est important. Quant à Duncan, lui et moi avons déjà collaboré à deux ou trois reprises. Il est marrant, et surtout, ses compétences sont bien au-dessus de mes moyens. Ils ont accepté tous les deux de revoir leur rémunération à la baisse ; si le financement n'est pas négligeable, il n'est pas non plus exceptionnel. Dieu merci, le concept leur plaît autant qu'à moi et ils croient à ce projet.

Je passe en revue les pochettes plastique contenant les autorisations obtenues de haute lutte auprès du ministère de la Justice et des services pénitentiaires de Sa Majesté. Avant tout, je voudrais que ce documentaire permette de dépasser la représentation conventionnelle des prisonniers en essayant de montrer ces trois-là comme des personnes à part entière, indépendamment de leur condamnation. Holli et Eddie ont écopé d'une peine de respectivement cinq et sept ans d'emprisonnement, avec une période de sûreté de quatre ans, pour différents délits. Alexa, de « la perpétuité avec admissibilité à la libération conditionnelle au bout de quatorze ans ». Mais ces peines révèlent-elles quoi que ce soit sur leur personnalité ? Permettent-elles de déterminer qui est le plus dangereux des trois ? Qui est la meilleure personne ou la plus fiable ? On verra bien.

Le téléphone à la main, je vais m'asseoir sur le canapé, dans un carré de lumière sous la fenêtre. Le soleil de North London, filtré par le feuillage, me réchauffe instantanément les épaules et la nuque. L'été anglais joue les prolongations. Si nous n'avons droit en général qu'à quelques belles journées estivales, cette année il fait un temps magnifique depuis déjà trois semaines. Ils disent à la météo que ça ne durera pas, mais pour le moment, ça se maintient. Mark est au bureau et la maison est silencieuse. Seuls me parviennent le grondement assourdi des camions et le vrombissement des scooters dans Stoke Newington High Street. Je jette un coup d'œil à notre jardin par les fenêtres de style georgien. Un chat, noir avec des pattes blanches, longe le mur du fond.

J'ai dû faire jouer toutes mes relations pour arriver jusque-là. Fred Davey, le réalisateur qui m'a confié mon premier boulot, s'est porté garant de moi dans une lettre adressée au ministère de la Justice. Je suis presque sûre que ses deux récompenses attribuées par la BAFTA[1] et sa nomination aux Oscars ont fait plus pour ma cause que le synopsis que j'ai rédigé. ITV a déjà mis une option sur le documentaire après sa sortie, et Channel 4, qui a diffusé deux de mes courts-métrages, a vanté mon travail dans une autre lettre. Mon école de cinéma a aussi appuyé mes démarches, bien sûr. La galerie d'art The White Cube m'a également recommandée – c'est sans grand intérêt pour le ministère de la Justice, j'imagine –, de même que toutes les sociétés de production qui m'ont employée en free-lance. Creative England m'a aussi été d'une grande aide pour le financement et le soutien.

Et puis, bien sûr, j'ai Eddie Bishop. Ça, c'est un coup de maître, le rêve absolu de tout documentariste. C'est cette interview-là qui m'a permis d'obtenir des fonds. Autant dire que cet appel téléphonique, c'est du lourd. Eddie Bishop, c'est du lourd.

Vous l'ignorez peut-être, mais son histoire correspond à celle du crime organisé anglais. Eddie Bishop a intégré le gang Richardson à dix-huit ans, au moment où celui-ci était au sommet de son pouvoir, juste avant sa chute en 1966, l'année où l'Angleterre a remporté la Coupe du monde et où les tensions avec les Kray ont atteint leur paroxysme.

---

1. La British Academy of Film and Television Arts organise tous les ans des cérémonies de remises de prix dans le domaine du cinéma, de la télévision et des jeux vidéo. Équivalent britannique des Oscars américains.

Eddie avait des aptitudes pour le crime. Il était fiable, ne discutait pas et faisait le boulot, quel qu'il soit. Du travail propre, net et sans bavures. Il est rapidement devenu indispensable aux frères Richardson, au point que, quand ces derniers ont finalement été arrêtés durant l'été 1966 avec le reste de la bande, c'est lui qui a assuré la poursuite des activités.

Le bruit court qu'il a remis sur pied toute l'organisation criminelle à South London et l'a dirigée pendant quarante-deux ans, jusqu'à son arrestation pour blanchiment d'argent il y a sept ans. Pendant plus de quatre décennies, Eddie a régné en usant de l'assassinat, de la torture et du racket, et il n'a écopé que de sept ans pour blanchiment.

Dring, dring.

La sonnerie transperce le silence, stridente, insistante, et j'ai brusquement le trac.

Dring, dring. Dring, dring.

Je me dis que tout ira bien. J'ai déjà eu des entretiens de ce genre avec d'autres sujets. Pas de problème. Je prends une inspiration tremblante et porte le combiné à mon oreille, à ma bouche.

— Allô ?

— Allô ? Je suis bien chez Erin Locke ?

Une voix de femme, sèche, dans les quarante-cinq ans. Pas celle que j'attendais. Une chose est sûre, ce n'est pas Eddie Bishop.

— Oui, c'est moi.

— Je me présente : Diane Ford, je travaille à la prison de Pentonville. J'ai un appel pour vous, de la part de M. Eddie Bishop. Puis-je vous le transférer, madame Locke ?

Diane Ford s'exprime d'un ton blasé. Peu importe qui je suis, qui il est. Pour elle, ce n'est qu'un coup de téléphone parmi tant d'autres.

— Euh… oui, merci, Diane. Merci.

Elle n'est déjà plus en ligne. J'entends un léger déclic, puis une tonalité d'attente.

Eddie n'a jamais donné d'interview. Il n'a jamais dit un mot à personne sur son histoire. Jamais. Pas une seconde je ne crois à la possibilité d'être celle qui obtiendra des révélations fracassantes. Et, de toute façon, je ne suis pas certaine d'en avoir envie. Eddie était déjà un professionnel du crime avant même que je sois née. Je ne sais pas pourquoi il a accepté de participer à mon documentaire, mais c'est comme ça. À mon avis, cet homme-là n'agit jamais sans raison. J'aurai bientôt l'occasion de découvrir ses motivations, j'imagine.

Je prends une autre inspiration tremblante.

Puis la communication est établie.

— Eddie Bishop à l'appareil.

Voix grave, chaleureuse, teintée de ce fameux « coup de glotte » du cockney. Ça me fait tout drôle de l'entendre.

— Bonjour, monsieur Bishop. Je suis Erin Locke. Ravie de pouvoir enfin vous parler. Comment allez-vous aujourd'hui ?

C'est un bon début. Très professionnel. Je distingue un bruit de pas traînants à l'autre bout de la ligne. Il doit s'installer plus confortablement.

— Bonjour, ma belle. Ravi, moi aussi. Erin Locke, vous dites ? Pas encore Roberts, alors ? Le grand jour, c'est prévu pour quand ?

Il a posé la question comme ça, l'air de rien, d'un ton enjoué.

À son intonation, je devine qu'il sourit. En d'autres circonstances, cette demande me ferait plaisir, et je suis à deux doigts de sourire moi aussi, mais quelque chose me retient. Parce que je ne vois pas comment Eddie Bishop pourrait être au courant de mon mariage imminent, ni de mon changement de nom ni de l'existence de Mark, à moins de s'être renseigné sur moi. Or il est en prison. Autrement dit, il a chargé quelqu'un de le faire. Et ce n'est pas une rapide recherche sur Internet qui a pu lui fournir des informations. Je ne suis pas sur les réseaux sociaux. Je ne vais pas sur Facebook. Aucun documentariste digne de ce nom n'ignore les effets possibles des publications sur ce genre de médias, d'où sa méfiance à leur égard. Donc, en quelques mots, Eddie Bishop vient de m'annoncer qu'il a confié le soin à quelqu'un d'enquêter sur moi. De procéder à des vérifications sur mon compte. Il mène le jeu et il sait tout de moi. Et de Mark. De notre vie.

Je m'accorde un moment avant de répondre. Il me teste. Je ne voudrais pas commettre un impair et me retrouver hors jeu dès le début de la partie.

— J'en déduis que nous avons tous les deux effectué des recherches, monsieur Bishop. Avez-vous découvert quelque chose d'intéressant ?

Il n'y a rien de compromettant dans mon passé, pas de squelettes dans le placard. J'ai beau le savoir, je me sens néanmoins vulnérable, menacée. C'est une démonstration de force, le franchissement d'une limite. Même si Eddie est enfermé depuis sept ans, il tient à me signifier qu'il tire toujours les ficelles. S'il cherche ainsi à m'intimider, c'est réussi.

— Rien que de très rassurant, je dirais, répond-il. De quoi me tranquilliser l'esprit, ma belle. On n'est jamais trop prudent.

Il a décidé que je ne représentais pas un danger pour lui, en attendant il me laisse entendre qu'il m'a à l'œil.

Je me lève et tente machinalement de démêler le cordon du téléphone en débitant mon laïus professionnel :

— En tout cas, merci d'avoir accepté de participer à ce projet. Je vous en suis vraiment reconnaissante, et je tiens à vous dire que je m'efforcerai de mener mes interviews de la façon la plus objective et directe possible. Je n'ai pas l'intention d'inventer quoi que ce soit. Je vais juste raconter votre histoire. Ou plutôt, je vais vous laisser la raconter à votre manière.

J'espère le convaincre de ma sincérité. Je suis sûre que des tas de gens ont déjà essayé de lui faire avaler des couleuvres.

— Je sais, ma belle. À votre avis, pourquoi est-ce que j'ai donné mon accord ? Vous êtes une rareté. Mais ne me laissez pas tomber, OK ?

Il laisse ces mots résonner entre nous quelques secondes avant d'alléger l'intensité du moment en adoptant un ton plus léger, plus vif :

— Alors, tout ça est prévu pour quand ?

— Eh bien, notre interview est programmée le 24 septembre, soit dans deux mois et demi. Et vous devez sortir début décembre, donc on peut attendre un peu pour fixer la date de l'entretien post-libération. Cela vous conviendrait-il si nous vous suivions le jour même de votre sortie ?

Je suis dans mon élément, à présent. C'est là que mon planning prend tout son sens : si nous pouvions filmer la sortie d'Eddie sur le vif, ce serait quelque chose.

Sa voix s'élève de nouveau, toujours chaleureuse mais ferme.

— Je vais être franc avec vous, ma belle : ce n'est pas l'idéal pour moi. J'aurai autre chose en tête à cette date-là, si vous voyez ce que je veux dire. Il faudrait peut-être me laisser un jour ou deux, d'accord ? Ce serait possible pour vous ?

Nous entamons les négociations. Il est prêt à me céder quelque chose. C'est bon signe.

— Bien sûr. Nous mettrons tout à plat au fur et à mesure. Vous avez mon numéro, il nous suffira de rester en contact pour les dates. Aucun problème.

Je regarde le chat dehors longer la clôture en sens inverse, le dos rond, la tête basse.

Eddie s'éclaircit la gorge. Je demande :

— Y a-t-il autre chose à propos de l'interview ou du planning que vous aimeriez savoir à ce stade, monsieur Bishop ?

Il éclate de rire.

— Non, je crois que c'est tout bon pour aujourd'hui, ma jolie. Sauf que, appelez-moi Eddie, je préfère. C'était un plaisir de vous parler enfin, Erin, après tout ce que j'ai entendu à votre sujet.

— Plaisir partagé, Eddie.

— Oh, et saluez Mark de ma part, d'accord ? Il m'a tout l'air d'un type bien.

Il a ajouté ces mots d'un ton nonchalant, pourtant ma respiration se bloque dans ma poitrine. Il a aussi fait des recherches sur Mark. Mon Mark. Je ne sais pas quoi dire. Mon hésitation se traduit par un silence qu'il est le premier à rompre.

— À propos, comment vous êtes-vous rencontrés, tous les deux ?

Il laisse les mots résonner entre nous. Merde. Il n'est pas question – il ne doit pas être question – de moi.

— Ça ne vous regarde pas, Eddie, me semble-t-il, dis-je en me forçant à sourire.

J'ai énoncé cette réplique d'une traite, d'un ton posé, teinté néanmoins d'une pointe de sensualité saugrenue. Tout à fait déplacée, et en même temps parfaitement appropriée.

— Ha ! Non, vous avez raison, ma jolie. Ça ne me regarde pas.

Il part d'un gros rire que j'entends se répercuter dans le couloir de la prison à l'autre bout de la ligne.

— Bravo, ma jolie. Excellent.

Et voilà. Nous sommes repartis sur de bonnes bases. Les choses paraissent bien engagées. Le courant passe entre Eddie Bishop et moi, apparemment.

Je souris au téléphone – un authentique sourire, cette fois. Je souris toute seule dans mon salon désert, baignée par la lumière du soleil.

4

Comment nous nous sommes rencontrés

J'ai rencontré Mark chez Annabel, un club privé à Mayfair. Pour tout vous dire, ce n'est pas le genre d'endroit que nous avions l'habitude de fréquenter l'un et l'autre. C'est d'ailleurs la première et dernière fois que j'y ai mis les pieds. Oh, n'allez pas croire qu'il s'est passé quelque chose d'épouvantable, je me suis au contraire bien amusée lors de cette soirée – et surtout, j'ai trouvé l'amour de ma vie –, mais notre présence à tous les deux tenait du pur hasard. Si vous n'avez jamais entendu parler d'Annabel, sachez que c'est un établissement singulier. Niché sous un escalier anonyme à Berkeley Square et ouvert depuis cinq décennies, il a vu du beau monde descendre ses marches, de Nixon à Lady Gaga. Fondé par Mark Birley dans les années 1960, sur la suggestion de son ami proche lord Aspinall, il avait à l'origine la vocation d'être un casino – un établissement à la James Bond/Sean Connery, pas un simple boui-boui rempli de machines à sous. Birley avait des relations dans la royauté, la politique et le crime organisé, alors, comme vous pouvez l'imaginer, il a su attirer une faune haute en couleur. Il a créé un club sélect pour habitués, dirigé par l'establishment pour l'establishment. Ce soir-là, j'étais accompagnée par l'un de ses membres, même si je n'en étais pas un moi-même.

J'avais fait la connaissance de Caro à l'occasion du premier contrat que j'avais décroché à ma sortie de l'École nationale du film et de la télévision. Il s'agissait d'un documentaire télé sur la galerie d'art The White Cube. J'étais tellement excitée ! Mon directeur de recherche avait parlé de moi à la productrice et lui avait montré mon premier court-métrage, qu'elle avait adoré. Elle m'avait embauchée comme assistante caméra de Fred Davey, l'un de mes plus grands héros. L'homme qui allait m'aider à produire mon premier documentaire long-métrage. Par chance, nous nous étions tout de suite bien entendus ; il semblerait que je sache m'y prendre avec les personnes au caractère difficile. J'arrivais tôt et installais tout, apportais le café en souriant à la ronde. M'efforçant d'être invisible et pourtant indispensable, de louvoyer sur la frontière ténue entre le flirt et l'efficacité.

Caro apparaissait plusieurs fois dans le documentaire pour donner son opinion. C'était la personne la plus intelligente que j'avais jamais rencontrée, ou du moins la plus cultivée. En tant que titulaire d'une maîtrise d'histoire obtenue à Cambridge, mention Très Bien, elle marchait sur les traces de Simon Schama et d'Alain de Botton. Alors que les propositions de travail affluaient après l'obtention de son diplôme, elle avait pris la décision inattendue d'ouvrir une galerie d'art financée par sa meilleure amie de l'époque du lycée. Cinq ans plus tard, il se disait qu'elle avait découvert la nouvelle génération d'artistes britanniques. Elle m'avait invitée à boire un verre au terme du premier jour de tournage et nous avions rapidement tissé des liens d'amitié.

Caro était drôle. Elle avait l'habitude de faire de mystérieuses allusions à son passé, me laissant entrevoir des images de copines érudites et rebelles qui fumaient des roulées. Elle sortait de l'ordinaire, elle était glamour, et deux ou trois semaines après notre première rencontre, elle m'avait emmenée chez Annabel.

La première fois que j'ai vu Mark, je revenais des toilettes. Je m'y étais réfugiée pour essayer de fuir un gestionnaire en fonds d'investissement alternatif particulièrement assommant qui semblait persuadé que mes hochements de tête sporadiques, associés à ma façon déterminée de scruter la foule autour de nous, prouvaient mon intérêt pour lui. Une Espagnole m'ayant rapporté que « Gestionnaire » m'attendait toujours devant l'entrée des toilettes pour femmes, un verre à la main, je m'étais donné le temps de consulter les dernières nouvelles sur mon téléphone. Au bout de dix minutes, j'avais tenté une sortie. « Gestionnaire » n'était plus là. Parti roucouler auprès d'une autre veinarde, sans doute. Avisant Caro au bar, de dos dans sa robe couleur or mat, je m'étais dirigée droit vers elle. Elle était engagée dans une conversation animée avec quelqu'un. À un certain moment, elle s'était décalée, me révélant son interlocuteur.

J'avais littéralement pilé net, mon corps ayant décidé avant mon cerveau que ma présence ne s'imposait pas dans cet échange. Caro était superbe, dans le genre fière amazone sûre d'elle. Les lignes de sa robe en lamé épousaient toutes les courbes de son corps. Elle ne portait manifestement pas de sous-vêtements. On aurait dit un top model posant pour une publicité de parfum dans un magazine sur papier glacé, et l'homme aussi. Il était parfait en tout point. Grand, solide, il paraissait musclé sans pour autant donner l'impression qu'il occupait son temps à soulever de la fonte. Peut-être qu'il faisait de l'aviron ou qu'il jouait au tennis. Ou encore, qu'il était bûcheron. Oui, je l'imaginais bien abattre des arbres. Je me rappelle avoir ressenti l'envie saugrenue de le voir manier la hache. Cheveux bruns, courts, ébouriffés. Un look genre coiffé avec un pétard, mais qui pouvait encore passer au bureau. Il s'était fendu d'un large sourire en écoutant Caro lui dire quelque chose que je n'avais pas entendu, et elle avait éclaté de rire. Sans trop savoir pourquoi, j'avais brusquement pressé le pas. J'aime à penser aujourd'hui que mon corps avait pris le dessus, que mes cellules m'avaient dicté ma conduite. Bref, je m'étais redressée de toute ma hauteur sans avoir la moindre idée de ce que j'allais dire en les rejoignant ni la maîtrise totale de mes actes. Le regard de l'inconnu avait accroché le mien alors que j'étais encore à dix pas d'eux, puis avait entamé une danse sur moi que je viendrais à reconnaître et à désirer jusqu'à la fin de mes jours. Scrutant mes traits, voltigeant de mes yeux à ma bouche, me cherchant *moi*.

J'avais eu le temps de me changer avant que nous quittions le plateau de tournage et j'avais opté pour une combinaison vintage rose poudré, complétée par des sandales à talons hauts couleur or rose. Une tenue façon Faye Dunaway dans *Network*, réservée aux soirées de dernière minute. Elle me mettait en valeur. Je le savais, parce que les hommes comme « Gestionnaire » ne privilégient pas la personnalité chez une femme.

Intriguée par l'intérêt de son compagnon, Caro avait tourné la tête vers moi.

— Hé, Erin ! Mais où étais-tu passée ?

Elle m'avait souri, manifestement ravie de l'effet que nous produisions toutes les deux. J'avais décidé d'ignorer la soudaine sensation de chaleur au niveau de mon cou.

— Mark, cette créature sublime est mon amie Erin. Elle réalise des documentaires. C'est une artiste géniale, avait-elle affirmé en glissant son bras sous le mien d'une manière étrangement possessive.

C'était agréable d'être désirée.

— Erin, je te présente Mark. Il travaille à la City et se passionne pour l'art contemporain. Bon, d'accord, il n'est pas fan de tout ce qui met en scène des kalachnikov ou des ongles humains. Mais, à part ça, il a les idées larges. N'est-ce pas, Mark ?

Avec un sourire, il m'avait tendu la main.

— Enchanté, Erin.

Ah, ces yeux qui plongeaient dans les miens, qui semblaient voir au fond de moi… Je lui avais serré la main en veillant à exercer une pression égale à la sienne. J'avais senti ses doigts chauds envelopper les miens, encore froids après mon passage aux toilettes.

Je lui avais offert un sourire, que j'avais laissé étirer sur mes lèvres et réchauffer mes yeux. Je lui avais donné une part de moi.

— De même, avais-je répliqué.

J'éprouvais le besoin impérieux de savoir s'il était pris ou si j'avais mes chances. Était-ce possible ?

— Quelqu'un veut boire quelque chose ? avais-je lancé.

— En fait, il faut que je fasse un saut aux toilettes, c'est mon tour, je reviens dans cinq minutes, avait gazouillé Caro avant de s'éloigner, abandonnant dans son sillage les effluves d'un parfum capiteux.

Elle m'avait cédé Mark. Mais bon, j'imaginais sans peine que si elles voulaient un type sexy, les Caro de ce monde n'avaient que l'embarras du choix.

Du pouce et de l'index, Mark avait légèrement desserré sa cravate. Costume bleu marine. Dommage.

— Un verre, Mark ?

— Oh, désolé, c'est à moi de m'en occuper.

Un signe de tête, un geste de la main, et le champagne avait été commandé. Mark m'avait ensuite indiqué une alcôve et nous nous étions assis de part et d'autre d'une table basse. J'avais rapidement appris qu'il venait tout juste de rencontrer Caro et qu'il était venu seul – ou plutôt avec un ami prénommé Richard.

— Qui est en train de parler à cette ravissante jeune personne, là-bas, avait-il dit en montrant une femme qui était de toute évidence une call-girl.

Bottes en latex et regard blasé parcourant la salle. Le dénommé Richard n'avait cependant pas l'air contrarié par l'absence de répondant chez sa compagne et semblait faire la conversation pour deux.

— Ah oui ? OK. Intéressant…

Et surprenant. Waouh !

Mark avait souri en hochant la tête. Pour ma part, je n'avais pas pu retenir un rire qui tenait du braiment. Il s'était esclaffé à son tour.

— On est très proches, Richard et moi, avait-il déclaré d'un ton faussement solennel. Il bosse pour une banque suisse qui l'a envoyé deux jours à Londres. Je fais office d'accompagnateur. Ou de nounou, peut-être, qui sait. Je suis chargé de l'emmener où il veut. Apparemment, c'était ici qu'il voulait venir. Alors, sur quel genre de documentaires travaillez-vous ?

— Je n'en ai pas encore beaucoup à mon actif. Je viens de commencer, en fait. J'ai réalisé un court-métrage sur les pêcheurs norvégiens. C'est une sorte d'hommage à Melville, un mélange entre le film *Local Hero* et *Le Vieil Homme et la Mer*, vous voyez ?

Je lui avais jeté un coup d'œil pour vérifier que je ne l'ennuyais pas. Il m'avait de nouveau souri et encouragé à poursuivre d'un hochement de tête.

Nous avions bavardé pendant deux heures d'affilée tout en vidant deux bouteilles de Krug, et j'avais croisé les doigts pour que ce soit lui qui les prenne en charge, dans la mesure où l'addition devait représenter l'équivalent du loyer de mon appartement. Les mots coulaient aussi aisément entre nous que le champagne. Chaque fois qu'il souriait, je sentais les muscles de ma cuisse se contracter.

Le charme avait été rompu quand l'ami de Mark, de l'autre côté de la salle, avait cherché son regard et lui avait signifié que sa compagne et lui s'en allaient. Sans doute étaient-ils parvenus à un accord au terme d'âpres négociations.

— Eh bien, après cette parenthèse enchantée, je vais devoir vous laisser, avait déclaré Mark en se levant, manifestement à contrecœur.

— Vous êtes obligé de le raccompagner ?

J'essayais de gagner du temps. Je ne voulais pas lui demander son numéro, je voulais que ce soit lui qui me demande le mien.

— Oh non, ce serait trop… non, heureusement. Je vais juste les mettre dans un taxi, mon boulot s'arrête là. Et vous ?

— Caro habite au coin de la rue. Ce soir, je pense que je vais squatter son canapé.

Je l'avais déjà fait et, entre nous, son canapé convertible était bien plus confortable que mon lit.

— Et vous, Erin, vous… vous vivez plus au nord, c'est ça ?

Il tentait, lui aussi, de différer l'instant de la séparation. Par-dessus son épaule, je voyais Richard s'attarder ostensiblement près de l'escalier, dans une attitude passive-agressive. Sa belle devait déjà être dans la rue, en train de poser son regard blasé sur les passants.

— Euh… oui, c'est ça. À Finsbury Park.

Je ne voyais plus trop où nous menait cette conversation. Nous pataugions.

Puis il avait hoché la tête d'un air déterminé, comme s'il venait de prendre une décision.

— Super. Hum… OK, bref. Ma sœur m'a offert ce projecteur pour Noël et je m'éclate avec. Je l'ai installé en face d'un mur blanc dans mon appart. Franchement, c'est d'enfer ! Ça vous dirait de venir ? J'ai des documentaires. Je ne sais pas si ça vous tente, mais ça fait un moment que je veux voir celui de quatre heures sur Nicolae Ceausescu.

Je l'avais dévisagé. Était-ce une blague ? Ceausescu ? Impossible à dire. En tout cas, c'était sans conteste l'invitation la plus insolite qu'on m'ait jamais adressée. Sans me laisser le loisir de répondre, il avait continué à parler, manifestement déterminé à ne pas lâcher l'affaire.

— L'ancien dirigeant de la Roumanie. Un dictateur. Il a chanté *L'Internationale* avant son exécution. Trop sinistre ? Peut-être. Mais ça vous dirait ? C'est alléchant, non ? Il s'était fait aménager un bus spécialement pour lui, vous le saviez ?

Il s'était interrompu une seconde. Il était décidément parfait.

— Incroyable ! avais-je répliqué. C'est stupéfiant, vraiment. Oui, ça me plairait beaucoup. Comptez sur moi.

Je lui avais tendu une de mes toutes nouvelles cartes de visite. C'était la troisième que je distribuais depuis que j'étais allée les chercher chez l'imprimeur après l'obtention de mon diplôme le mois précédent, mais mon geste assuré semblait témoigner d'une longue pratique. Fred Davey en avait une, Caro en avait une, et désormais Mark Roberts en avait une aussi.

— Je suis libre la semaine prochaine, avais-je ajouté. Quatre heures sur Ceausescu, j'ai hâte !

Sur ces mots, je m'étais enfoncée dans les profondeurs du club.

Et j'avais dû mobiliser toute ma volonté pour ne pas jeter un coup d'œil par-dessus mon épaule avant de tourner dans le couloir.

5

Mercredi 20 juillet
Première interview

Mark m'appelle du bureau à 7 h 23. Il y a un problème. J'entends la panique dans sa voix, même s'il tente de la réprimer.

Je me redresse sur ma chaise. Je n'avais encore jamais perçu la moindre trace de ces inflexions chez lui. Malgré la chaleur de la pièce, je suis saisie d'un léger frisson.

— Erin, écoute. Je suis aux toilettes. Ils m'ont pris mon BlackBerry et il faut que je quitte les locaux tout de suite. Deux agents de sécurité m'attendent devant la porte pour m'escorter hors de l'immeuble.

Il a le souffle court, mais il se contient.

— Qu'est-ce qui se passe, Mark ?

En même temps que je pose la question, des visions d'attaques terroristes et de vidéos tremblantes filmées avec un portable me traversent l'esprit. Il ne s'agit pas de ça, pourtant, je le sais. Je connais désormais la trame de cette histoire que nous ont racontée tant de personnes. C'en est presque irréel de laconisme. Mark a été « remercié ».

— Lawrence m'a convoqué dans son bureau à 7 heures, m'explique-t-il. Il m'a dit qu'il avait appris par la rumeur que je cherchais ailleurs et qu'il pensait préférable pour tout le monde que je quitte mes fonctions aujourd'hui même. Il m'a assuré qu'il me donnerait une lettre de recommandation, en attendant mon bureau a déjà été vidé et j'ai dû rendre mon téléphone de boulot avant de partir.

Un bref silence s'ensuit.

— Il n'a pas précisé qui l'avait renseigné.

Nouveau silence.

— Mais ne t'en fais pas, Erin, je vais bien. Tu sais qu'on t'oblige à avoir un entretien avec les Ressources humaines avant de te laisser partir ? On te conduit droit dans une salle où t'attend un représentant des RH ! Ils tiennent à couvrir leurs arrières, ces salauds. Putain, quel ramassis de conneries ! Le mec m'a demandé : « Vous vous plaisiez ici ? » Et moi, j'ai dû répondre : « Oui, c'était formidable, et tout est pour le mieux, en fin de compte. Lawrence m'a fait une faveur en me laissant partir, je suis libre de relever mon prochain défi, blablabla… »

Il parle pour ne rien dire, sans doute parce qu'il sent mon inquiétude à l'autre bout de la ligne.

— Mais ça va, Erin. Ça va aller, je te le promets. Écoute, il faut que je suive ces types, mais je serai à la maison dans une heure, quelque chose comme ça.

Sauf que je ne suis pas à la maison.

Je suis en ce moment même à la prison de Holloway, où je m'apprête à entamer ma première interview en face-à-face. Il ne peut tout de même pas avoir oublié… Je me trouve dans une salle d'interrogatoire. Merde !

S'il te plaît, ne me dis pas que tu as besoin de moi maintenant, Mark. Je t'en prie, ne craque pas.

Mais s'il a besoin de moi, je le rejoindrai.

Oh, bordel de merde ! Toujours ces deux nécessités impérieuses et contradictoires : vos propres aspirations et « être là quand il le faut ». Votre vie de couple ou votre vie personnelle. Quoi qu'on fasse, on ne peut pas avoir les deux.

Je demande :

— Tu veux que je rentre ?

Silence.

— Non, non, ce n'est pas la peine, répond-il enfin. Je vais avoir besoin de passer une tonne de coups de fil pour trouver une solution. Pour essayer de me placer quelque part avant que cette histoire ne prenne des proportions trop énormes. Rafie et Andrew étaient censés me donner des nouvelles hier…

À l'autre bout de la ligne, j'entends quelqu'un frapper à la porte.

— Putain, c'est pas vrai ! s'écrie Mark. Une seconde, vieux ! Je suis en train de pisser !

Et d'ajouter à mon adresse :

— Je te laisse, chérie. Je dois y aller. Rappelle-moi après ton interview. Je t'aime.

— Je t'aime aussi.

Je ponctue ces mots d'un bruit de baiser, mais il a déjà raccroché.

Silence. Je suis de retour dans cette salle où aucun bruit ne résonne. Le gardien me jette un coup d'œil et fronce les sourcils. Ses yeux bruns expriment un mélange de bienveillance et de fermeté.

— Je n'ai pas voulu vous interrompre, mais vous n'avez pas le droit de vous servir de votre portable ici, marmonne-t-il, gêné d'avoir à jouer les employés pointilleux.

Mais c'est son boulot, il le fait de son mieux.

Je mets mon téléphone en mode avion avant de le poser sur la table devant moi. Le silence se prolonge.

Mon regard se fixe sur la chaise vide de l'autre côté de la table. Celle de ma future interviewée.

J'éprouve une brève sensation de liberté. Je ne suis pas dans les toilettes avec Mark. L'horizon reste illimité et dégagé pour moi. Son problème n'est pas le mien.

La culpabilité m'assaille aussitôt. Quelle pensée horrible ! Bien sûr que c'est mon problème. *Notre* problème, puisque nous allons nous marier dans deux mois. Pourtant, je ne parviens pas vraiment à me sentir concernée. À me mettre à sa place. Que faut-il en déduire ? Je n'ai pas l'impression qu'un événement dévastateur vient de se produire. Je suis toujours sur un petit nuage.

Il va s'en sortir, me dis-je pour me rassurer. C'est peut-être pour cette raison que je ne ressens rien. Parce que tout sera arrangé dès demain, j'en suis sûre. Ce soir, je rentrerai tôt. Je préparerai le dîner. J'ouvrirai une bouteille de vin. Un bon vin, et tout ira bien.

Le bourdonnement sonore du bouton de déverrouillage de la porte me ramène au présent. Il est suivi par un cliquetis de verrous qui coulissent. Je remets droit mon bloc-notes sur la table. Réaligne mes stylos. Croise le regard du gardien.

— Si, à n'importe quel moment, vous vous sentez mal à l'aise, faites-moi signe et nous mettrons un terme à l'entretien, déclare-t-il. On a dû vous dire que je ne quitterai pas la pièce.

— Oui. Merci, Amal.

Je lui décoche mon plus beau sourire professionnel et presse la touche d'enregistrement de ma caméra, dont l'objectif est fixé sur la porte.

Amal déverrouille la porte. Le bruit est assourdissant. Voilà, le grand moment est arrivé. Interview numéro un.

Une petite blonde apparaît à travers la vitre grillagée du battant. Ses yeux se posent sur moi et me transpercent avant de se détourner de mon visage.

Je suis debout avant même que mon cerveau l'ait décidé. Bruit des verrous qui coulissent, des aimants qui se démagnétisent.

Elle pénètre dans la salle – ma première candidate. Holli Byford, vingt-trois ans, un mètre soixante, maigre à faire peur. Longs cheveux rassemblés en un chignon désordonné, survêtement bleu réglementaire trop grand pour sa frêle silhouette. Elle nage dedans. Pommettes saillantes. Elle ressemble à une petite fille. Ne dit-on pas qu'on prend conscience de vieillir quand tout le monde autour de vous paraît incroyablement jeune ? Je n'ai que trente ans. Holli Byford a l'air d'en avoir à peine seize.

Nouveau bourdonnement quand la porte se referme derrière elle. Amal s'éclaircit la gorge. Je suis heureuse qu'il soit là. La prison m'a appelée hier ; même si Holli a fait des progrès, la direction n'est pas encore prête à la laisser sans surveillance. Elle est toujours plantée à l'entrée de la pièce, l'air ailleurs. Son regard survole paresseusement le mobilier, la caméra. Il ne s'arrête pas sur moi. Elle n'a pas encore daigné enregistrer ma présence. Puis ses yeux se fixent sur mon visage. La tension m'envahit d'un coup. Je me raidis. Son expression est dure. Je la prends en pleine figure, comme quelque chose de solide. Elle lui confère une force qui contraste avec sa stature menue.

— Alors c'est vous, Erin ? demande-t-elle.

Je hoche la tête.

— Heureuse de vous rencontrer enfin en personne, Holli.

Depuis trois mois, nous n'avons eu que de brefs échanges téléphoniques. C'est surtout moi qui me suis exprimée, pour expliquer mon projet ; elle se bornait le plus souvent à ponctuer les silences de « oui » et de « non » énoncés d'un ton distrait. Or, maintenant que je la vois, je comprends que ces silences, qui me paraissaient vides au téléphone, étaient au contraire riches de sens. C'est juste que je n'ai pas saisi lequel jusque-là.

— Vous ne voulez pas vous asseoir ? dis-je.

— Pas vraiment, non.

Elle reste fermement campée près de la porte.

Une impasse.

— Asseyez-vous, Holli, ou je serai obligé de vous ramener en cellule, intervient Amal dans le silence pesant qui s'est instauré entre nous.

Elle finit par s'approcher, tire lentement la chaise en face de moi et y prend place d'un air timide. Pose ses petites mains sur ses cuisses, puis lève les yeux vers la vitre en verre dépoli située en hauteur sur l'un des murs. Je coule un regard en direction d'Amal. Il m'adresse un signe d'assentiment. *Allez-y*.

— Voilà, Holli, je vais commencer par vous poser des questions, comme nous en avons discuté au téléphone.

Ne vous souciez pas de la caméra, d'accord ? Parlez-moi comme vous le feriez normalement, avec n'importe qui d'autre.

Elle ne me regarde toujours pas, ses yeux s'attardent sur le carré de lumière au-dessus de nous. Je me demande si elle pense au monde du dehors. Au ciel ? Au vent ? J'imagine soudain Mark dans un taxi en route pour la maison, un carton contenant ses affaires posé sur les genoux, piégé dans sa propre galère. À quoi pense-t-il en ce moment même, alors qu'il traverse la City ? Je contemple la fenêtre à mon tour. Au-dessus de nous, deux mouettes tournoient dans la vaste étendue de ciel bleu. Je respire un bon coup l'air aseptisé de la prison et reporte mon attention sur mes notes. Je dois rester concentrée. Je remise Mark dans un coin de mon esprit et me focalise sur le visage anguleux de Holli.

— OK, Holli ? Tout est clair pour vous ?

Elle consent enfin à baisser les yeux vers moi.

— Hein ? réplique-t-elle, comme si j'avais parlé chinois.

Bon. Il va falloir que je la reprenne en main. Plan B. Faire avancer les choses.

— Eh bien, d'abord, pouvez-vous m'indiquer votre nom, votre âge, la durée de votre peine et le motif de votre condamnation, s'il vous plaît ?

Une instruction simple, claire. J'ai adopté un ton semblable à celui d'Amal. Nous n'avons pas le temps de jouer à ce petit jeu, quel qu'il soit.

Holli se redresse légèrement sur sa chaise. Pour le meilleur ou pour le pire, c'est une dynamique à laquelle elle est sensible, qui lui est familière.

— Holli Byford, vingt-trois ans, j'ai pris cinq ans pour incendie criminel pendant les émeutes de Londres, débite-t-elle d'un trait.

Elle a fait partie des milliers de personnes arrêtées au cours des cinq jours d'émeutes à Londres en août 2011. Les troubles ont éclaté quand une manifestation pacifique organisée après la mort de Mark Duggan, abattu par un policier, a sérieusement dégénéré. Des opportunistes, poussés par un sentiment de vertueuse indignation, n'ont pas tardé à profiter de la situation, et Tottenham a sombré dans le chaos. Des policiers ont été attaqués, des magasins brûlés, des biens détruits et des centres commerciaux pillés. Et les débordements se sont propagés dans toute la ville durant les quelques jours et nuits qui ont suivi. Manifestants et pillards, comprenant qu'ils avaient un temps d'avance sur les forces de l'ordre, ont entrepris de coordonner leurs attaques via les réseaux sociaux. Ils se sont rassemblés et unis pour vandaliser des magasins avant de poster sur Internet les photos de leur butin-trophée. Les commerces ont baissé le rideau et les habitants se sont enfermés chez eux, redoutant une agression ou pire.

Je me souviens d'avoir vu à l'époque des images filmées avec des téléphones montrant des individus en train de saccager JD Sports, prêts à tout pour s'emparer de baskets ou de chaussettes.

Mais entendons-nous bien : je ne suis pas en train de les dénigrer. On ne peut pas tenter indéfiniment les gens avec des biens de consommation qu'ils ne peuvent pas s'offrir. On ne peut pas pousser le bouchon trop loin. Sinon ils se rebiffent.

Londres a été en chute libre pendant ces cinq jours d'août 2011.

Sur les 4 600 individus arrêtés durant cette période, 2 250 – un record historique – sont passés au tribunal. Les jugements ont été aussi rapides que sévères. Les autorités craignaient de créer un précédent malvenu si des mesures exemplaires n'étaient pas prises à l'encontre des jeunes impliqués. La moitié des mis en cause avaient moins de vingt et un ans. Holli était de ceux-là.

Elle est toujours immobile en face de moi, le regard de nouveau rivé sur la fenêtre.

— Qu'avez-vous fait exactement pendant ces émeutes, Holli ? Racontez-moi cette soirée, comme ça vous revient.

Elle étouffe un rire, jette un coup d'œil à Amal, cherchant peut-être un allié, puis reporte lentement son attention sur moi. Son expression s'est durcie une fois encore.

— Comme ça me revient, commence-t-elle en affichant un petit sourire suffisant, c'était le week-end où Mark Duggan a été descendu. J'ai vu sur Facebook que c'était de la vraie folie : les mecs, ils se précipitaient dans ce centre commercial et ils embarquaient tout, les fringues et d'autres trucs, et les flics s'en foutaient, ils entraient même pas pour arrêter ce bordel.

Elle resserre légèrement son chignon en bataille.

— Le frangin de mon copain, il a dit qu'il allait nous emmener là-bas en bagnole pour qu'on puisse se servir aussi, mais finalement il s'est dégonflé. Il avait trop la trouille qu'on relève son numéro d'immat'.

Elle s'interrompt et regarde Amal. Il contemple fixement un point devant lui, l'air impavide. Elle est libre de dire ce qu'elle veut.

— Et puis, le dimanche, ça s'est mis à barder sec, poursuit-elle. J'ai reçu un texto de mon copain Ash, pour me prévenir qu'ils allaient se faire le Whitgift Centre. C'est, genre, le plus grand centre commercial de Croydon. Ash a dit qu'on avait qu'à baisser nos capuches pour passer devant les caméras de sécurité. Quand on a débarqué là-bas, y avait un monde de dingue et des bouts de verre partout dans la rue. Ash, il a commencé à fracasser les portes du Whitgift. L'alarme s'est déclenchée, et on lui a tous donné un coup de main, parce qu'on pensait avoir largement le temps avant l'arrivée des flics. Mais après, personne voulait entrer, on est tous restés là, plantés comme des cons. Jusqu'au moment où un mec s'est mis à courir en gueulant : « Vous attendez quoi, bande de nazes ? » Et il a foncé à l'intérieur. Du coup, on l'a suivi.

« J'ai fauché des fringues et aussi d'autres trucs trop cool. C'est ça que vous voulez savoir ?

Elle s'interrompt. Son regard éteint se fixe de nouveau sur moi.

— Oui, Holli, c'est exactement ça. Continuez, s'il vous plaît.

Je l'encourage d'un signe de tête tout en m'efforçant de ne rien montrer, de rester impassible. Je ne veux surtout pas la couper dans son élan.

Son sourire suffisant reparaît et elle change de position sur sa chaise avant de poursuivre :

— Après, on avait la dalle, alors on a traîné dans les rues. Y avait des mecs qui balançaient tout et n'importe quoi : des présentoirs de journaux, des briques, des bouteilles enflammées. Et des grosses poubelles bloquaient le passage. Ash, il s'y est mis lui aussi, mais après on a vu débarquer les flics, alors on s'est tirés, Ash, moi et son pote. On est retournés vers l'arrêt de bus. C'était tranquille par là, y avait que ce bus arrêté en plein milieu de la rue, allumé et tout, avec des gens encore dedans. On a voulu y monter nous aussi, pour se mettre à l'abri, mais le chauffeur voulait pas nous ouvrir. Il a fini par péter les plombs, il gueulait et gesticulait dans tous les sens. Là-dessus, quelqu'un a ouvert la porte arrière, et les autres à l'intérieur ils sont descendus à toute vitesse tellement ils avaient la trouille qu'on leur saute dessus ou un truc comme ça. Le chauffeur, lui, il la ramenait plus, il chiait de trouille. Il a fini par se barrer et, du coup, on avait le bus pour nous tout seuls.

Elle s'adosse à son siège, l'air satisfait, les yeux levés de nouveau vers la vitre.

— C'était trop cool. On est allés à l'étage, on a roupillé sur les sièges, bouffé du poulet et picolé. C'est là qu'ils ont pu voir nos têtes sur les images des caméras, ajoute-t-elle d'un ton pensif.

« À un moment, pour rigoler, j'ai versé du Jack Daniel's sur les sièges du fond et foutu le feu à un de ces canards gratuits qui traînait. Ash, il se marrait, parce qu'il pensait que j'oserais pas, et puis, comme ça, tout l'arrière du bus s'est enflammé. Nous, on était morts de rire et on a balancé d'autres papiers dans le feu, vu que c'était déjà un gros bordel. Quand ça a commencé à devenir intenable, et à schlinguer grave, on est sortis pour regarder. Et Ash a dit à tout le monde que c'était moi qui avais fait le coup. Les deux étages du bus cramaient. Les gens qui passaient, ils me tapaient dans la main et tout, parce que c'était un truc de ouf. On a pris des photos de malade avec mon téléphone. Hé, me regardez pas comme ça ! me lance-t-elle. Je suis pas complètement débile, je comptais pas les poster sur les réseaux ni rien.

— Comment vous êtes-vous fait prendre, alors ?

Je garde un ton neutre.

Elle détourne les yeux.

— Ben, y a quelqu'un qui nous a filmés avec son portable pendant qu'on regardait le bus partir en fumée et qu'Ash disait que c'était à cause de moi. Le lendemain, j'avais ma photo en première page du journal local. Ils s'en sont servis au tribunal. Ils avaient aussi la vidéo de nous dans le bus.

J'avais visionné ces images du véhicule embrasé. De Holli survoltée, ravie, les yeux brillants, comme une gosse devant un feu d'artifice. Et de son copain Ash, montagne de muscles en jogging à côté d'elle. Son protecteur. C'était troublant, tous ces rires, cette excitation, cette fierté. Et lorsque je la vois aujourd'hui, la seule pensée de ce qu'il faut pour lui arracher un sourire me fait froid dans le dos.

— Et êtes-vous heureuse de rentrer bientôt chez vous, Holli ?

Si je n'attends pas vraiment une réponse franche de sa part, je me sens obligée de poser la question.

Une nouvelle fois, elle jette un coup d'œil à Amal. Et laisse passer quelques secondes.

— Ouais, ce sera cool. Ma bande me manque. Et puis j'ai trop envie de me fringuer normalement.

Elle hausse les épaules sous son sweat-shirt informe.

— Et d'avaler de la bouffe correcte. C'est tout juste si je crève pas de faim, ici, tellement c'est dégueu.

— Pensez-vous que vous pourriez refaire ce genre de choses une fois dehors ?

Après tout, ça ne coûte rien de demander.

Elle sourit. Enfin. Se tient le dos bien droit.

— Ça risque pas. Jamais je referai un truc pareil.

De nouveau ce petit sourire suffisant. Elle ne se donne même pas la peine de rendre son mensonge crédible. Bien sûr qu'elle va recommencer. Cette conversation me met de plus en plus mal à l'aise. Pour la première fois, je me demande si Holli n'a pas des problèmes de santé mentale. Je n'ai plus qu'une envie à présent : terminer cette interview.

— Et quels sont vos projets pour l'avenir ?

Son attitude – sa physionomie, sa posture – change brusquement. D'une certaine façon, elle paraît plus petite et vulnérable. Quand elle reprend la parole, c'est d'une voix normale, celle de n'importe quelle jeune femme de vingt-trois ans. Polie, ouverte, amicale. La métamorphose est profondément troublante. C'est cette image-là qu'elle renverra à la commission des libérations conditionnelles, j'en suis certaine.

— En fait, j'ai demandé à ceux de l'assoc' d'aide aux détenus d'accélérer les choses pour ma libération anticipée, répond-elle, toute de douceur et d'innocence. Je tiens à me racheter vis-à-vis de la société et à prouver qu'on peut me faire confiance. Ils vont me trouver du boulot et bosser avec mon agent de probation pour m'aider à me remettre dans le droit chemin.

Je décide d'insister.

— Mais vous, de quoi avez-vous envie, Holli ? Pour plus tard ? Que voulez-vous faire de votre vie une fois dehors ?

Même si j'ai essayé de conserver un ton neutre, je sens bien que ma question doit lui paraître naïve.

Son sourire est candide. Elle me nargue, c'est évident, et elle y prend plaisir.

— Ah, je peux pas tout vous dire. Je veux juste sortir d'ici. Après, je sais pas trop. Vous verrez bien. Mais vous serez pas déçue, Erin. Pas déçue du tout.

Son petit air suffisant est de retour. Ça fait peur.

Je tourne la tête vers Amal. Il soutient mon regard.

— Merci, Holli, dis-je. C'est un excellent début. On va s'arrêter là pour aujourd'hui.

J'éteins la caméra.

6

Vendredi 29 juillet
La marche vers l'autel

Nous avons organisé un dîner. Je sais que ce n'est probablement pas le meilleur moment, compte tenu de tout ce que Mark vit actuellement, mais la date du mariage approche à grands pas. C'est dans cinq semaines, et il me reste encore à demander à quelqu'un une faveur très spéciale.

Nos invités seront là dans une heure. Je ne me suis pas encore changée ni douchée, et encore moins mise aux fourneaux. Nous avons prévu un poulet rôti, parce que c'est rapide et facile à faire, et que nous pouvons nous répartir les tâches. Mark s'occupe de la viande, moi de la garniture. Quand je lui ai soumis l'idée, un peu plus tôt, ça l'a beaucoup amusé d'y voir une métaphore de notre relation. Cette rare parenthèse de légèreté entre nous n'a cependant pas duré. Je suis maintenant dans notre cuisine ultramoderne, en contemplation devant un gros poulet froid et un monticule de légumes.

Mark ne va pas bien, d'où mon retard dans mon programme. Je l'ai envoyé se préparer. Il y a maintenant un peu plus d'une semaine qu'il a été licencié et qu'il fait les cent pas dans le salon, dans la chambre, dans la salle de bains, pieds nus, tout en apostrophant au téléphone des interlocuteurs à New York, en Allemagne, à Copenhague ou en Chine. Nous avons besoin d'une soirée pour décompresser. J'en ai besoin.

Ce soir, nous recevons Fred Davey et sa femme, Nancy. Ça fait un mois que j'ai lancé l'invitation. Tous deux sont pratiquement de la famille. Depuis que je l'ai rencontré, à l'époque où j'ai été engagée comme assistante par la productrice de son documentaire sur The White Cube, Fred a toujours été là pour m'apporter son aide et me donner des conseils. Je ne pense pas que mon documentaire serait aujourd'hui en production si Fred n'avait pas multiplié les séances de brainstorming avec moi et écrit autant de lettres à l'en-tête de la BAFTA. Quant à l'adorable Nancy, c'est l'une des femmes les plus chaleureuses et les plus gentilles que je connaisse, du genre à ne jamais rater un anniversaire, une inauguration ou une occasion de se réunir. Ils sont ma famille de substitution, ma petite cellule de soutien.

Comme Mark ne m'a toujours pas rejointe, je décide de commencer à cuisiner sans lui. Il est au téléphone depuis déjà une demi-heure pour essayer de trouver d'autres pistes. Non seulement ses tentatives pour activer son réseau n'ont abouti à rien, mais il a aussi appris que c'était son « ami » de New York qui l'avait – qui nous avait – mis dans ce pétrin. Quand je suis rentrée à la maison le jour où il a perdu son travail, il avait découvert entretemps qu'Andrew était responsable de tout.

Celui-ci l'avait appelé à son poste mais c'était Greg qui avait décroché et Andrew avait confondu leurs voix – je ne sais pas comment c'est possible, dans la mesure où Greg est originaire de Glasgow. Croyant parler à Mark, Andrew avait annoncé que quelqu'un de la succursale de New York allait lui téléphoner plus tard dans la journée pour lui faire part d'une éventuelle proposition d'embauche.

Greg, en parfait faux jeton et sans doute ravi de l'aubaine, avait aussitôt foncé voir leur patron pour l'informer de la conversation qu'il venait d'avoir.

De son côté, Andrew, qui n'avait apparemment pas apprécié d'être impliqué dans cet imbroglio, s'était ensuite arrangé pour faire capoter la proposition d'embauche en question. Que de manœuvres pour s'éviter l'humiliation d'avoir à reconnaître une erreur... Mais, voyez-vous, dans le monde de la finance, s'excuser est un signe de faiblesse. Et la faiblesse n'inspire pas la confiance, quand c'est précisément là-dessus que se fonde le marché. Les valeurs sont en hausse, vous gagnez ; elles sont en baisse, vous perdez. Et c'est ainsi que Mark, aujourd'hui sans emploi, arpente le salon, à moitié habillé, en hurlant dans le téléphone.

Il m'a cependant dit que tout n'était pas perdu. Il s'est entretenu avec Rafie et deux ou trois autres relations de travail, et il y aurait au moins trois pistes possibles, sinon plus. Il faut juste qu'il tienne le coup pendant quelques semaines. De toute façon, il ne peut rien faire d'autre à ce stade. Même s'il reçoit une offre, il n'a pas le droit de commencer à travailler avant la fin de son préavis, ce qui nous amène à la mi-septembre. Ce sont des vacances forcées, en somme. À tout autre moment de ma vie, j'aurais été enchantée par cette perspective, mais maintenant que j'ai entamé le tournage, je vais être débordée jusqu'au mariage. Mauvais timing.

Il apparaît enfin, douché et changé, dans la cuisine. Il me sourit. Il est sublime. En chemise blanche, parfumé de frais, il m'attrape par la main et me fait tourner devant lui. Nous esquissons quelques pas de danse dans la pièce, puis il me contemple en disant : « Je prends le relais. Tâche de te faire encore plus belle. Chiche ! » Il attrape un torchon avec lequel il feint de me fouetter pour me chasser de la pièce. Je m'éclipse en pouffant.

Certains pourraient juger ce revirement troublant, mais c'est ce que j'aime chez lui. Il est capable de se ressaisir en un tournemain, de compartimenter. Il maîtrise ses émotions. Il sait que j'ai besoin de lui ce soir, alors il est là.

À l'étage, je me torture l'esprit devant ma penderie. Je veux donner l'impression d'avoir soigné ma tenue sans pour autant avoir fait d'effort particulier. C'est un équilibre difficile à trouver.

Ce soir, je vais demander à Fred de m'accompagner à l'autel. C'est un peu délicat, parce qu'il n'est pas de la famille. Pour autant, il est ce que j'ai de plus proche d'un père. Je le respecte. J'ai de la tendresse pour lui, et j'aime à penser qu'il en a pour moi. Je l'espère, du moins. Quoi qu'il en soit, je déteste parler de mes proches. Il me semble qu'on devrait donner plus d'importance à la question de savoir où on va plutôt que d'où on vient, mais bon… Je suppose que je vais devoir vous en dire quelques mots pour que vous compreniez.

Ma mère était jeune, belle et intelligente. Elle dirigeait une entreprise, travaillait dur, et je l'aimais tellement que ça me déchire le cœur de penser à elle. Alors j'évite de le faire. Elle est morte. Un soir, il y a vingt ans, sa voiture est sortie de la route et a dévalé un ravin jusqu'à une voie ferrée. Mon père m'a appelée à la pension le lendemain pour m'annoncer la nouvelle. Il est venu me chercher en fin de journée. J'ai manqué l'école pendant une semaine. Maman a été enterrée. Après ça, mon père a accepté un poste en Arabie saoudite. Je le voyais pendant les vacances scolaires quand j'allais là-bas. À seize ans, j'ai arrêté d'y aller, préférant passer les vacances chez des amis. Il s'est remarié. Il a aujourd'hui deux autres enfants : Chloe, seize ans, et Paul, dix. Il ne pourra pas venir au mariage et, pour être franche, je m'en réjouis. Il ne fait plus très souvent le déplacement, aujourd'hui. Je lui ai rendu visite il y a deux ans. J'ai dormi dans une chambre d'amis spartiate. Je sais qu'il voit ma mère quand il me regarde, parce que je ne vois qu'elle quand je le regarde. Voilà, c'est tout. Je n'ai rien à ajouter.

Lorsque je redescends enfin, des odeurs appétissantes flottent dans l'air. La table est mise. Nos plus belles assiettes, nos plus beaux verres, du champagne. Mark a même réussi à dénicher des serviettes en tissu. Incroyable. Je ne me doutais même pas que nous en avions. Il me sourit quand j'entre, ses yeux bruns détaillent les contours de mon corps à travers ma robe. J'ai finalement opté pour une petite robe en velours noir toute simple, et ramené mes cheveux bruns en arrière afin d'exposer les longues boucles d'oreilles en or que Mark m'a offertes pour mon anniversaire.

— Superbe, commente-t-il en m'examinant de la tête aux pieds après avoir allumé la dernière bougie.

Je le regarde en silence. Je me sens nerveuse. Il est là devant moi, solide, le torse large, beau. Se rendant compte de mon inquiétude, il s'approche de moi.

— Tout ira bien, Erin, me chuchote-t-il à l'oreille en me serrant contre lui. Il ne peut qu'être touché par ce que tu lui demandes. Je t'assure, tout ira bien.

— Et s'il me pose des questions sur eux ?

Je lève les yeux vers lui. Je ne peux pas tout raconter encore une fois. Je ne veux pas penser à ma mère.

— Il te connaît, réplique Mark. Il se doutera bien que tu as de bonnes raisons de le solliciter. Et s'il veut en savoir plus, on gérera ça ensemble. D'accord ?

Il recule et plonge son regard dans le mien.

Je hoche la tête à contrecœur.

— D'accord, dis-je dans un souffle.

— Tu me fais confiance ?

Je souris.

— Évidemment.

Il sourit à son tour.

— Eh bien, voilà, c'est réglé ! Allez, place à la fête !

Au même moment, un coup de sonnette retentit.

7

Mercredi 3 août
La robe de mariée

Agenouillée devant moi, une Irlandaise chaleureuse s'affaire autour des plis de ma robe de mariée, dont elle reprend l'ourlet. Elle s'appelle Mary. Immobile dans mon délicat crêpe de Chine, j'observe la scène avec détachement, sans être trop sûre de ce que je ressens. Caro surveille tout – ma coach mariage. Elle m'a aidée à choisir la robe. Elle connaît quelques costumiers qui travaillent pour le cinéma. Ils ont en général pas mal de vêtements vintage ; ils les achètent aux enchères, les copient et les revendent ensuite sur Internet, en parfait état. C'est le cas de ce modèle. Il est idéal.

Nous sommes dans le sous-sol de la boutique d'un tailleur à Savile Row pour procéder à de minuscules ajustements. Il n'y a pas grand-chose à faire. La robe me va comme un gant.

Ce tailleur, c'est celui dont le père de Caro s'assurait les services de son vivant. J'ignore de quoi il est mort – probablement d'une crise cardiaque, il était âgé. Il a eu

Caro sur le tard, il devait déjà avoir dans les soixante-dix ans. Je n'ai pas beaucoup d'informations sur lui, à vrai dire – juste ce que m'a laissé entendre mon amie à travers des allusions disséminées dans la conversation. Il y a un chèque encadré chez elle, accroché au mur dans les toilettes du bas, d'un montant de 1 million de livres, à l'ordre de son père. La maison dont elle a hérité est une demeure de cinq étages à Hampstead, avec un jardin à l'arrière aussi grand que Russell Square. Le père de Caro était millionnaire – un vrai millionnaire à l'ancienne ; c'est du moins ce que j'ai cru comprendre. Il y a aussi un Warhol dans le salon, appuyé négligemment contre un mur.

Tout ça pour dire que, lorsque Caro me donne des conseils, j'ai tendance à les suivre si j'en ai les moyens. En l'occurrence, ici, les retouches sont gratuites pour moi. Je ne m'explique pas bien pourquoi, mais j'en profite : quand ça ne coûte rien, c'est dans mes moyens.

— Voilà, j'ai terminé, ma belle.

Mary se relève et époussette les peluches accrochées à ses genoux.

De retour dans la rue, Caro se tourne vers moi.

— On va déjeuner, même s'il est tard ? propose-t-elle.

J'ai l'estomac dans les talons. Je n'ai rien mangé depuis hier soir. Sur une impulsion irrationnelle, j'ai décidé de sauter le petit déjeuner ce matin, parce que je ne voulais pas compromettre l'essayage de ma robe. Je sais, je sais : j'ai bien l'intention de manger le jour du mariage. D'ailleurs, j'attends même ce moment avec impatience : le restaurant que nous avons choisi, Mark et moi, a l'air époustouflant. La réservation est faite, l'acompte a été versé. La dégustation qui doit nous permettre de composer le menu est prévue la semaine prochaine. J'ai hâte. Bon sang, ce que je peux avoir faim !

— Avec plaisir, dis-je.

Je consulte ma montre. Il est 3 heures de l'après-midi, plus tard que je ne le pensais, mais j'ai vraiment besoin de m'épancher. Les allées et venues de Mark chez nous m'obsèdent. Il faut que je raconte ce qui lui est arrivé au travail, même si je n'en ai pas vraiment envie. Il me semble que c'est une trahison de parler de notre relation à quelqu'un d'extérieur. En général, c'est l'inverse qui se produit : Mark et moi parlons des autres. Nous ne révélons rien sur nous aux étrangers. Nous constituons notre propre bulle. Impénétrable. Sûre. Il y a nous et il y a le reste du monde. Du moins, c'était le cas jusqu'à maintenant. Jusqu'à ça.

Pour autant, ce n'est pas Mark le problème. C'est plutôt que je ne sais pas quoi faire. Comment remédier à la situation. Caro doit lire mon désarroi sur mon visage.

— Viens, on va chez George, décrète-t-elle.

Oui, bonne idée. Le restaurant sera tranquille à cette heure de la journée. C'est un établissement magnifique en plein cœur de Mayfair, réservé aux membres, avec une terrasse en retrait abritée par une marquise. La galerie de Caro lui ouvre toutes les portes. Elle me prend par le bras pour m'entraîner vers Mayfair.

— Alors, qu'est-ce qui se passe ? me demande-t-elle quand le serveur s'éloigne après avoir posé devant nous deux verres d'eau avec des glaçons, humides de condensation.

Je la regarde en avalant une grande gorgée d'eau, la rondelle de citron appuyée contre ma lèvre supérieure.

Elle sourit.

— Inutile de prétendre que tu n'as rien sur le cœur, Erin. Tu ne sais pas mentir. Et, de toute évidence, tu meurs d'envie de m'en parler. Alors, vas-y, je t'écoute.

Elle porte son verre à sa bouche et boit en me jetant un coup d'œil interrogateur.

Je n'ai plus d'eau. Les glaçons tintent dans mon verre.

— Bon, si on a cette discussion, tu devras l'oublier après. Promets-le-moi, Caro.

Je repose avec précaution mon verre vide.

— Oh, bon sang ! lance-t-elle. D'accord, promis.

Elle s'adosse à sa chaise et hausse les sourcils.

— C'est Mark. Il a été remercié.

Je me suis exprimée à voix basse, consciente de la présence de plusieurs hommes d'affaires à trois tables de nous. On n'est jamais trop prudent.

— Hein ? Il a été licencié ?

Elle se penche en avant, puis baisse d'un ton, elle aussi, pour se mettre au diapason du mien. Ah, on fait la paire, toutes les deux…

— Non, dis-je. On lui paie son préavis mais il n'aura pas d'indemnités. Ils l'ont poussé à démissionner en échange d'une recommandation. S'il avait refusé, ils l'auraient quand même viré, sans rien lui verser. Apparemment, c'était leur intention jusqu'à ce que son chef annonce à tout le monde son départ volontaire.

— Mais c'est quoi, ces conneries ? s'exclame-t-elle. C'est juste… ridicule ! Oh, merde ! Comment il le prend ?

Sa voix est remontée d'une octave. L'un des hommes d'affaires se retourne sur sa chaise pour nous regarder. Je fais signe à Caro de parler moins fort.

— Ça va. Enfin, lui ne va pas bien, mais on tient le coup. Le problème, c'est que je souhaite vraiment être présente pour lui, et en même temps je ne voudrais pas… eh bien, l'émasculer en lui apportant mon aide, tu vois ? C'est délicat. Je dois trouver un moyen de lui remonter le moral sans qu'il s'en aperçoive. Attention, je ne dis pas qu'il a besoin de soutien ni rien… Non, c'est parce que je l'aime, Caro. Je veux qu'il soit heureux. Mais il ne me laisse pas intervenir. C'est comme s'il pensait que tout ce stress lui permettait de mieux se concentrer, de réfléchir à une solution. Je ne l'avais jamais vu dans un tel état. D'habitude, il a toujours des idées pour rebondir, sauf que là, tout s'écroule. Avec la situation générale en Europe, ce putain de Brexit, la livre sterling qui dégringole et n'a jamais été aussi basse, le gouvernement, le nouveau Premier ministre, le nouveau ministre des Affaires étrangères… et même Donald Trump, bordel ! Tout se casse la gueule. C'est une vraie galère, ça ne pouvait pas tomber plus mal.

— Mmm.

Caro secoue la tête en signe de solidarité.

Je poursuis sur ma lancée :

— Je le sais aussi bien que lui, le contexte ruine ses chances de décrocher un autre poste. Sans compter que, même s'il y a des offres, ce ne sera pas facile pour lui d'expliquer à d'éventuels employeurs qu'il a démissionné sans avoir reçu une autre proposition. D'après lui, ils vont se demander ce qui a bien pu le pousser à faire un truc pareil. Apparemment, ça ne marche pas comme ça dans ce milieu. C'est ce qu'il affirme, en tout cas. Alors, moi, je lui ai dit, tu n'as qu'à expliquer que tu ne te plaisais pas là-bas ou que tu avais besoin d'un break avant le mariage. Après tout, ce n'est pas un crime de vouloir prendre du temps pour soi… Mais je comprends aussi son point de vue : ça risque de passer pour un signe de faiblesse – dans l'esprit des employeurs, je veux dire. Comme s'il ne pouvait pas gérer la pression et devait prendre un congé. Comme s'il déprimait, un truc comme ça. Argh ! Bon sang, c'est à se taper la tête contre les murs ! Sérieux, Caro, ça me rend dingue. Je ne vois pas comment régler ça. Toutes mes suggestions sont rejetées. Je suis dans une impasse. Alors je reste là, à l'écouter en silence…

Je m'interromps. Caro change de position sur son siège. Regarde la rue dehors et hoche la tête d'un air solennel avant de déclarer :

— Je ne vois pas trop quoi dire, ma grande. C'est foutrement frustrant. Moi aussi, ça me rendrait dingue. En attendant, Mark est brillant, pas vrai ? Sérieux, il est capable de tout faire, non ? Compte tenu de son expérience, il pourrait travailler dans n'importe quel domaine. Pourquoi il ne chercherait pas autre chose ?

La réponse à cette question est simple. C'est celle que je donnerais si Caro me conseillait de changer de carrière. Je ne veux pas faire autre chose. Et Mark non plus.

— Oui, bien sûr, c'est toujours possible, dis-je. Mais on n'en est pas encore là. Il attend toujours des retours de certains de ses contacts. C'est juste que le grand jour approche et que j'ai l'impression qu'il se met un peu en retrait.

— De quoi ? Des préparatifs du mariage ou de votre relation ?

— Des… préparatifs ? Peut-être, c'est possible. Mais pas de la relation, non.

Je me sens mal, à présent.

— Il est chiant, c'est ça ?

Elle a formulé cette demande d'un ton si grave, si inhabituel chez elle, que j'éclate de rire. C'est plus fort que moi.

Une expression inquiète se peint aussitôt sur ses traits. Elle doit penser que je ne suis pas moi-même non plus. À ses yeux, j'ai sans doute l'air d'une folle.

— Désolée, Caro ! Non, non, pas du tout. Il n'est pas chiant.

J'observe son visage soucieux, son front plissé.

Et je comprends soudain que cette discussion ne sert à rien. Caro n'a aucune idée de ce que je devrais faire. Absolument aucune. Elle ne me connaît même pas si bien que ça. C'est vrai, nous sommes amies, mais nous ne savons pas grand-chose l'une de l'autre. Je n'obtiendrai pas de réponses auprès d'elle. C'est à Mark que j'ai besoin de parler. Là, je ne fais que transformer cette conversation en fiasco. Caro et moi devrions parler fleurs, pièces montées et week-ends entre filles. Je change abruptement de sujet.

— Tu veux que je te dise ? Je crois que j'ai trop faim, c'est tout. Je n'ai pas pris de petit déjeuner ce matin. Sérieux, il n'y a pas de problème, c'est seulement que la perspective du mariage me rend nerveuse. Et que je suis en manque de sucre. À mon avis, pour arranger ça, il me faut au plus vite un de ces rouleaux Caesar et des frites. Et du vin !

Le sourire de Caro reparaît sur-le-champ. Je suis redevenue moi-même. Tout va bien. Stress oublié. Confession effacée. Compteurs remis à zéro. Je suis passée à autre chose et elle m'emboîte le pas. Nous enchaînons. *Merci, Caro*. Et c'est bien pour cette raison, mesdames et messieurs, que je l'ai choisie comme demoiselle d'honneur.

L'après-midi touche à sa fin lorsque je prends congé de Caro et, éméchée et ralentie, me mêle à la foule des banlieusards qui se presse dans les escaliers du métro à cette heure de pointe.

Dans la rame qui me ramène chez moi, je pense à ce que je vais dire à Mark. Une conversation sérieuse s'impose. À propos de tout, en fait.

Ou peut-être qu'il nous suffirait juste de baiser. Jusque-là, ça nous a toujours permis de repartir du bon pied. Il y a maintenant quatre jours que nous n'avons pas couché ensemble, ce qui pour nous est long. En général, nous sommes plutôt de ces couples qui s'envoient en l'air une fois par jour. Je sais, je sais… Ne vous y trompez pas, j'ai bien conscience que ce n'est pas courant. Que, après la première année de vie commune, ça peut choquer. Je m'en suis rendu compte car, avant de rencontrer Mark, mon expérience du sexe s'apparentait plutôt à un événement mensuel – et encore, sur réservation. Surfait et, en fin de compte, toujours décevant. Croyez-moi, j'ai eu plus que mon lot de relations merdiques. Mais entre Mark et moi, ça n'a jamais été comme ça. J'ai envie de lui. Tout le temps. De son odeur, de son visage, de sa nuque, de ses mains sur moi. Entre mes cuisses.

Dieu qu'il me manque ! Je sens mon pouls s'accélérer. La femme sur le siège en face de moi délaisse ses mots croisés pour me regarder. Elle fronce les sourcils. Est-il possible qu'elle ait lu dans mes pensées ?

Sous ma robe, je perçois la douceur de la soie pêche sur mon corps. Je porte des sous-vêtements assortis, comme toujours depuis que j'ai commencé à fréquenter Mark. Il adore la soie. Je croise lentement les jambes et savoure la sensation de ma peau glissant contre ma peau.

8

Samedi 3 août
Dégustation

Après nos fiançailles, la première initiative que nous avons prise en vue du mariage a été de chercher une salle. Nous nous sommes lancés à fond. Nous avons visité des tas d'endroits : originaux, austères, opulents, futuristes, rustiques, et j'en passe. Nous avons tout exploré. Mais à peine entrés dans les salons de réception lambrissés du Café Royal, dégageant une atmosphère de bibliothèque, nous avons eu une révélation : c'était exactement ça que nous voulions. Quel que soit ce « ça ».

Aujourd'hui, le restaurant nous organise une dégustation privée dans l'un de ces salons, afin de nous permettre de choisir entre trois options pour chaque plat et d'accorder au mieux vins et champagnes. Nous attendions ce moment depuis longtemps, et pourtant, maintenant que le jour est arrivé, j'ai un peu l'impression d'accomplir une simple formalité. Sans compter que ça me paraît bizarre de s'autoriser ce plaisir alors que Mark traverse une si mauvaise passe. En même temps, la vie continue, on ne peut pas la mettre entre parenthèses…

Dans le métro qui nous conduit au Café Royal, il lit les nouvelles sur son téléphone. J'essaie de l'imiter. À la station Covent Garden, il se tourne vers moi.

— Écoute, Erin, je sais que tu te fais une joie de cette dégustation, mais est-ce qu'on pourrait décider maintenant d'opter pour les boissons et les plats les moins chers ? Oh, on va tout goûter, bien sûr, et ce sera fantastique, en attendant il vaudrait mieux limiter les frais. Je veux dire, c'est un restaurant cinq étoiles, alors tout est forcément bon, non ? On est d'accord ? Ça te va ?

Je comprends. Il a raison, évidemment. Il s'agit d'un dîner pour quatre-vingts personnes, il convient d'être raisonnable. Et, franchement, leur cuvée maison est à tomber. Inutile de viser plus haut.

— Oui, ça me va. Entendu. Mais est-ce qu'on peut quand même en profiter jusqu'au bout ? J'ai envie de tout essayer. Pourquoi pas ? On ne le fera qu'une fois dans notre vie, pas vrai ? Alors, on teste chaque plat et on se prononce à la fin. OK ?

Il se détend.

— OK. Parfait. Merci.

Je lui presse la main. Il presse la mienne en retour. L'expression de son regard change presque imperceptiblement.

— Erin, merci d'être aussi… enfin, tu vois. J'ai beaucoup de soucis en ce moment, et je ne suis pas sûr de savoir l'exprimer de la meilleure manière.

Il jette un coup d'œil aux passagers près de nous, tous concentrés sur leurs téléphones ou leurs journaux. Puis il se penche vers moi et ajoute à voix basse :

— J'ai tendance à me refermer comme une huître quand je suis stressé. Et comme ça ne m'arrive pas souvent, j'ai du mal à gérer. Alors… merci.

Je presse plus fort sa main et j'appuie ma tête sur son épaule avant de chuchoter :

— Tu n'as pas à me remercier. Je t'aime, Mark.

Il se déplace légèrement. Se redresse sur son siège. Il n'a pas terminé, de toute évidence. Je relève la tête.

— Écoute, j'ai fait quelque chose la semaine dernière…

Il s'interrompt. Étudie mon visage. Je sens mon estomac se nouer. Les phrases de ce genre me glacent toujours le sang. Ces mots-là préparent le terrain pour des nouvelles encore plus mauvaises.

— Oui ? Qu'est-ce que tu as fait ?

J'ai posé la question d'un ton léger pour éviter de le braquer. Je ne veux pas qu'il se replie sur lui-même.

— J'aurais dû t'en parler avant, je sais, déclare-t-il. Sur le coup, je… j'ai pensé que ce n'était pas le bon moment, et puis le bon moment n'est jamais arrivé, et c'est devenu de plus en plus compliqué et… voilà.

Il marque une pause, le regard empli de remords.

— J'ai annulé notre lune de miel, me révèle-t-il.

— Tu as… *quoi ?*

— Oh, pas tout le séjour, non. Seulement une semaine. On ne restera que quinze jours à Bora Bora.

Il scrute de nouveau mes traits, guettant manifestement ma réaction.

Il a annulé notre lune de miel. Non, il ne l'a pas annulée, il l'a juste écourtée. Mais sans me consulter ? Sans rien me dire, à moi, sa future femme ? En secret ? Et il juge bon de me l'annoncer maintenant – maintenant que j'ai accepté de revoir à la baisse le menu de la noce ? Ah. OK.

Mon cerveau s'active pour tenter d'assimiler cette information, de lui donner un sens. En vain. Mais est-ce si important, au fond ? Peut-être pas. Je ne parviens pas vraiment à me sentir affectée. Ce ne sont que des vacances, après tout… Est-ce que j'ose lui dire : « Je m'en fiche » ? Et est-ce normal que je m'en fiche ? Ou alors, le problème ne serait-il pas plutôt qu'il a menti ? Quoique… Il n'a pas menti, il a pris une décision sans me demander mon avis. Bon. De toute façon, il allait bien être obligé de me le dire à un moment ou à un autre, n'est-ce pas ? Quelle aurait été l'alternative ? Attendre qu'on soit dans l'avion ? Non, au moins, il m'en parle aujourd'hui. Il n'a pas pu le faire avant parce que j'étais trop occupée. Trop prise par mon travail. Et puis, deux semaines sur une île tropicale, c'est déjà bien. Plus que bien, même, c'est génial. Certaines personnes n'auront jamais une telle chance. Quoi qu'il en soit, je n'ai pas besoin d'aller à l'autre bout du monde pour être heureuse. Je le veux juste lui. Je veux juste l'épouser.

Nous reviendrons sur le sujet plus tard. Dans l'immédiat, je préfère ne pas aggraver la situation. Il a commis une erreur, il le regrette, point final.

Je lève sa main qui serre toujours la mienne et lui embrasse les doigts.

— Ne t'inquiète pas. On discutera des questions d'argent à un autre moment. Là, on va tout faire pour passer une belle journée. OK ?

Son sourire ne chasse pas la tristesse dans ses yeux.

— OK pour une belle journée.

De fait, ça commence comme une belle journée.

Dans la grande salle de bal aux murs recouverts de lambris et de miroirs brillants, nous nous asseyons à une table nappée de blanc flottant sur un océan de parquet ciré. Un serveur à l'air réjoui nous apporte des préparations raffinées, mélangeant divers produits de saison, sur des assiettes artistiquement dressées. Une fois toutes les entrées disposées sur la table, le maître d'hôtel nous explique la composition de chacune et nous tend une carte sans chichis sur laquelle figurent la liste des plats et les prix. Il s'éclipse ensuite par une porte dissimulée dans les lambris de chêne, nous laissant en prendre connaissance.

ENTRÉES

Homard et sa salade de cresson, crème fraîche, vinaigrette
32 £

Huîtres au vinaigre d'échalote, citron, pain de seigle et beurre
19 £

Asperges et œufs de caille, betterave en salade et céleri rémoulade
22,50 £

À multiplier par quatre-vingts convives. Et ce n'est que l'entrée. Je regarde Mark, qui a blêmi. Je ne peux pas m'en empêcher, je pars d'un grand rire. Il me jette un coup d'œil et je vois le soulagement se peindre sur ses traits. Il sourit en levant son verre pour porter un toast. Je lève le mien.

— À un repas sans entrée ?

— À un repas sans entrée.

Je pouffe.

Nous attaquons les hors-d'œuvre. Ils sont exquis et valent bien le prix affiché. Mais je suis contente de ne pas avoir à les payer.

Nous nous mettons ensuite d'accord sur le plat principal :

Tourte au poulet et au bacon spécial Café Royal, œufs de caille, haricots verts et purée de pommes de terre
19,50 £

Pour le dessert, nous choisissons :

Mousse au chocolat noir et sa compotée de griottes
13 £

Plus trente bouteilles de rouge maison, trente de blanc maison et vingt de pétillant.

Nous pensons nous en être bien sortis, jusqu'au moment où le maître d'hôtel, Gerard, vient s'asseoir avec nous pour une petite conversation post-café. Apparemment, le budget minimum à prévoir est de 6 000 livres sterling. On a dû nous le dire l'année dernière au moment de la réservation, mais nous ne devions pas écouter à ce moment-là et, de toute façon, ça ne nous aurait pas paru important à l'époque. Gerard nous dit de ne pas nous en faire. D'après lui, il nous suffit d'ajouter un plateau de fromages et des cafés pour quatre-vingts convives. Soit 1 300 livres de plus. Nous acceptons. Difficile de faire autrement, le mariage est dans trois semaines.

Ensuite, repus et bourrelés de remords, nous retournons vers Piccadilly Station. Devant les tourniquets, Mark me retient en m'attrapant par le haut du bras.

— Attends, Erin. Sérieux, c'est complètement ridicule de dépenser autant. Il faut qu'on annule en rentrant. On perdra l'acompte, d'accord, mais tant pis. La cérémonie aura lieu à All Souls et on n'aura qu'à aller dans un restaurant de quartier après. Ou organiser ça avec mes parents, dans la salle des fêtes du village, pourquoi pas ?

Je regarde sa main refermée sur mon bras. Je ne le reconnais plus.

— Tu commences à me faire un peu peur, Mark. Non, à me faire peur tout court. Qu'est-ce qui te prend ? C'est notre mariage. On a des économies, on n'est pas obligés d'emprunter pour couvrir les frais ! Une journée pareille, on ne la vit qu'une fois, et moi, j'ai envie d'utiliser mon argent pour l'occasion. Pour nous. OK, pas tout mon argent, mais au moins une partie. À quoi ça servirait d'en avoir, sinon ?

Il pousse un profond soupir. Frustré, il laisse tomber le sujet, me relâche le bras, et nous descendons prendre le métro.

Nous effectuons le trajet en silence. Je regarde les autres voyageurs dans la rame en m'interrogeant sur leur vie. Assise près de Mark sans lui parler, j'imagine que c'est un inconnu. Que je vais quelque part toute seule. Que je n'ai pas à m'inquiéter de la suite des événements – ni du reste de mon existence, tant qu'à faire. Mais si cette pensée m'apaise, elle est stérile, en fin de compte. Je veux vivre avec Mark. Oh oui. J'aimerais seulement pouvoir lui changer les idées. Trouver un moyen de lui remonter le moral.

Il s'emporte contre moi dès que nous franchissons le seuil de la maison. Sa voix n'a plus rien du tendre murmure qu'elle était dans le métro.

Il me reproche de ne pas comprendre. De ne pas l'écouter. Je ne l'ai jamais vu comme ça. À croire que quelque chose en lui n'attendait que le moment d'exploser.

— Je ne pense pas que tu te rendes bien compte de la situation, Erin. Tu veux que je t'explique ? On n'a pas le fric pour tout ça. Je n'ai plus de boulot et je ne peux pas postuler ailleurs parce que personne n'embauche. Mon domaine, ce n'est pas le monde de l'art, du cinéma ou des trucs comme ça. Je suis banquier d'affaires. C'est mon métier, je ne sais rien faire d'autre. Et, de toute façon, ce n'est pas la question. Je n'ai pas la possibilité de monter ma propre banque ou de collaborer à une espèce de projet financier postmoderne ou une connerie de ce style… Je ne suis pas comme toi. Je ne viens pas du même milieu. J'ai passé toute ma vie à trimer pour arriver où j'en suis. Toute ma vie, tu entends ? Tu n'imagines même pas à quel point c'était dur ! Les types qui étaient au lycée avec moi bossent dans des stations-service, Erin ! Ça te parle, ça ? Ils vivent dans des HLM et mettent des produits en rayon dans des putains de supermarchés. Je ne retournerai pas en arrière. Ça, jamais ! Le problème, c'est que je n'ai personne pour me soutenir. Pas d'amis de la famille bien placés dans l'édition, le journalisme ou le cinéma… Non, moi, j'ai des parents retraités qui vivent à East Riding et dont il faudra probablement que je m'occupe dans un avenir plus ou moins proche. J'ai un total de 80 000 livres sur mes comptes épargne et le reste est investi dans cette baraque. Et on essaie d'avoir un bébé dans ces conditions ? J'avais un vrai travail, je l'ai perdu et on est dans la merde. Malheureusement, tout le monde n'a pas la chance de se faire entretenir, comme toi !

Je sens un flot de bile remonter dans ma gorge. J'en ai assez entendu. Ça suffit pour aujourd'hui.

— Je t'emmerde, Mark ! T'es trop con. Tu m'as déjà entretenue, peut-être ? Quand, hein ? Je suis quoi, une pute ?

Et dire que c'était une belle journée jusque-là.

— Non, Erin, non. Et c'est dommage. Parce que si tu l'étais, c'est le moment où tu comprendrais qu'il faut fermer ta gueule.

Mon cœur se serre. Merde. Mark a disparu, c'est un étranger qui se tient dans mon salon. Ma respiration se bloque. *Oh non, ne pleure pas. Surtout ne pleure pas, Erin.* Je sens mes yeux me picoter.

Mark me regarde.

Il marmonne quelque chose d'inintelligible, puis se détourne et s'approche de la fenêtre.

Je m'assois en silence.

— Je n'arrive pas à croire que tu aies pu dire ça, Mark.

Je sais qu'il vaudrait mieux laisser tomber, mais… Non, pas question ! Je dois épouser cet homme dans trois semaines. Si c'est ainsi que les choses doivent se passer entre nous à partir de maintenant, autant que j'en aie le cœur net.

— Mark…

— Quoi ? On se débrouillera comment, après le mariage ? Si on a des gosses ? Comment on s'en sortira, hein ? C'était mon salaire qui faisait tourner cette baraque. C'est même grâce à lui qu'on l'a achetée.

— Non, c'est faux ! On l'a tous les deux payée. J'ai mis toutes mes économies dans l'apport initial. Tout ce que j'avais !

— OK, très bien. Tu as participé. Mais tu ne peux pas rembourser l'intégralité de l'emprunt avec ce que tu gagnes, pas vrai ? On n'habite pas un studio à Peckham ! Je ne vois pas comment tu pourrais assumer les mensualités. Je ne voulais pas t'affoler, mais tu ne m'écoutes pas. On va devoir vendre la maison, c'est évident !

Vendre la maison ? Oh mon Dieu ! Je dois avoir l'air terrifiée, parce qu'il hoche la tête à présent, manifestement satisfait.

— Ça ne t'était pas venu à l'idée, hein ? Sinon tu serais dans le même état que moi. On va couler.

Oh Seigneur… Je reste silencieuse. Je me suis comportée comme une idiote, je m'en rends compte et ça me fait mal. C'est vrai, je n'avais pas songé que tous nos projets risquaient de tomber à l'eau. Que Mark pouvait ne jamais retrouver de travail.

Pas étonnant qu'il soit si furieux. Il s'est confronté seul à la situation pendant que moi, je me pavanais comme si… Mais brusquement, je me ressaisis. Non, la situation n'est pas désespérée. Après tout, comme l'a dit Caro, il pourrait faire autre chose.

— Mais enfin, Mark, qu'est-ce qui t'empêche de prendre un autre boulot ? N'importe lequel. Tu as un super CV, tu n'as qu'à…

— Non, m'interrompt-il d'un ton las. Ça ne marche pas comme ça. Mon expérience se limite à estimer la valeur des obligations et à les vendre. Rien d'autre. Tu suggères quoi, là ? Que je devrais bosser dans un bar, peut-être ?

— Arrête, s'il te plaît, j'essaie juste de t'aider. D'accord, je ne suis pas trop au courant des pratiques dans ton secteur. Mais le plus important pour moi, c'est qu'on affronte ça ensemble, alors arrête de répéter que je ne comprends pas et explique-moi. S'il te plaît…

Mon intonation s'est faite implorante.

Il se laisse tomber sur le canapé en face de moi, l'air vidé. Les épaules rentrées. L'impasse.

Le silence s'étire entre nous. La rumeur de la circulation et le bruit du vent dans les arbres du jardin sont à peine audibles.

Je finis par me lever pour aller m'asseoir à côté de lui. Je lui pose doucement une main entre les omoplates. Comme il ne s'écarte pas, je commence à lui frotter le dos avec ma paume. Pour l'apaiser, lui communiquer ma chaleur à travers sa chemise en coton amidonnée. Il ne me repousse pas. Au bout de quelques instants, je me lance :

— Mark ? Ce n'est pas grave si on doit vendre. Je t'assure. Je serai triste, parce que j'aime bien cette maison, en attendant ça m'est égal de vivre ici ou ailleurs. Je veux juste être avec toi. N'importe où. Même sous un pont. Même dans une tente. C'est toi qui comptes. Et on n'est pas obligés d'avoir des enfants tout de suite, si ce n'est pas le bon moment. D'accord, je comprends que tu n'aies pas envie d'accepter n'importe quel boulot mais, quoi que tu fasses, ça ne changera pas mes sentiments à ton égard. Tu es toi. Je ne t'ai jamais aimé pour ton argent. Même si c'est agréable de pouvoir en profiter, le plus important, c'est qu'on soit ensemble. Tiens, on peut même aller s'installer chez ton père et ta mère à East Riding, si tu y tiens…

Il lève les yeux vers moi. Sourit malgré lui.

— Je suis content que tu abordes le sujet, réplique-t-il, parce que je voulais te dire : maman a déjà préparé le futon dans la chambre d'amis.

Une lueur espiègle brille dans son regard. Il blague. Dieu merci ! Nous éclatons de rire, dissipant d'un coup la tension entre nous. Tout va s'arranger.

— Je suis sûre que ta mère serait aux anges !

Je m'esclaffe de plus belle.

Il sourit de nouveau, penaud, juvénile. Je l'aime.

— Excuse-moi, dit-il.

Sans ciller. Il est sincère.

— Tu veux bien me laisser t'épauler, Mark ?

— Oui, désolé. J'aurais dû te parler plus tôt de ce que je ressentais. À partir de maintenant, je le ferai, d'accord ?

— D'accord.

— OK. En attendant, c'est peut-être idiot mais… je ne peux pas repartir de zéro, tout recommencer. Impossible.

— Je sais, mon amour. Ne t'inquiète pas. Tu n'auras pas à en passer par là. On va trouver une solution ensemble. Parce que nous, on avance toujours à deux.

Il saisit mon autre main, celle ornée de la bague de fiançailles, et la porte à ses lèvres. Je demande :

— Tu préfères que je reprenne la pilule ? Qu'on attende encore ?

— Tu sais ce qu'on dit, non ? réplique-t-il avant d'embrasser ma bague. Ce n'est jamais le bon moment.

Il n'a pas changé d'avis. Dieu soit loué.

Il m'attire contre lui. Nous ramenons nos jambes sur le canapé et nous endormons ensemble, blottis l'un contre l'autre, baignés par le soleil de l'après-midi.

9

Lundi 5 août
Deuxième interview

Me voilà revenue à Holloway pour interviewer Alexa, mon deuxième sujet. Amal, le garde, n'est plus là. C'est un certain Nigel qui le remplace. Plus âgé que son collègue – dans les cinquante-cinq ans –, il a dû faire toute sa carrière dans le milieu carcéral. Je dirais, à le voir, que le métier a perdu tout son attrait pour lui quand il avait une vingtaine d'années, pourtant il est toujours là. Nous sommes dans la même pièce que la première fois. Je repense à Holli regardant d'un œil éteint le carré de ciel au-dessus de nous, et peu à peu les traits de Mark se superposent aux siens. La date de libération de Holli et celle de notre interview de suivi ont été fixées : ce sera dans cinq semaines, soit après le mariage et à notre retour de lune de miel.

C'est une journée étrange, humide. En attendant l'arrivée d'Alexa, je bois à petites gorgées le café instantané que Nigel m'a préparé dans la salle du personnel. Le breuvage est chaud et fort, c'est tout ce qui compte pour le moment. Pour moi, un café, c'est comme un homme, il faut qu'il soit costaud. Non, je plaisante. Quoique… Je n'ai pas très bien dormi la nuit dernière. Pourtant, la dispute avec Mark remonte maintenant à deux jours et je pense que tout est arrangé. Durant le week-end, nous avons annulé la réservation du restaurant et repris ensemble pas mal de détails relatifs à la noce. À vrai dire, c'était plutôt amusant. J'ai été soulagée de découvrir que je ne suis pas une future mariée stressée. Tant s'en faut. Nous avons restreint certaines dépenses pour mieux faire des folies sur d'autres choses. Tout est calé désormais. Et Mark paraît beaucoup plus heureux. Plus sûr de lui. Il redevient enfin lui-même. Je crois que toute cette histoire a ébranlé sa confiance en lui. Aujourd'hui, il recommence à élaborer une stratégie.

Le bonheur de Mark est plus important pour moi que ce mariage.

Nigel s'éclaircit bruyamment la gorge, puis me fait un signe de tête. J'allume la caméra à côté de moi et me redresse gauchement, comme si je m'apprêtais à accueillir une parfaite étrangère. Or, ce qui est curieux dans le cas d'Alexa, c'est que, depuis nos conversations téléphoniques, j'ai vraiment l'impression de la connaître, même si nous ne nous sommes jamais rencontrées.

Je l'aperçois à travers le grillage renforcé qui protège la vitre de la porte. Son regard est à la fois chaleureux, calme et grave. Elle pénètre dans la salle d'interrogatoire en m'observant de sous sa frange blonde. Visage ouvert. Sur elle, le sweat-shirt bleu clair réglementaire, le pantalon de survêtement et les chaussures sans lacets semblent sortir tout droit d'une maison de couture scandinave. Comme si elle avait créé un nouveau look pour la Fashion Week de Londres. Un style très minimaliste, très chic. Alexa a quarante-deux ans. Elle jette un coup d'œil à Nigel et attend pour tirer la chaise en face de moi qu'il lui ait donné la permission d'un hochement de tête. Je lui tends la main par-dessus la table. Elle la serre en me gratifiant d'un sourire réservé.

— Alexa Fuller, se présente-t-elle.

— Erin. Ravie de vous rencontrer enfin, Alexa. Merci beaucoup d'être venue.

— Oui, c'est vraiment agréable de pouvoir enfin associer un visage à un nom, déclare-t-elle avec un sourire plus large.

Nous nous asseyons.

Je voudrais entrer tout de suite dans le vif du sujet, mais Alexa ne quitte pas Nigel des yeux. La présence de ce dernier risque d'entraver le bon déroulement de l'entretien.

— Nigel ? dis-je. Ma caméra tourne déjà. Vous serait-il possible de sortir ? Je mettrai les images à votre disposition. Vous pouvez rester de l'autre côté de la porte, si vous voulez.

Je n'aurais jamais fait cette demande à Amal pendant mon interview avec Holli. En l'occurrence, de mes trois sujets, Alexa est de loin le moins dangereux. Nigel hausse les épaules. Je suis sûre qu'il est au courant du passé de la détenue et de son crime. Il sait que je ne risque absolument rien en restant seule avec elle. Et moi aussi. Serais-je autant en sécurité avec Holli et Eddie Bishop ? Je m'interroge. De toute façon, je doute que la direction autorise ces deux-là à recevoir des visiteurs sans surveillance.

Eddie a, pour sa part, sollicité un autre entretien téléphonique. J'ai reçu dimanche un e-mail de Pentonville à ce sujet. Je ne vois pas trop de quoi il veut me parler. J'espère qu'il ne s'est pas ravisé à propos du tournage le mois prochain. Ou qu'il n'a pas décidé de poursuivre son petit jeu.

J'attends que Nigel ait quitté la pièce et verrouillé la porte avant de reprendre la parole :

— Merci, Alexa. Je vous suis vraiment reconnaissante d'avoir accepté de participer à ce documentaire. Nous avons déjà évoqué ensemble la procédure au téléphone, c'est vrai, mais juste pour récapituler : je vais enregistrer toute notre discussion. Si vous voulez revenir sur quelque chose ou si vous n'êtes pas satisfaite de la façon dont vous vous êtes exprimée, indiquez-le-moi et je vous reposerai la question ou je la reformulerai. Vous n'avez pas à vous soucier de jouer un rôle devant la caméra ni rien de ce genre. Ignorez-la et adressez-vous à moi comme dans une conversation normale.

Elle sourit. Apparemment, j'ai dit quelque chose de drôle.

— Il y a bien longtemps que je n'ai pas eu de conversation « normale », Erin, réplique-t-elle. Alors il va falloir que vous soyez indulgente avec moi, j'en ai peur. Mais je ferai de mon mieux.

Elle étouffe un petit rire. Elle a une voix grave, chaleureuse. Ça me fait un drôle d'effet de l'entendre aujourd'hui en direct après ne lui avoir parlé qu'au téléphone. Nous avons eu trois discussions assez exhaustives depuis le lancement du projet. J'ai néanmoins évité d'aborder les questions centrales de l'interview, car je tenais à ce qu'elle me raconte son histoire pour la première fois devant la caméra. Je veux de la spontanéité. En attendant, c'est étrange de la voir ici, en vrai, devant moi. Bien sûr, j'ai examiné des photos d'elle dans son dossier, dans des articles de presse, dans le compte rendu que Mark a lu par-dessus mon épaule il y a un mois seulement, mais là, c'est différent. Elle paraît si posée, si maîtresse d'elle-même… Je me rappelle les clichés pris lors de son arrestation il y a quatorze ans, quand elle en avait vingt-huit ; si elle était déjà jolie à l'époque, sa beauté s'est aujourd'hui affirmée. Ses cheveux soyeux, blond foncé, sont rassemblés en une queue-de-cheval basse, sa peau naturellement hâlée est parsemée de taches de rousseur au niveau du nez et du front.

Elle ne plaisantait qu'à moitié en évoquant l'absence de conversations normales dans son existence, je m'en rends compte à son regard. Je souris. Je pense comprendre pourquoi elle m'a donné son accord. Nostalgie culturelle. Il ne doit pas y avoir beaucoup de personnes comme Alexa à Holloway. De son milieu. Nous n'avons pas le même âge, toutes les deux, mais nous appartenons sans conteste à la même tribu.

— On se lance, alors ? Avez-vous des questions avant de commencer ?

— Non, répond-elle. Vous pouvez attaquer directement, ça me va.

Elle rajuste son sweat-shirt qui tombe déjà parfaitement, puis secoue la tête pour écarter sa frange de ses yeux.

— Super ! Bon, pour info, je vais m'en tenir à des questions courtes. Des relances, en quelque sorte, pour vous aider à vous concentrer sur un sujet ou vous orienter dans une autre direction. Je peux toujours supprimer mes interventions après coup et recourir ensuite à une voix off. OK, allons-y. Pouvez-vous m'indiquer votre nom, votre âge et la durée de votre peine ?

Je sens mon téléphone vibrer dans ma poche. Mark. A-t-il une bonne nouvelle à m'annoncer ? Une proposition d'embauche ? Je l'espère. Ça résoudrait tous nos problèmes d'un coup. Les vibrations s'arrêtent rapidement. Soit il est tombé sur la messagerie, soit il s'est rappelé où j'étais aujourd'hui. Ce que je suis censée faire en ce moment même.

Je me reconcentre sur Alexa. Je la vois prendre une légère inspiration. La pièce semble disparaître autour d'elle tandis que je chasse Mark de mon esprit.

— Je m'appelle Alexa Fuller. J'ai quarante-deux ans et je suis ici, à Holloway, depuis maintenant quatorze ans. J'ai été reconnue coupable d'avoir aidé ma mère, Dawn Fuller, à se suicider. Elle était en phase terminale. Cancer du pancréas. J'ai été condamnée à la peine maximale.

Elle s'interrompt un instant.

— Hum… la peine maximale jamais infligée pour un suicide assisté, précise-t-elle. Il y avait eu pas mal d'articles dans la presse cette année-là dénonçant des sanctions trop clémentes dans ce domaine, les médias avaient fait grand cas des relaxes dans les affaires de suicide assisté. Alors, une enquête a été diligentée, qui a conclu que le Crown Prosecution Service devrait adopter une approche plus sévère à l'avenir. Il se trouve que j'ai été la première à passer en jugement après le changement de législation. La décision avait été prise en haut lieu de traiter les cas de ce genre comme des homicides, même si ce n'est évidemment pas du tout la même chose.

Elle marque une nouvelle pause. Son regard se fixe sur un point derrière moi.

— Au départ, ma mère voulait s'adresser à l'association Dignitas, en Suisse, explique-t-elle. Mais nous lui avons assuré que tout irait bien, qu'elle parviendrait à vaincre la maladie. Elle n'avait que cinquante-cinq ans et elle bénéficiait du protocole de chimiothérapie le plus intensif qui soit. Tous les médecins y croyaient. Malheureusement, elle a eu une crise cardiaque.

« Quand ils ont arrêté le traitement, elle était trop malade pour prendre l'avion. Et, de toute façon, je ne l'aurais pas emmenée en Suisse. Papa et moi étions allés voir sur place ce qu'il en était pendant qu'elle se trouvait encore en soins intensifs. C'était un endroit froid, sans âme, comme ces chambres dans les hôtels à la sortie des autoroutes…

Elle tire sur ses manches pour dissimuler ses mains avant de poursuivre.

— Je ne pouvais pas l'imaginer là-bas, en train de mourir.

Durant une fraction de seconde, je songe à ma propre mère. Vision fugace d'elle sur un lit, dans une chambre quelque part, seule. La nuit de l'accident. Après qu'on l'avait découverte sous la pluie, le corps brisé. Je ne sais pas où était cette chambre. Ni même si ma mère était seule. J'espère seulement que cette pièce ne ressemblait pas à celle mentionnée par Alexa.

Ses yeux remontent vers mon visage.

— Mon père non plus, poursuit-elle. Alors on l'a ramenée à la maison. Et son état a empiré. Jusqu'à ce jour où elle m'a demandé de lui laisser la morphine. Je savais ce que ça signifiait…

Sa voix se brise.

— J'ai posé le flacon sur la table de chevet mais elle ne parvenait pas à le tenir. Elle n'arrêtait pas de le faire tomber sur les draps. J'ai appelé papa, qui était en bas, et on a tout planifié ensemble. Tous les trois. Je suis montée chercher le caméscope, papa a installé le trépied, et maman a dit à la caméra, pour plus tard au tribunal, qu'elle était saine d'esprit et souhaitait mettre un terme à sa vie. Elle a montré qu'elle ne pouvait pas tenir le flacon, et encore moins s'injecter le produit, avant d'expliquer qu'elle m'avait demandé de l'aider. Après, on a dîné. J'ai dressé la table dans le salon, allumé des bougies… On a bu du champagne. Puis je les ai laissés parler, papa et elle. Quand il est ressorti dans le couloir, il n'a rien dit. Je m'en souviens encore. Il s'est borné à passer devant moi pour aller se coucher. J'ai enveloppé maman dans la couette sur le canapé et nous avons parlé un moment, mais elle n'en pouvait plus. Si elle n'avait pas été aussi épuisée, elle aurait sans doute bavardé toute la nuit avec moi…

Sa voix s'étrangle. Elle détourne les yeux. J'attends, silencieuse.

— Alors j'ai fait ce qu'elle voulait, reprend-elle. Ensuite, je l'ai embrassée pour lui souhaiter une bonne nuit et elle s'est endormie. Peu après, elle a arrêté de respirer.

Elle s'interrompt de nouveau avant de reporter son attention sur moi.

— Nous n'avons jamais menti, vous savez. Pas une seule fois. Nous avons dit la vérité dès le début. C'est juste que les circonstances ont joué contre nous, avec ces nouvelles mesures répressives. Le timing était mauvais.

Mais c'est la vie, pas vrai ? Parfois on est l'arroseur, parfois l'arrosé.

Son sourire réservé reparaît.

Je lui souris en retour. Je ne sais pas comment elle a réussi à ne pas sombrer dans la folie après être restée si longtemps enfermée dans cet endroit pour avoir fait ce que tout le monde aurait fait à sa place. Aider un proche. Serais-je prête à le faire pour Mark ? Et lui, le ferait-il pour moi ? Je regarde Alexa. Quatorze ans, ça laisse du temps pour réfléchir.

— Quel métier exerciez-vous avant, Alexa ?

Je veux lui redonner l'impulsion nécessaire.

— J'étais associée dans un cabinet juridique. J'avais une bonne situation, mes parents étaient très fiers de moi. Papa l'est toujours, d'ailleurs. En attendant, je n'y retournerai pas, même si c'était possible, ce qui bien entendu ne l'est pas. Oh non.

— Pourquoi ? Qu'est-ce qui vous retient ?

— Eh bien, pour commencer, je n'ai pas besoin d'argent. J'ai beaucoup gagné à l'époque. J'ai effectué des placements rentables. Nous avons déjà une maison, celle de mon père. Je vais aller habiter chez lui. Il est propriétaire, l'emprunt est remboursé en totalité. Je pourrais vivre de mes rentes. Je ne le ferai pas, mais je pourrais.

Elle sourit, se penche en avant et appuie coudes et avant-bras sur la table.

— J'ai le projet de… de tomber enceinte.

Elle a prononcé les mots d'une voix douce et paraît tout d'un coup jeune et vulnérable.

— Je vieillis, évidemment, mais j'en ai discuté avec le médecin de la prison, et les FIV proposées aujourd'hui sont à des années-lumière de ce qu'elles étaient avant mon arrivée ici. J'ai quarante-deux ans, je serai libre dans un mois et j'ai déjà pris contact avec une clinique. J'ai rendez-vous là-bas le lendemain de ma sortie.

— Vous allez avoir recours à un don de sperme ?

Lors de nos échanges téléphoniques, elle n'a jamais fait allusion à un homme. Rares sont les personnes capables d'attendre quatorze ans leur partenaire, j'imagine. Pour ma part, je ne suis pas sûre que je pourrais.

Un éclat de rire.

— Oui, bien sûr ! s'exclame-t-elle. Je vais vite en besogne, mais pas à ce point !

Elle paraît réellement heureuse. Joyeuse. Prête à donner la vie. Je sens mes battements de cœur s'accélérer. Un bébé… Un bébé avec Mark. Sensation de chaleur. Alexa et moi nous autorisons à la savourer ensemble pendant une seconde. Avec Mark, nous nous sommes mis d'accord. Nous allons essayer. J'ai arrêté la pilule il y a un mois. Nous allons essayer d'avoir un bébé, et s'il est conçu pendant notre lune de miel, ce sera encore mieux. C'est étrange de penser qu'Alexa et moi en sommes au même stade dans nos existences pourtant si différentes.

Elle se penche encore un peu.

— Je tiens à entamer la procédure le plus tôt possible. Les chances de succès se réduisent chaque année et, comme la limite d'âge pour une FIV est fixée à quarante-cinq ans, il m'en reste encore trois. Trois ans pour réussir. Je suis en bonne santé. Tout devrait bien se passer.

— Pourquoi voulez-vous un enfant ?

Au moment même où je la pose, la question me semble stupide. Mais Alexa comprend le sens que je voulais lui donner.

— Qu'est-ce qui pousse les gens à en vouloir ? réplique-t-elle. Pour moi, c'est sans doute parce qu'une grande partie de ma vie a tourné autour de la mort, ces derniers temps. De la mort et de l'attente. Même avant la prison, j'attendais les vacances, des temps meilleurs, l'année à venir, que sais-je encore. J'ignore ce que j'attendais, à vrai dire. Et, aujourd'hui, je vais pouvoir prendre un nouveau départ. Je ne suis plus obligée d'attendre. C'est terminé. Maintenant, je vais vivre.

Elle se recule sur sa chaise, l'air radieux, perdue dans un monde de possibilités.

J'en profite pour jeter un coup d'œil à mon téléphone. Nous avons dépassé de dix minutes le délai imparti. Mon appel manqué apparaît sur l'écran. Je distingue l'épaule de Nigel derrière la vitre étroite de la porte. S'il ne nous a pas fait signe de nous presser, je préfère ne pas abuser de sa patience.

— Merci, Alexa.

Nous avons fini pour aujourd'hui. Je me lève, m'approche du mur et appuie sur le bouton d'ouverture de la porte. En même temps, je coule un regard furtif à mon portable et ouvre la notification. C'est Caro qui m'a appelée, pas Mark. Ma déception est telle que j'ai l'impression d'en sentir le goût âcre dans ma bouche. Il n'a toujours pas de travail, je suppose. Durant une seconde, j'y ai vraiment cru. Mais bon. Rien n'est joué, il n'en est qu'au début de ses recherches.

La sonnerie retentit, les verrous coulissent, et Nigel, l'air légèrement surpris, entre dans la pièce.

J'éteins la caméra.

10

Dimanche 4 septembre
Lune de miel

Les vœux sont prononcés. Il me glisse au doigt une fine alliance en or.

Ses yeux, son visage. Ses mains sur les miennes. La musique. La sensation de la pierre froide sous les fines semelles de mes chaussures. La senteur de l'encens et des fleurs. Des parfums les plus raffinés de quatre-vingts personnes. Le bonheur. Pur et simple.

Nous échangeons un baiser, acclamés par des voix familières derrière nous. Puis, dans un fracas de tonnerre, l'organiste plaque les premiers accords retentissants de la grandiose *Marche nuptiale* de Mendelssohn.

Et des pétales. Une pluie de pétales qui tombe autour de nous quand nous sortons dans l'air automnal de Londres. Mari et femme.

Je suis réveillée par des coups légers frappés à la porte. Mark dort toujours, blotti contre moi dans l'immense lit de l'hôtel. Mon mari. Mon mari d'un jour, assoupi.

On toque toujours à la porte. Je me lève, enfile un peignoir et traverse le salon de la suite sur la pointe des pieds.

C'est le café. Je découvre dans le couloir deux grandes cafetières en argent posées sur un chariot recouvert d'une nappe blanche.

— Bonjour, chuchote l'employé du room service en me décochant un grand sourire.

— Merci beaucoup, dis-je, moi aussi, à voix basse.

Je fais moi-même rentrer le chariot sur l'épaisse moquette de notre salon. Après avoir signé le reçu, je le rends au serveur, accompagné d'un généreux pourboire. Aujourd'hui, j'ai envie de partager ma joie.

Il est 6 heures en ce dimanche matin. J'ai commandé le café hier soir, pensant ainsi faciliter notre lever matinal. Mais, à vrai dire, je me sens déjà en pleine forme. Bien réveillée et impatiente de partir. Je suis contente de n'avoir pas trop bu au dîner hier. Je n'en avais pas vraiment envie. Je voulais rester lucide, concentrée, pour pouvoir profiter de chaque moment et en conserver le souvenir.

Je pousse le chariot à travers le salon luxueusement meublé, jusqu'à la chambre où je l'abandonne le temps de passer sous la douche. Avec un peu de chance, l'arôme piquant du café suffira à réveiller Mark. Je veux que tout soit parfait pour lui aujourd'hui. Il adore le café. Je me glisse sous le jet façon pluie tropicale et me savonne en faisant attention à ne pas me mouiller les cheveux. Nous devons être en route pour l'aéroport dans une demi-heure.

Cette journée promet d'être littéralement la plus longue de notre existence. Nous allons franchir onze fuseaux horaires ainsi que la ligne de changement de date, si bien qu'après vingt-quatre heures de voyage par avion et par bateau, il ne sera que 22 heures quand nous serons de l'autre côté du monde. Je laisse l'eau savonneuse couler sur les muscles de mes épaules, le long de mes bras, sur le nouvel anneau en or à mon doigt.

Des images de la journée d'hier défilent dans mon esprit : l'église, le toast porté par Fred, celui porté par Mark, Caro en grande conversation avec mes beaux-parents, la première danse. La dernière. Nous deux au terme de la soirée, enfin seuls. Avides l'un de l'autre.

J'entends un cliquetis de porcelaine dans la pièce à côté. Mark est réveillé.

Je bondis hors de la cabine et, encore mouillée, me précipite dans ses bras.

— Il est trop tôt, Erin. Bien trop tôt, ronchonne-t-il en nous servant le café.

Je le couvre de baisers et de gouttes d'eau.

Il me tend une tasse que je porte à mes lèvres debout devant lui, ruisselante et nue comme au premier jour. Oserais-je dire que je me sais à mon avantage ? J'ai mis un point d'honneur à avoir la ligne. Ce n'est pas tous les jours qu'une fille se marie. Mark, assis au pied du lit, boit son café en me dévorant paresseusement du regard.

— Tu es magnifique, dit-il, toujours à moitié endormi.

— Merci.

Je souris.

Nous nous habillons et réglons la note en un rien de temps. Dehors, une Mercedes émerge de la grisaille du petit jour pour venir s'arrêter devant l'hôtel. Le chauffeur se présente – il s'appelle Michael –, mais ne dit pas grand-chose sur le trajet jusqu'à Heathrow. Bien à l'abri dans notre cocon embaumant le cuir, nous regardons défiler les rues pratiquement désertes à cette heure matinale. Seuls quelques noctambules qui tentent de rentrer chez eux titubent sur les trottoirs ici ou là. Quelque part dans cette même grisaille, aux abords de North London, parmi tous les détenus assoupis de part et d'autre de couloirs sécurisés, Alexa, Eddie et Holli, enfermés dans des pièces nues et verrouillées que je ne verrai jamais, s'apprêtent à vivre une journée que je ne parviendrai jamais vraiment à imaginer. Cette pensée avive mon sentiment de liberté.

À Heathrow, Mark m'entraîne le long des files d'attente qui serpentent déjà devant British Airways, vers les comptoirs d'enregistrement déserts au bout de la rangée. Ceux des premières. Je n'ai encore jamais voyagé en première classe. Cette perspective m'inspire un étrange sentiment d'excitation mêlé à la culpabilité de la classe moyenne : j'ai envie de vivre cette expérience mais je sais que je ne devrais pas. Mark, qui a l'habitude de voyager en première avec des clients, m'assure que je vais adorer. Bon, autant ne pas trop se poser de questions.

Au comptoir, une femme au sourire éblouissant nous accueille tels de vieux amis enfin de retour après une longue absence. Fiona, notre hôtesse d'embarquement – c'est la première fois qu'une hôtesse me donne son nom –, se montre particulièrement chaleureuse et serviable. Je pourrais facilement m'habituer à un tel traitement, c'est certain. L'argent permet d'acheter du temps, j'imagine, lequel vous garantit de l'attention. Super. *Ne réfléchis pas trop*, me dis-je. *Profites-en, c'est tout. Tu redeviendras pauvre bien assez tôt.*

Nous nous dirigeons vers les portiques de sécurité. Les agents paraissent presque gênés d'avoir à vérifier nos bagages. Après que j'ai renfilé mes chaussures, Mark indique d'un geste un point sur la droite à l'autre extrémité de la salle. Je vois une porte. Blanche, ordinaire, anonyme. Elle ressemble à une entrée du personnel. Il sourit.

— La Porte des Millionnaires, m'annonce-t-il.

Toujours souriant, il arque un sourcil.

— On y va ?

Je ne peux que le suivre. Il s'avance dans le hall d'un pas assuré, sachant manifestement où il va. J'avance derrière lui, persuadée qu'on va nous arrêter, que je vais sentir d'un instant à l'autre un agent de sécurité m'attraper par le bras et m'escorter jusqu'à une minuscule salle lugubre où nous subirons pendant des heures un interrogatoire éreintant en rapport avec le terrorisme. Mais rien de tel ne se produit : nous atteignons sans encombre l'étrange petite porte et pénétrons un instant plus tard dans l'atmosphère climatisée et feutrée de la *Concorde Room*.

Il s'agit d'un raccourci secret, réservé aux seuls passagers de la classe affaires, pour aller directement des contrôles de sécurité au salon d'embarquement privé de British Airways.

C'est donc ainsi que vit l'autre moitié de l'humanité ? Du moins, l'autre 1 %... Je l'ignorais.

Il semblerait que British Airways verse 1 million de livres sterling par an à l'aéroport de Heathrow pour épargner à ses passagers de première classe l'indignité d'une déambulation dans toutes ces boutiques duty-free bourrées de cochonneries dont ils n'ont pas besoin. Et, aujourd'hui, nous non plus.

C'est le paradis, ici, de l'autre côté de cette porte dont je ne soupçonnais pas la présence il y a encore cinq minutes. Bizarre, non ? On croit savoir ce qui est bien, et soudain on se rend compte qu'il existe une dimension supérieure dans ce monde qu'on pensait connaître… C'est même un peu effrayant, en un sens – la vitesse à laquelle quelque chose de bien peut devenir insatisfaisant par comparaison. Au fond, peut-être aurait-il mieux valu ne jamais découvrir que tous les autres voyageurs dans l'aéroport sont guidés tels des moutons vers des commerces conçus pour les dépouiller du peu qu'ils ont, pendant que quelques privilégiés, dont nous, gardent leurs économies bien au chaud.

Ne réfléchis pas trop, Erin. Arrête. Apprécie ta chance. Il n'y a aucun mal à se faire plaisir.

Tout ici est gratuit. Nous prenons place sur les banquettes en cuir d'un restaurant et commandons un petit déjeuner léger : pains au chocolat tout chauds et thé anglais. Je regarde Mark. Mon sublime mari, plongé dans la lecture du journal. Il a l'air heureux. Je jette un coup d'œil aux autres occupants du salon. Leur statut de voyageurs de première classe les pare d'une sorte de mystère, de mystique même, qui auréole chacun de leurs gestes, leur confère une certaine grâce. À moins que ce ne soit moi qui leur attribue cette qualité ? J'ai l'impression d'avoir pénétré dans un vallon peuplé de licornes.

Les millionnaires n'ont pas forcément la tête de l'emploi, n'est-ce pas ? Prenez Elon Musk : il ne ressemble pas à un millionnaire, pourtant il est milliardaire.

Alors que je les regarde, tous ces inconnus qui consultent leur iPhone en buvant un expresso, je m'interroge. Est-ce qu'ils voyagent uniquement en première classe ? Leur arrive-t-il de se mêler au commun des mortels, dans leur vie quotidienne ? Aux passagers de la classe affaires ? À ceux de la classe économique ? Je sais qu'ils les emploient, mais est-ce qu'ils frayent avec eux ? Et que font-ils comme métier ? Comment peuvent-ils avoir autant d'argent ? Est-ce que ce sont des gens bien ? J'imagine Alexa prenant l'avion en première classe pour son travail avant le drame. Je la vois bien dans ce salon. Elle ne déparerait pas, même dans son uniforme carcéral bleu pâle. Et Eddie. Lui aussi je le vois bien ici, silhouette fantomatique tapie sur l'une des banquettes en cuir dans un coin sombre, une tasse de café à la main, surveillant sans cesse les alentours, ne laissant rien échapper. À la suite de son e-mail, je l'ai appelé la veille du mariage. La conversation s'est révélée déroutante. J'ai eu l'impression qu'il se retenait de me dire quelque chose, peut-être parce qu'il était surveillé cette fois. Oui, je me le représente facilement dans la *Concorde Room*. Mais pas Holli. Elle, j'ai du mal à l'imaginer dans cet espace. D'ailleurs, a-t-elle déjà quitté le pays ? A-t-elle jamais senti la caresse du soleil méditerranéen, sans parler de la chaleur humide des tropiques ? J'en doute. À moins que je ne tombe dans les stéréotypes ? Si ça se trouve, elle a beaucoup voyagé… Et voilà, ma culpabilité resurgit. *Ne réfléchis pas trop, Erin, contente-toi d'en profiter.*

Pour la première fois de ma vie, je tourne à gauche en montant dans l'appareil tandis que tous les autres tournent à droite. Entre nous, je dois bien admettre que je me sens spéciale, même si j'ai parfaitement conscience d'avoir juste payé plus cher que les autres pour avoir ce privilège. En attendant, c'est le sentiment que j'ai : je suis spéciale.

— C'est un Dreamliner, me chuchote Mark en se penchant vers moi.

Je ne sais pas de quoi il parle.

— L'avion, précise-t-il.

— Oh, notre avion est un *Dreamliner*…

Je le gratifie d'un regard moqueur.

— Je ne te savais pas expert en aéronautique.

Je souris.

Bon, Mark s'y connaît en avions. Comment ai-je pu ne jamais m'en apercevoir ? En même temps, je comprends qu'il ne s'en soit pas vanté. Ce n'est sans doute pas le hobby le plus affriolant qu'un homme puisse avoir. Mais il en a plein d'autres tout à fait sexy, alors je veux bien lui accorder celui-là. Je vais même jusqu'à envisager de lui acheter quelque chose dans ce domaine pour Noël. Peut-être un beau livre, de ceux qu'on pose sur une table basse. Je chercherai aussi des documentaires sur le sujet.

Mark et moi avons les deux sièges centraux de la première rangée et, waouh ! ça n'a vraiment rien à voir avec la classe économique… Il n'y a que huit places en première – deux rangées pour toute la cabine –, et elles ne sont même pas toutes occupées. Le silence règne dans cette partie de l'avion. L'atmosphère est paisible.

Il me semble que la première classe est à l'économique ce que le bio est à l'élevage intensif. Les passagers de la classe économique sont entassés au fond, comme des poulets en batterie, pendant onze heures. Et nous, les poulets de plein air nourris au grain, pouvons picorer gaiement dans les hautes herbes. À moins que je ne me trompe de métaphore ? Et si nous, nous étions les fermiers ?

Je me laisse choir sur mon siège de cuir crème dont l'odeur me rappelle celle d'une voiture neuve. Les cloisons autour de nous sont suffisamment hautes pour dissimuler les autres occupants de la cabine mais n'empêchent pas de voir l'hôtesse approcher. Elle circule en ce moment même parmi les cinq passagers en train de s'installer et de ranger leurs bagages, pour leur distribuer des flûtes de champagne glacé.

Mark et moi explorons notre petit nid appelé à devenir notre maison pour les onze prochaines heures. Une fois la cloison électronique abaissée entre nos sièges, nous inspectons tous les équipements à notre disposition. Un écran plat fixé au dossier du siège devant nous, des compartiments de rangement pratiques, des casques antibruit. Une minuscule trousse de toilette nichée dans une poche, ornée de l'inscription « First » et remplie de produits miniatures qui, étrangement, me rappellent la dînette Fisher Price que j'ai eue enfant, quand je jouais à la poupée. Dans le compartiment au-dessus de l'accoudoir, il y a également une table à déplier, de taille généreuse. Et, oui, tout ça me ravit ! Je bois du champagne à dix heures moins le quart du matin, n'est-ce pas excitant ? Je glisse mon bagage cabine dans un casier. C'est le cadeau de mariage de Fred. Il était tellement heureux d'assister à la cérémonie, de m'accompagner à l'autel, de se tenir près de moi… Je sais que ma demande l'a beaucoup touché. Cher Fred. Chers Fred et Nancy… Ils n'ont jamais eu d'enfants. Peut-être pourrions-nous leur proposer d'être parrain et marraine, le moment venu ? Je crois que ça me plairait. Je ne sais pas ce qu'en penserait Mark.

Et puis, sans même que je m'en rende compte, nous sommes dans les airs.

J'ai une gorgée de champagne dans la bouche quand l'hôtesse passe la tête par-dessus la cloison pour s'enquérir de ma taille de pyjama. Je sens le rouge me monter aux joues, prise en flagrant délit de picole dès le petit déjeuner.

— *Small.* Merci beaucoup, dis-je après avoir avalé.

Elle sourit et me tend un pyjama bleu marine entouré d'un ruban blanc, avec le logo blanc de British Airways brodé sur la poche de poitrine gauche. Un vêtement tout doux. Moelleux.

— Prévenez-moi si vous avez envie de faire une sieste, gazouille-t-elle. Je viendrai préparer votre lit.

Sur ces mots, elle s'éclipse.

J'ai toujours eu un petit problème avec le champagne gratuit. Le délicieux champagne gratuit. Je trouve très difficile d'en refuser. Sitôt le verre rempli, je le vide. C'est la seule fois où la phrase « Tu ne vas pas laisser ça » trouve vraiment un écho en moi. Par conséquent, trois flûtes et un film plus tard, l'hôtesse et moi parlons sieste.

Mon lit est prêt lorsque je reviens des toilettes spacieuses – le lavabo est à trois bonnes enjambées de la cuvette des W.-C. –, où je me suis brossé les dents. Il a l'air tout à fait accueillant : couette épaisse, oreiller gonflé, le tout disposé sur un plan bien horizontal. Lorsque je m'y allonge, Mark éclate de rire.

— J'ai du mal à croire que tu sois déjà pompette. Ça ne fait même pas vingt-quatre heures qu'on est mariés !

— Je me suis un peu laissé emporter par mon enthousiasme, j'avoue. Chut, maintenant je vais cuver.

La cloison électronique remonte lentement, me dissimulant son visage hilare.

— Bonne nuit, espèce de poivrote.

Il s'esclaffe de nouveau.

Je souris. Lovée dans mon abri douillet, je ferme les yeux.

Je réussis l'exploit de dormir sept heures d'affilée pendant le premier vol. Quand nous atterrissons à Los Angeles, je me sens reposée et parfaitement sobre. Je n'ai jamais été une grosse buveuse. Quelques verres de n'importe quel alcool et je m'écroule. Mark a passé tout son temps à regarder des films et à lire.

Arrivés à l'aéroport de Los Angeles, nous nous dirigeons vers la salle d'embarquement d'American Airlines réservée aux voyageurs de première classe. Elle n'est pas aussi impressionnante que celle de Heathrow, mais nous n'avons que trente minutes à tuer avant d'embarquer pour Tahiti. C'est le moment du voyage où nous sommes pile à mi-parcours. Les onze heures d'avion depuis Londres sont derrière nous, nous en avons encore huit jusqu'à Tahiti, ensuite il faudra compter quarante-cinq minutes de vol pour atteindre Bora Bora et le trajet en bateau autour de l'atoll jusqu'au Four Seasons Resort.

Nous recevons un e-mail des parents de Mark, accompagné des photos de famille qu'ils ont prises hier. Nous y figurons en bonne place – du moins, je crois que c'est nous, les clichés sont assez flous et nous avons tous les yeux rouges. Mais oui, c'est bien nous. Je prends soudain conscience que je n'ai jamais été aussi heureuse qu'en cet instant.

Sur le vol suivant, Mark parvient à dormir six heures. Cette fois, je reste éveillée, à regarder le ciel derrière le hublot, fascinée par les roses et les violets du couchant se réfléchissant sur l'immensité du Pacifique en dessous de nous. Les nuages, teintés d'orange par le soleil déclinant, évoquent des massifs enneigés qui s'étendent sur des kilomètres. Peu après, il n'y a plus que du bleu foncé, riche, velouté. Et des étoiles.

Une chape d'air tropical chaud et humide s'abat sur nous quand nous descendons de l'avion à Tahiti. Le premier signe annonciateur de notre lune de miel. Je ne vois pas grand-chose de l'île elle-même – juste une piste d'avion, des feux d'atterrissage, un aéroport presque vide et une autre porte d'embarquement. Il est déjà l'heure de redécoller.

Nous effectuons le vol jusqu'à Bora Bora dans un petit appareil où les hôtesses portent des uniformes de couleur vive. Malgré les secousses, Mark parvient à somnoler durant le court trajet. De mon côté, je finis de lire le magazine que j'ai pris dans la *Concorde Room* à Heathrow. C'est un trimestriel ultraspécialisé sur le dressage en équitation, intitulé *Piaffer*. Je ne connais rien au dressage – mes notions élémentaires d'équitation, acquises à l'adolescence, n'allaient pas jusqu'aux démonstrations de ce genre –, mais la revue m'a paru tellement différente de tout ce que j'avais pu voir auparavant dans la presse que je n'ai pas pu résister. Je découvre ainsi que le « piaffer » est une figure dans laquelle le cheval trotte sur place au milieu du manège. Voilà, vous savez tout. Je suis sûre que vous êtes content d'avoir appris quelque chose. Moi, je le suis ; j'ai toujours aimé jeter un coup d'œil aux publications proposées, et plus le sujet m'est étranger, mieux c'est. Je me souviens d'un conseil donné dans mon école de cinéma : « Choisissez toujours des lectures en dehors de votre zone de confort. C'est ce qui donne naissance aux histoires. Aux idées. » En l'occurrence, je recommande chaudement *Piaffer*. Même si j'ai un peu perdu le fil dans la rubrique alimentation, c'était fort intéressant – sinon sur le contenu lui-même, du moins au regard des questions qu'on se pose forcément sur le style de vie et les habitudes du lecteur type.

L'aéroport de Bora Bora est minuscule. À notre arrivée, deux femmes au sourire radieux nous passent autour du cou des guirlandes de fleurs blanches au doux parfum musqué, puis un bagagiste nous guide à l'extérieur jusqu'à un ponton. L'aéroport et sa piste occupent entièrement cette île dans l'atoll de Bora Bora. Elle n'est composée que d'un long ruban de bitume cerné par une herbe clairsemée et desséchée, et d'un terminal qui s'avance dans les eaux du Pacifique sud, offrant l'image même de la domination de l'homme sur la nature.

Un hors-bord nous attend au bout de l'embarcadère, magnifique avec sa coque en bois verni. Il ressemble à un bateau-taxi vénitien. Notre pilote me prend par la main pour m'aider à m'installer sur le banc. Il me propose une couverture chaude pour mes jambes.

— Ça souffle pas mal, au large, dit-il.

Il sourit. Son expression est bienveillante, comme celle des femmes de l'aéroport. Peut-être parce que la vie est plus douce ici, loin des villes qui vous endurcissent.

Mark transfère nos bagages dans l'embarcation, puis saute à bord, et nous partons. Il fait nuit et, tandis que nous filons le long des baies et des criques, je regrette de ne pas découvrir le paysage à la lumière du jour. Je parie que c'est d'une beauté à couper le souffle. Pour le moment, je ne distingue dans l'obscurité que des lumières scintillant le long de la côte et la lune énorme suspendue au-dessus de l'eau. Blanche, brillante. Je suis sûre qu'elle ne brille pas autant en Angleterre. Ou peut-être que si. Peut-être que la pollution lumineuse en voile l'éclat.

L'Angleterre me semble terriblement lointaine. Les chemins bordés de haies, le givre sur l'herbe… J'ai un léger pincement au cœur à la pensée des quinze mille kilomètres qui nous séparent de notre île brumeuse et froide. Mes cheveux soulevés par la brise parfumée me fouettent le visage. Nous ralentissons, à présent. Nous y sommes presque. Je tourne la tête pour regarder le continent, la côte et les lumières du Four Seasons. Il est là, devant nous.

Les eaux du lagon se parent de reflets émeraude à la lumière des bougies qui éclairent les bâtiments au toit de chaume, les parties communes, les restaurants et les bars. Les flammes des torches disposées le long de la plage vacillent. Des bungalows sur pilotis diffusent leur chaude clarté orange sur la masse sombre de l'océan. Et cette lune, cette lune éclatante au-dessus de la haute silhouette découpée du mont Otemanu, le volcan éteint au centre de l'atoll… Nous sommes arrivés.

L'eau clapote autour de nous tandis que nous nous approchons lentement du ponton illuminé. Un comité d'accueil amarre l'embarcation et nous aide à débarquer. Encore des guirlandes de fleurs. Effluves sucrés, légèrement épicés. De l'eau. Des serviettes fraîches. Une tranche d'orange. Un buggy nous emmène ensuite le long des promenades sur pilotis jusqu'à notre nouveau chez-nous.

Nous avons une chambre sublime, Mark y a veillé. La plus luxueuse de toutes. Un bungalow sur l'eau du lagon au bout de la passerelle. Piscine privée, accès privé au lagon, sol vitré dans la salle de bains. Nous nous arrêtons devant la porte, où nous avons droit à un discours de bienvenue, mais la fatigue nous rattrape, à présent. Je le vois au sourire las de Mark, à ses yeux cernés, et les employés de l'hôtel doivent le remarquer aussi. Nous n'en pouvons plus. Heureusement, l'allocution est brève.

Le buggy s'éloigne, nous laissant seuls devant notre suite. Mark me regarde tandis que le bruit de la voiturette diminue. Soudain, il lâche nos sacs, se précipite vers moi, me passe un bras autour de la taille et l'autre sous les cuisses, puis me soulève. Nichée dans ses bras, je lui dépose un baiser sur le bout du nez. Avec un grand sourire, il franchit en chancelant le seuil du bungalow.

11

Vendredi 9 septembre
La tempête approche

Quatre jours de vacances s'écoulent. Un rêve. Un rêve tout de turquoise et de sable chaud.

Des petits déjeuners qui nous arrivent par bateau sur les vaguelettes bleu-vert du lagon. Fruits mûrs, juteux, dont je ne connais même pas le nom. Plaisir de marcher pieds nus sur les dalles fraîches et le bois chaud de la terrasse. De se glisser dans l'eau transparente de la piscine. De laisser le soleil imprégner ma peau anglaise fatiguée jusqu'à mes os anglais transis.

Mark dans la lumière éclatante. Son corps luisant à travers l'onde. Mes doigts dans ses cheveux mouillés, sur sa peau qui commence à brunir. Ébats torrides dans les draps emmêlés. Le léger bourdonnement de la climatisation. Je joue les mannequins tous les jours pour présenter ma collection de lingerie délicate et raffinée. Dentelle noire arachnéenne rehaussée de cristaux scintillants, parures fuchsia, rouge cuivré, blanc tout simple, crème chatoyant, soie, satin… Longues conversations détendues sur les planches de paddle et dans les bars. Comme convenu entre nous, je ne prends plus la pilule depuis maintenant sept semaines. Nous faisons des projets.

Un tour en hélicoptère des îles environnantes. Le vrombissement bruyant des rotors à travers les gros écouteurs de nos casques. L'infini bleu dans toutes les directions, au-dessus et en dessous de nous. Des forêts qui semblent émerger de l'océan. Un paradis sur terre.

Le pilote nous dit que, derrière les récifs, les vagues s'élèvent si haut que les hydravions ne peuvent même pas se poser sur l'eau. C'est le second chapelet d'îles le plus éloigné du reste du monde. Les vagues ici sont les plus impressionnantes de la planète. Nous les voyons déferler à travers le pare-brise et par les parois vitrées. Nous sommes à des milliers de kilomètres du continent le plus proche.

Des îlots déserts parsèment l'océan. On dirait un paysage de dessin animé devenu réel sous nos yeux. Des plus petits disques de sable à ceux plus vastes occupés par des pics déchiquetés, tous comptent au moins un palmier. Pourquoi y a-t-il toujours des palmiers sur les îles désertes ? Parce que les noix de coco flottent. Elles dérivent à la surface de l'océan sur des milliers de kilomètres avant de s'échouer, pareilles à des nageurs atteignant enfin la terre ferme, et de germer dans le sable chaud. Leurs racines s'enfoncent profondément dans le sol, jusqu'à rencontrer de l'eau fraîche filtrée par la roche.

Une journée de snorkeling sur le lagon. Je pense aux frimas anglais tandis que je me laisse porter par les vagues, entourée de magnifiques raies manta qui évoluent tels des fantômes gris incarnés, des silhouettes musculeuses ondoyant dans le silence absolu.

Mark nous réserve le bassin d'entraînement. Juste pour nous deux. Une séance qui doit me redonner confiance en moi. D'après lui, j'oublierai ainsi ma mauvaise expérience, celle qui date d'avant notre rencontre. Même si je n'avais que vingt et un ans quand c'est arrivé, je m'en souviens comme si c'était hier. J'ai paniqué à dix-huit mètres de profondeur. Je ne sais pas pourquoi j'ai subitement eu la certitude que j'allais mourir. J'ai songé à ma mère. À la terreur qu'elle avait dû ressentir, piégée dans cette voiture. J'ai laissé mes pensées me submerger et j'ai complètement perdu les pédales. Je me rappelle avoir entendu dire à l'époque que j'avais eu de la chance de m'en sortir, parce que ça aurait pu mal tourner. J'aurais pu facilement avaler une grande goulée d'eau de mer. Mais, aujourd'hui, je me maîtrise. Je domine mes pensées. En tout cas, je n'ai plus jamais eu de crise de panique.

Pour autant, je ferme à peine l'œil la nuit précédente. Ce n'est pas de la peur que j'éprouve, pas exactement, plutôt une angoisse diffuse. En attendant, j'ai fait une promesse à Mark et, surtout, à moi-même. Chaque fois que l'image du détendeur me traverse l'esprit, je sens un tiraillement de tension entre mes sourcils. Non, sérieux, qu'est-ce que je raconte ? Je suis morte de trouille.

Ce n'est pas la noyade qui m'effraie, ni l'eau ni rien de tout ça. Pas vraiment. Ce que je redoute avant tout, c'est la panique aveugle. Celle qui s'empare des lapins dans les collets et les amène à lutter contre le nœud coulant qui se resserre autour de leur cou, à s'étouffer dans leur propre sang. La panique aveugle provoque des choses terribles. Elle provoque la mort.

Attention, je ne suis pas dingue. Je sais que tout ira bien. Ce n'est qu'un foutu exercice de plongée. Une activité censée être sympa, non ? Des tas de gens y prennent plaisir. Je suis certaine qu'il ne se passera rien de fâcheux. Et après, ça me permettra de découvrir des paysages sous-marins magnifiques. Sublimes, même. De vivre des moments de beauté inoubliables dans les profondeurs du Pacifique sud. De me forger des souvenirs pour toute une vie. Malheureusement, des pensées ne cessent d'ouvrir dans mon esprit des trappes traîtresses. Panique, désorientation, claustrophobie. Une gorgée d'eau avalée par inadvertance, un corps submergé par la terreur et qui se débat…

Non, non. Je suis une adulte, capable de contrôler ses peurs. D'ailleurs, c'est le but, non ? C'est pour cette raison qu'on se pose des défis – pour réduire ses peurs au silence, les remiser dans leur boîte. Je songe à Alexa dans sa cellule depuis quatorze ans. Elle aussi a mené ce combat.

Lorsque Mark et moi arrivons à la piscine, nous nous glissons dans le bassin et commençons notre *buddy check* pré-plongée[1]. Mark me donne ses instructions d'un ton patient. La fraîcheur de l'eau apaise un peu la sensation de chaleur dans ma nuque, suscitée par la nervosité. Je me répète encore et encore : *Respire. Tu n'as qu'à respirer.*

— Tu te débrouilles très bien, m'encourage Mark. Tu te souviens parfaitement de tout. Quoi qu'il en soit, je te surveille. Je suis avec toi. Mais, attention…

1. Étape consistant à contrôler la sécurité de son équipement de plongée et de celui de son partenaire.

Il s'interrompt et, les mains sur mes épaules, me dévisage d'un air grave.

— Si, à n'importe quel moment, tu commences à paniquer, concentre-toi sur ta respiration. Surtout si tu ressens le besoin de remonter à la surface le plus vite possible. Ce ne sera qu'une tentative de ton cerveau pour te protéger d'une menace qui n'existe pas vraiment. On ne court pas plus de risques là-dessous que sur la terre ferme, je t'assure. Tu me fais confiance, ma puce ? Tout ira bien.

Il sourit et me tapote les épaules. Je hoche la tête. Je lui fais une confiance totale.

Ce qui permet aux nageurs de flotter, c'est l'air contenu dans leurs poumons. Une fois remplis d'air, ceux-ci sont comme deux ballons de rugby dans notre cage thoracique, qui nous permettent de rester à la surface. Voilà pourquoi on parvient à relâcher tout son corps quand on fait la planche, avec seulement le visage hors de l'eau. Le truc, pour le plongeur, c'est d'apprendre à se servir de la technique du poumon-ballast pour gérer la descente. D'où la présence d'un lestage qui nous entraîne vers le bas.

Nous nous immergeons ensemble dans cet univers bleu pâle où nous nous retrouvons en suspension. De minuscules bulles d'air remontent tandis que nous poursuivons notre descente régulièrement, comme dans un ascenseur invisible. Le silence sous la surface est tel qu'on a l'impression de baigner dans le liquide amniotique. Je comprends pourquoi Mark aime autant la plongée. Je suis calme, toutes mes appréhensions se sont dissipées. Il me jette un coup d'œil, l'air extatique à travers les trente centimètres d'eau qui nous séparent comme une vitre épaisse. Il me décoche un sourire, que je lui rends. Nous sommes plus proches, me semble-t-il, que nous pourrions l'être à l'air libre. Nous échangeons le signe « OK ». Vous le connaissez forcément, c'est celui que Fonzie[1] vous adresserait si vous lui demandiez comment s'est passé son dernier rencard. Puis nous nous asseyons en tailleur l'un en face de l'autre sur le ciment râpeux au fond et nous faisons passer le détendeur comme un calumet de la paix version vingt et unième siècle. Je suis toujours calme. Mes pensées-trappes ont disparu. Elles me paraissent même inconcevables quand je regarde le visage serein de Mark. Nous ne risquons rien. Il n'y a que nous et le silence. Bon, c'est peut-être juste la composante d'oxygène qui m'apaise. Je suis sûre d'avoir lu quelque part, à propos des masques à oxygène dans les avions, qu'elle avait un effet relaxant. Ou alors, c'est la couleur du bassin qui me détend. Ou ce silence aquatique si particulier. Ou la présence de Mark. Mais peu importe ; l'essentiel, c'est que je me sente bien. Mon problème est réglé. Mark a tout arrangé. Nous demeurons ainsi un long moment.

Le rêve se poursuit. Sable chaud au coucher du soleil. Glaçons qui tintent dans les verres. Odeurs de crème solaire. Traces de doigts sur mon livre de poche. Il y a tellement de choses à voir. À faire. Jusqu'au cinquième jour.

Le cinquième jour, nous apprenons qu'une tempête approche.

Les orages ici n'ont rien à voir avec ceux que nous connaissons chez nous. Ça, c'est évident. Il ne s'agit pas de se contenter de rentrer les meubles de jardin et

1. Personnage de la série TV *Happy Days*.

de protéger les rosiers. Ici, on ne plaisante pas avec les orages, parce que l'hôpital le plus proche se trouve à une heure de vol, à Tahiti, et que personne ne s'aviserait de décoller par gros temps. De plus, ils peuvent durer des jours, aussi faut-il mettre en place une logistique précise. Les plages sont nettoyées, les restaurants barricadés, les clients informés.

Après le petit déjeuner, nous recevons la visite d'un manager aimable. Il nous explique que la tempête arrivera sur nous vers 16 heures et qu'elle ne s'éloignera sans doute pas avant demain matin. Autrement dit, elle déferlera dans quelques heures à peine. Il nous rassure en ajoutant qu'elle devrait passer à côté de l'île ; même si nous en ressentons les effets, elle ne nous frappera pas de plein fouet, alors inutile d'avoir peur d'être emporté au large ni rien de ce genre. Ça n'arrive jamais. Il ponctue ces mots d'un petit rire. Les bungalows, situés dans le lagon, sont protégés par l'atoll. Il faudrait que les vagues soient sacrément hautes pour pouvoir franchir cette barrière et nous balayer, j'imagine. Bon, le lagon existe depuis des milliers d'années. Il ne disparaîtra pas aujourd'hui.

L'employé nous dit aussi que le personnel sera de service toute la nuit et que, dans l'éventualité hautement improbable où la tempête changerait de cap, nous serions alertés sur-le-champ et transférés dans le bâtiment principal de l'hôtel. Mais depuis qu'il travaille sur l'île, il n'a jamais été nécessaire d'en arriver là, précise-t-il. Sans compter que le grain à venir ne s'annonce pas trop méchant.

Après son départ, nous sortons sur notre terrasse privée pour scruter l'horizon de l'autre côté du lagon. Le ciel est d'un bleu saphir et le soleil éclatant se réfléchit sur l'océan.

Rien ne laisse supposer une tempête imminente. Mark et moi échangeons un regard. Nous pensons tous les deux la même chose : *Où est-elle ?*

— On va sur l'autre plage ? demande Mark, l'air soudain tout excité.

Il a lu dans mon esprit. Peut-être pourrons-nous la voir arriver dans cette direction, à savoir derrière nous. Nous enfilons nos tennis et traversons la jungle savamment entretenue du Four Seasons.

De l'autre côté du complexe, celui qui donne sur le Pacifique sud, s'étend une plage plus longue et plus rectiligne. Le vent y souffle aussi plus fort – trop pour les résidents de l'hôtel. Les flots y sont agités, les vagues bruyantes et puissantes, bien différentes des eaux calmes du lagon que domine notre bungalow. C'est la partie sauvage de l'île. Je veux voir la tempête approcher. Le soleil brille toujours, éblouissant et chaud, mais les bourrasques font voltiger nos cheveux et soulèvent nos T-shirts tandis que nous pataugeons sur le rivage. Et soudain, nous distinguons quelque chose à l'horizon.

Une immense colonne de nuages au loin, entre ciel et mer. Une muraille de pluie et de vent. Impossible de la mettre en perspective, il n'y a aucun moyen d'évaluer sa taille, pas le moindre élément de comparaison, mais elle envahit le ciel à vue d'œil. Des lambeaux de bleu apparaissent sur ses contours, pour disparaître un instant plus tard. Un cône gris gigantesque, unique, exaltant.

Nous passons la plus grande partie de la journée dans le lagon, à faire du paddle et du snorkeling. On nous a conseillé de regagner notre bungalow vers 15 h 30 et de ne plus en sortir. Nous pourrons commander à manger au room service, comme d'habitude.

Nous nous replions vers 15 h 45, avec des provisions, des bières et assez de DVD pour faire un marathon cinématographique.

Nous en sommes à la moitié de *Rencontres du troisième type* quand le temps commence à sérieusement se gâter. Le grondement des vagues sous le bungalow et le martèlement de la pluie sur le toit nous obligent à monter le son de notre écran plasma. Mark prend son téléphone pour me filmer.

Occupée à grignoter, je suis vautrée sur le lit comme une baleine échouée. Je glisse mes pistaches sous un oreiller et m'efforce d'adopter une position plus flatteuse pour la caméra.

— Qu'est-ce que tu fais, Erin ? me demande-t-il.

— Bonne question, Mark ! Je regarde un film sur des extraterrestres en attendant la fin du monde.

Des hululements de sirènes et des éclats de voix s'élèvent, en provenance du téléviseur.

— Cinquième jour de lune de miel, commente Mark, et nous voilà pris dans une vraie tempête tropicale. Vous avez vu ça ?

Mark oriente son téléphone vers les vitres cinglées par la pluie.

Tout est gris dehors, enveloppé d'un brouillard épais, opaque. Le vent couche les quelques plantes visibles, courbe les arbres. Et des trombes d'eau s'abattent. Un véritable déluge. Mark dirige son téléphone vers le sol. Des flaques se forment déjà devant les portes.

— Hé, un vaisseau fantôme ! me lance Mark après avoir jeté un coup d'œil dehors.

Je bondis hors du lit pour trottiner jusqu'aux fenêtres. Oui, je l'aperçois. Un vaisseau fantôme. Un yacht ancré au large, voiles ferlées, haubans tendus pour sécuriser le mât, ballotté dans la brume qui le dissimule en partie.

— C'est flippant, dis-je à voix basse.

Mark sourit.

— Flippant, je confirme.

Le sommet du mont Otemanu a disparu, englouti par la grisaille. On ne distingue plus que les arbres au pied. Mark zoome sur le bateau. Il se demande s'il y a des passagers à bord. Nous scrutons tous les deux l'image.

Au même moment, son téléphone bipe et une notification s'affiche sur l'écran. Elle n'y reste qu'une seconde, mais c'est suffisant pour que je sente mon estomac se nouer. C'est un SMS de Rafie. Important. À propos d'une offre d'emploi potentielle. Rafie s'est engagé à l'aider. Mark attendait ce message.

Il passe son doigt sur le portable et se dirige vers la partie salon. Je lui emboîte le pas.

— Mark ?

Il lève une main en un geste impatient. *Attends*.

Il lit le texto, hoche la tête, puis pose le téléphone sur la table basse. L'air distrait, perdu dans ses pensées. Il avale sa salive.

— Mark ?

Nouveau geste d'impatience, plus brusque. *Attends !*

Il se met à arpenter la pièce. S'immobilise. Marche jusqu'au bar et fait tomber des glaçons dans un verre à whiskey. Merde. Ce n'est pas bon signe.

Je m'approche lentement de la table et tends la main vers le téléphone d'un mouvement hésitant. Prudent. Je ne sais pas si Mark est d'accord pour que je lise ses SMS. Mais il a la tête ailleurs. Je compose son code

– sa date d'anniversaire. Appuie sur « Messages ». Ensuite sur « Rafie ».

Mauvaise nouvelle, vieux. Je viens d'apprendre qu'ils ont confié le poste à quelqu'un en interne. Sale coup. Je croyais que c'était dans la poche. Te tiens au courant si j'ai du neuf. R

Oh non.

Je replace doucement le téléphone sur la table basse vitrée. De l'autre côté de la pièce, Mark boit son whiskey. Je saisis la télécommande pour arrêter la télé, mettant fin aux sirènes et au vacarme du film. Seuls sont perceptibles désormais le tintement de ses glaçons et les bruits assourdis de la tempête qui fait rage dehors.

Mark me regarde enfin.

— C'est des choses qui arrivent, Erin. Qu'est-ce qu'on peut y faire ?

Il lève son verre comme pour porter un toast.

Je repense à Alexa. *Parfois, on est l'arroseur, parfois l'arrosé.*

Pour finir, il sourit.

— Mais bon, ce n'est pas grave, dit-il. Ça va. Je t'assure.

Il s'est exprimé d'un ton calme. Et je le crois, cette fois. Oui, d'accord, il va bien. N'empêche… ça ne devrait pas se passer comme ça. Ce n'est pas juste.

Les mots jaillissent de ma bouche :

— J'ai une idée.

Je me dirige vers lui, m'empare de son verre et le pose. Il paraît surpris, déstabilisé par ma soudaine détermination. Je le prends par la main et lève les yeux vers lui.

— Tu me fais confiance ?

Il se fend d'un grand sourire. Ses paupières se plissent. Il sait que j'ai une idée derrière la tête.

— Oui, je te fais confiance, répond-il en me pressant la main.

Je le conduis vers la porte d'entrée, que je déverrouille. Mais il retient ma main au moment où je m'apprête à ouvrir.

— Erin ?

Les éléments se déchaînent toujours de l'autre côté.

— Fais-moi confiance, dis-je une nouvelle fois.

Un hochement de tête.

À peine ai-je appuyé sur la poignée que le vent repousse la porte contre ma main. Il souffle encore plus fort que je ne le pensais en regardant par les fenêtres. Nous sortons tout de même et je parviens tant bien que mal à refermer le battant. Mark, immobile, contemple le maelström, tandis que la pluie trempe déjà son T-shirt, assombrissant le tissu. Je le reprends par la main et nous nous élançons. Je l'entraîne sur les passerelles et les ponts pour rejoindre le complexe hôtelier, puis le long des chemins parsemés de flaques jusqu'à la côte plus exposée. Les rafales nous giflent de toutes parts, à présent, et nous titubons sur le sable. Nos vêtements mouillés, alourdis par la pluie, nous collent à la peau. Nous nous arrêtons au bord de l'océan.

— Vas-y, Mark, crie !

— Quoi ?

Il me dévisage. Dans le fracas ambiant, il ne m'a pas entendue.

— Crie !

Cette fois, il a compris. Il éclate de rire.

— Quoi ?! répète-t-il, incrédule.

— Crie, Mark ! Lâche-toi, bordel !

Je me tourne vers l'océan, vers le vent et les flots tumultueux, et je hurle. À m'en faire éclater les poumons. Je hurle à cause de ce qui lui arrive, de ce qui est arrivé à Alexa, de la mort de sa mère, de la mort de la mienne, de l'avenir de Mark, du nôtre, de moi-même. Je m'égosille jusqu'à n'avoir plus de souffle. Mark, silencieux, m'observe. Je suis incapable de deviner ses pensées. Il se détourne, semble sur le point de s'éloigner, puis pivote de nouveau et pousse un long cri en direction du déluge et du brouillard. Tendons saillants, muscles contractés. Un cri de bataille lancé vers l'inconnu. Et le vent rugit en réponse.

12

Samedi 10 septembre
Des choses dans l'eau

À l'aube, la tempête s'est calmée.

Nous nous réveillons comme d'habitude quand l'employé du room service toque à la porte. Les seuls signes de l'orage passé sont les quelques palmes qui flottent dans le lagon et nos voix éraillées.

Je n'avais pas dormi aussi bien depuis des années. Après le petit déjeuner, Mark décide d'aller voir le moniteur de plongée. Il aimerait qu'on fasse une sortie en mer cet après-midi, et il voudrait savoir s'il est possible pour nous d'y aller seuls. Comme ils m'ont paru bien s'entendre tous les deux hier, je laisse Mark prendre les choses en main.

Même si je lui ai promis de ne pas travailler, j'allume mon ordinateur portable à la seconde où il franchit le seuil de la suite. Les e-mails abondent. La plupart concernent le mariage, mais je cherche surtout des messages professionnels en rapport avec mon projet. J'en trouve un.

Il m'a été envoyé par la prison de Holloway, au sujet de Holli.

C'est à propos de sa date de libération. Elle a été avancée. Elle est maintenant fixée au 12 septembre, soit dans deux jours. La poisse. Elle n'aurait pas dû sortir avant mon retour.

J'écris rapidement à Phil, mon cameraman, et à Duncan, l'ingénieur du son, pour les prévenir que nous devrons aller interviewer Holli chez elle dès que je serai rentrée. Ce n'est pas l'idéal, mais nous aurons besoin des images le plus tôt possible après sa sortie. Je leur rappelle aussi les dates de tournage pour Alexa. Elle sera libérée quelques jours après mon retour, ce qui nous laisse un peu plus de temps pour nous préparer.

Un autre e-mail attire mon attention. Celui-ci émane de la prison de Pentonville. La date de sortie d'Eddie a également été fixée. En principe, j'ai rendez-vous avec lui une semaine après notre retour.

Un coup frappé à la porte me tire de mes pensées. Bizarre. Mark a une clé, alors pourquoi n'entre-t-il pas ? Il doit manigancer quelque chose. Je souris en me dirigeant vers le battant, que j'ouvre à la volée.

Une minuscule Polynésienne se tient devant moi, tout sourire.

— Cadeau spécial ! annonce-t-elle. Pour vous !

Radieuse, elle me montre un seau à glace humide de condensation contenant une bouteille de champagne manifestement coûteuse.

— Désolée, dis-je, nous n'avons pas commandé…

— Non, cadeau spécial, insiste-t-elle d'un air entendu. D'un ami. Cadeau de mariage. Oui !

Son sourire s'élargit.

Après tout, ce n'est pas impossible. Il pourrait s'agir d'une attention de Fred et Nancy. Ou de Caro, peut-être ?

D'un signe de tête, elle m'encourage à prendre le seau. Pour une raison qui m'échappe, je me fends d'une petite courbette en le saisissant. Un clin d'œil inconscient à l'interculturel, j'imagine. Elle laisse échapper un rire, agite une main menue et repart vers l'hôtel.

De retour dans la chambre, je vais placer le seau sur la table basse vitrée. Des gouttes de condensation dégoulinent tout autour. Un bristol épais, plié, accompagne la bouteille. Je l'ouvre et lis :

Pour Mme Erin Roberts,

Toutes mes félicitations pour votre mariage, ma jolie. J'ai pris la liberté de vous envoyer un petit présent. Un excellent Dom Pérignon 2006. C'est le préféré de ma femme. Dieu sait que nous avons eu des différends au fil des années, elle et moi, mais elle a du goût, je dois bien lui reconnaître ça. Après tout, elle m'a épousé.

Quoi qu'il en soit, je vous souhaite tout le bonheur possible, à votre mari et à vous, maintenant et pour l'avenir. Assurez-vous qu'il vous traite bien. Et amusez-vous, ma jolie.

Oh, et toutes mes excuses pour l'appel de l'autre semaine, je n'avais pas la possibilité de parler librement. Mais nous aurons très bientôt l'occasion de discuter à nouveau.

J'ai appris qu'on vous avait notifié ma date de libération. Par conséquent, tout est réglé. Suis impatient de vous voir dans deux semaines. En attendant, je ne voudrais pas abuser de votre temps. Retournez vite sous ce beau soleil.

Toutes mes amitiés
Eddie Bishop

Un Dom Pérignon 2006. Comment s'y est-il pris ? Il sait où je suis, sur quelle île, dans quel hôtel... tout. Mais bon, j'avais déjà compris qu'il me surveillait, non ? N'empêche, c'est glaçant.

Si je réfléchis bien, qu'est-ce que je peux en déduire ? Il a découvert où nous séjournions et téléphoné pour commander une bouteille. Cela dit, il n'a pas dû avoir trop de mal à nous trouver, je n'ai pas fait mystère de notre destination. N'importe qui aurait pu nous localiser sans trop de difficultés. Et puis, en un sens, c'est plutôt gentil. À moins qu'il ne s'agisse d'une menace ? Dans tous les cas, que l'intention soit bonne ou mauvaise, je décide de ne pas révéler à Mark l'identité de l'expéditeur. Il ne ferait que s'inquiéter.

En entendant des pas sur la passerelle dehors, je glisse prestement la carte dans ma poche. Je m'en débarrasserai plus tard. Je récupère mon ordinateur sur le canapé, où je l'avais laissé, au moment même où Mark entre.

Je suis prise en flagrant délit. Il sourit.

— Tu bosses ?

Je hausse les épaules, l'air de rien, et range le portable dans un tiroir.

— Pas du tout.

Mark a loué un bateau et du matériel de plongée pour cet après-midi. Tout sera prêt sur le ponton après le déjeuner. Apparemment, la tempête a rendu la visibilité sous-marine mauvaise autour de l'île, si bien que le moniteur de plongée – le nouveau meilleur copain de Mark – lui a donné les coordonnées GPS d'un site plus éloigné où gît une épave. La visibilité devrait être meilleure là-bas. L'endroit se situe près d'une île à environ une heure de navigation. Mark, qui a obtenu son permis bateau à l'occasion d'une année sabbatique passée à travailler sur des yachts en Méditerranée, devrait pouvoir rallier notre destination sans problème. L'hôtel nous a conseillé d'emporter un pique-nique et de mouiller près de l'île après notre plongée. Elle est déserte, nous ne risquons pas de déranger qui que ce soit.

L'idée m'enchante. Une île déserte, juste pour nous.

La traversée se révèle légèrement perturbante dans la mesure où, une fois Bora Bora hors de vue, il n'y a plus rien. Rien que du bleu, dans toutes les directions. Je comprends mieux maintenant pourquoi certains marins devenaient fous en mer. On n'a plus aucun repère. S'il n'y avait pas ce point sur le GPS se déplaçant régulièrement vers notre destination, je jurerais que nous décrivons d'immenses cercles sans fin.

Au bout d'une heure, nous apercevons l'île au-dessus des vagues à l'horizon. Autrement dit, nous n'en sommes plus qu'à cinq kilomètres. L'horizon est toujours à environ cinq kilomètres quand on se situe au niveau de la mer. C'est bon à savoir, non ?

L'épave qui nous intéresse aujourd'hui se trouve au nord-ouest de l'île, par vingt mètres de fond seulement. Ce qui, d'après Mark, ne devrait pas me poser de problème.

— En principe, tu n'es pas censée descendre en dessous de dix-huit mètres, dit-il. Alors, pendant les vacances, on va se contenter de rester à peu près à cette profondeur. Ne t'inquiète pas, ma puce, tu ne vas pas exploser parce que tu dépasses ta limite de deux mètres ! Elle n'est spécifiée qu'à titre indicatif. Vingt mètres, ce sera un jeu d'enfant pour toi. Et je serai là, à côté de toi. D'accord ?

Je sais que lui a le droit de descendre deux fois plus bas.

Une bouée rose décolorée, ballottée par les flots, signale le site de l'épave. Nous jetons l'ancre à une distance sûre.

Alors que nous enfilons nos combinaisons, Mark me jette un coup d'œil. Son expression s'est brusquement assombrie.

— Erin, mon cœur, juste pour te prévenir : il semblerait qu'il y ait pas mal de requins dans le coin.

J'en ai littéralement le souffle coupé.

Il éclate de rire devant ma mine interloquée.

— Mais non, ne t'en fais pas ! Je vais tout te dire, OK ? Comme ça, tu ne seras pas surprise là-dessous.

Je hoche la tête. Même si je le voulais, je ne pourrais pas prononcer un mot.

Il poursuit :

— Tu te rappelles ces requins bordés qu'on a vus dans le lagon l'autre jour ?

Je hoche de nouveau la tête.

— Eh bien, tu ne risques rien avec eux, ils sont parfaitement inoffensifs, affirme-t-il d'un ton posé, rassurant. Ils n'attaquent pas les humains. Et puis ils ne sont pas si grands que ça, tout bien considéré ; ils font à peu près la taille d'un adulte, alors… en même temps, c'est vrai, ils restent impressionnants, pour des poissons. Mais ils ne sont pas dangereux. Tu me suis ?

J'acquiesce encore une fois. Quand j'ai vu un requin bordé dans le lagon, lundi, alors que nous faisions du snorkeling, j'ai failli avoir une crise cardiaque. Ils sont absolument terrifiants. Néanmoins, une fois le premier choc passé, je me suis sentie à l'aise parmi eux. Ils nous ont laissés tranquilles.

— C'est juste qu'il y en a beaucoup, précise-t-il.

Génial…

— Et il faudra peut-être aussi compter avec les requins-citrons. Eux, ils font dans les trois mètres, trois mètres et demi – la longueur d'une petite voiture. En général, ils ne s'en prennent pas aux hommes, c'est juste que… ils sont gros, quoi. Autant que tu le saches.

Waouh. OK. Sacrées bestioles.

— Tout ira bien, crois-moi, ajoute-t-il. Mais par prudence… Ils n'aiment pas ce qui brille, comme les montres, les bijoux, ce genre de trucs, alors…

J'ôte aussitôt mes deux bagues, que je lui tends en demandant :

— Vas-y, dis-moi : à quoi je dois encore m'attendre là-dessous ?

Je me raidis.

— Il est possible qu'on tombe sur des requins gris de récif. Deux mètres.

Bien.

— Et aussi sur des raies pastenagues… Enfin, peut-être.

Bon. Elles ressemblent aux raies manta dans le lagon, en plus petites.

— Et sur des tortues.

Elles, pour le coup, je les adore.

— Et, éventuellement, mais ça m'étonnerait – et même si c'est le cas, ne t'affole pas, ils garderont leurs distances –, des requins-tigres.

Oh mon Dieu !

Même moi, j'en ai entendu parler. Ce sont de vrais requins. Des monstres. De quatre à cinq mètres de long. Je ne suis plus si sûre d'avoir envie de plonger. Je lève les yeux vers Mark, qui soutient mon regard dans le silence seulement troublé par le clapotis des vagues contre la coque. Il éclate de rire.

— Tu me fais confiance, Erin ?

Je me force à répondre :

— Oui.

— Ils s'approcheront peut-être de toi, mais ils ne te feront pas de mal.

Il soutient toujours mon regard.

— D'accord.

Je hoche la tête.

Respire, c'est tout, me dis-je. *Concentre-toi sur ta respiration. Comme dans la piscine. Ce sera exactement comme dans la piscine.*

Une fois équipés, nous nous mettons à l'eau. Je prends plaisir à faire le *buddy check* pré-plongée avec Mark. C'est rassurant. Ses yeux cherchent les miens. *Tout va bien ?* Je hoche la tête. *Oui, ça va.*

Nous entamons lentement notre descente. Je me focalise sur Mark, guette chacun de ses gestes, de ses mouvements. Soudain, il pointe le doigt, et je la vois.

Du bateau, j'ai déjà aperçu l'épave au fond, mais maintenant que nous sommes immergés, je la distingue parfaitement devant nous. Et alors que mes yeux s'accoutument à la luminosité ambiante, je commence à remarquer des poissons autour de nos bulles qui remontent à la surface. J'en suis un du regard et le vois rejoindre un banc qui, dans l'ombre du hors-bord, forme une colonne argentée ondoyante.

Je reporte mon attention sur Mark. Il contrôle la régularité de notre descente. Pas d'à-coups. Pas de mouvements brusques. Il me surveille tout en consultant son ordinateur de poignet et son visage exprime une intense concentration. Quand nous atteignons les cinq mètres, nous faisons une pause pour un nouveau contrôle. Mark me demande : *OK ?*

Je réponds : *OK*. Pour le moment, tout se passe bien.

Il me fait signe de continuer. Il s'applique tellement à suivre la procédure à la lettre que je ne peux pas m'empêcher de sourire derrière mon détendeur. Je suis entre de bonnes mains.

À environ cinq mètres en dessous de nous, je découvre des coraux sur des saillies rocheuses. Je lève les yeux. Nous sommes maintenant à presque dix mètres de la surface miroitante.

Je regarde Mark, en suspension dans l'azur. Hors du temps. Il me sourit.

Nous poursuivons la descente. Je perçois soudain un mouvement du coin de l'œil. Ce n'est pas quelque chose de solide, plutôt un changement dans l'intensité de la couleur à la périphérie de mon champ de vision.

Je tourne la tête et, les paupières plissées, scrute les profondeurs troubles, jusqu'au moment où je les vois. Ils sont tout autour de nous. Leurs silhouettes se matérialisent l'une après l'autre. Chaque fois, mon cœur manque de s'arrêter. Un flot d'adrénaline déferle dans mes veines. Ils grouillent partout. Décrivent de larges cercles au-dessus de l'épave et des récifs un peu plus loin. Leurs corps massifs semblent ne rien peser dans ce monde bleu-vert. Nageoires, branchies, gueules, dents. Des requins. Innombrables. Qui évoluent avec aisance. La question de savoir à quelle espèce ils appartiennent ne semble pas pertinente à mon système nerveux central, qui a pris le dessus.

Je ne respire plus. Mes muscles sont tétanisés, comme dans ces cauchemars où on ne peut pas hurler. Je regarde Mark, dont les yeux les survolent. Il évalue le danger.

Je parviens à lever une main, affolée à l'idée que mon geste puisse attirer l'attention des squales. Le bras parcouru de tremblements irrépressibles, je fais le signe « OK ? ».

Mark lève la main à son tour. *Attends*. Il inspecte les alentours.

Je jette un coup d'œil au-dessus de moi, vers la surface. Quinze mètres plus haut. *Respire, Erin ! Respire, bordel !* J'inspire à fond l'air frais et sec de la bouteille. Puis relâche lentement mon souffle, libérant des chapelets de bulles.

Bien. C'est du bon boulot, Erin.

Mark tourne la tête vers moi. *OK*.

Il sourit.

Tout mon corps se détend. Il n'y a rien à craindre. Tout va bien.

J'observe les requins. J'ai un peu l'impression de m'être aventurée dans un pré où paissent des vaches. À cause de leur taille imposante. De cette appréhension sourde à l'idée que ces créatures apparemment paisibles puissent soudain se retourner contre nous. Nous attaquer.

Puis je remarque leurs nageoires, dont les extrémités ne sont ni noires ni argentées. Elles sont grises. J'ai du mal à évaluer les distances, à mettre les squales en perspective. Ils me semblent gigantesques, c'est tout. Ce sont sûrement des requins gris de récif.

Ils savent que nous sommes là. Ils nous voient mais ils nous ignorent. Tout va bien. Ils ne s'en prendront pas à nous.

Nous poursuivons la descente.

Nous passons près d'un immense banc de poissons jaunes et argentés, serrés les uns contre les autres.

Parvenu au fond, Mark me fait signe de le suivre jusqu'à l'épave. Elle n'est plus très loin de nous et ses contours se précisent peu à peu tandis que nous palmons vers elle.

Je lève les yeux vers les poissons et les requins au-dessus de nous. Une voûte vivante évoluant dans les eaux claires. Waouh !

Je souris à Mark, qui les contemple aussi. Un instant plus tard, il saisit ma main gantée dans la sienne.

Après notre plongée, nous mouillons le plus près possible de la plage et déjeunons sur l'île déserte. Nous nageons nus dans les eaux peu profondes, puis prenons un bain de soleil sur le sable. Il commence à se faire tard lorsque nous remontons dans le bateau pour retourner à Bora Bora.

Mark, aux commandes, garde les yeux fixés sur un point à l'horizon. Il nous faudra un peu plus d'une heure pour rentrer à l'hôtel. Je lutte pour rester éveillée malgré le vent qui me ramène sans cesse les cheveux dans la figure et la fatigue qui alourdit mes membres. À mesure que nous progressons sur les vagues, je vois le point vert clignotant sur le GPS se rapprocher du rouge. Mes paupières sont lourdes.

Quand je rouvre les yeux, sans trop savoir si je me suis assoupie, le moteur change de régime. Nous ralentissons. Pourquoi ? Nous ne sommes pas encore arrivés à Bora Bora. Il n'y a rien, ici, au milieu de l'océan qui s'étend sur des kilomètres à la ronde. Mais soudain, je découvre ce qui a attiré son attention.

Sur l'eau, tout autour de nous. Du papier. Des feuilles blanches format A4.

Elles forment un cercle d'environ dix mètres de large. Je ne pourrais pas dire de quoi il s'agit – magazines, formulaires ou documents –, parce que l'encre est à moitié effacée sur les pages détrempées, les rendant illisibles. Elles adhèrent à la surface des vagues comme une fine peau.

Mark m'interroge du regard. *Qu'est-ce que c'est ?* De tous côtés, nous ne voyons que du bleu.

Des détritus, peut-être ? Nous nous arrêtons au centre du cercle géant de feuilles flottantes. Mark coupe le moteur. C'est beau, d'une certaine façon. Comme une installation d'art moderne en plein Pacifique. Je passe la main par-dessus bord pour attraper une page. Les caractères se dissolvent sous mes yeux tandis que je la soulève, l'encre dégouline sur le fond blanc. Dieu sait ce qui était écrit là-dessus.

Est-ce la tempête qui a entraîné ces papiers jusque-là ? J'examine les traînées noires dessus. S'ils étaient importants, ils ne le sont plus.

Mark et moi échangeons un coup d'œil. Dans le silence total qui règne autour de nous, la scène est presque irréelle. Une pensée complètement folle me traverse soudain l'esprit : et si nous étions morts ? Peut-être sommes-nous au purgatoire. Ou dans un rêve.

Brusquement, un bruit sourd se fait entendre contre la coque. Et un autre. Et encore un. Porté par le mouvement des vagues, un objet heurte le bateau. *Tap tap.* Mark fronce les sourcils.

Je hausse les épaules. J'ignore, moi aussi, de quoi il s'agit.

Mais un changement subit dans son attitude – la tension qui raidit ses épaules – m'emplit d'appréhension. Il se passe quelque chose d'inquiétant. C'est ce qu'il semble penser, en tout cas.

Tap tap. Le bruit se fait insistant. Mark s'approche du bord, prend une profonde inspiration et se penche.

Il ne bouge plus. *Tap tap.* Immobile, il scrute l'eau. *Tap tap.* Il finit par changer de position et, tout doucement, tend la main. Elle disparaît de ma vue. *Tap tap.*

Enfin, avec un grognement, Mark hisse un objet ruisselant qu'il pose sur le pont entre nous. Quelques fragments de papier délités y sont collés. Nous l'examinons. C'est un sac noir en toile d'un peu moins d'un mètre de long – trop grand pour un sac de sport et trop petit pour un sac de voyage.

Il est à l'évidence de bonne facture mais ne comporte apparemment ni marque ni logo. Mark se baisse pour l'examiner. Aucune inscription. Pas d'étiquette avec l'adresse du propriétaire. Il cherche la fermeture à glissière, noire sur fond noir, et la tire. Sans succès. Elle est bloquée par un cadenas noir mat à combinaison. Ah.

Bon. Le contenu a manifestement de la valeur. Ce ne sont sans doute pas des rebuts. Je lis la question dans le regard de Mark.

On l'ouvre ?

Je hoche la tête.

Il essaie de forcer le système, fermeture Éclair et tout. En vain. Il renouvelle sa tentative.

Puis lève les yeux vers moi. Je l'encourage d'un signe, curieuse de voir ce qu'il y a dedans mais…

Mark tire sur la toile autour du zip, déterminé à la déchirer. Elle ne cède cependant pas. Il bataille, soulève à moitié le sac dans ses efforts pour l'ouvrir, le laisse retomber sur le pont en fibre de verre.

Il y a des choses à l'intérieur. Je distingue des formes solides, anguleuses, qui tendent la toile quand Mark s'acharne dessus. Il s'interrompt brusquement.

— On devrait peut-être attendre, déclare-t-il d'un ton crispé, soucieux. Celui ou celle à qui il appartient ne veut pas qu'on fouille à l'intérieur, c'est évident.

Je ne peux pas lui donner tort, même si la tentation de savoir ce qu'il contient est devenue terriblement forte.

— Tu permets ? dis-je en faisant un geste vers le sac.

Je veux juste le tenir, le soupeser. Je réussirai peut-être à deviner ce que c'est au poids, à la forme générale. Comme un cadeau de Noël encore emballé.

— Bien sûr, vas-y, répond Mark, qui recule d'un pas. Il est plus lourd qu'il n'en a l'air, ajoute-t-il au moment où je saisis les anses.

C'est vrai. Il est beaucoup plus lourd qu'il n'y paraît. Je le laisse pendre à la hauteur de mes mollets. Dégoulinant. Pesant. On dirait… on dirait…

Je le lâche d'un coup et il heurte la fibre de verre avec un bruit mouillé. Mark me dévisage. Fait non de la tête.

— Ça ne peut pas être ça, décrète-t-il.

Il a deviné mes pensées.

— Impossible, Erin. Sinon ils auraient senti l'odeur et ils l'auraient dévoré. Surtout les gris. Ça ne peut pas être ça, insiste-t-il.

Pourtant, à la façon dont il s'est exprimé, je comprends que l'idée lui a aussi traversé l'esprit.

En attendant, il a raison : si c'était un corps, les requins l'auraient attaqué. Le contenu n'est pas organique, ce ne sont que des objets.

Sans doute des documents comptables, quelque chose comme ça, à en juger par tous les papiers qui flottent autour de nous. Peut-être une double comptabilité, qui sait ? Mais seulement de la paperasse. Rien de bien intéressant.

Dans un sac cadenassé, Erin. Flottant en plein Pacifique. Cerné par dix mètres de papiers illisibles.

— Qu'est-ce qu'on fait, Mark ? Si on le remettait à l'eau, tout simplement ?

Il consulte sa montre. L'heure tourne, le soleil se couchera dans une demi-heure environ et il nous reste encore quarante-cinq minutes de trajet. Je n'ai pas envie de me retrouver au milieu de nulle part à la tombée de la nuit. Mark non plus.

— Il faut qu'on s'en aille, déclare-t-il. Je vais enregistrer les coordonnées du site, on garde le sac et, une fois arrivés, on le donnera à la réception. On les mettra au courant de tout ce bordel. D'accord ?

Il déniche un bloc-notes et un crayon dans un compartiment sous le siège, puis inscrit les coordonnées fournies par le GPS.

Je contemple une nouvelle fois le cercle de feuilles sur l'eau, à la recherche d'un indice susceptible d'expliquer cette situation insolite. Mais je ne vois partout que le bleu familier. Rien d'autre ne flotte, rien d'autre ne dérive sur les vagues. Je reporte mon attention sur Mark.

— D'accord, dis-je. Ils n'auront qu'à régler ça à l'hôtel.

Je me rassois.

Ça ne nous concerne pas, après tout. Quelqu'un a dû vouloir se débarrasser de ce sac, point final.

Mark relance le moteur et nous repartons vers le Four Seasons où le dîner nous attend. Je regarde le sac glisser sur le pont et aller se loger sous un siège.

Je me blottis sur les coussins derrière Mark et enfile son pull, dont je tire les manches sur mes mains froides. Le visage fouetté par mes cheveux, je ferme les yeux.

13

Dimanche 11 septembre
Le jour d'après

Nous nous levons de bonne heure. L'exercice physique et le grand air ont en général raison de nous vers 22 heures, et je me sens en pleine forme.

Nous avons réglé la question du sac hier soir dès que nous avons accosté à l'hôtel. Mark l'a confié à un bagagiste en expliquant que nous l'avions trouvé dans l'eau. Il n'a pas jugé utile de lui communiquer les coordonnées du site ni de lui parler des papiers éparpillés sur l'eau. Il préfère en toucher un mot aujourd'hui au moniteur de plongée, qui semble plus réactif et fera peut-être des recherches.

Pour une fois, nous décidons d'aller prendre notre petit déjeuner dans le restaurant principal. C'est le buffet du dimanche, version Four Seasons – une profusion ridicule de tout ce que vous avez toujours rêvé de manger : homards entiers, pancakes avec du sirop d'érable, fruits exotiques, *breakfast* à l'anglaise, sushis, pâtisseries variées… C'est l'un des avantages de la dépense physique : je peux avaler à peu près tout ce que je veux sans craindre de grossir.

Nous avons de grands projets pour la journée : expédition en 4×4 à travers la forêt sur l'île principale, suivie par une randonnée sur le mont Otemanu jusqu'à la grotte sacrée, puis retour à l'hôtel pour le dîner du dimanche soir sur la plage, à la lumière des torches. Le bateau viendra nous chercher sur le ponton après le petit déjeuner. Nous n'avons pas encore aperçu le moniteur de plongée. Comme j'ai besoin d'aller chercher mon sac à main et ma crème solaire, je laisse Mark au restaurant et me dirige vers notre chambre.

Je ne le vois pas tout de suite.

C'est en sortant de la salle de bains, ma brosse à dents dans la bouche, que je le découvre. Posé sur le sol à l'extrémité de notre lit. Le sac noir. Quelqu'un nous l'a rapporté. Il est sec, à présent. Des traces de sel crayeuses zèbrent la toile. Le cadenas est toujours en place. Le bagagiste a dû mal comprendre ce que Mark lui a dit hier soir.

Je repense à ces *tap tap* insistants contre la coque du bateau. Je n'aurais jamais imaginé avoir un jour peur d'un simple sac, pourtant c'est le cas.

Mais je m'en occuperai à notre retour. Là, je n'ai pas le temps. Je finis de me brosser les dents, attrape mes affaires et file vers le ponton. J'en parlerai à Mark plus tard.

Après une rapide traversée du lagon, nous nous entassons dans un véhicule tout-terrain. Nous sommes quatre en plus du guide. Nous et un autre couple de trentenaires. Sally et Daniel Sharpe. Nous démarrons. Instantanés de la jungle, avec parfois le coin d'un des rétroviseurs extérieurs de la Jeep, visages souriants un peu flous, tiédeur des sièges en cuir sous nos cuisses, odeurs de forêt chauffée par le soleil, caresse du vent sur mon bras, cahots sur les pistes défoncées dans les collines, alternance de fraîcheur et de touffeur.

Nous entamons ensuite notre marche. Douceur de la brise à travers les arbres, pierres qui roulent sous nos pieds, bavardages à mi-voix, filet de sueur dégoulinant entre mes seins, respiration laborieuse. Le T-shirt de Mark qui s'assombrit devant moi.

Quand la randonnée s'achève, je suis vidée mais contente. J'ai les jambes lourdes, les muscles détendus.

Les joues de Mark ont pris des couleurs sous le soleil, le rendant encore plus irrésistible. Il a le teint éclatant de santé d'un homme habitué au grand air. Je ne l'avais pas vu aussi heureux depuis un bon moment. Je n'arrête pas de le toucher, d'effleurer sa peau hâlée. Sur le bateau qui nous ramène à l'hôtel, je pose ma cuisse sur la sienne. Possessive.

Quand je lui ai parlé du sac, il a jugé la situation plutôt comique. Dans le genre gag à la *Hôtel en folie*. Pour être franche, je n'ai jamais vraiment adhéré à cette série où les personnages semblent toujours en colère. Une colère disproportionnée. C'est peut-être ça qui est drôle, je ne sais pas. J'ai beau adorer les Monty Python, je trouve que John Cleese a besoin de se calmer un peu. Il est trop agité à mon goût.

De retour dans notre suite, nous nous jetons sur notre lit, faisons paresseusement l'amour et somnolons jusqu'au coucher du soleil.

Lorsque nous sommes douchés et habillés, Mark m'entraîne sur la terrasse et fait sauter le bouchon d'une bouteille de champagne. Celle d'Eddie, que j'ai présentée à Mark comme le « cadeau de Fred ».

Il me tend une flûte pleine, où les bulles pétillent à la surface. On juge la qualité d'un champagne à la taille des bulles, vous le saviez ? Plus elles sont fines, plus elles sont nombreuses et plus elles permettent aux molécules aromatiques de se libérer. De quoi stimuler les papilles. De longs colliers de minuscules perles de gaz carbonique animent mon verre. Nous trinquons.

— T'épouser a été la meilleure décision que j'aie jamais prise, déclare Mark en souriant. Sache que je t'aime, Erin, et que je veillerai toujours sur toi. Dès qu'on sera rentrés, je retrouverai du travail et on se construira une belle vie ensemble. Ça te va ?

— Oh oui ! Mieux que ça, même.

J'avale une gorgée de champagne et sens les bulles me piquer les lèvres et le nez. C'est divin. Je souris aussi. *Merci, Eddie.*

— Qu'est-ce qu'on va faire de… ?

De la tête, j'indique l'intérieur de la suite.

Le sourire de Mark s'élargit.

— Je l'emporterai au club de plongée demain et je donnerai les coordonnées du site au moniteur. Il n'aura qu'à s'en charger. À moins qu'il ne le rapporte dans notre chambre, qui sait ?

Il éclate de rire.

De la musique s'élève de l'autre côté du lagon.

Le dimanche soir, un dîner-spectacle est organisé sur la plage. J'ai dit à Mark que ça me rappelait un peu les animations de Center Parcs, mais il m'a fait remarquer que nous étions au Four Seasons ; autrement dit, nous aurons droit à un menu cinq étoiles sur une plage tropicale éclairée par des torches, suivi d'un spectacle de danses polynésiennes traditionnelles au son des tambours d'eau.

— Comme à Center Parcs, alors…

Je me trompe ou ils le font aussi à Center Parcs ?

On nous place à une table au bord de l'eau. Nous ne sommes que dix couples au total, disséminés le long de la plage, éclairés par les lueurs des bougies et des torches plantées dans le sable. Nous saluons les deux Anglais rencontrés pendant la randonnée. Daniel et Sally. Ils sourient et nous saluent en retour. Tout le monde a l'air détendu et heureux. La senteur du gardénia tahitien se mêle à l'odeur du feu autour de nous.

Nous buvons encore du champagne en évoquant notre avenir. Je parle à Mark d'Alexa et de son projet d'avoir un enfant. Je lui raconte aussi en détail mon entretien avec Holli. Je n'en dis pas trop sur Eddie, cependant, et je ne mentionne pas son cadeau. Mark m'écoute d'un air captivé, comme s'il avait oublié jusque-là que je continuais à avoir une vie professionnelle pendant qu'il se débattait avec la sienne. Mais, à présent, il s'intéresse à ce que je lui dis. Il me demande pourquoi Holli est autorisée à sortir. Et si Alexa regrette son acte. Nous bavardons jusqu'au dessert et au café. Puis le spectacle commence.

Des danseurs polynésiens, hommes et femmes, vêtus de costumes traditionnels, enchaînent les bonds et les sauts périlleux sur le sable, serrant des torches dans leurs mains brunes ou entre leurs dents. Ils s'élèvent dans les airs ou plongent dans la mer. Des percussionnistes immergés jusqu'aux genoux frappent de leurs paumes des tambours flottants et l'eau autour d'eux.

La musique enfle, puis atteint son point culminant, et les vagues semblent s'enflammer devant nous. Puis c'est l'obscurité, résonnant d'applaudissements et d'acclamations.

Après le spectacle, nous allons nous installer au bar où nous commandons des cocktails. Nous dansons, nous discutons, nous nous embrassons, nous nous câlinons et buvons encore. Il n'y a plus que nous lorsque nous décidons enfin d'aller nous coucher, et c'est en titubant que nous regagnons notre suite.

Le sac est toujours là, en attente. Je vais chercher mes ciseaux à ongles dans la salle de bains. Cette fois, c'est décidé, nous allons l'ouvrir.

14

Lundi 12 septembre
Flotsam ou *jetsam*

Je me réveille tard.

Mark dort comme une masse à côté de moi et des relents d'alcool flottent au-dessus de nous. Nous avons oublié de commander le petit déjeuner et même de mettre la climatisation avant de sombrer hier soir.

J'ai le cerveau embrumé et une faim de loup. Apparemment, nous avons fait appel au room service dans la nuit. Je me lève avec précaution et m'avance vers le chariot délaissé.

Crème glacée fondue et bouteille de champagne plongée à l'envers dans un seau à glace.

Avons-nous beaucoup bu ? Oh Seigneur… J'ai l'impression d'avoir la langue à la fois gonflée et desséchée. Et j'ai l'estomac dans les talons. Le temps de prendre une décision, et je me dirige vers le téléphone.

J'ai traversé la moitié de la pièce quand je ressens soudain une vive douleur sous le pied. Je perds l'équilibre avant de chuter lourdement sur le dallage.

Et merde !

Une bulle rouge vif se forme sur ma voûte plantaire. J'aperçois les ciseaux ouverts à côté de moi. La bulle éclate et un filet de sang coule par terre. Ma tête me lance.

Je me redresse tant bien que mal, puis boitille jusqu'au téléphone. On me répond après deux sonneries.

— Oui, bonjour. Puis-je passer commande, s'il vous plaît ? Oui, c'est ça. Je voudrais deux petits déjeuners complets… œufs pochés, café, viennoiseries… Oui, oui, du jus d'orange. Oh, et auriez-vous des pansements ? Non, des pansements. Du sparadrap ? Une trousse de secours, peut-être… Oui ! Oui, formidable. Merci.

Je raccroche et vais me recoucher. Mon pied saigne toujours, tachant les draps.

Mark remue à côté de moi. Pousse un grognement.

— Vingt minutes, dis-je dans un souffle, avant de me rendormir.

Lorsque j'émerge de nouveau, Mark pousse le chariot du petit déjeuner vers la terrasse. Il a enfilé le peignoir de l'hôtel, d'un blanc éclatant sur sa peau bronzée. Je me lève, aperçois la trousse de secours sur la table de chevet et le rejoins en boitant. T-shirt ample recouvrant ma culotte, pied encroûté de sang séché.

Nous mangeons en silence, le regard perdu dans le vague. Je retourne dans la chambre chercher des antalgiques. Puis, après avoir appliqué un pansement sur ma blessure, je vais m'installer sur une chaise longue et me rendors rapidement.

Quand je me réveille, je constate que Mark a ouvert le parasol au-dessus de moi. Dieu que je l'aime… Je risque quelques mouvements de tête prudents. Ça va mieux. Beaucoup mieux. Il est temps d'aller prendre une douche.

Je traverse la chambre où Mark est en train de regarder un documentaire de David Attenborough sur le câble. Il me souffle un baiser au passage et j'entre dans la salle de bains.

Je laisse l'eau fraîche couler sur mes cheveux et mon visage. Tout en me massant le crâne pour faire mousser le shampooing, je repense à la nuit dernière. Que s'est-il passé au juste ? Je ne me rappelle pas avoir mangé de la crème glacée. Je me souviens des ciseaux, en revanche. D'être allée les chercher pour ouvrir le sac. C'est tout.

Je m'enveloppe dans une serviette propre et retourne dans la chambre.

— Mark ? On l'a ouvert ?

J'espère que non. On ne pourra pas le rendre s'il est trop abîmé.

Il grimace, puis hisse le sac sur le lit.

Le trou est bien visible, mais pas très gros. Nous n'avons guère progressé… Bon sang, l'abus d'alcool rend vraiment idiot ! En remarquant la main de Mark ornée maintenant de deux pansements, je devine que c'est lui qui devait manier les ciseaux hier soir. Je m'assois sur le matelas et inspecte le sac. L'ouverture pratiquée dans la toile ne nous avance à rien. Elle ne permet pas de voir ce qu'il y a dedans et je ne peux même pas glisser un doigt à l'intérieur pour l'élargir. Beaucoup d'efforts pour pas grand-chose, en somme.

— Tu crois qu'on peut le redonner dans cet état ?

— Bien sûr, répond Mark. On dira qu'on l'a repêché comme ça. Il a séjourné dans l'eau, pas vrai ?

Il n'a pas l'air inquiet.

— Dans ce cas, un trou légèrement plus grand ne choquera personne, hein ?

Je soutiens son regard.

Il hausse les épaules avant de me lancer les ciseaux qu'il a pris sur la table de chevet.

— Vas-y, ne te gêne pas, réplique-t-il, l'attention de nouveau tournée vers Attenborough.

J'hésite, pourtant. J'ai peur, pour une raison inexplicable. Ça ne me semble pas bien d'ouvrir ce sac.

Mais pourquoi ? Quand on trouve un portefeuille, il est tout à fait normal de l'ouvrir pour essayer d'identifier son propriétaire. Ce qui ne l'est pas, c'est de dérober son contenu. Je n'ai pas l'intention de dérober ce qu'il y a dedans, je veux juste savoir ce que c'est. Où est le problème ? Pour pouvoir le restituer, il faut bien découvrir à qui il appartient, non ?

Forte de cette pensée, je m'empare des ciseaux et entreprends d'agrandir le trou. Au bout d'un moment, j'emporte le sac sur la terrasse. Il y avait un couteau tranchant sur le chariot du petit déjeuner, un peu plus tôt. Je le saisis, l'insère dans la déchirure et commence à scier la toile. J'entends Mark passer dans la salle de bains.

Je continue à scier jusqu'au moment où je parviens à glisser une main dans le trou. Ensuite, je tire de toutes mes forces pour élargir l'ouverture. La toile cède dans un long craquement gratifiant. Voilà, j'y suis. Je tourne la tête pour appeler Mark, mais il est sous la douche. Devrais-je l'attendre ?

Non.

Je vide le sac sur le plancher de la terrasse et contemple son contenu.

Je cille. Quelques secondes s'écoulent.

Je songe de nouveau à appeler Mark, pourtant je ne le fais pas. Je me contente de regarder.

Quatre objets. Le plus gros, et de loin, est celui que je saisis en premier. Il se révèle beaucoup plus léger que sa taille ne le laissait supposer. C'est sans doute ce qui a permis au sac de flotter. Du papier. Un tas de papier. De papier-monnaie, plus précisément. Scellé sous vide dans du plastique transparent. Des dollars américains. Par liasses, chacune maintenue grâce à un bracelet à billets sur lequel figure l'inscription « 10 000 $ ». De l'argent. En quantité.

J'ai l'impression de recevoir un coup de poing dans le ventre. Littéralement. Mon estomac se contracte et je me précipite vers la salle de bains, mais un élancement fulgurant dans mon pied blessé m'empêche de l'atteindre et je me retrouve à vomir dans la suite. Je tombe à genoux, prenant appui sur le sol tandis que j'expulse une bile épaisse, à l'odeur âcre. La peur rendue visible. Je gémis en essayant de reprendre mon souffle entre deux spasmes.

Nous n'aurions jamais dû ouvrir ce sac.

Quand la crise s'est un peu calmée, je m'essuie la bouche sur le drap et me redresse en chancelant. Je titube jusqu'à la terrasse, puis m'accroupis devant l'argent. L'emballage sous vide l'a protégé de l'eau, même si ce n'était manifestement pas son objectif initial. Nous ne l'aurions jamais trouvé, sinon.

Le deuxième objet est un sachet en plastique opaque, fermé par un zip, de la taille d'un iPad mini. Il est rempli de petits éclats. Quelque chose de cassé, peut-être du verre brisé. L'eau de mer s'est infiltrée dans l'emballage, qu'elle a embué, de sorte que je ne distingue pas bien les débris. Je retourne dans la chambre chercher une serviette, récupère les ciseaux et coupe l'un des coins du sachet, dont je fais tomber le contenu sur le tissu éponge.

Des diamants dégringolent devant moi. Magnifiquement taillés, scintillant sous le soleil. Une myriade de diamants. Difficile d'évaluer combien. Cent ? Deux cents ? Brillant de tous leurs feux dans la lumière. Il y a surtout des tailles de type princesse et marquise, mais je repère aussi des formes cœur et poire. Je m'y connais en diamants. Tailles, couleurs, poids – Mark et moi avons passé en revue toutes sortes de modèles avant de choisir celui qui orne ma bague. J'y jette un coup d'œil. Les pierres sur la serviette sont à peu près de la même grosseur. Par conséquent, elles doivent faire deux carats. Oh Seigneur ! Je les contemple, la gorge nouée. Il y en a peut-être pour 1 million de livres sterling. *Oh. Mon. Dieu.*

— Mark ! Mark, Mark, Mark…

Ma voix résonne étrangement à mes oreilles. Elle est éraillée, stridente. J'ai l'impression que ce n'est pas la mienne. Je suis debout, à présent.

Il jaillit hors de la salle de bains, torse nu. Comme doué d'une volonté propre, mon bras se lève. Son regard suit la direction indiquée par mon doigt. Mais, d'où il se tient, il ne voit que le sac vide sur la terrasse.

— Fais attention, j'ai vomi !

Il évite la flaque et débouche enfin dehors, une lueur d'incompréhension dans le regard.

— Qu'est-ce que…, commence-t-il, avant de découvrir ce que j'ai exposé. Oh putain ! Oh putain de bordel de merde !

Il me dévisage. Je n'ai aucun mal à déchiffrer son expression.

— Oh putain !

Accroupi devant moi, il fait tourner dans ses mains une liasse de billets.

— Il doit y en avoir pour un million, dit-il, les yeux brillants. Par paquets de dix mille.

Il est vraiment excité.

Parce que, il faut bien l'avouer, c'est sacrément excitant.

— Je sais, c'est ce que j'ai pensé. Et pour le reste ?

Je m'accroupis à côté de lui.

De l'index, il éparpille les diamants sur la serviette. Puis il s'humecte les lèvres et me regarde, les yeux plissés.

— Deux carats ? C'est aussi ton avis ?

— Oui. Il y en a combien, tu crois ?

— Difficile à dire sans les compter. À première vue, cent cinquante ou deux cents.

J'opine du chef.

— Là encore, ça ferait dans les un million ?

— Oui, peut-être même plus.

Il frotte la barbe naissante le long de sa mâchoire.

— Qu'est-ce qu'il y a d'autre ? demande-t-il.

Je l'ignore. Je n'ai pas encore regardé.

Il saisit le troisième sachet en plastique transparent, scellé lui aussi. Malgré les traces de sel sur l'extérieur, je distingue une clé USB dedans. Il le repose soigneusement à côté des pierres et de l'argent, puis s'empare du dernier objet.

C'est une petite mallette en plastique dotée d'une poignée. Mark la pose devant nous. Je devine ce qu'elle contient avant même qu'il ait actionné les serrures.

Métal noir niché dans de la mousse moulée. Une arme de poing. Je ne sais pas de quel type, je n'y connais rien en armes à feu. Comme on en voit dans les films, je suppose. Les films contemporains. Sauf que cette arme-là est bien réelle. Il y a également une boîte en carton remplie de munitions. Et un iPhone. La mallette devait être étanche, parce que tout est sec. Et en état de marche, j'imagine.

— OK, dit Mark en refermant la mallette. Si on allait discuter à l'intérieur ?

Il range l'argent, la clé USB et l'arme dans le sac déchiré, puis m'entraîne dans la suite. Je tiens délicatement la serviette avec les diamants.

Après avoir fermé la baie vitrée, il place le sac sur le lit.

— Bon, commençons par le commencement, déclare-t-il. On va d'abord tout nettoyer. Les traces de vomi, nous, la chambre. D'accord ? Après, on fera le point.

Il m'encourage du regard. Il s'exprime du même ton mesuré qu'il a employé hier pour me parler des requins. Il peut se montrer extrêmement rassurant quand il le faut. Oui, je vais nettoyer.

Ça ne me prend pas longtemps. Pour laver le sol, j'utilise une partie du désinfectant qu'il y avait dans la trousse de secours. Ensuite, je me rafraîchis le visage, me brosse les dents et me donne le temps de me ressaisir. Dans l'intervalle, Mark a remis de l'ordre dans la suite. Il a fait disparaître le chariot du petit déjeuner et enlevé les draps du lit. Le sac est posé sur le matelas. Les diamants sont dans un verre à whiskey. Mark va chercher mon ordinateur portable dans le salon.

— Écoute, Erin, je crois qu'on devrait essayer de comprendre ce qui est arrivé avant d'avertir la police. Je n'ai pas la moindre envie de passer le reste de ma vie dans une prison polynésienne pour trafic de diamants. Alors, il faudrait voir si quelqu'un a signalé la perte de tout ça.

Je saisis l'ordinateur qu'il me tend.

OK, nous allons faire des recherches. Ça, c'est dans mes cordes. Mark s'assoit sur le lit et je me glisse à côté de lui en demandant :

— Qu'est-ce que je tape dans le navigateur, à ton avis ? Naufrage ? Personnes disparues ? Ou peut-être un braquage qui a mal tourné ?

Je pose mes doigts sur le clavier. Nous avons besoin d'un point de départ.

Mark jette un coup d'œil au sac.

— On a un téléphone…

Il laisse sa phrase en suspens.

Oui. Oui, nous avons un téléphone, donc un numéro. Et sans doute aussi une adresse e-mail, des messages, et par conséquent un nom.

— Tu veux qu'on fouille dans l'iPhone, c'est ça ?

— Pas tout de suite, répond-il. Attends. D'abord, réfléchissons calmement. Est-ce qu'on fait quelque chose d'illégal, là ? Quelque chose de mal ?

Comme si j'en avais la moindre idée. Mon compas moral a toujours été un peu plus fiable que le sien, j'imagine, mais guère plus.

— À mon avis, non. Si j'ai déchiré le sac, c'était pour savoir ce qu'il y avait dedans et à qui il appartenait. C'est la vérité, Mark, ça se tient.

— Pourquoi on ne l'a pas confié à la police ou à la réception de l'hôtel ?

— On l'a remis tout de suite au bagagiste, qui nous l'a rendu. Là-dessus, on a passé une soirée trop arrosée et on s'est dit qu'on réglerait le problème nous-mêmes. C'était idiot, mais ce n'était pas illégal.

Je ponctue ces mots d'un hochement de tête. L'argument me paraît crédible.

— Sauf que, maintenant, ça l'est, dis-je, suivant le fil de mes pensées. Je crois qu'on devrait prévenir la police. Avec l'arme et l'argent, on franchit une limite.

J'étudie le sac. Le coin d'une liasse dépasse de la toile déchirée. Un million de dollars… Je me tourne de nouveau vers Mark.

— Une minute, je viens de me souvenir d'un truc. J'en ai entendu parler quand on a réalisé ce film sur les pêcheurs norvégiens.

J'entre ma recherche dans Google.

— Si je me rappelle bien, les débris flottants, les restes de navires qui ont fait naufrage, ce qu'on appelle les fortunes de mer ou *flotsam* et *jetsam*, relèvent du droit maritime international. Tiens… regarde ça.

Je lis le texte affiché sur le site gov.uk.

— « Le terme *jetsam* désigne les marchandises passées par-dessus bord pour alléger la cargaison d'un bateau dans les situations de danger. *Flotsam* désigne les marchandises perdues à la suite d'un naufrage ou d'un accident… » Blablaba. « La personne qui les récupère doit les déclarer en remplissant un formulaire spécifique dans un délai de vingt-huit jours après leur découverte… » Blablabla. « Quand cette personne agit conformément à la loi, et si le propriétaire ne se manifeste pas, il est tout à fait possible qu'elle soit autorisée à garder les biens concernés. » Ah. Oh, attends. Merde ! « D'après le *Merchant Shipping Act* de 1995, cette loi s'applique à tous les biens récupérés dans les eaux territoriales britanniques, dans la limite des douze milles nautiques. » Mais on s'en fiche de la loi anglaise ! Je ne sais pas trop si, en Polynésie, on tombe sous le coup de la loi française ou américaine.

Je poursuis mes investigations. Mark demeure silencieux.

— J'ai trouvé ! Ministère du Commerce, États-Unis. « *Flotsam* et *jetsam* sont des termes qui décrivent deux catégories de débris maritimes associés à des navires. *Flotsam* fait référence aux objets flottant sur l'eau, le plus souvent après un naufrage ou un accident, qui n'ont donc pas été délibérément passés par-dessus bord. *Jetsam* désigne ceux qui ont été intentionnellement jetés par-dessus bord par l'équipage d'un bateau en détresse, en général pour alléger sa charge s'il était en danger de couler. En droit maritime, cette distinction est importante. »

Je me tourne vers Mark.

— « Les marchandises de la catégorie *flotsam* peuvent être revendiquées par leur propriétaire en titre, tandis que celles de la catégorie *jetsam* peuvent l'être par la personne qui les a récupérées. Si celles-ci ont de la valeur, le découvreur a le droit de conserver le bénéfice de la vente des objets abandonnés. »

Je m'interromps.

Les sourcils froncés, Mark jette un coup d'œil au lagon derrière la baie vitrée. Au bout d'un moment, il reprend la parole :

— Autrement dit, la question qu'on doit se poser, c'est : *flotsam* ou *jetsam* ?

— Tout juste.

Je hoche la tête en m'humectant les lèvres.

Il faut qu'on retourne là-bas demain pour en avoir le cœur net. Y a-t-il une épave sous le cercle de papiers ? Si le propriétaire a fait naufrage pendant la tempête et a perdu son sac, c'est une chose. S'il s'en est débarrassé avant de s'enfuir, c'en est une autre.

Et s'il n'y a rien là-bas au fond de l'océan, sous ces feuilles détrempées, nous serons plus riches de deux millions.

— Au cas où il y aurait une épave sur place, on remet le sac à la mer, dis-je. Ensuite, on donne l'alerte. Mais si on ne trouve rien, ça signifiera que le sac a été abandonné. Auquel cas, il n'y aura aucun problème.

Je me dirige vers le frigo, l'ouvre et en sors une bouteille d'eau glacée. Après avoir bu au goulot, je la tends à Mark.

— OK ?

Il avale une gorgée d'eau. Se passe une main dans les cheveux.

— OK.

15

Mardi 13 septembre
Un point dans la mer

Mark entre les coordonnées dans le GPS et nous mettons le cap sur le large. C'est encore une journée parfaite, où le bleu azur s'étend au-dessus et en dessous de nous à perte de vue.

Hier soir, j'ai cherché sur Google des informations à propos de la tempête. Aucune disparition de yacht ou de personnes n'a été signalée, apparemment. Je n'ai rien trouvé, à part des photos de nuages noirs et d'arbres courbés par le vent prises par des vacanciers et postées sur Instagram.

Alors que nous filons sur les vagues, je repense au bateau fantôme le soir de l'orage. Pourrait-il s'agir de ses occupants ? Sont-ils sortis pendant l'orage ? Mais pourquoi auraient-ils levé l'ancre par gros temps ? Et puis les bateaux ont des noms, les marins préviennent les autorités maritimes de leurs déplacements… Je suis sûre que, si celui-ci avait fait naufrage, j'aurais lu quelque chose à ce sujet sur Internet.

Non, inutile de se leurrer, le sac ne provient pas de ce petit yacht de plaisance. Le cercle de papiers sur l'eau, les diamants, l'argent sous vide, le téléphone, l'arme ? À mon avis, leur propriétaire n'est pas du genre à informer les autorités de ses déplacements. Quelle que soit son identité, je ne pense pas qu'il ait laissé de traces permettant de remonter sa piste.

J'ai le sentiment de toucher du doigt quelque chose dont je ne tiens pas à m'approcher. Quelque chose de dangereux. J'en ai l'intuition, même si je ne sais pas encore ce que c'est. J'ai l'impression que les trappes dans mon esprit grincent sous la pression de ce qui se trouve dessous. Mais bon, c'est peut-être de l'argent tombé du ciel, tout simplement. Le résultat d'une erreur. Et si ça ne nuit à personne, eh bien… nous pourrions le garder. Ce n'est pas comme si nous n'en avions pas besoin.

Il ne nous faut cette fois que cinquante minutes pour atteindre le site – une histoire de courants de marée et de dérive, m'explique Mark, mais je ne l'écoute que d'une oreille distraite. Lorsque nous arrivons sur place, le cercle de papiers a disparu. Il n'y a plus rien. Rien que de l'eau sur des kilomètres. Si Mark n'avait pas noté les coordonnées samedi, nous n'aurions jamais pu localiser l'endroit.

Depuis le moment où nous avons décidé de plonger à la recherche d'une épave, l'appréhension me noue l'estomac. Je n'ai aucune envie de découvrir un bateau sous l'eau. Oh non, absolument aucune. Surtout, je m'efforce de repousser l'idée de ce qu'il pourrait y avoir à l'intérieur. Quelque chose de bien pire que des requins…

Mark perçoit ma tension. Il me couve d'un regard rassurant pendant que nous nous équipons en silence.

D'après lui, la profondeur sera d'environ quarante mètres. Pour vous donner un ordre de grandeur, c'est deux mètres de plus que la statue du Christ rédempteur à Rio. En principe, je ne peux pas descendre à plus d'une vingtaine de mètres, Mark le sait. Mais la visibilité quasi parfaite devrait nous permettre de voir le fond sans avoir à aller jusqu'en bas.

Une nouvelle fois, Mark me met en garde contre les squales. Pourtant, ça ne me paraît plus si pertinent aujourd'hui. Ses paroles me passent au-dessus de la tête tandis que je contemple le ciel dégagé. Je me concentre sur ma respiration et sur le son de sa voix pour me calmer. Nous sommes tous les deux nerveux. Et pas à cause des poissons.

Au moment de faire notre *buddy check* dans l'eau, je me rends compte que je tremble de tous mes membres. Mark m'attrape la main et la plaque quelques secondes sur sa poitrine. Mon rythme cardiaque ralentit. Les vagues sont grosses et nous soulèvent haut. Le vent souffle fort, mais Mark me garantit que tout sera tranquille sous la surface.

— Tu n'es pas obligée de venir, ajoute-t-il. Je peux descendre seul. Tu n'as qu'à m'attendre sur le bateau, si tu veux. Je serai de retour dans une quinzaine de minutes maximum.

Il repousse une mèche mouillée derrière mon oreille.

— Non, ça va, dis-je.

Je souris.

— Je m'en sens capable. Et il faut que je voie les choses par moi-même, sinon je vais imaginer des trucs horribles.

Ma voix rend de nouveau un son légèrement éraillé.

Il hoche la tête. Il me connaît trop bien pour essayer de me dissuader. Je l'accompagne, c'est tout.

Après avoir mis son masque, il me fait le signe « descendre » et disparaît sous la surface. Je mets le mien à mon tour, en m'assurant qu'il adhère bien à mes joues. Pas question d'avoir un problème d'infiltration aujourd'hui. J'inspire une dernière bouffée d'air frais, puis m'immerge à sa suite.

Les eaux sont plus claires que la dernière fois. D'un bleu transparent. Haute définition. Mark m'attend – un être vivant suspendu dans le néant. Il me fait signe de descendre. Nous vidons nos *stabs*.

Notre descente est régulière. De temps à autre, je jette un coup d'œil aux énormes vagues qui déferlent au-dessus de nous. Le contraste avec le calme qui règne sous l'eau est irréel. Vues du dessous, elles réfléchissent le soleil, semblent forgées dans du métal. On dirait d'immenses plaques d'aluminium poli.

Tout se passe bien, jusqu'à la zone des dix mètres.

Mark s'immobilise brusquement et me fait signe de m'arrêter. Je me fige.

Quelque chose ne va pas.

Mon cœur s'affole, faisant circuler à toute vitesse le sang dans mes veines. Quel est le problème ?

Y a-t-il quelque chose près de nous ? Je veille à ne pas bouger tout en scrutant les alentours. Je ne vois rien. Devrions-nous remonter ?

Puis Mark m'indique *OK*.

OK ? Alors, pourquoi cet arrêt ?

Une nouvelle fois, il m'indique : Attends. Et tout de suite après : *Reste calme*. *Reste calme*, c'est toujours inquiétant.

Enfin, il fait le signe : *Regarde en bas.*

Oh mon Dieu. Pourquoi ? Je ne veux pas regarder en bas. *Je ne veux pas, Mark.* Je fais non de la tête.

Non. Pas question.

Il tend la main vers moi. Me prend le bras. *OK.*

Ses yeux me disent : « Tout va bien, Erin. »

J'opine du chef. D'accord. Je peux y arriver. Je peux.

J'inspire une grande bouffée d'air frais et baisse les yeux.

C'est magnifique. Des papiers dansent au ralenti dans l'eau tout autour de nous.

Et soudain, dans les espaces entre les feuilles… je l'aperçois au fond.

Un avion, une trentaine de mètres plus bas. Pas un appareil commercial. Non, un petit avion. Un jet privé, peut-être. Je le vois clairement, à présent. Je distingue l'aile cassée, détachée de la carlingue, qui gît sur le sable. Le trou béant dans la coque. Et l'obscurité à l'intérieur. Toujours immobile, je relâche mon souffle.

Je m'efforce de respirer lentement, calmement. Mon regard se pose sur la porte de l'appareil. Elle est fermée. Oh merde ! Je sens l'affolement me gagner, envahir mes muscles, mes bras, mon cœur, les contracter, les figer. Oh mon Dieu, non ! Il y a des gens là-dedans.

La trappe dans ma tête s'ouvre à la volée et la panique me submerge aussitôt. Des images affluent dans mon esprit. Visions de passagers silencieux sanglés sur leurs sièges, dans le noir, loin en dessous de nous. De leurs visages. De leurs mâchoires ouvertes sur un hurlement silencieux. *Stop !* me dis-je.

Tout ça n'est pas réel. Arrête.

Pourtant ça l'est, non ? C'est bien réel. Ils sont dans cet avion, je le sais. Ils n'ont pas pu sortir. Ils n'ont même pas essayé. Pourquoi n'ont-ils même pas essayé ?

Je me rends compte que je retiens mon souffle.

Je prends plusieurs inspirations précipitées – des goulées d'air pour me raccrocher à la vie. *Oh merde, merde, merde !* Je lève les yeux. Le soleil fait danser des reflets argentés au-dessus de moi. Dix mètres plus haut. Il faut que je remonte. Tout de suite.

Je dégage mon bras, que Mark serre toujours, puis palme le plus fort possible. Pour m'éloigner de cette épave. De la mort.

Une main me saisit la cheville, m'arrêtant net dans mon élan, et me tire vers le bas. Impossible de me libérer. Mark me retient. Me protège en m'empêchant de remonter trop vite. Je sais que c'est pour mon bien, mais je ne veux pas de son aide. Je veux juste sortir de là, bordel !

Environ huit mètres me séparent encore de la surface. J'avale de l'air en essayant de me libérer. Mark se hisse vers moi, jusqu'à amener ses yeux à la hauteur des miens, et me saisit fermement par les épaules. Pour juguler la panique. Il cherche mon regard. *Arrête, Erin. Arrête. Respire.*

Il est là, il ne me lâche pas. C'est bon. Je vais bien. Je respire. Me détends. Du calme.

Tout va bien.

La panique reflue dans son trou et la trappe se referme.

Silence. Je fais le signe *OK*. Mark hoche la tête, l'air satisfait. Desserre légèrement sa prise.

Je vais mieux, mais je ne descendrai pas. Je lui fais le signe *Je monte.*

Il me dévisage quelques secondes, puis me fait le signe *OK*. Et : *toi, tu montes.*

Lui tient à continuer. Seul.

Je lui presse les bras et il me libère. Je le regarde descendre tandis que je remonte lentement. Ascension contrôlée. Il finit par disparaître de ma vue.

Parvenue à l'air libre, je me débarrasse aussitôt de ma bouteille d'air comprimé et la hisse sur le bateau. Une fois à bord, j'ôte ma combinaison et l'abandonne comme une mue sur le pont, où je m'effondre, tremblante et haletante. Les coudes sur les genoux, je lutte pour reprendre mon souffle tandis que les larmes me piquent les yeux.

Des images se bousculent dans ma tête. Celles des passagers. De leurs visages déformés, boursouflés. De la terreur sur leurs traits. Je me donne des coups de poing sur les jambes jusqu'à me faire mal. Tout pour stopper ces visions.

Je me relève et arpente le pont. *Pense à autre chose. Qu'est-ce que ça signifie, Erin ? Oui, concentre-toi là-dessus. Qu'est-ce que ça signifie ?*

Ça signifie que le sac était dans l'avion et que celui-ci s'est abîmé dans le Pacifique sud pendant la tempête. Ses occupants ont eu un problème mais n'avaient nulle part où atterrir. Nous sommes à une heure de Tahiti. Ils ne pouvaient pas aller jusque-là, je suppose. Ou alors, ils ne voulaient pas y aller. C'est de toute évidence un avion privé. Un jet privé. Donc, les passagers avaient de l'argent, en plus de celui du sac. Peut-être qu'ils préféraient éviter les aéroports commerciaux. Je songe aux diamants, aux liasses de billets, à l'arme.

Ont-ils cru qu'ils pourraient échapper à l'orage ? Auquel cas, ils se sont trompés. Je jette un coup d'œil à ma montre. Mark a dû atteindre l'appareil, à présent. Il est avec eux. *Arrête, Erin !*

Je m'efforce de réfléchir. Où allait cet avion ? Je vais devoir étudier la question quand nous serons rentrés. Je fourrage dans le compartiment du bateau jusqu'à mettre la main sur ce que je cherche : un bloc-notes et un stylo. Bien. Je sais comment procéder, sur quoi me concentrer. Pas sur l'épave au fond de l'eau. Ça, c'est Mark qui s'en occupe.

Je note : « Lignes aériennes au-dessus de la Polynésie française ? » Je regrette de ne pas avoir fait attention au numéro d'immatriculation ou à un autre détail permettant d'identifier le jet. Mais bon, Mark y pensera sûrement.

J'inscris ensuite : « Type d'avion, numéro d'immatriculation, vitesse et distance maximum non-stop ? »

Les avions ne peuvent pas parcourir plus d'un certain nombre de kilomètres avant de refaire le plein. Partant de ce principe, il nous sera peut-être possible de déterminer leur destination. Le vol n'a sûrement pas été déclaré, mais nous n'aurons qu'à consulter Internet pour voir si une disparition a été signalée.

Au moins, maintenant, nous avons la réponse à notre question : ce que nous avons trouvé relève de la catégorie *flotsam*. Notre sac n'a pas été délibérément jeté à la mer, il est remonté de la carlingue éventrée, en même temps que tous ces papiers, jusque sous le soleil polynésien. Sauf que, strictement parlant, il ne s'agit ni de *flotsam* ni de *jetsam*. Ces objets flottaient après un crash aérien, pas après un naufrage… Je prends une inspiration tremblante.

Notre lune de miel me semble à la fois toute proche et terriblement lointaine.

Soudain, Mark refait surface à tribord et nage vers le bateau. Son expression est neutre, maîtrisée. Pour la première fois, je me réjouis de sa capacité à dissimuler ses émotions. Si je le voyais réellement effrayé, je saurais avec certitude que nous sommes fichus.

Il gravit l'échelle à la poupe.

— Donne-moi de l'eau, s'il te plaît, dit-il, épuisé, en se débarrassant de sa bouteille d'air comprimé.

Il enlève sa combinaison, l'abandonne comme je l'ai fait avec la mienne et se laisse lourdement tomber sur le banc en teck. Je vais chercher une bouteille d'eau dans la glacière et la lui tends. Il plisse les yeux pour se protéger du soleil.

— Ça va ? me demande-t-il en m'observant d'un air inquiet.

— Oui. Désolée d'avoir…

— Tu n'as pas à t'excuser, Erin. Tu as bien fait de remonter.

Il boit à longs traits puis se perd quelques instants dans la contemplation des vagues. L'eau goutte de ses cheveux sur ses épaules nues.

— Oh, putain de putain, marmonne-t-il.

J'attends la suite, mais il garde le silence.

— Est-ce que… ils sont dedans ?

C'est plus fort que moi, il faut que je sache.

— Oui.

Il avale encore une grande gorgée d'eau.

— Deux pilotes devant, trois passagers à l'arrière, d'après ce que j'ai pu voir. Une femme parmi eux.

Sa mâchoire se crispe tandis qu'il considère de nouveau la mer.

— Oh, putain de putain.

Je me rends compte après coup que j'ai répété ses mots. Rien d'autre ne m'est venu.

— Ce n'étaient pas des gens bien, déclare-t-il en reportant son attention sur moi.

Qu'est-ce qu'il raconte ?

Je voudrais qu'il s'explique, qu'il me révèle ce qu'il a vu, mais je n'ose pas l'interroger. J'attends qu'il reprenne la parole.

Au lieu de quoi il avale encore de l'eau.

Sa remarque résonne toujours dans l'air entre nous. Je m'y raccroche avant qu'elle s'évapore.

— Qu'est-ce qui te fait dire ça, Mark ? Que ce n'étaient pas des gens bien ?

— Certains trucs qu'ils avaient avec eux. En bas. Ne sois pas trop attristée par leur mort, c'est tout.

Sur ces mots, il se lève. Attrape une serviette, s'essuie le visage, se frotte les cheveux.

Il est évident que je n'obtiendrai rien de plus de sa part pour le moment, et, de toute façon, je n'ai pas envie de m'appesantir trop longtemps sur la pensée de ces personnes au fond de l'eau. Alors je change de sujet. Plus ou moins.

— On peut parler de *flotsam*, Mark.

Le regard vide, il me dévisage quelques secondes. J'ai l'impression qu'il a complètement oublié le sac. Je poursuis :

— Ce qu'on a trouvé, ce sont des biens perdus par accident dans une situation d'urgence, donc susceptibles d'être réclamés par leurs propriétaires. Sauf que tu viens de les rencontrer, et qu'à mon avis ils ne sont pas près de se manifester.

Ma tentative d'humour noir tombe à plat.

— Non, je ne crois pas non plus, réplique-t-il.

Je m'empresse de continuer.

— Est-ce que tu as relevé le numéro d'immatriculation ? Quelque chose qui pourrait nous permettre de les identifier ? Un élément utile ?

Il détache l'ardoise de plongée sanglée à la bouteille d'air comprimé et me la tend. Marque de l'avion, modèle, numéro d'immatriculation. Tout y est.

— Ils sont russes, précise-t-il alors que je note les informations sur mon bloc-notes, puis les efface de l'ardoise.

Je lève les yeux vers lui.

— Comment tu le sais ?

— Les inscriptions sur les sachets de fruits secs.

— Ah.

Je hoche lentement la tête.

— Erin ? Tu viens de dire que personne ne réclamerait le sac. Qu'est-ce que tu suggères au juste ? On ne prévient pas les autorités, c'est ça ? On ne les avertit pas de l'accident ?

Il fronce les sourcils.

Merde. Oui. C'est ce que nous avons tous les deux en tête, me semble-t-il. Garder les billets et tous ces jolis diamants brillants. De quoi rembourser notre emprunt et faire vivre une famille, non ? Ou est-ce que je suis folle ? Oui, peut-être.

Mon esprit me ramène à ces passagers en dessous de nous. Ces morts, en train de pourrir dans l'eau. Des méchants. Pour autant, avons-nous le droit de nous approprier leur argent ?

— Oui, c'est ça, dis-je.

Il hoche la tête à son tour, songeur. Je continue :

— Écoute, on va rentrer à l'hôtel et se renseigner pour savoir si leur disparition a été signalée. Si c'est le cas, si quelqu'un s'inquiète, on laisse tout tomber et on rapporte le sac ici. Mais s'ils se sont volatilisés sans laisser de traces, alors oui, on le garde et on en fait un meilleur usage que celui auquel il était sûrement destiné.

Mark ne me quitte pas des yeux. Dans la lumière éblouissante du soleil, j'ai du mal à déchiffrer son expression.

— OK, répond-il enfin. On va essayer de savoir qui ils sont.

16

Mardi 13 septembre
Itinéraires de vol

Je découvre qu'il existe sur Internet des sites qui permettent de suivre en temps réel tous les avions immatriculés qui volent à travers le monde. Je regarde en ce moment même des triangles violets de différentes tailles évoluer sur une carte basse résolution en noir et jaune. Une version *live* du jeu vidéo Asteroids.

Il suffit de placer la flèche du curseur sur chacun des triangles les plus gros pour obtenir le numéro du vol, son aéroport de départ et sa destination. Les plus petits – avions privés, jets – indiquent seulement le type d'appareil : Gulfstream G550, Falcon 5X, Global 6 000.

Notre avion était – et est toujours – un Gulfstream G650. Je cherche ses caractéristiques sur Google. Le G650 peut parcourir environ douze mille kilomètres sans refaire le plein. C'est à peu de chose près la distance de Londres à l'Australie. Plutôt impressionnant pour un petit jet d'affaires… Sa vitesse maximale est de Mach 0,925 – transsonique ; autrement dit, voisine de celle du son. *La vitesse du son*. Quelle qu'ait été leur destination, les occupants de notre Gulfstream devaient tabler sur un trajet court. Ils ont peut-être cru qu'ils pourraient aller plus vite que la tempête.

Je me renseigne ensuite sur les causes les plus fréquentes d'accidents sur ce genre d'appareils. D'après Wikipédia :

> Une instabilité importante peut survenir à la vitesse du son. Si un avion s'approche de cette vitesse, cela provoque des ondes de choc qui se concentrent à l'avant pour n'en former plus qu'une très importante. Lors d'un vol transsonique, l'appareil doit la traverser tout en luttant contre l'instabilité causée par l'air circulant plus vite sur certaines parties de l'aile et plus lentement sur d'autres.

Est-ce ce qui s'est passé ? Se sont-ils retrouvés pris dans la tempête qui a causé le crash ? On ne le saura sans doute jamais, j'imagine.

À ce stade, je décide de me concentrer sur le numéro d'immatriculation : R-RWOA. J'espère qu'il existe dans l'aviation un système similaire à celui des immatriculations de voitures, une sorte de base de données à laquelle on peut accéder en ligne.

Après quelques tâtonnements, je découvre que la partie « R-R » de l'immatriculation est le préfixe du pays. Notre avion était enregistré en Russie. Mark avait raison pour les sachets de fruits secs.

À tout hasard, je tente de consulter la base de données nationale de l'aviation russe et, ô miracle, ça fonctionne.

Les détails s'affichent. Rien de très révélateur, bien sûr. L'avion a été enregistré en 2015 au nom d'une société appelée Aegys-Mutual Consultants. Une raison sociale qui, pour moi, manque singulièrement de glamour ; on dirait celle d'un cabinet de conseil en recrutement à Basildon, sauf que les petites entreprises de Basildon ne peuvent en général pas s'offrir de jets à 60 millions de dollars. Oui, c'est ce que coûte un appareil de ce genre. À titre de comparaison, notre maison n'est estimée qu'à 1,5 million de livres, soit un peu plus de 2 millions de dollars. Et nous n'avons même pas encore remboursé l'emprunt immobilier. Je commence à me demander si le contenu du sac manque à ces gens-là, quelle que soit leur identité. Il n'a manifestement rien à voir avec leur principale activité. Est-ce un revenu secondaire ? En attendant, il doit bien y avoir quelque part quelqu'un qui s'interroge, non ? Un avion à 60 millions de dollars ne disparaît pas comme ça, avec son équipage et ses passagers, sans soulever de questions.

Aegys-Mutual Consultants est une entreprise enregistrée au Luxembourg. Ça me paraît logique, en un sens. Je ne sais pas grand-chose sur le Luxembourg, sinon que c'est un paradis fiscal, et je suis presque sûre désormais qu'Aegys-Mutual Consultants est une société-écran. Mark m'a expliqué une fois leur fonctionnement : elles servent à effectuer des transactions, mais n'ont ni actifs ni bureaux, elles n'existent que sur le papier. Ce sont des coquilles vides.

Je retourne sur le site du suivi des vols en temps réel pour étudier notre espace aérien. La section de l'écran au-dessus de la Polynésie française est noire pour le moment, totalement vide. Aucun appareil ne nous survole.

Les avions de reconnaissance ne s'aventureront jamais aussi loin du continent et, comme nous l'a dit notre pilote d'hélicoptère, les hélicoptères non plus. Leurs réservoirs ne leur permettraient pas de retourner sur le continent, à moins de pouvoir refaire le plein sur un navire. Si quelqu'un s'inquiète de savoir ce qu'est devenu le G650, la zone de recherche à couvrir entre l'Amérique et l'Asie est immense… Mais en ayant une idée de l'endroit où ils se rendaient et de celui où ils ont décollé, nous pourrions peut-être découvrir qui étaient les passagers.

Le triangle le plus proche de notre île, sur la carte du trafic aérien, se situe à mi-chemin entre Hawaï et nous. Lorsque je clique dessus, il me révèle qu'il s'agit d'un jet civil parti de Los Angeles et qui se rend en Australie. D'après ce que je constate, il existe des lignes aériennes au-dessus de la vaste étendue du Pacifique. Jusque-là, je pensais que les compagnies aériennes s'arrangeaient pour l'éviter dans la mesure où il n'y a nulle part où atterrir en cas d'urgence. Ne vaut-il pas mieux se trouver au-dessus de la terre ferme si quelque chose tourne mal ? Au moins, les pilotes ont une chance de pouvoir se poser. Pourtant, il y a bel et bien des vols transpacifiques, même si le trafic est moins important qu'au-dessus de l'Atlantique, où abondent les triangles violets qui ressemblent à une nuée de fourmis sur mon écran. Directement au-dessus de nous, ce sont surtout des vols commerciaux en provenance de l'aéroport de Los Angeles ou de San Francisco et à destination de Sydney, du Japon et de la Nouvelle-Zélande. Soudain, un triangle en particulier, situé plus haut sur la carte, attire mon attention. Il semble venir de Russie. Je clique dessus. Oui. C'est un Gulfstream G650, un jet privé. Un autre. Il vole dans le sens inverse de la plupart des appareils au-dessus du Pacifique : de gauche à droite, en direction de l'Amérique centrale ou du Nord. Impossible à dire.

Je ne sais toujours pas comment obtenir des informations sur nos passagers. Ce sont des fantômes. Google ne mentionne qu'une disparition d'avion ces derniers jours, celle d'un petit appareil de tourisme dans le Wyoming. Sans doute un pilote du week-end qui a pris trop de risques ou un fermier qui a commis une erreur fatale. Je suis sûre que le mystère se résoudra de lui-même.

J'essaie du côté des aéroports privés en Russie. Ils sont légion, bien sûr. Et là-bas, avec de l'argent, on doit pouvoir facilement convaincre les contrôleurs aériens de vous laisser voler sous les radars. Cela dit, c'est sans doute vrai partout.

Cette pensée me ramène aux voyageurs que nous avons vus dans la salle d'embarquement de Heathrow. À ces millionnaires qui n'en avaient pas l'air. Pourquoi ne prenaient-ils pas leur propre avion ? Ou n'en affrétaient-ils pas un ? Une recherche rapide me révèle qu'affréter un jet privé de Londres à l'aéroport de Los Angeles coûte 4 000 livres pour une personne sur un vol à vide et 30 000 pour tout l'appareil. Un aller-retour standard en première, sans recourir aux points, vaut 9 000 livres. Quand on est assez riche pour voyager en première classe, pourquoi ne pas louer un jet ? Ou en acheter un, tant qu'à faire ?

Peut-être qu'ils ne réfléchissent pas assez. Ou qu'ils ne sont pas assez riches. Ou peut-être que ce n'étaient pas eux qui payaient leur billet.

Étrangement, avec le recul, tout ça me paraît différent. Moins intimidant, en un sens. Presque… absurde.

Les passagers fantômes du G650 vivaient dans un monde dont j'ignorais l'existence jusqu'à maintenant. Et qui se situe hors de ma portée.

J'en arrive à me dire qu'on ne trouvera rien sur eux, parce qu'ils ont pris toutes leurs précautions. Et parce que je ne suis pas une espionne. Je n'ai pas accès aux bonnes bases de données. Aux ressources nécessaires.

Sauf que… ça me donne une idée.

Mark serait-il capable de les reconnaître ? Il les a vus, après tout. Il a vu leurs visages, même si c'était dans des circonstances pour le moins irréelles. J'essaie de me représenter l'image de ces cadavres gonflés par l'eau, oscillant comme des algues… *Non, ne t'aventure pas sur ce terrain.*

— Mark ? Si je te montrais des photos, tu crois que tu pourrais les reconnaître ? Les pilotes ? Les passagers ? Les deux hommes et la femme ?

Il réfléchit quelques instants.

— Pourquoi ? Tu as découvert quelque chose ?

— Je ne sais pas. Mais tu penses que tu le pourrais ?

Tout en parlant, je pianote sur mon clavier à la recherche du site qui m'intéresse.

— Oui, répond-il. Franchement, je ne suis pas près d'oublier à quoi ils ressemblaient.

C'est la première fois qu'il s'exprime de cette façon, comme s'il était hanté par le souvenir des victimes. Je dois parfois me forcer à me rappeler qu'il ressent également des émotions. N'est-ce pas étrange ? Je veux dire, lui aussi a ses peurs, ses faiblesses à surmonter. Je ne m'en rends même plus compte tellement je suis occupée à essayer de vaincre les miennes. Quand il vient s'asseoir à côté de moi au bord du lit, je tourne l'écran vers lui.

J'ai affiché la page d'accueil d'Interpol. Je clique sur « Personnes recherchées », en haut à droite. À ce jour, il y en a 182 – 182 photos à regarder. Je pense avoir compris à qui nous avions affaire. Et je me doute bien que ces 2 millions de dollars ne sont rien pour des gens qui peuvent s'offrir un jet à 60 millions, qu'ils ne constituent pas l'essentiel des revenus générés par leurs activités.

Mark lève les yeux vers moi.

— Sérieux ?

— Qu'est-ce qu'on risque ? Vas-y, passe-les en revue.

Je lui tends l'ordinateur et le laisse examiner les photos.

Après avoir récupéré mon téléphone, je sors sur la terrasse. Je voudrais qu'il fasse ensuite la même chose avec la liste du FBI et après avec celle de la British National Crime Agency. Je les affiche facilement sur mon iPhone. Là encore, je fais défiler des rangées de clichés d'identité judiciaire.

Quelle galerie de personnages patibulaires ! Mais bon, j'imagine que même la mère de Mark aurait l'air patibulaire si sa photo figurait sur le site du FBI… Je jette un coup d'œil à mon mari à travers la baie vitrée. Son visage est éclairé par la lueur de l'écran. S'il ne repère rien, tant pis, au moins nous aurons essayé. Il faudrait bien que nous puissions trouver quelque chose, pourtant, ne serait-ce qu'un indice sur les passagers de l'avion, sinon nous serons obligés de remettre l'argent en pleine mer et d'oublier toute cette histoire.

Je me souviens soudain de l'iPhone. Il est toujours rangé avec l'arme dans le sac que j'ai caché en haut de la penderie derrière les oreillers de l'hôtel. Tout au fond. Mark m'a déjà interdit d'y toucher. D'après lui, il vaudrait mieux s'en débarrasser. Mais il contient certainement des renseignements qui nous permettraient de gagner un temps fou… Il suffirait de l'allumer une fois. Une seule.

La batterie est HS. Je le sais, parce que j'ai déjà essayé d'appuyer sur le bouton Marche/Arrêt pendant que Mark était sous la douche. Sans succès.

Si je pouvais le recharger, ce serait le moyen le plus sûr d'en apprendre davantage sur l'identité de son propriétaire. D'arrêter de chercher à l'aveugle.

Je regarde de nouveau Mark à travers la vitre. Il est concentré sur sa tâche. Il s'inquiète, bien sûr, je le sais. Il se projette, tâche de raisonner de façon pratique. Se demande si nous nous rendons coupables d'un délit, si nous risquons un procès au cas où il se passerait quelque chose. Évidemment, si nous allumons le téléphone, il émettra un signal qui permettra sa localisation. Et même si nous le rapportons dans l'avion au fond de l'océan, un serveur quelque part dans le monde indiquera qu'une connexion a été établie après le crash. Ce sera la preuve que quelqu'un a découvert l'épave, les passagers et tout le reste, sans avertir personne.

Mais, là encore, je pense avoir trouvé une parade. Il me suffira de vérifier que l'iPhone est en mode avion. Il n'y aura pas de signal. Pas de traces. Oui, ça, c'est dans mes cordes. Je peux le faire. Je le sais.

Je le chargerai ce soir.

17

Mercredi 14 septembre
Le téléphone

Il est arrivé quelque chose de très, très grave.

Hier soir, Mark a pris un cours de squash privé dans le complexe hôtelier. Il a besoin de se changer les idées, le stress le mine et je lui ai conseillé ce moyen pour l'évacuer. De plus, il adore le squash. C'est le prétexte idéal pour crier un bon coup, non ?

J'ai profité de son absence pour débrancher le défroisseur de pantalons dans le placard et brancher l'iPhone du sac en me servant de notre chargeur de secours. J'ai vérifié qu'il était en mode silencieux, puis je l'ai dissimulé derrière le défroisseur au cas où Mark jetterait un coup d'œil dans la penderie.

Je me suis réveillée plus tôt que d'habitude ce matin, impatiente de passer à l'action. J'ai dû attendre pour aller débrancher le téléphone que Mark ait terminé son petit déjeuner et soit parti prendre sa douche. Le mobile ne s'était pas allumé tout seul. Impossible de savoir s'il s'agissait d'un défaut de fonctionnement ou s'il était cassé. Auquel cas, je n'aurais pas été plus avancée. Je l'ai glissé dans ma poche, j'ai replacé le chargeur de secours dans notre valise et j'ai rebranché le défroisseur.

Il me faudrait maintenant un peu de temps pour moi, une petite demi-heure, afin de pouvoir examiner l'iPhone. Mais ce n'est pas facile de trouver un prétexte valable pour s'isoler quand on est en lune de miel. Rien ne me semble adéquat. Je pense soudain à Holli, qui a été libérée il y a deux jours. Et si je disais que j'ai besoin de joindre Phil par Skype pour prévoir les dates de tournage avec elle après notre retour ? Ça me donne une bonne raison de quitter la suite un moment.

J'annonce à Mark que je vais appeler mon équipe. Je précise que j'aurai besoin d'une connexion Ethernet pour Internet : le signal sera plus puissant, la qualité de l'image meilleure. Pour ça, je dois aller dans le *business center* de l'hôtel.

Lorsqu'il propose de m'accompagner, je lui explique qu'il risque de s'ennuyer et que ce sera peut-être aussi un peu embarrassant pour Phil et Duncan. Et que, de toute façon, je n'en aurai pas pour longtemps ; je serai revenue avant même qu'il se soit rendu compte de mon départ. Il n'insiste pas. Je lui suggère de regarder la liste des personnes recherchées sur le site d'Interpol. Sauf que je sais pertinemment désormais que les passagers de l'avion n'y figureront pas. On ne signalera pas leur disparition. Pour moi, c'est clair.

Le *business center* est une petite salle avec un gros PC couleur crème, une imprimante massive et une grande table au milieu, qui occupe presque tout l'espace. J'ai du mal à imaginer qu'on y ait déjà organisé une authentique réunion de travail. À moins qu'elle ne soit utilisée pour rassembler le personnel ?

Je fouille du regard tous les coins et recoins. Pas de caméras. Bien. Ce que je m'apprête à faire pourrait paraître bizarre, et je ne tiens pas à ce qu'on me voie en pleine action. Au cas où ça tournerait mal, vous comprenez ?

Après avoir allumé l'ordinateur, j'affiche le moteur de recherche. Bon, je suis prête. Je me suis renseignée sur la procédure à suivre ce matin.

Je prends l'iPhone dans ma poche et appuie sur le bouton de mise en marche. L'écran s'éclaire, devient blanc, le minuscule logo d'Apple se matérialise. Je vais devoir passer en mode avion dès que l'écran de verrouillage apparaîtra. Je patiente en retenant mon souffle. Si le portable est éteint depuis un bon moment, faudra-t-il plus de temps pour qu'il se charge ? Sans doute pas.

À peine me suis-je posé la question que je découvre l'écran d'accueil. Il n'y a pas d'écran de verrouillage. Pas de code. Juste des applis. Pas de code ? C'est dingue ! Tout le monde en a un, aujourd'hui… Je m'empresse de faire remonter mon doigt pour accéder au centre de contrôle et j'appuie sur l'icône du mode avion. Voilà, j'ai sécurisé ma position.

Il aurait été possible de passer en mode avion depuis un écran verrouillé, ce que je m'attendais à devoir faire. Mon plan consistait à le contourner. Apparemment, d'après Internet, c'est assez facile. En l'occurrence, le propriétaire de l'iPhone n'était pas trop inquiet à l'idée qu'on puisse fouiner dans son téléphone. Je suppose qu'il estimait suffisamment dissuasif de le ranger dans une mallette à côté d'une arme de poing…

Mon cœur cogne à grands coups sourds.

J'ai accès à tout. Les icônes des applications ne sont pas nombreuses. J'en reconnais certaines, d'autres ne me sont pas familières, mais la plupart sont standard. Pas de Candy Crush ni de fantaisies de ce genre. Je pose le doigt sur celle des e-mails. Une boîte de réception apparaît. Tous les messages sont en russe. Merde. Ce n'est pas vraiment une surprise, mais je ne connais pas cet alphabet. OK. Le plus simple, c'est de copier le texte et de le coller dans Google Traduction.

Il m'est cependant impossible d'effectuer la manœuvre sur le smartphone lui-même, parce que je ne peux pas le connecter à Internet. Et je ne peux pas non plus envoyer les e-mails directement sur ma messagerie, ce serait trop dangereux.

Je m'installe devant l'ordinateur de l'hôtel, charge Google Russie et tape le nom du fournisseur d'accès auquel les messages ont été envoyés. C'est Yandex, le moteur de recherche russe. La page d'accueil n'a aucun sens pour moi ; c'est juste un assemblage de caractères anguleux. Mais dans le coin supérieur droit, je reconnais deux champs familiers, destinés au nom d'utilisateur et au mot de passe. J'entre dans la première fenêtre l'adresse e-mail qui figure sur le téléphone et clique sur les gribouillis illisibles sous le mot de passe. Réinitialisation du mot de passe. Je confirme, puis garde les yeux rivés sur l'iPhone.

Et merde…

La réinitialisation est impossible, évidemment ! Le téléphone n'est pas connecté à Internet. La demande n'aboutira pas. Pourquoi n'y ai-je pas pensé tout de suite ? Quelle idiote !

OK.

OK.

Une minute… Je peux me brancher sur le wifi en restant en mode avion. Bien sûr ! Mark m'a montré comment faire à l'aller, pour que nous puissions utiliser le wifi pendant le vol. De cette façon, je n'émettrai pas de signal. Le téléphone ne sera pas traçable. Je pourrai le connecter au wifi de l'hôtel et ainsi réinitialiser le mot de passe. Oui !

Je procède étape par étape, jusqu'au moment où trente et un messages se chargent sur le smartphone, le dernier étant ma demande de réinitialisation. De toute évidence, personne n'a cherché à prendre contact avec les passagers de l'avion. Personne n'a accédé à ce compte depuis des jours.

Je clique sur le lien de réinitialisation et choisis le mot de passe : G650. Ça m'a paru pertinent. Le souffle court, je guette la confirmation. Quand elle me parvient, je peux enfin consulter les e-mails.

Je les fais défiler. Le bandeau Google en haut de la page annonce : « Cette page est en russe. Souhaitez-vous une traduction ? » Je clique.

Et lis.

La plupart des messages sont des relevés ou des reçus. Certains donnent des indications concernant des rendez-vous : lieux, heures… Je remarque aussi quelques spams. C'est drôle que les criminels soient eux aussi bombardés de spams, non ? En tout cas, aucun ne semble contenir d'informations personnelles. Ni de noms propres. Je repère juste celui d'Aegys-Mutual Consultants, mentionné deux ou trois fois, ainsi que celui d'une autre société, Carnwennan Holdings. Les deux traitent ensemble, à l'évidence. Une troisième entreprise, Themis Financial Management, apparaît également. J'arrête ma lecture. Je garde ces trois raisons sociales en mémoire, je ferai des recherches plus tard.

Je supprime les messages créés par ma demande de réinitialisation puis me déconnecte de la boîte de réception. J'efface ensuite l'historique des recherches sur le PC de l'hôtel et quitte la page d'accueil.

Il est temps pour moi de m'intéresser aux SMS. Je suis presque sûre d'y trouver quelque chose. L'icône verte à l'écran montre qu'il y en a quarante-deux. Je ne crois pas avoir jamais eu plus de dix messages non lus de toute ma vie, mais bon, ces gens-là ne sont plus de ce monde, n'est-ce pas ? Ça explique l'accumulation, j'imagine.

J'appuie sur l'icône. Le téléphone n'a pas de contacts en mémoire, aussi les messages sont-ils seulement rattachés à des numéros de téléphone. Je les cherche sur Google. Indicatif +1, c'est l'Amérique ; +44, le Royaume-Uni ; +7, la Russie ; +352, le Luxembourg ; +507, le Panama. La discussion avec les correspondants du Luxembourg semble être rédigée principalement en français et en allemand. Celle avec le numéro du Panama est en espagnol, ponctuée d'un mot anglais par-ci par-là. Les numéros russes et anglais utilisent l'anglais. Le ou la propriétaire de cet iPhone parle manifestement de nombreuses langues et jonglait avec de multiples balles, si je puis dire. J'affiche le premier SMS, le plus récent, envoyé par le numéro américain.

Ils sont d'accord. Ils vont accélérer la transaction. Bon voyage.

Aucune information reçue comme demandé.

Y a-t-il un problème ? Où êtes-vous ?

Prenez contact.

Ça pourrait mal finir, répondez.

Je retourne à la liste des messages, puis j'ouvre le suivant – le numéro russe :

Rdv fixé aujourd'hui.

Réception du colis à 22 h 30 à l'héliport.

Vol dérouté ? Quelle est votre position actuelle ? Y a-t-il un problème ? Assistance nécessaire ?

Pas de livraison. Où êtes-vous ?

Où êtes-vous ?

Il faut qu'on parle, répondez dès réception de ce message.

Répondez.

Soudain, la fenêtre de conversation s'ouvre. Oh mon Dieu !

J'ai oublié la connexion wifi. Les trois points gris dansent devant mes yeux. *Quelqu'un écrit.* Brusquement, je me rappelle que l'iPhone envoie des confirmations de lecture à l'expéditeur, sauf si on a désactivé la fonction. Ça ne m'est pas venu à l'esprit et les messages ont été marqués comme lus.

Je bataille avec le téléphone pour l'éteindre. La personne à l'autre bout peut-elle savoir tout ce que j'ai fait ? Et qui je suis ?

Non, impossible. Il n'y a pas de caméra ici. J'ai utilisé un ordinateur public pour lire les e-mails. Ça pourrait être n'importe qui dans l'hôtel. Ces gens-là n'ont aucun moyen de savoir que c'est moi. Sauf qu'il y a des caméras de surveillance dans le couloir… S'ils décidaient de pirater les images et me voyaient entrer dans cette salle à l'heure de la connexion ?

Hé, ne t'emballe pas. Même s'ils découvraient où est situé le point d'accès au compte e-mail, il leur faudrait au moins une journée d'avion pour rallier Bora Bora depuis n'importe quel endroit du monde. Une journée entière. Ensuite, il faudrait qu'ils piratent le système de sécurité de l'hôtel et qu'ils visionnent les vidéos. Et puis, s'ils se sont aperçus que j'avais lu les SMS, ils ignorent encore que j'ai pris connaissance des e-mails.

Quoi qu'il en soit, il faut que je lise le texto qu'on vient d'envoyer.

Je prends une profonde inspiration et rallume le téléphone.

Écran blanc. Logo Apple, écran d'accueil, un message non lu.

Je l'ouvre.

Où étiez-vous ?

Est-ce que je devrais répondre ? Dire que nous avons trouvé le sac ?

Non, je ne crois pas que ce soit une bonne idée.

Et si je me faisais passer pour l'un des occupants de l'avion ? Ce serait le meilleur moyen de détourner l'attention de moi, non ? Je regrette de ne pas avoir réfléchi aux différentes éventualités avant d'agir. J'ai du mal à rassembler mes idées. *OK, concentre-toi.*

Les trois points gris réapparaissent. Merde ! Il faut que je dise quelque chose. J'ouvre ma fenêtre de conversation. Le curseur clignote.

Trois points gris doivent être visibles en ce moment même sur l'écran de mon correspondant. Il va comprendre qu'il y a quelqu'un à l'autre bout du téléphone. Je tape :

Vol dérouté. Indisponible pour transaction.

Ça me paraît crédible. Et suffisamment vague. Ça devrait nous laisser le temps d'organiser notre départ avant que quelqu'un se lance sur nos traces. J'envoie le message. Voilà, il est parti.

Ils vont penser que les passagers de l'avion font profil bas.

Mais, brusquement, la réalité me frappe de plein fouet.

Profil bas ? Qu'est-ce que je raconte, bordel ? Qu'est-ce qui m'a pris ? On n'est pas dans *Le Troisième Homme*. Je n'ai aucune idée de ce que j'ai mis en branle. Je suis juste une fille en lune de miel qui a un diplôme de cinéma. *Ils te trouveront et te tueront. Tu vas mourir, Erin.*

Et là, il se passe quelque chose de terrible :

Qui êtes-vous ?

Les points gris clignotent.

Encore et encore.

Oh non.

J'éteins le téléphone.

Oh mon Dieu.

En retournant vers la chambre, j'essaie de réfléchir à des arguments pour justifier ce que je viens de faire. À une manière de présenter les choses qui ne donnera pas de moi l'image d'une menteuse et d'une idiote. Mais, franchement, à ce stade, ce n'est pas exagéré de dire que je suis les deux. J'ai besoin de Mark. J'ai peur. Il doit m'aider à arranger ça.

18

Mercredi 14 septembre
Les conséquences

— Tu as fait quoi ?!

Je le regarde. Que puis-je dire ?

— Mais enfin, t'es devenue dingue ? Qu'est-ce qui t'a pris, nom d'un chien ? Pourquoi tu m'as menti ? Je ne… On n'est pas dans un film, Erin. On a affaire à des vraies personnes. Des vrais morts et des vrais vivants ! On n'a aucune idée de qui ils sont et de quoi ils sont capables. Comment t'as pu faire une connerie pareille ?

Je reste silencieuse. Immobile. Oui, je ne suis qu'une imbécile, il a parfaitement raison, mais maintenant il faut réparer ça. C'est tout ce qui compte. Je ne veux pas mourir.

Il s'affale sur le canapé. Nous sommes dans le salon. Je l'ai appelé dès que je suis rentrée et je lui ai tout raconté : les sociétés, les e-mails, les SMS – tout. Il est assis en face de moi, les sourcils froncés, et son cerveau tourne à plein régime.

— D'accord, dit-il enfin. Bon, celui qui t'a écrit, qu'est-ce qu'il sait ?

Je hausse les épaules, esquisse un geste de dénégation. Je l'ignore.

— Allez, réfléchis, ma puce. Concentre-toi. Qu'est-ce qu'il peut savoir ? demande-t-il lentement.

J'avale ma salive, puis prends une profonde inspiration.

— Il sait que quelqu'un qui n'est pas un passager de l'avion a mis la main sur le téléphone.

Ça, au moins, j'en suis sûre.

— Et ? Qu'est-ce qu'il va en déduire ?

— Qu'on a volé le portable, je suppose. Qu'on a tué ou dévalisé les passagers. Ce sont les deux explications les plus plausibles.

Je lève les yeux vers lui.

Il hoche la tête.

— Donc, il va vouloir nous retrouver, pas vrai ? Comment il peut y arriver ?

— Par le signal du téléphone. Ou le point d'accès de la messagerie électronique. Ce sont les seuls liens.

— OK, l'ordinateur de l'hôtel. Y a-t-il un moyen de prouver que c'est toi qui l'as utilisé et pas un autre client ?

Je vois où il veut en venir.

— Les caméras de sécurité dans le hall et le couloir, dis-je. Le *time code* lorsque je suis entrée dans la salle et quand je l'ai quittée. Avant et après l'heure de la connexion.

Un frisson me parcourt. Merde. Même s'il n'y avait pas de caméras dans la pièce elle-même, j'ai été filmée. Il va falloir qu'on se débarrasse de ces images.

À peine cette idée m'a-t-elle traversé l'esprit que je suis frappée par mon raisonnement. J'en viens à envisager de commettre un délit pour réparer une erreur. Est-ce ainsi que tout commence pour la plupart des criminels ?

Est-ce qu'Eddie a connu ça ? Une erreur, la nécessité de la dissimuler, et ensuite la lente mise en branle de l'engrenage. Jamais je n'aurais imaginé vouloir un jour effacer des preuves. Je ne sais même pas comment on fait pour supprimer des images de surveillance. Pourquoi me serais-je posé la question ? Je ne suis qu'une citoyenne ordinaire qui, hormis un excès de vitesse occasionnel sur l'autoroute, n'a jamais envisagé d'enfreindre la loi. En pensée, peut-être, mais pas dans la réalité.

— On est bien d'accord, alors ? reprend Mark. La seule chose qui te relie à ce téléphone et à cet ordinateur, ce sont les vidéos des caméras de surveillance ? C'est ça ?

Mark m'adresse un sourire encourageant.

— Oui, le seul, affirmé-je.

Nous sortons du bungalow. Nous sommes partis du principe que les moniteurs de surveillance doivent être dans la pièce derrière le comptoir de réception. Si ce n'est pas le cas, il nous faudra suivre un agent de sécurité pour voir où il va.

Notre plan est simple – forcément, nous ne sommes pas des génies du crime. S'il n'y a personne à l'accueil, nous nous faufilerons dans la pièce derrière afin d'essayer d'effacer les vidéos concernées. Ça ne doit pas être si difficile que ça… Si je peux supprimer un mois entier d'images, pour couvrir complètement nos traces, ce sera encore mieux. Et s'il y a quelqu'un dans la pièce du fond, nous appliquerons le plan B.

Deux réceptionnistes sont à leur poste quand nous pénétrons dans le bâtiment principal. Mark m'attrape la main et la serre fermement en me guidant vers la bibliothèque. OK, plan B, donc.

Lequel suppose que je souffre d'une intoxication alimentaire et que Mark veuille se plaindre. Avec un peu de chance, nous serons conduits dans la pièce de derrière. S'il s'agit bien du local de surveillance, nous trouverons un prétexte pour éloigner la réceptionniste quelques minutes, le temps de nous introduire dans le système. Ce n'est pas le plan du siècle, mais je ne suis qu'une diplômée d'une école de cinéma et Mark un financier au chômage, alors, un peu d'indulgence.

— Tâche d'avoir l'air malade, me glisse-t-il à l'oreille.

Je penche la tête en arrière, inspire bruyamment par le nez, porte la main à mon front et souffle lentement par la bouche. Comme quelqu'un qui fait de son mieux pour tenir le coup. Je regarde autour de moi à la recherche d'un siège. Mark joue les maris inquiets. Est-ce que je veux aller quelque part ? De quoi ai-je besoin ? Moi, je suis silencieuse, défaillante. Je dois avoir l'air mal en point. Je m'assois avec précaution sur une chaise devant l'entrée de la bibliothèque. Une des réceptionnistes nous jette un coup d'œil. Prend la mesure de la situation. Se tourne vers sa collègue, qui paraît un peu plus âgée – sa supérieure, peut-être. Cette dernière hoche la tête, *Règle ça*, puis se replonge dans ses papiers. La plus jeune vient vers nous.

Mon rôle est facile. Je n'ai qu'à afficher un air absent en respirant à fond. C'est Mark qui doit faire le plus gros du travail.

Il l'apostrophe avant même qu'elle nous ait rejoints.

— Excusez-moi, mademoiselle, votre aide serait la bienvenue. Si vous n'êtes pas trop occupée, bien sûr…

Il s'est exprimé d'un ton sec, cassant. Celui d'un client mécontent, qui risque de poser des problèmes.

La jeune femme se met à trottiner pour nous rejoindre plus vite. Derrière elle, sa collègue, sentant qu'il y a de l'électricité dans l'air, rassemble ses papiers et se dirige vers un autre couloir. La clientèle doit compter pas mal d'emmerdeurs.

— Pardon, monsieur, est-ce que tout va bien ?

Elle s'est exprimée d'un ton chaleureux. Sa voix se teinte d'une pointe d'accent américain.

Mark prend un air contrarié.

— Non. Non, en fait, ça ne va pas…

Il plisse les yeux pour lire le prénom sur le badge qu'elle porte.

— Leila.

Je la vois réprimer un soupir et se préparer à subir des doléances. Je dois bien le reconnaître : à aucun moment elle ne se départit de son sourire.

— Ma femme et moi avions l'intention de profiter de notre lune de miel dans un cinq-étoiles, mais ça fait deux jours maintenant que nous sommes enfermés dans notre chambre à cause d'une intoxication due à la nourriture que vous nous avez servie. Quel genre d'établissement croyez-vous diriger, hein ? Moi, en tout cas, j'en ai par-dessus la tête !

Dans son numéro de type détestable, il est parfait.

— Je suis navrée, monsieur, je n'étais pas au courant. Le problème ne m'a pas été signalé, mais je peux vous assurer que, dès à présent, tout sera mis en œuvre pour vous donner satisfaction.

— J'apprécie votre sollicitude, Leila, et je sais bien que ce n'est pas votre faute, mais vous auriez dû être informée de la situation, non ? J'ai prévenu la réception hier et personne ne s'est manifesté. Rien ne s'est passé.

Cet hôtel est censé être un cinq-étoiles, mais franchement, je me demande comment vous pouvez prétendre à un tel classement si 1) vous ne communiquez pas les uns avec les autres et 2) vous ignorez les critiques des clients quand elles vous déplaisent. C'est révoltant ! Regardez ma femme, Leila. Regardez-la bien !

Il a haussé le ton. Je pense qu'on peut parler de « scandale » à ce stade. Leila baisse les yeux vers moi. Entre-temps, je me suis mise à transpirer. C'est sans doute une réaction liée au stress de notre plan, en attendant j'imagine que ça donne de la crédibilité à mon personnage. Alors que je pose sur Leila un regard vide, je la vois prendre une décision.

— Écoutez, monsieur, si vous voulez bien m'accompagner dans un endroit plus tranquille, je pourrais aller chercher un verre d'eau à Mme… ?

Elle se débrouille très bien. Réagit de manière extrêmement professionnelle. Cet hôtel est décidément au top.

— C'est une blague ? s'écrie Mark. Bonté divine, Leila ! C'est Roberts. M. et Mme Roberts. Bungalow numéro six. Non mais c'est pas vrai, ça !

Il souffle fort par le nez, image même d'un homme qui prend sur lui pour contenir son exaspération. Il est doué. S'il ne trouve rien dans la finance, il pourra toujours devenir acteur.

— Oui, bien sûr, monsieur Roberts. Bon, si vous voulez bien venir avec moi, je vais tout faire pour vous donner satisfaction. Laissez-moi vous offrir quelque chose à boire, madame Roberts.

Leila nous invite à la suivre. Une main passée sous mon aisselle, Mark me soutient pour m'aider à me relever. Nous lui emboîtons le pas.

La salle du fond est plus grande que je ne l'imaginais. Une autre porte, sur le côté, donne sur un salon confortable, joliment meublé. Celui des récriminations, peut-être ? Ou, plus probablement, un endroit pour accueillir les VIP à leur arrivée – les clients célèbres, que les autres risquent de dévisager. Je commence à m'habituer à cet univers, à la façon dont il fonctionne.

Nous nous asseyons. Leila baisse les stores des fenêtres qui donnent sur la pièce du fond. J'ai juste le temps d'apercevoir un moniteur de surveillance diffusant des images en noir et blanc.

Elle prend place en face de nous.

— Bon, d'abord, dans l'ordre des priorités, madame Roberts, que puis-je faire pour vous ? Désirez-vous de l'eau bien fraîche ? Une boisson sucrée ? Autre chose ?

J'ouvre la bouche pour parler mais aucun son n'en sort. Je m'éclaircis la gorge. Il y a un bon moment que je n'ai pas prononcé un mot. Je hoche la tête.

— Merci, Leila, c'est très aimable, dis-je d'une voix faible.

J'ai le rôle de la gentille, Mark du méchant. Pauvre Mme Roberts.

— Pourrais-je avoir un thé chaud, s'il vous plaît ? Avec du sucre et beaucoup de lait, si ce n'est pas trop vous demander. Je m'en veux de causer tous ces problèmes…

Leila paraît soulagée. Satisfaite d'avoir trouvé une amie, une alliée. Elle doit se dire que tout n'est pas perdu. Que ça pourrait même lui valoir un bon retour plus tard. Une lettre de remerciement. Employée du mois. Elle sourit.

— Ne vous inquiétez pas, madame Roberts. Je vais m'en occuper moi-même. Je vous en prie, mettez-vous à l'aise, je n'en aurai pas pour longtemps.

Elle s'assure de l'approbation de Mark avant d'ouvrir la porte du salon VIP, de traverser la salle de surveillance et de disparaître dans le hall. À peine le battant s'est-il refermé derrière elle que je me lève d'un bond pour foncer dans la salle adjacente. Mark se poste sur le seuil entre les deux pièces et m'observe. J'atteins les moniteurs juste à temps pour voir, à l'image, Leila tourner au bout du couloir en direction du bar. Je m'empresse de réduire la taille des fenêtres ouvertes sur l'écran et de chercher les archives. Les vidéos sont conservées soixante jours. Faut-il tout supprimer ? Non. Se limiter à la durée de notre séjour, alors ? Non plus. Un mois, c'est bien. Je surligne les dates entre la mi-août et la mi-septembre, puis clique sur « Effacer ». Suis-je sûre de vouloir effacer ces fichiers ? me demande le programme. Oui, oh oui ! Plutôt deux fois qu'une ! Je clique. J'affiche ensuite les options et vide la corbeille. Voilà, c'est fait. Où en sommes-nous ? Je jette un rapide coup d'œil aux fenêtres réduites. Aucun signe de Leila. Mon cœur bat à un rythme effréné. Je consulte de nouveau les options. C'est bon, j'y suis. « Paramètres ». Conserver les fichiers pendant soixante jours. Je tape six à la place de soixante ; ça devrait suffire à brouiller les pistes. Si un employé vérifie les données archivées, il pensera à une erreur de paramétrage. De toute façon, à moins de chercher quelque chose de précis, personne n'a de raison de visionner ces images. Je redonne à l'écran principal son apparence initiale. Toujours pas de Leila. J'ai encore une chose à faire. Je balaie la pièce des yeux.

— Tu as fini ? me presse Mark à voix basse.

— Oui, il ne me reste qu'à…

Mon regard s'arrête sur une armoire de classement à l'autre bout de la salle. Je consulte le moniteur. Leila quitte le bar, une soucoupe et une tasse à la main. Je dispose de moins d'une minute. Je m'élance, contourne les chaises au passage, tire d'un coup sec le tiroir des « R » et passe rapidement en revue les dossiers. Ça y est, j'y suis : Roberts. J'ouvre la chemise et en sort les photocopies de nos passeports, ainsi que les formulaires avec notre adresse. J'entends des talons claquer sur le marbre du hall. Merde. Je repousse le tiroir, fonce vers le salon VIP et me laisse tomber sur une chaise avant de fourrer les papiers dans mon short, contre mon ventre. Mark s'assoit à côté de moi au moment où Leila rouvre la porte. Elle nous gratifie d'un grand sourire.

— Voilà, dit-elle. Un bon thé bien chaud.

Elle m'observe d'un air soucieux.

Mes allées et venues frénétiques et la décharge d'adrénaline ont rendu ma respiration saccadée. Je suis défaite et en nage. Parfait.

Je me redresse en chancelant.

— Je suis vraiment désolée, Leila, mais il faut que je retourne aux toilettes. Où sont les plus proches ?

J'ai posé la question dans un souffle, d'une voix implorante.

Elle pose le thé faisant office de drapeau blanc et m'adresse un sourire compréhensif. On est tous passés par là, j'imagine.

— À droite de la bibliothèque, répond-elle. Nous vous attendrons ici, madame Roberts.

Elle est décidément charmante. Je laisserai un commentaire positif.

Alors que je titube vers la porte, une main légèrement posée sur le devant de mon short, je les entends discuter de nos récriminations imaginaires. *Bien joué, Mark. Continue, maintiens la pression.*

Je perds une bonne dizaine de minutes dans les toilettes à faire couler de l'eau sur les papiers que j'ai pris jusqu'à les transformer en une bouillie détrempée. Je les flanque ensuite dans deux poubelles différentes pour protections hygiéniques avant de retourner dans notre chambre.

19

Mercredi 14 septembre
Liens

Mark déboule dans notre suite, débordant d'énergie.

— C'est fait.

Il se laisse tomber sur le canapé à côté de moi. Je pose ma tête sur son épaule, épuisée par l'attente, par la tension. Nous sommes réconciliés, me semble-t-il. Les endorphines du stress ont aidé à combler la brèche que j'avais ouverte entre nous en utilisant l'iPhone. Nous formons de nouveau une équipe. Les Roberts contre le reste du monde.

— Bien joué, dis-je dans un souffle, contre son bras.

Je lui embrasse l'épaule à travers son T-shirt.

— Tu t'en es sorti comment ?

Sa réponse n'a pas vraiment d'importance, je veux juste entendre le son de sa voix, sentir la vibration de sa poitrine. Je sais déjà qu'il a parfaitement joué son rôle.

— Très bien, merci. Leila et moi sommes les meilleurs amis du monde. Elle nous a offert un bon pour deux nuits gratuites dans n'importe quel Four Seasons de notre choix. Je lui ai dit qu'elle était un atout pour l'hôtel et qu'on ferait part de notre satisfaction au manager. À la fin de la discussion, elle paraissait enchantée.

Il dépose un baiser sur ma tempe.

— Tu as assuré, déclare-t-il en me redressant la tête pour que je puisse le regarder. Quand je t'ai vue comme ça, devant les moniteurs… Je n'en revenais pas. J'ai du mal à croire qu'on ait réussi. Et tu as aussi récupéré tout ce qui pouvait nous identifier, c'est ça ? Je n'y avais même pas pensé. Bravo, ma puce.

Il se penche pour m'embrasser.

C'étaient les seules preuves de notre présence ici. Désormais, les copies de nos passeports et notre adresse à Londres ont disparu des dossiers du Four Seasons. Quiconque chercherait à se renseigner sur les clients de l'hôtel ne trouverait rien sur nous. D'autant que les images de la personne ayant utilisé l'ordinateur ce matin n'existent plus. Un fantôme a volé le téléphone, et il n'y a aucun moyen de découvrir qui a séjourné dans notre chambre, sauf si… Une idée terrifiante, surgie de nulle part, me traverse l'esprit.

— Les ordinateurs, Mark ! On a oublié leur système informatique. Ils ont forcément entré nos coordonnées dans leur système. Ils les ont toujours, même si on a fait disparaître les documents papier.

Il détourne les yeux et s'écarte de moi. Il faut qu'on y retourne. Merde ! Il le sait. Il se lève et commence à faire les cent pas. Nous devons effacer les données informatiques. *Merde, merde, merde !* Et moi qui croyais que nous avions pensé à tout. Que j'avais été brillante… En vérité, nous n'avons fait qu'attirer l'attention sur nous. Si quelqu'un vient – et quelqu'un viendra –, cette personne ne verra pas notre dossier mais découvrira des informations sur nous dans la base de données de l'hôtel et comprendra que nous avons tenté de dissimuler nos traces. Nous avons juste hissé un drapeau rouge. À moins que l'un de nous retourne dans ce bureau supprimer nos noms du système.

Mark me regarde de nouveau, manifestement plongé dans ses réflexions. C'est lui qui doit y aller, cette fois, je ne peux pas me présenter à la réception. Je suis censée être alitée, malade.

Au bout de quelques minutes, il entre dans la chambre, puis en ressort. Il tient une de mes boucles d'oreilles en émeraude, le cadeau d'anniversaire qu'il m'a offert l'année dernière. Il me la montre.

— Tu as perdu une boucle, déclare-t-il. C'est ce qui s'est passé. Je vais aller la chercher.

Il hoche la tête. Déterminé.

— OK, à moi de jouer.

Quarante-trois minutes plus tard, il est de retour dans la suite.

— C'est bon, annonce-t-il. J'ai changé nos noms, numéros de téléphone, adresses e-mail et adresse postale. Terminé.

Il a l'air vidé mais soulagé.

Même si je ne sais pas trop comment il s'y est pris, j'étais certaine qu'il réussirait. *Dieu merci*. Je souris.

— Il faut qu'on parle du type au téléphone, Mark.

Le moment est venu d'arrêter de nous féliciter et de réfléchir à la situation. Depuis son départ, j'ai tourné et retourné le problème dans ma tête.

Il acquiesce et s'assoit à côté de moi sur le canapé. S'humecte les lèvres.

— D'accord. Qu'est-ce qu'on a appris ? Commençons par là. Qu'est-ce qu'on a sur lui ? Ou sur elle ?

D'accord, nous allons procéder point par point.

— Son numéro de téléphone est enregistré en Russie mais ses SMS sont rédigés en anglais, dis-je. Tous les e-mails des passagers de l'avion étaient en russe. On peut donc supposer qu'ils étaient russes. Mais ils écrivaient en anglais à l'homme des SMS, qui leur répondait en anglais. Alors je dirais que lui est américain ou anglais. On ne sait pas si c'est lui aussi qui est derrière le numéro américain. Il est possible qu'il ait deux téléphones. Apparemment, c'est depuis ce numéro américain qu'il organisait la transaction avec les passagers de l'avion. Il a maintenant compris qu'on s'est fait passer pour…

Mark arque un sourcil. Je m'interromps, avant de rectifier :

— Euh, OK, que *je* me suis fait passer pour l'un d'eux.

Il hoche la tête. Je poursuis :

— Il va en déduire qu'on a examiné l'iPhone. Et aussi qu'on a tué les passagers pour une raison ou pour une autre et volé le sac, ou qu'on l'a trouvé et qu'on a vu des trucs qu'on n'aurait pas dû voir. Dans tous les cas, on constitue une menace pour lui. Ou pour eux. Par conséquent, il va se lancer à notre recherche.

Mark se penche en avant, les coudes sur les genoux, les yeux plissés.

— Est-ce qu'ils peuvent tracer le signal téléphonique ? Ah non, attends, tu n'as pas utilisé le réseau téléphonique, c'est ça ? Tu t'es servie du wifi ? Est-ce qu'il est possible de tracer le wifi ?

Il pense à voix haute. Je réponds :

— Non. Non, impossible ! Il n'y a pas de connexion iCloud sur cet iPhone. Ni d'appli de *tracing*. Cet homme peut sans doute localiser le dernier endroit où le téléphone a émis, mais les passagers de l'avion n'avaient peut-être même pas encore embarqué à ce moment-là. C'était avant le crash, en tout cas, puisque le téléphone était éteint quand on l'a récupéré. Au pire, le traçage indiquera une zone près du Pacifique.

— Autrement dit, le seul lien avec notre hôtel, c'est le fait que tu aies accédé aux e-mails depuis le *business center* ?

Mark est déjà en train d'échafauder un plan, j'en suis sûre.

— Oui, l'adresse IP doit être enregistrée quelque part. Elle indique l'endroit où le compte a été consulté. Et, à mon avis, ces gens-là ont les moyens de le découvrir. Ou de charger quelqu'un de le faire.

Ils viendront, ce n'est qu'une question de temps. Ils ont peut-être déjà connaissance de l'adresse IP. Qui sait, ils sont peut-être même déjà en route.

— Tu penses qu'ils vont débarquer ici ? demande Mark.

— Oui.

Il me regarde d'un air pensif.

— Alors on s'en va, déclare-t-il.

Il se lève et se dirige vers l'ordinateur portable.

— Mark ?

— Pas de problème, on a l'excuse idéale : tu es tombée malade. Intoxication alimentaire. On abrège les vacances pour que tu puisses aller voir ton médecin traitant.

Je souris. C'est la bonne solution.

— Je m'occupe de changer les réservations du retour, ajoute-t-il. J'avais acheté des billets flexibles, au cas où. Je vais essayer d'avoir des places pour demain. Ça te va ?

— C'est parfait.

Je me redresse à mon tour et me rends dans la chambre. Il est temps de faire les valises. J'éprouve une certaine tristesse à l'idée de partir, mais autant être à l'autre bout du monde, et de préférence chez nous, quand ces gens arriveront à l'hôtel.

Je commence à étaler sur le lit le contenu de la penderie. Puis mon regard se pose sur l'étagère du haut.

— Mark ?

Je le rejoins dans le salon, où il est toujours devant l'écran.

— Oui ?

— Est-ce qu'on le garde ?

C'est juste une question. Je ne sais plus quoi penser. Je ne sais plus trop non plus ce que nous sommes en train de faire – de fuir ces personnes ou de les dévaliser.

— On ne peut pas le laisser dans la chambre, souligne Mark. Sinon on risque de se faire arrêter pendant le voyage de retour. Si on ne l'emporte pas, il faudra le cacher, j'imagine. Sous le bungalow, peut-être ? Ou alors, on le prend avec nous. Pourquoi pas ? Après notre départ, il n'y aura aucun moyen de retrouver notre trace.

Il me dévisage. Sans avoir vraiment répondu à ma question.

Deux millions…

Je n'ai pas de grandes exigences dans la vie. Ma maison, mon mari, des vacances de temps en temps. Une existence tranquille. La nôtre.

Deux millions, ça nous permettrait de rembourser intégralement notre prêt immobilier. De constituer un capital pour Mark s'il veut monter son affaire ou un matelas de sécurité jusqu'à ce qu'il décroche un autre poste. De mettre des fonds de côté pour les études de l'enfant qui grandit peut-être en moi.

J'ai vomi hier matin. Est-ce un signe ? J'ai arrêté de prendre la pilule il y a maintenant huit semaines. Non, il est encore trop tôt pour avoir des symptômes. Si j'ai été malade, c'est sans doute à cause des *piña colada* et de la peur. L'avenir nous le dira, je suppose.

— Tu en es sûr, Mark ? Et s'ils avaient accès aux listings des compagnies aériennes ?

Ont-ils la possibilité de consulter les listes des passagers qui ont débarqué sur l'île et de découvrir quels noms n'apparaissent pas dans les registres de l'hôtel ?

Mark regarde par les baies vitrées la lumière qui décline sur le lagon. Le clapotis des vagues sous le bungalow se fait entendre dans le silence, régulier et assourdi.

— Il y a trente-six hôtels sur cette île, Erin, déclare-t-il enfin. Ce n'est pas encore la haute saison, alors admettons qu'ils soient seulement à moitié pleins. Le nôtre compte une centaine de suites, soit une capacité de deux cents personnes, ramenée à cent en ce moment. Cent fois trente-six hôtels, ça nous donne trois mille six cents clients. Compte cinq vols quotidiens qui arrivent à Tahiti et en partent. Ça fait beaucoup de monde. Beaucoup de noms à vérifier, qui changent d'un jour à l'autre. Ils auront besoin d'informations plus précises, crois-moi.

C'est vrai, il y a trop de variables.

— D'accord, on le garde, dis-je.

J'ai prononcé ces mots bien distinctement. Ainsi, au cas où dans un futur proche se poserait la question de savoir qui a eu cette idée, nous nous souviendrons tous les deux que c'était la mienne. J'en assumerai la responsabilité.

Mark approuve d'un signe de tête.

Le sac vient avec nous.

20

Jeudi 15 septembre
Les douanes

Nos vols de retour sont réservés en première classe. C'est le dernier luxe que nous nous offrons. La fin de notre lune de miel.

J'ai rangé nos affaires hier soir. Après avoir sorti les billets de leur emballage sous vide, j'ai soigneusement découpé la doublure de nos valises le long de la couture avec mes ciseaux à ongles. Nous avons réparti l'argent dans les ouvertures ainsi pratiquées – la moitié par bagage, plus l'iPhone et la clé USB dans le mien. J'ai tout enveloppé dans une serviette de toilette pour donner l'impression qu'il s'agit d'un rembourrage et éviter que les liasses bougent même si les bagages sont malmenés. J'ai ensuite recousu les doublures en me servant du kit de couture fourni par l'hôtel.

J'ai également réparti les diamants dans cinq petits sachets – ceux qui contenaient les bonnets de douche distribués par le Four Seasons. J'ai ensuite fendu cinq serviettes hygiéniques, ôté un peu de garnissage et placé à l'intérieur les sachets – un par serviette – avant de les remettre dans leurs pochettes violettes, que j'ai rangées dans leur boîte d'origine. Il faudrait que les douaniers soient particulièrement méticuleux pour découvrir les pierres. Sans compter que, la plupart du temps, ils ne vérifient pas les bagages des passagers de première classe. C'est triste, mais c'est comme ça.

Le principal problème pour nous, c'était l'arme. Une part de moi avait beau souhaiter la garder, au cas où les choses tourneraient mal, je ne voyais pas comment nous pourrions franchir les contrôles de sécurité avec un tel objet. Et il n'était pas question d'attirer l'attention sur nous, compte tenu de ce que nous transportions. Alors, hier soir, nous l'avons glissée dans une taie d'oreiller, puis nous avons ajouté à l'intérieur des cailloux pris sur la plage et lancé le tout dans les eaux tumultueuses côté océan. En mettant à profit l'obscurité.

Leila vient chercher nos bagages dans la matinée et nous accompagne jusqu'au ponton. Elle n'est que sourires et formules de bon rétablissement. Mark lui remet une enveloppe à son nom, qui contient cinq cents dollars – un pourboire suffisamment généreux pour la satisfaire, même si elle a sans doute déjà touché plus dans un établissement de cette catégorie, mais pas assez important pour nous rendre mémorables.

Puis c'est le départ. Retour à Tahiti, puis à Los Angeles, puis à Londres. Ensuite, ce sera un taxi jusque chez nous. Notre maison me manque.

À un moment, alors que nous enregistrons nos valises à Tahiti, je sens le regard de l'hôtesse s'attarder sur moi. Ça ne dure qu'une fraction de seconde, et pourtant je suis sûre qu'elle se rend compte de quelque chose. Elle voit la façon dont je considère le bagage, dont je la considère, elle, et je comprends qu'elle a des doutes. Mais elle les chasse aussitôt d'un bref mouvement de tête. Elle doit penser que son imagination lui joue des tours. Ou peut-être est-ce la mienne qui s'emballe ? Après tout, qu'est-ce qu'une touriste partie en lune miel à Bora Bora pourrait rapporter en douce ? Les serviettes de l'hôtel ? Je me compose une mine de circonstance et elle nous rend nos passeports avec un sourire.

Arrivés à Heathrow, nous récupérons une nouvelle fois nos bagages après un vol sans encombre. Nous sommes presque libres, à présent. Presque chez nous. Ne reste plus que le contrôle des douanes. Je fais un saut aux toilettes avant, pour vérifier la doublure dans ma valise. Les coutures sont toujours en place. Je referme le bagage et m'apprête à sortir pour aller retrouver Mark près des tapis roulants, quand je sens mon téléphone vibrer dans ma poche. Je pile net. Il s'est passé quelque chose. Je me réfugie dans une cabine avant de saisir mon portable.

Mais ce n'est pas Mark qui m'appelle pour me dire de jeter les diamants dans la cuvette des W.-C. et de m'enfuir. Non, c'est seulement la vie qui reprend son cours. La vraie vie. Notre vraie vie. Des e-mails d'amis à propos du mariage, des messages professionnels, deux appels manqués de Phil. Pas d'urgences, juste les échanges habituels.

Mark devine mon état d'esprit quand je le rejoins. Il m'incite à parler. Je sais ce qu'il est en train de faire et ça fonctionne. Lorsque je relève les yeux, nous avons franchi l'allée « Rien à déclarer » et nous débouchons dans le terminal.

Nous avons réussi. À vrai dire, ce n'était pas si compliqué.

Je regarde autour de moi les voyageurs bronzés, vêtus de couleurs gaies, qui retournent vers la grisaille londonienne. L'Angleterre humide les attend – nous attend – derrière les immenses panneaux vitrés du terminal 5. Dieu que je suis contente d'être rentrée. Dehors, l'air sent la pluie.

21

Vendredi 16 septembre
Chez nous

Nous sommes rentrés. La maison est impeccable, exactement dans l'état où nous l'avons laissée. Prête à accueillir notre vie de couple marié. L'adorable Nancy est passée nous remplir le frigo en prévision de notre retour. Elle a déposé un petit mot pour nous souhaiter la bienvenue à côté du trousseau de clés que nous lui avions prêté. Gentille attention. Je l'appellerai pour la remercier. Il faut que je le note, afin de ne pas oublier. C'est important. Je dois reprendre le cours de ma vie sans rien changer à mes habitudes. Nous avons tous besoin d'un cadre.

Je me suis endormie sans problème hier soir. Jamais je ne l'aurais cru possible. C'est drôle comme le corps semble parfois doué d'une volonté propre, non ? Compte tenu des circonstances, je m'attendais à me tourner et à me retourner dans mon lit en redoutant que tout s'effondre autour de nous. Mais non. Je me suis glissée entre les draps propres, j'ai cherché une position confortable sur notre matelas et j'ai dormi du sommeil du juste. Mark aussi. Je ne pense pas qu'il ait remué de toute la nuit.

Ce matin, c'est lui qui s'occupe du petit déjeuner. Des œufs, des tomates sur des toasts beurrés, un grand pot de café. Le café que nous aimons. Dans un environnement que nous aimons : rassurant, merveilleusement familier. Le soleil qui pénètre à flots par les fenêtres l'illumine tandis qu'il s'affaire à nous préparer de bonnes choses. Il paraît calme, heureux, tandis qu'il déambule en caleçon et robe de chambre. Il finit par s'asseoir en face de moi et nous mangeons en silence, heureux de retrouver le goût d'une nourriture britannique moins exotique mais tout aussi plaisante.

À un certain moment, Mark attrape ma main par-dessus la table – un geste inconscient, une façon de nous raccrocher l'un à l'autre dans ce nouveau monde à la fois connu et étrange.

Quand nous avons terminé de manger, je regarde par la fenêtre les arbres dehors, dont les branches montent vers le ciel bleu dégagé. C'est une belle journée qui s'annonce. Mark me presse la main. Me sourit.

— Il va bien falloir qu'on s'y mette, pas vrai ? lance-t-il.

Je lui rends son sourire. Nous n'en avons envie ni l'un ni l'autre. De s'y mettre, s'entend. De nous replonger dans la réalité. Je préférerais que nous restions assis là, à nous tenir par la main. Mais nous allons agir ensemble. Et nous y prendrons plaisir.

— D'accord, dis-je en me levant de table. C'est parti.

Notre première tâche consiste à défaire les bagages, et je ne veux pas dire par là qu'il s'agit de trier les vêtements propres et sales. Nous redécoupons la doublure des valises et retirons les liasses de billets, que je fourre dans le vieux sac de week-end déniché par Mark au fond de sa penderie. Le sac d'origine, dont nous nous sommes débarrassés, doit traîner au fond d'une poubelle dans le sous-sol du Four Seasons à Bora Bora, déchiré et vide.

Je m'emploie ensuite à récupérer les diamants dissimulés dans les serviettes hygiéniques. Nous les stockons dans un sachet de congélation. Le plastique a beau être épais, les pierres paraissent briller à travers. Mark glisse le téléphone et la clé USB dans un autre sachet et j'emporte les deux au grenier, où je les cache sous un panneau d'isolant mal fixé dans un recoin sous la charpente. Un endroit sûr, me semble-t-il. Je me rappelle, quand nous avons acheté la maison, toutes les choses oubliées que nous avons découvertes là-haut. Elles étaient peut-être là depuis des décennies. En général, on ne relègue pas sous les combles les objets auxquels on tient vraiment… Alors que je redescends l'échelle, une vague de nausée me submerge brusquement. Je pense savoir pourquoi. Question d'instinct.

Je me dirige vers la salle de bains. Ce que je cherche se trouve dans l'armoire à pharmacie. Un test de grossesse. J'en gardais un à tout hasard, rebutée par l'idée d'avoir à courir m'en acheter un en cas d'urgence. Je préfère ne pas être prise au dépourvu, comme vous l'avez peut-être déjà deviné. Il y a trois tiges à l'intérieur. J'en déballe une, urine dessus, puis la pose sur le rebord de la baignoire et attends. Soixante secondes. Je songe à notre plan. Aux prochaines étapes.

La plus compliquée concerne les diamants. Nous allons devoir les vendre. Transformer ces magnifiques possibilités miroitantes en espèces sonnantes et trébuchantes.

Ça nécessitera du temps, une certaine ingéniosité et, bien sûr, pas mal de recherches sur Internet.

À ce stade, je ne sais absolument pas comment on vend des diamants ni à qui, mais je me pencherai sur la question le moment venu. D'abord, nous allons régler le problème de l'argent. Ensuite, nous aviserons. Cela dit, se débarrasser des billets n'est pas simple non plus.

On ne peut hélas pas se présenter à la banque pour remettre au guichetier un million de dollars en cash. Ça soulèverait trop de questions embarrassantes. La provenance risque de poser problème. La fiscalité aussi. Même le taux de change, à vrai dire.

Heureusement pour nous, Mark connaît bien les banques.

Les soixante secondes sont écoulées. Je jette un coup d'œil au test. La croix est bleue.

Ah.

Je renouvelle la manœuvre avec une deuxième tige. La place sur le rebord de la baignoire et patiente.

Le test n'est peut-être pas fiable. Mieux vaut ne pas trop prendre à cœur le résultat pour l'instant. Se concentrer plutôt sur notre plan. Oui, c'est ça. Notre plan.

D'après Mark, il faut ouvrir un compte dans un établissement où l'on ne pose pas de questions, qui a fait de la discrétion son principal argument commercial. Des banques de ce type, ça existe, et Mark va en trouver une.

Je vous le donne en mille : à quel genre de personnes évite-t-on de poser des questions, en général ? Oui, c'est ça, vous avez raison : aux riches. Aux très riches. À ce stade, vous voyez probablement apparaître un thème récurrent. Je commence à me rendre compte qu'avoir de l'argent permet de s'acheter de jolies choses, bien sûr, mais surtout de contourner les règles. Car celles-ci sont faites pour les autres, ceux qui n'ont pas les moyens, qui vous servent de chauffeurs, pilotent vos avions, mitonnent vos petits plats. Avec de l'argent, il est possible de s'affranchir des lois : des avions peuvent disparaître corps et biens, on peut retrouver la trace de n'importe qui, des hommes peuvent vivre ou mourir en dehors du système.

Si, et seulement si, on en a assez pour aplanir toutes les difficultés. Et ça, le contenu de notre sac nous le garantit.

Soixante secondes chrono. Je me penche vers la tige. La croix est incontestablement bleue. Merde. C'est possible, de tomber enceinte aussi vite ? Ça fait seulement deux mois que nous essayons. Bon, j'ai dû mal m'y prendre. Je vérifie le mode d'emploi. Non, je ne me suis pas trompée. La croix bleue signifie bien un résultat positif.

Il me reste un test. J'ai la vessie presque vide.

Encore soixante secondes.

Encore une croix bleue.

Oh putain… Je vais avoir un enfant.

Une fois sortie de la salle de bains, je vais rejoindre Mark dans le bureau, où il est occupé à réserver deux billets d'avion pour la Suisse. Immobile derrière lui, je regarde l'écran par-dessus son épaule jusqu'au moment où il se demande :

— Ça va, ma puce ?

Il sourit, tandis que je le dévisage en silence. Il doit penser que je me tourne les pouces alors que lui s'active.

J'aimerais lui annoncer la nouvelle, mais c'est impossible. Elle risque de faire capoter tous nos projets. Et ça, il n'en est pas question.

— Oui, ça va, dis-je. Désolée, je suis complètement à la ramasse.

Son rire m'accompagne tandis que je m'engage dans le couloir pour aller ranger le reste de nos affaires.

22

Samedi 17 septembre
Pretty Woman

Il est 8 heures du matin dans le terminal 5 de l'aéroport de Heathrow. Nous sommes arrivés tôt, notre vol pour la Suisse ne partira pas avant deux heures.

Mark est au téléphone avec un certain Tanguy. C'est Richard, son vieux collègue suisse, qui les a mis en relation. Vous vous souvenez de lui ? Il était avec Mark le soir de notre rencontre, il discutait avec la call-girl. Toutes ces heures durant lesquelles Mark a joué les nounous pour lui ont finalement payé : aujourd'hui, c'est Richard qui joue les entremetteurs.

Tanguy travaille pour la banque privée suisse UCB, où j'ouvrirai aujourd'hui un compte professionnel. Notre propre compte-écran, numéroté, anonyme. Je pourrai ainsi me faire – nous faire – des versements mensuels sur mon compte professionnel britannique. Je les déclarerai comme de bons vieux revenus imposables. Les papiers seront en règle, tout sera parfaitement légal, sinon éthique. Ça nous permettra de rembourser l'emprunt de la maison, d'investir, de faire des projets pour l'avenir, pour le petit être qui grandit dans mon ventre. Moitié Mark, moitié moi. Une fois l'argent à la banque, Mark pourra prendre son temps pour chercher un poste qui lui convienne. Nous aurons de quoi financer notre nouvelle vie ensemble.

Mais d'abord, je dois me trouver une tenue adaptée à mon rendez-vous. Je dois avoir l'air du genre de personne susceptible d'aller ouvrir un compte en Suisse pour y déposer un million de dollars en liquide. Il faut que nous fassions du shopping. J'ai besoin d'un costume pour jouer mon rôle et Mark m'a garanti que nous n'aurions que l'embarras du choix ici, dans les boutiques de luxe du terminal 5. C'est pour cette raison que nous sommes en avance.

Je balaie du regard les différents magasins pendant que Mark termine sa conversation. Les vitrines immaculées de Chanel, Hermès, Prada, Dior, Gucci, Burberry, Louis Vuitton et Bottega Veneta se déploient tout autour de moi dans le vaste complexe, exposant de magnifiques créations hors de prix. Une véritable caverne d'Ali Baba : profusion de chaussures, de vestes, de robes, de sacs… Un paradis pour consommateurs. Mark raccroche et se tourne vers moi en haussant un sourcil.

— Voilà, c'est bon. On y va ?

Il sourit en me prenant par le bras.

— Par quoi voulez-vous commencer, madame Roberts ?

J'hésite. Je me sens fébrile, soudain. Nous utiliserons notre propre argent aujourd'hui, à titre d'avance sur celui du sac. Je repense à cet avion au fond de l'eau, à ses passagers, et me rappelle les paroles de Mark : « Ce n'étaient pas des gens bien. » Et nous ? Sommes-nous si différents ? Je repousse fermement cette question et suggère :

— Chanel ?

C'est le plus grand des magasins et aussi le plus impressionnant. De loin.

— Va pour Chanel.

Remarquant ma réticence, il me gratifie d'un regard encourageant.

— Tu n'as aucune raison d'être nerveuse. Pas à cause des prix, en tout cas. C'est un investissement, il faut que tu sois crédible, à la hauteur de ton personnage. Alors on se lâche, OK ? Soyons fous !

Je ne peux pas m'empêcher de sourire. Quelque part au fond de moi, une ado pousse des cris de joie.

Bon, je suis sûre que vous avez vu le film, que vous vous souvenez de la scène. Comme Richard Gere, mon mari m'entraîne vers les lumières scintillantes de Chanel. J'aime à penser que j'ai toujours réussi à me composer des looks stylés dans une gamme de prix moyens. Je ne rechigne pas à payer jusqu'à 500 livres pour une occasion spéciale. Une robe sophistiquée, une veste en cuir, des escarpins Jimmy Choo… Je dépense sans doute plus que je ne devrais, pour autant je n'ai pas l'habitude de fréquenter les magasins de luxe. Je vais vivre une expérience inédite. Et c'est tant mieux.

Quand nous entrons dans la boutique, elle est déserte, à l'exception de deux vendeuses, dont l'une est occupée à faire briller la vitrine du présentoir à bijoux et l'autre à épousseter les sacs à main exposés sur les rayonnages en hauteur. Toutes deux se tournent vers nous dès notre arrivée et nous détaillent rapidement de la tête aux pieds ; elles nous toisent, nous jaugent. Moi qui me croyais plutôt élégante en quittant la maison ce matin, j'ai soudain l'impression d'être totalement insignifiante. Je sens ma confiance en moi m'abandonner. Le regard des vendeuses s'attarde ensuite sur Mark, si séduisant en pull en cachemire raffiné, jean et blouson. Sur sa Rolex réfléchissant la lumière des spots. Elles ont déjà tranché, c'est évident : c'est lui l'alpha, lui qui a l'argent.

Mark se penche vers moi pour me glisser à l'oreille :

— Va jeter un coup d'œil, je me charge d'elles.

Il m'embrasse sur la joue puis s'avance vers les deux femmes, désormais souriantes.

Je m'approche des portants, où je repère un chemisier en soie rose dont l'étiquette indique « 2 470 £ ». La carte platine de Mark va chauffer.

Sur le mur d'en face, un immense écran plasma montre les images du défilé Chanel automne-hiver. Des bataillons de filles-lianes vêtues de tweed, de cuir et de dentelle se succèdent sur le podium – une armée de petits soldats déclinant toutes les nuances du bon goût. Je coule un regard en direction de Mark. Accoudé au comptoir, il bavarde avec les vendeuses, qui gloussent et rougissent. Elles m'adressent un sourire radieux. Il leur a dit que nous étions jeunes mariés, je le vois à leur expression. Lorsque je leur souris en retour, elles se portent à ma rencontre.

La vendeuse blonde, manifestement la plus chevronnée, prend la parole la première :

— Bonjour, madame. Félicitations, à propos !

Son assistante rousse approuve vigoureusement de la tête tandis qu'elle ajoute :

— Nous nous sommes entretenues avec votre mari et nous avons cru comprendre que vous cherchiez trois tenues de jour différentes. C'est bien ça ?

Elle a du mal à contenir son enthousiasme.

Surprise, je tourne la tête vers Mark. *Trois* tenues ? Il sourit et hausse les épaules. OK, je vois. On est là pour se faire plaisir. Pas question de mégoter. J'inspire un bon coup avant de répondre d'un ton léger, vaguement blasé :

— Oui, en effet.

— Eh bien, laissez-moi vous présenter le catalogue de la collection automne-hiver. Nous avons reçu les modèles ce week-end, alors nous devrions avoir tout en stock. Quelle est votre taille ? Nous pouvons prendre vos mesures, évidemment, mais c'est juste pour avoir une idée.

— Je fais du 36.

Même si je ne m'habille pas chez Chanel, je connais ma taille française.

Pendant que j'inspecte le catalogue, la vendeuse m'apporte un verre d'eau pétillante.

Je m'efforce de me glisser dans la peau de mon personnage. Je dois offrir l'image d'une femme sûre d'elle, à l'allure impeccable. Quelqu'un à qui l'on ne pose pas de questions, qu'on évite de contrarier.

Je commence les essayages par une jupe crayon en laine bouclée et le chemisier en soie rose que j'ai sélectionné. Mais Mark et moi parvenons rapidement à la conclusion que c'est un peu trop austère. Je ne veux pas donner l'impression que je travaille moi-même à la banque !

J'enfile ensuite une robe bain de soleil en soie caramel faisant partie de la collection printemps-été. Les températures seront encore assez douces à Genève et, avec une veste, ce serait l'idéal. Le vêtement, retenu par des bretelles arachnéennes, tombe parfaitement et révèle juste ce qu'il faut de bronzage polynésien au niveau du décolleté. La vendeuse me propose de l'accessoiriser avec de grosses créoles dorées et des espadrilles crème. Quand je me regarde dans la glace, je me découvre métamorphosée. Je suis quelqu'un d'autre. Une héritière grecque accompagnée par son richissime amant. Prête à partir pour l'île de Santorin.

La première tenue est validée. Encore deux à trouver. La vendeuse rousse nous apporte des flûtes de champagne. Je repense à mon test d'hier en approchant la mienne de mes lèvres.

Le deuxième ensemble pour lequel nous optons associe un pantalon moulant en cuir noir et un col roulé en cachemire noir aussi, rehaussé d'un collier et complété par des bottes et une cape noires. Minimaliste. Sexy.

Notre dernier choix se porte sur un haut d'inspiration années 1960, en laine bouclée gris et noir rehaussée de strass, avec un col montant façon « combinaison de cosmonaute ». Nous y ajoutons un pantalon noir large, des bottines et un manteau d'hiver classique dans le même tissu que le haut. Une allure cent pour cent princesse des Émirats. Sophistiquée à souhait.

Je finis mon eau gazeuse pendant que Mark paie – je n'ose même pas imaginer le montant de la facture –, puis nous prenons congé, laissant dans notre sillage deux vendeuses ravies.

Nous faisons ensuite un saut chez Bottega Veneta. Il nous faut un nouveau sac pour l'argent. Je ne peux pas arriver à la banque avec le vieux sac de week-end de Mark. J'ai besoin de quelque chose de plus adapté. Nous ne tardons pas à dénicher le modèle parfait, par sa taille et sa forme : un bagage en cuir tressé gris perle.

Il conviendra parfaitement. Et moi, je pourrai me changer lorsque nous serons dans le havre de notre chambre d'hôtel à Genève. Nous venons de terminer nos achats quand l'embarquement pour notre vol est annoncé.

23

Samedi 17 septembre
L'argent

Je suis assise au bord du lit dans notre suite au Four Seasons Hôtel des Bergues à Genève. Le bon offert par Leila à Bora Bora s'est rapidement révélé utile. Mon cœur bat la chamade.

Mark est de nouveau au téléphone avec Tanguy, de la banque privée suisse UCB.

Je me suis habillée pour mon rendez-vous. Comme la température s'est rafraîchie, j'ai choisi la deuxième option : pantalon en cuir et pull en cachemire. Un look tout en noir, élégant, raffiné, sexy – celui d'une femme qui sait ce qu'elle veut. Le sac Bottega Veneta est posé à côté de moi – un bagage digne de la fortune qu'il contient. Je me regarde dans le miroir en pied tandis que la voix de Mark me parvient du salon. J'ai en face de moi une trentenaire fortunée, sûre d'elle. Je donne le change, même si à l'intérieur c'est une autre histoire.

Mark termine sa conversation et vient me rejoindre.

C'est à moi de jouer, aujourd'hui. C'est moi qui dois entrer seule dans la banque pour y remettre à quelqu'un un Bottega Veneta contenant un million de dollars. Chaque fois que j'y pense, mon cœur s'affole.

— Tu ne dois pas raisonner comme ça, me conseille Mark. Il ne s'agit pas pour toi de déposer au guichet un sac hautement suspect, parce que ce n'est pas ainsi que tes interlocuteurs le considéreront. Crois-moi, Erin. Tu n'as même pas idée de ce que j'ai pu voir dans ce métier… Tiens, une fois, j'ai accompagné à Mayfair des magnats du pétrole qui se promenaient avec 100 000 livres en cash dans un sac de sport. 100 000 livres, juste pour une soirée. Je sais que notre situation paraît irréelle, qu'on a l'impression de faire quelque chose d'illégal, mais rien n'interdit de transporter de l'argent dans un bagage, pas vrai ? Et tu ne pouvais pas loger une telle somme dans un sac à main, alors évidemment que tu as choisi un modèle plus gros. OK ?

Je le dévisage sans répondre. Je me demande si je ne vais pas vomir encore une fois. J'ai déjà été malade tout à l'heure.

C'est nerveux, j'en suis sûre. Petite fleur fragile que je suis. Pour le moment, les seuls signes de ma grossesse sont les crampes que je ressens dans le bas-ventre. Des douleurs sourdes au plus profond de moi. J'ai cherché sur Google ce matin. C'est une question d'hormones. J'ai calculé que, en partant du premier jour de mes dernières règles, je suis enceinte de six semaines. Apparemment, les crampes sont parfaitement normales à ce stade. Je suppose que mon corps se prépare à créer un être humain. J'essaie de ne pas trop y penser. Mark n'est pas encore au courant. Et le moment ne me semble pas idéal pour lui en parler.

La nausée me submerge de nouveau. Des vagues d'écœurement, suivies par une bienheureuse sensation d'apaisement.

— Et s'ils me demandent d'où vient cette somme ? dis-je.

— Ils ne le feront pas. Point final. Ils ne veulent rien savoir. Réfléchis. La loi stipule qu'en cas de soupçons sur la provenance des fonds, il faut alerter les autorités. S'ils devaient demander à tous leurs futurs clients comment ils ont obtenu leur argent, ils foutraient en l'air l'économie du pays. On n'ouvre pas un compte en Suisse avec les étrennes de Noël, Erin !

Il a raison, bien sûr.

— J'imagine qu'ils me prendront pour une call-girl, quelque chose comme ça. D'où le cash…

— À mon avis, ils penseront plutôt que tu siphonnes les économies de ton mari avant un divorce, déclare Mark. Ça doit arriver souvent. Moi, c'est ce que je me dirais en te voyant.

Il sourit. À en juger par son expression, il est persuadé de m'avoir fait un compliment.

Encore un haut-le-cœur. Je garde le silence, le temps que ça passe. Puis je lance :

— Ce Tanguy m'attend, tu en es bien sûr ?

Je me lève du lit en veillant à ne pas faire de mouvements brusques.

— Oui, répond Mark. Il ignore qu'on est mariés ; j'ai juste expliqué que tu étais une nouvelle cliente, qu'il s'agissait d'un gros dépôt en liquide, que c'était un peu délicat, etc.

Il saisit une pomme dans la corbeille de fruits mise à notre disposition par l'hôtel et croque dedans.

Je sais que Mark ne peut pas y aller lui-même, dans la mesure où il est connu de cette banque, mais j'ai bien conscience qu'il ne laissera aucune trace permettant d'établir un rapport avec lui. Ce sera mon visage qu'on verra, dont on se souviendra. Je me rassure en me disant que toutes les informations me concernant seront protégées une fois le compte ouvert. Et je m'appelle toujours Erin Locke sur mon passeport, je ne me suis pas encore occupée du changement de nom. Pour les anciennes relations de travail de Mark, cette cliente qu'il a mentionnée n'a pas de lien personnel avec lui. Et, quoi qu'il en soit, mon identité ne sera pas rattachée au compte que j'ouvrirai aujourd'hui. Il ne comportera qu'un numéro. Impossible de remonter jusqu'à moi. Jusqu'à nous.

Je vais me camper devant le miroir pour m'inspecter une dernière fois. J'ai soigné ma coiffure et mon maquillage. Je suis satisfaite de mon apparence. À la réflexion, je ressemble à ces personnes que je m'attendais à rencontrer dans le salon de la première classe à l'aéroport, il y a deux semaines. Celles qui auraient dû s'y trouver si le monde était différent, si les choses étaient toujours telles qu'on les imagine. Mais c'est comme au cinéma, je suppose : certaines paraissent plus réelles quand elles ne le sont pas.

Durant une fraction de seconde, il me semble apercevoir ma mère dans mon reflet. Si jeune, si belle… Mais ce n'est qu'une vision fugace, à peine une ride à la surface de l'eau, et déjà elle a disparu. Remisée dans les profondeurs de l'oubli.

Ma nausée se dissipe. Tout se passera bien.

— Bon, j'y vais, dis-je.

Mark hoche énergiquement la tête puis me tend le sac.

— La voiture devrait t'attendre en bas, précise-t-il quand je m'en empare.

Quelques instants plus tard, je suis livrée à moi-même.

Je suis seule dans l'ascenseur silencieux, dont les parois recouvertes de miroirs renvoient mon reflet à l'infini. Les portes se referment sans bruit, dissimulant le couloir.

Et si je ne devais jamais revoir les motifs en spirale rouge vif de cette moquette ? Si je me faisais arrêter à la banque, dès mon entrée dans le hall en marbre ? Qu'adviendrait-il alors de la petite croix bleue à l'intérieur de moi ?

Ou pire : et si l'homme qui a envoyé le SMS m'attendait là-bas ? Je repense aux points gris dans la fenêtre de conversation.

Et s'il avait découvert nos projets, d'une manière ou d'une autre ?

C'est un « il » dans ma tête. Bien sûr, ça pourrait être un « elle » ou un « ils ». Et ils pourraient être au courant de nos déplacements, de nos plans. Pourquoi pas ? Il est possible que j'aie négligé quelque chose. Ou, plutôt, que *nous* ayons négligé quelque chose. Que nous ayons déjà commis une erreur et signé notre perte. Après tout, Mark et moi ne sommes que des citoyens normaux, ordinaires, faciles à localiser.

J'ai désormais une idée un peu plus claire de la façon dont fonctionne le monde de ces gens-là, de tout ce qu'il peut y avoir au-delà de la réalité que j'ai sous les yeux. La petitesse de ma vie vient d'être mise en évidence.

Ce que j'étais avant, dans le grand dessein de l'univers, et ce que je suis maintenant.

Nous, les humains, avons une remarquable capacité d'adaptation, n'est-ce pas ? Comme les plantes, nous nous développons en fonction de notre pot. Mais surtout, il nous arrive de pouvoir choisir notre pot ; certains d'entre nous ont cette chance. Ou se la créent, plutôt, parce qu'ils sont prêts à aller plus loin que d'autres. Je ne l'avais jamais vraiment compris auparavant. Je songe à Alexa, à sa mère, à leur décision, à leurs adieux. Parfois, il y a une beauté brutale dans les choix que nous faisons.

Au regard de notre situation actuelle, je me suis adaptée. Je suis devenue quelqu'un de très différent, dont les miroirs me renvoient l'image. Quelqu'un de solide. D'implacable.

Du moins, en apparence. À l'intérieur, ce n'est pas pareil. À l'intérieur, il n'y a que mon souffle et le silence. Parce que j'ai peur, tout simplement. J'ai peur comme quand j'étais sous l'eau, à guetter les requins. Mais je contrôlerai ma respiration, je ne paniquerai pas, je ne me laisserai pas submerger par l'idée de ce que je ne maîtrise pas. C'est dangereux de trop penser. Je ne fais pas confiance à mon cerveau pour le moment. Lorsque je serai de retour dans cet ascenseur, dans quelques heures, je pourrai m'offrir le luxe de réfléchir.

Une question me traverse néanmoins l'esprit : suis-je vraiment obligée de revenir dans cet ascenseur ? Dans cet hôtel ? Je pourrais partir. Ouvrir ce compte et m'en aller. Tout quitter. Et si je disparaissais ? Si je laissais Mark dans cette chambre à Genève ? Il me suffirait de me fondre dans la foule, mon sac à la main. Sans même passer à la banque. Je ne manquerais à personne, me semble-t-il.

La vie continuerait. La vie continue toujours. Je suis sûre que je pourrais prendre un nouveau départ quelque part. Ils ne me retrouveraient jamais, ni Mark, ni ceux de l'avion, ni la police, ni nos amis. Il n'y aurait plus aucune trace de moi, de l'argent ou de l'enfant à naître.

Mais c'est là que le bât blesse : Mark. Notre couple. La façon dont tout mon corps se détend quand je songe à lui. Mark… Le seul lien avec mon ancienne existence, celle dont je pourrais me défaire comme d'une vieille mue s'il n'était pas là.

Mark et notre couple. Et notre bébé. Notre bébé à naître. Nous devons avancer ensemble.

Les mères ne prennent pas la fuite. Les épouses non plus. À moins qu'elles ne cherchent à échapper à quelque chose.

Et Mark est tout ce que j'ai. Pourquoi voudrais-je le fuir ? Le cas échéant, nous fuirons ensemble. Tous les trois. Je pose ma main libre sur mon ventre. Tout ce qui vaut la peine qu'on se batte se trouve là, bien à l'abri. Je ferme les yeux. Ce que je m'apprête à faire, c'est pour notre avenir, pour nous, pour notre famille – cette famille que je crée à l'intérieur de moi. Je le dirai bientôt à Mark. Pour le moment, j'ai envie de savourer cette relation naissante encore un petit moment – juste nous deux, mon passager et moi. Lorsque tout sera fini, nous partagerons notre secret. Lorsqu'il n'y aura plus de danger. Je resserre ma prise sur les anses du sac jusqu'à en avoir les phalanges marbrées de rose et de blanc. Puis les portes de la cabine coulissent, je traverse le vaste hall de l'hôtel et débouche dans l'air frais de septembre.

C'est tellement plus simple que je n'aurais pu l'imaginer…

Tanguy m'accueille sur le perron de la banque. Il me présente Matilda, une petite brunette au chignon impeccable qui s'occupera de moi aujourd'hui. Elle se montre courtoise et professionnelle tandis qu'elle m'explique la marche à suivre pour ouvrir un compte.

J'éprouve un soupçon d'embarras en lui remettant le sac, même si nous nous trouvons maintenant dans l'intimité d'un salon privé et qu'il n'y a pas de témoins. Matilda le prend, l'air imperturbable. J'aurais pu tout aussi bien lui tendre mon linge à porter au pressing.

Son épaule droite s'affaisse légèrement sous le poids du bagage. La routine pour elle, je suppose.

— Je n'en aurai pas pour longtemps, me dit-elle.

Sur un petit hochement de tête, elle s'éclipse.

Elle a emporté la somme pour la compter. C'est drôle, non, qu'à l'ère des services bancaires en ligne et des progrès technologiques constants, il faille encore compter physiquement le papier-monnaie… Un comptage électronique, certes, mais vous voyez ce que je veux dire.

Ils vont insérer les billets dans une machine, liasse après liasse, jusqu'à obtenir un million. Y a-t-il un employé dont le seul travail consiste à insérer les coupures dans cet appareil ?

Assise seule dans la pièce, j'attends. Les pensées défilent dans mon esprit.

Est-il possible que les billets soient marqués ? Qu'on puisse les rattacher à la probable activité illégale dont ils proviennent ? La police et les agences gouvernementales – n'importe qui, en fait – ont la possibilité de suivre l'argent à la trace, soit en utilisant une encre de sécurité, soit en enregistrant les numéros de série. J'ai fait une recherche sur Google, bien sûr. Et j'ai vérifié que les numéros de nos coupures ne se suivaient pas.

À vrai dire, j'ai l'intime conviction qu'elles ne comportent aucun signe distinctif. Jamais les passagers de l'avion n'auraient pris le risque de transporter des billets marqués. À moins, bien sûr, qu'ils ne les aient marqués eux-mêmes, au cas où ils auraient eu besoin d'en remonter la piste. Mais pourquoi se seraient-ils donné cette peine ? Ils ignoraient que nous les trouverions.

Je dois parfois mettre un terme à mes divagations et me rappeler que les passagers de l'avion n'étaient pas omniscients. Ils n'ont rien vu venir. Ce qui leur est arrivé, et à nous aussi, est un pur hasard. Le crash, notre découverte du sac, c'était inattendu, totalement imprévisible. Par conséquent, l'argent n'est pas marqué. Personne n'est sur sa piste. Ni sur la nôtre.

Matilda revient avec le sac vide soigneusement plié et un document encore chaud, tout juste sorti de l'imprimante. C'est le reçu de dépôt. Elle me tend un stylo. Le chiffre qui attire mon regard figure au bas de la colonne de gauche : « 1 000 000 $ ».

Je signe.

Nous établissons un ordre de virement régulier sur mon compte professionnel au Royaume-Uni. Le compte suisse me versera chaque mois une somme modique référencée au nom d'une société-écran. Je déclarerai ces paiements au fisc comme les revenus de contrats en free-lance relatifs à des missions de conseil en production cinématographique. Si nous avons besoin de plus pour la maison ou autre chose, nous opérerons un transfert de fonds plus substantiel. Nous ferons des factures au nom d'une autre société-écran située, de préférence, dans les pays arabes, laquelle devra apparaître comme une entreprise susceptible d'engager une documentariste britannique pour des projets de tournage privés. Ne vous inquiétez pas : là encore, je paierai mes impôts. Je serai très, très prudente, promis. Tous mes courriers seront adressés à une boîte aux lettres numérotée ici même, à la banque. Matilda me remet deux petites clés à cet effet.

Après m'avoir fait signer beaucoup moins de documents que je ne le pensais, compte tenu de la somme que je viens de déposer, elle visse le corps de son stylo Montblanc pour le refermer et sourit. Voilà, c'est fini.

Nous échangeons une poignée de main. L'affaire est faite.

Je suis désormais millionnaire. L'argent est en sécurité. Il est, comme on dit, « à la banque ».

Je me dirige vers la sortie, grisée par le succès de ma mission, délivrée du poids physique des billets. Les coordonnées du compte, le code BIC, l'IBAN, le mot de passe et les clés sont bien à l'abri dans mon sac à main.

Je viens de franchir les portes de l'établissement et je descends les marches de pierre vers la Mercedes qui m'attend quand cette même pensée resurgit, pareille à un papillon revenant dans mon champ de vision : *N'y retourne pas. Ne monte pas dans la voiture. Ne remets pas les pieds à l'hôtel. Jamais.*

Je ne sais pas d'où me vient cette idée. Des tréfonds de mon esprit, sans doute. De mon cerveau reptilien, peut-être. Ou du système limbique. De cette partie égoïste qui veut des choses et refuse de partager. Qui relève de l'instinct, de la réaction viscérale, de tous ces processus involontaires venus du subconscient qui nous livrent leur sagesse. Une sagesse primitive. Les reptiles ne sont pas des animaux grégaires, contrairement aux humains, qui le sont par nature. Pourtant, j'éprouve le désir quasi irrépressible de prendre la fuite. En emportant ce qui n'est pas à moi.

J'imagine Mark m'attendant dans notre suite, faisant les cent pas, consultant sa montre, s'approchant de la fenêtre, me guettant dans les rues de Genève tandis que le jour cède lentement la place à la nuit et que les réverbères s'allument. Et si je ne le rejoignais pas ?

Je pourrais aller n'importe où avec une telle fortune, faire tout ce dont j'ai envie. Je m'immobilise dehors, sur le perron de la banque. Je pourrais devenir qui je veux, j'en ai les moyens. J'ai déjà parcouru pas mal de chemin, alors pourquoi m'arrêter maintenant ? Un millier d'avenirs possibles s'offrent à moi. De vies merveilleuses, quelque part ailleurs. De la nouveauté. De l'aventure. Un gouffre béant de potentiel. Une liberté terrifiante. La Mercedes est là, de l'autre côté de la chaussée.

Je suis mes choix. Est-ce une famille que je veux ? Vraiment ? Ou est-ce autre chose ?

J'avance vers la voiture, ouvre la portière, me glisse sur la banquette en cuir et referme la portière. Vingt minutes plus tard, je suis à l'hôtel, dans les bras de Mark.

24

Dimanche 18 septembre
Sommes-nous déjà morts ?

Nous sommes rentrés à la maison depuis maintenant deux jours. Je ne vous mentirai pas : tout me paraît bizarre. Le temps. La lumière. Notre retour. Retour au point de départ. Notre plan consiste à faire comme si tout était normal : s'acquitter de nos obligations, voir des amis, parler du mariage et, bien sûr, reprendre le travail – du moins pour moi. Nous allons filmer Holli demain matin chez elle – ou, plus précisément, chez sa mère – et j'ai pas mal de choses à préparer ce soir. Je dois me remettre dans le bain. Il est important que rien ne paraisse différent.

De son côté, Mark va entamer les démarches pour monter son propre cabinet de conseil financier. C'est une excellente perspective. Il a toutes les compétences et l'expérience professionnelle requises pour diriger une société ayant pour mission d'aider ceux qui ont déjà beaucoup d'argent à en gagner encore plus grâce à des placements judicieux. L'idée a fait son chemin dans sa tête depuis le SMS de Rafie. Puisqu'il ne parvient pas à trouver un emploi, il va s'en créer un. D'autant que nous avons désormais les fonds pour lancer son affaire. Il ne se résignera pas à être chômeur ; il va se battre, faire avancer les choses. Il envisage une future association avec Hector, qui travaille pour un fonds d'investissement alternatif depuis son licenciement, quand le nouveau cabinet sera sur les rails. Ils se sont vus durant le week-end pour discuter d'une liste de clients potentiels. Par commodité, nous dirons que le « capital de départ » est constitué des indemnités que Mark a touchées lorsqu'il a été remercié. Personne à part Caro ne sait qu'il n'a eu droit à rien. Alors, pourquoi pas ? Le monde a continué de tourner sans Mark, pourquoi n'essaierait-il pas de se refaire ?

J'ai besoin de relire mes notes avant d'aller avec Phil interviewer Holli. Ça me fait drôle de penser que, pendant que nous barbotions dans les vagues bleu-vert au soleil, Holli a émergé dans la grisaille de North London pour la première fois depuis cinq ans. Duncan ne peut pas nous accompagner demain, de sorte que Phil s'occupera aussi du son. On peut compter sur lui, il a de la ressource.

En attendant, j'ai du mal à me concentrer sur mon dossier. Mon esprit n'arrête pas de faire des allers-retours entre deux univers : ma nouvelle vie et l'ancienne.

Je jette un coup d'œil à Mark, occupé à passer en revue des piles de vieilles cartes de visite. Des centaines, des milliers, acquises au cours de douze années de rendez-vous, de dîners, de cocktails, de verres pris pour étoffer son réseau – chacune correspondant à une personne, laquelle est susceptible de lui être utile aujourd'hui. Mark les a toutes gardées. Je me rappelle la première fois que j'ai regardé dans le tiroir où il les conserve – l'horreur ! Il les étudie en ce moment même, les associant dans sa mémoire à une date et à un lieu, à une poignée de main, à une conversation, à un sourire.

Il a rencontré énormément de personnes au fil des ans, et il est possible que nous puissions demander à certaines de ses anciennes relations professionnelles de chercher un acheteur pour les diamants. Il a commencé à se renseigner sur l'aspect légal de la vente de pierres précieuses ; c'est fou tout ce qu'on peut apprendre sur Internet… Je ne sais pas comment les gens faisaient avant, quand cet outil n'existait pas. Sans lui, je ne serais pas capable d'exercer mon métier. Et sans lui, nous n'aurions aucun moyen de faire ce que nous avons entrepris.

J'ai googlé Hatton Garden, le quartier des diamantaires à Londres, dans la salle d'embarquement de l'aéroport à notre retour de Genève. Comme ça, l'air de rien, histoire de voir où se négocient les gemmes. Une recherche qui me paraissait plutôt innocente. Pas trop suspecte en tout cas. Le cas échéant, je pourrais toujours dire que, après le mariage, Mark et moi avons décidé de nous séparer de ma bague de fiançailles afin de rembourser une partie de l'emprunt. L'une des options qui s'offrent à nous, c'est de vendre nous-mêmes les pierres, mais ça pourrait éveiller les soupçons ; il vaudrait mieux passer par un intermédiaire.

Mark s'efforce autant que possible de couvrir nos arrières. Apparemment, même si c'est compliqué, ce n'est pas illégal de vendre des diamants – juste *très* délicat. Il a déjà fait quelques démarches dans ce sens, à titre expérimental. Une fois que tout sera fini, je crois qu'il nous faudra envisager d'effacer nos disques durs.

Je songe à l'ordinateur dans le *business center* de notre hôtel à Bora Bora. Je me demande si les personnes en rapport avec l'avion se sont aperçues que quelqu'un avait accédé à leurs e-mails. Si elles ont réussi à déterminer où nous étions. Nous cherchent-elles seulement ? J'ai entré dans Google les noms des sociétés que je me rappelais avoir lus dans les messages traduits du russe, sans obtenir aucun résultat. Ces gens-là sont des ombres. Des fantômes.

L'après-midi touche à sa fin quand le téléphone fixe sonne. Il est près de 18 heures et la lumière londonienne a déjà décliné autour de nous, nous plongeant dans une pénombre seulement éclairée par la lueur bleue de nos écrans d'ordinateur. Je me lève d'un bond, brutalement ramenée à la réalité par la sonnerie, mais Mark est plus rapide que moi. Il attendait un coup de fil concernant les diamants.

Son attitude change du tout au tout lorsqu'il entend la voix de son correspondant. Il se détend.

— Hé, salut, toi…

C'est sa mère, Susan. Je le devine à son intonation espiègle, à la façon dont il étire ce « toi ». Ils ont l'habitude de manifester leur tendresse l'un envers l'autre.

J'essaie de relire mes notes pendant qu'il raconte notre lune de miel. Sa mère sait que nous sommes rentrés plus tôt à cause de mon « intoxication alimentaire », mais c'est la première fois qu'ils parlent vraiment de notre voyage. Je saisis des bouts de phrase. Requins, raies immenses, plages désertes, vol en hélicoptère, bronzage, farniente… J'ignore combien de temps dure la conversation, mais une soudaine exclamation de Mark attire mon attention.

— Ils ont *quoi* ?

Il se raidit, figé dans le silence, le visage crispé, tandis que sa mère lui répète ses propos. Puis il tourne la tête vers moi. Il y a un problème.

Il me fait signe d'approcher et je le rejoins près du téléphone.

— Maman ? Erin est là, je vais te la passer. Tu veux bien lui répéter ce que tu viens de me dire ? Non, juste à l'instant. S'il te plaît, maman…

Il me tend le combiné. Je le prends, déconcertée, et le plaque contre mon oreille.

— Allô, Susan ?

— Oh, bonjour, ma chérie, répond-elle d'une voix douce. Je ne comprends pas trop ce qui a pu contrarier Mark. On parlait de votre voyage…

Je regarde Mark, appuyé contre le dossier du canapé.

— Bref, poursuit Susan, quand on a appris la nouvelle hier… C'est une chance que tu sois tombée malade…

Elle s'interrompt comme si je savais de quoi elle voulait parler.

— Quelle nouvelle, Susan ?

— C'était dans le journal.

Elle tente de me mettre sur la voie, mais je n'ai aucune idée de ce qu'elle… Quelle nouvelle, bon sang ? C'est le crash ? L'avion a-t-il été retrouvé ? Est-ce dans la presse ? Je m'efforce de poser la question d'un ton neutre :

— Qu'est-ce qui était dans le journal ?

— Eh bien, l'accident… Ce pauvre couple. Je disais, c'est une chance que vous n'ayez pas été sur place vous aussi, parce que je sais que tu as eu toi-même un accident de plongée autrefois. C'est un sport tellement dangereux !

— Pourquoi ? Que s'est-il passé ?

Je fais signe à Mark de chercher sur Google.

— Attends que je réfléchisse, répond Susan. Eh bien, c'est arrivé samedi. J'ai lu l'article ce matin dans *The Mail on Sunday*. Il doit traîner quelque part. Je ne pensais pas que ça vous intéresserait à ce point, tous les deux. Bien sûr, c'est terriblement triste, mais… Tiens, ne bouge pas, je vais le retrouver.

Je l'entends fouiller sur sa table de cuisine toujours recouverte de papiers tandis que j'observe Mark, dont les yeux sont rivés à l'écran de son ordinateur.

Soudain, il lève la tête vers moi. Il a un résultat et m'encourage par gestes à mettre un terme à la conversation avec sa mère, dont je distingue la voix assourdie : « Graham, tu n'aurais pas vu le *Mail* quelque part ? »

Je ne peux plus attendre.

— Susan ? Susan, ne vous inquiétez pas, je regarderai de mon côté.

— Oh, d'accord. Désolée, ma chérie. C'est affreux, non ? Quand je pense que vous les avez peut-être rencontrés… Je ne me rappelle plus leurs noms, juste qu'ils étaient jeunes. Et tout à fait charmants. Il y avait leur photo. Quel drame pour la famille ! Mais je ne veux pas gâcher vos souvenirs, j'ai l'impression que vous en avez bien profité. N'oubliez pas de nous apporter les photos à Noël, hein ? J'ai hâte de les voir.

— Oui, entendu.

Dans le silence qui suit, je m'empresse d'ajouter :

— Je vais devoir vous laisser, Susan. J'ai mis des pâtes à cuire et Mark est sorti de la cuisine. Il peut vous rappeler demain ?

Mark lève les sourcils à la mention des pâtes. Je hausse les épaules. *Et alors ? C'est un prétexte comme un autre.*

— Bien sûr, ma chérie, excuse-moi de t'avoir retenue, déclare ma belle-mère. Je serai à la maison demain soir. Je joue au bridge le matin, alors qu'il m'appelle plutôt en fin d'après-midi. Au revoir.

— Au revoir, Susan.

Je raccroche et lâche :

— Merde !

— Viens voir.

Je rejoins Mark sur le canapé et nous parcourons l'article.

UN COUPLE D'ANGLAIS TROUVE LA MORT DANS UN ACCIDENT DE PLONGÉE À BORA BORA, *The Guardian*.

MORT AU PARADIS, *The Mail on Sunday*.

PLONGÉE FATALE POUR DEUX BRITANNIQUES, *The Sun*.

Si l'information ne fait pas la une, la plupart des journaux l'ont relayée.

PLONGÉE FATALE POUR DEUX BRITANNIQUES

Un couple de Britanniques se noie à Bora Bora après avoir paniqué sous l'eau et enlevé son équipement.

Deux jeunes Britanniques ont trouvé la mort dans un tragique accident de plongée pendant leurs vacances sur l'île de Bora Bora, en Polynésie française, cette semaine.

Daniel et Sally Sharpe, trente-cinq et trente-deux ans, sont morts au large d'un luxueux complexe hôtelier à Bora Bora.

Tous deux plongeaient avec le moniteur du Four Seasons sur un spot de renommée mondiale, en plein Pacifique sud, quand l'accident s'est produit.

D'après les témoins, ils ont paniqué et se sont déséquipés à dix-huit mètres de profondeur.

Le porte-parole de la police locale a expliqué que les deux victimes avaient avalé des litres d'eau salée. L'autopsie pratiquée plus tard a révélé que leurs poumons en étaient également remplis.

Rien ne laisse supposer un acte criminel, a indiqué un site d'informations locales.

Les experts du bureau du légiste qui ont examiné l'équipement des victimes ont constaté qu'il n'y avait aucun problème avec leur matériel de plongée mais que les deux bouteilles d'air comprimé étaient vides.

Les bouteilles de réserve, en revanche, contenaient de l'air, ont précisé les autorités, mais dans l'affolement les Sharpe n'ont pas réussi à y accéder.

L'accident est survenu dans l'après-midi du samedi 17 septembre, le neuvième jour de leur séjour de deux semaines.

Les problèmes sont apparus dix minutes environ après le début de la plongée, qui devait durer une demi-heure, lorsque Sally Sharpe a remarqué que son manomètre était dans le rouge et a signalé qu'elle n'avait plus de réserve. C'est là que Conrado Tenaglia, trente et un ans, leur moniteur de plongée, a essayé d'intervenir. Mais il s'est rapidement aperçu que le mari de Sally, Daniel Sharpe, avait, lui aussi, des difficultés. Il lui était impossible d'aider en même temps les deux plongeurs en détresse qui, paniqués par la situation, ont tenté de se débarrasser de leur équipement. Des témoins, qui faisaient partie d'un autre groupe de plongée, ont affirmé que « les choses s'étaient dégradées à toute vitesse ». À un certain moment, ils se sont tous les deux retrouvés sans leur masque, a déclaré Kazia Vesely, vingt-neuf ans, car ils « se débattaient », ce qui n'a fait qu'aggraver la situation, malgré les efforts du moniteur pour les calmer.

« On a tous été gagnés par la panique, nous, les autres plongeurs, parce qu'on ne savait pas non plus ce qu'on devait faire. On ne comprenait pas ce qui se passait. On a pensé qu'il y avait un problème avec toutes les bouteilles d'air comprimé, alors on a commencé à remonter pour aller appeler les secours depuis le bateau. Le moniteur nous a fait signe de ralentir, parce qu'on était tous affolés. C'était terrifiant », a confié Kazia aux agences de presse locales.

Les premiers urgentistes arrivés sur les lieux n'ont pas pu ranimer les deux touristes. Ceux-ci ont été déclarés morts à leur arrivée au centre médical de Vaitape.

L'ambassade britannique à Papeete, la capitale polynésienne, a déclaré apporter tout son soutien aux familles.

Bora Bora est une importante destination touristique, célèbre pour ses luxueux complexes hôteliers.

Elle est particulièrement prisée des amoureux en lune de miel et de la jet-set, dont des couples de stars comme Jennifer Aniston et Justin Theroux, Benedict Cumberbatch et Sophie Hunter, Nicole Kidman et Keith Urban, et aussi le clan Kardashian.

Par la richesse de sa faune aquatique, l'île attire des plongeurs du monde entier.

Le spot où les Sharpe ont connu une fin tragique se situe dans une zone décrite comme adaptée aux plongeurs de tous niveaux, d'après l'annuaire international de la plongée.

Cet annuaire précise qu'il n'y a « presque pas de courants » sur place et que la profondeur maximum est de dix-huit mètres, la limite où l'on peut descendre sans certification PADI ou autre brevet de plongée.

Sidérés, Mark et moi gardons le silence. Oh, mon Dieu… Le couple de la randonnée. Ces deux jeunes mariés si charmants sont morts. Et d'une façon tellement horrible ! À l'idée de la panique qui a dû s'emparer d'eux, je sens la mienne se réveiller. Non ! Je m'efforce de la refouler. De la repousser.

La question informulée semble résonner dans l'air entre nous. Deux questions, à vrai dire. Nous y pensons l'un et l'autre. Ont-ils été assassinés ? A-t-on trafiqué leur matériel de plongée ?

Pour finir, c'est moi qui romps le silence pesant. Nous sommes toujours assis dans la pénombre, le visage éclairé par l'écran.

— Qu'est-ce que tu en penses ?

— Ça pourrait être un accident, répond Mark.

J'ai du mal à déterminer s'il s'agit d'une question ou d'une affirmation.

Un couple de trentenaires séjournant dans le même hôtel que nous meurt trois jours après mon intrusion dans le compte e-mail du propriétaire de l'iPhone. Deux jours après notre départ.

— Tu crois ? Je veux que ça en soit un, Mark. Dis-moi que c'en est un, je t'en prie !

Il tourne la tête vers moi. Je lis le doute dans ses yeux tandis qu'il réfléchit.

— Les accidents de plongée, ça arrive, déclare-t-il. La coïncidence est énorme, c'est vrai – le moment, l'endroit –, mais rien ne laisse supposer un meurtre. D'ailleurs, la police a écarté l'hypothèse d'un acte criminel.

— Évidemment, leur économie dépend du tourisme ! Jamais les flics n'iront raconter aux journalistes que des touristes ont été assassinés sur l'île.

— Non, c'est vrai. En même temps, ce n'est pas la façon la plus efficace d'éliminer quelqu'un, tu ne crois pas ? Une bouteille vide ? N'importe qui dans le groupe de plongée aurait pu la prendre. Les Sharpe auraient pu ne pas paniquer et se servir de leur bouteille de réserve, auquel cas ils ne seraient pas morts. On ne peut pas vraiment parler d'attaque ciblée…

J'ai l'impression qu'il est en train de se convaincre lui-même.

Et il n'a pas complètement tort, je dois bien l'admettre. Utiliser une bouteille d'air comprimé vide comme arme, ça laisse pas mal de place au hasard.

— Sauf que s'ils étaient sur place, Mark – ceux de l'avion, je veux dire –, ils ont sans doute observé les Sharpe, peut-être pendant leur entraînement en piscine, et se rendre compte qu'ils ne savaient pas plonger. Si ça se trouve, ces gens-là ont l'habitude de simuler des accidents…

Je n'aurais pas dû prononcer à voix haute le nom de famille des victimes. Il me semble qu'il résonne étrangement dans l'atmosphère de notre maison. Nous ne les connaissions pas, en fait, nous avons juste partagé de brefs moments parce qu'ils étaient comme nous : jeunes, anglais, en lune de miel. Nos doubles, en quelque sorte. Morts, aujourd'hui.

Je les revois lors de notre première rencontre. Ils n'étaient là que depuis quelques jours et nous avions déjà découvert le sac. Nous ne faisions pas vraiment attention à eux.

— Sérieux, je ne pense pas que ce soit un acte criminel, reprend Mark. C'est bizarre, ce qui leur est arrivé, je ne le conteste pas, mais si quelqu'un avait voulu se débarrasser d'eux, pourquoi ne pas les tuer plus simplement ? Si ces gens sont aussi riches et puissants qu'on l'imagine, pourquoi choisir une telle méthode ? Et pourquoi les Sharpe ? Ils ne nous ressemblaient même pas !

C'est vrai, pourtant un détail me tracasse.

— Attends un peu… S'ils ont bien été assassinés, comment les meurtriers pouvaient-ils savoir que c'était un couple qui avait trouvé le sac ? Un couple *britannique* ?

Je sens la peur m'envahir. Ai-je négligé un élément ? Laissé derrière moi un indice crucial ?

Mark ferme les yeux. Oh, Seigneur ! Il m'a caché quelque chose.

— Qu'est-ce qu'il y a, Mark ? Dis-moi !

Pas question de tourner autour du pot. Je me lève d'un bond et j'écrase l'interrupteur, inondant la pièce de lumière.

Momentanément aveuglé, Mark plisse les yeux.

— Assois-toi, Erin. Tout… tout va bien. S'il te plaît, ma puce.

Il tapote le coussin à côté de lui d'un geste las. Cette conversation-là, il aurait voulu ne pas l'avoir. Je le fusille du regard avant de m'installer près de lui. Il a intérêt à jouer franc jeu.

Il se frotte le visage, puis s'adosse au canapé en poussant un profond soupir.

— Oh, bon sang… OK, je t'explique. Je… euh… quand je suis retourné à la réception pour effacer nos coordonnées de leur système informatique sous prétexte de chercher ta boucle d'oreille, je…

Il s'interrompt le temps de relâcher son souffle. Tourne la tête vers moi.

— J'ai croisé le gars des sports nautiques.

— Paco ?

Il confirme d'un signe de tête.

— C'est ça. Il m'a demandé si on avait bien récupéré notre sac.

Merde.

— Un des bagagistes lui avait raconté qu'on l'avait oublié près du bateau et Paco voulait s'assurer qu'on nous l'avait rapporté. Je suppose que le bagagiste à qui on l'avait laissé avait tout compris de travers…

— Et tu as fait quoi ?

Je me suis sentie obligée de poser la question, mais je n'ai pas envie d'entendre la réponse. Elle donnera un tour trop réel à la situation.

— Il fallait bien que je dise quelque chose. Alors, je… j'ai improvisé, sans réfléchir aux conséquences ni rien. C'est… c'est juste sorti comme ça.

Je reste silencieuse. J'attends.

— J'ai d'abord demandé à Paco de quoi il parlait, et après j'ai fait semblant de me rappeler que l'autre couple d'Anglais, les Sharpe, avait mentionné un sac pendant notre randonnée. Un sac qu'ils avaient trouvé. Je lui ai dit que le bagagiste avait dû nous confondre, et que c'était plutôt amusant, parce que ça nous était déjà arrivé une fois. À cause de notre accent, sans doute. Il a rigolé et on en est restés là.

Lorsqu'il se tait, le silence s'abat sur la pièce. Nous submerge.

— Et maintenant, ils sont morts.

— Exact, ils sont morts, répète Mark.

Nous réfléchissons à la nouvelle et à toutes ses implications.

Soit les Sharpe ont vraiment eu un accident de plongée, soit ils ont été tués parce que quelqu'un les a pris pour nous. Nous sommes peut-être responsables de leur fin tragique.

— Pourquoi as-tu raconté ça, Mark ?

Je ne me suis pas exprimée sur un ton accusateur. Il ne pouvait pas prévoir ce qui allait se passer, c'est évident.

— Aucune idée.

Il se frotte de nouveau le visage en poussant un grognement. Je lance :

— Tu penses que c'est eux ? Ceux de l'avion ? Qu'ils ont éliminé les Sharpe ?

Il laisse retomber sa main et me dévisage d'un air grave. Concentré.

— Franchement ? On n'a aucun moyen de le savoir, Erin. Ça pourrait tout à fait être un accident. Mais s'ils ont réellement été tués – et j'ai bien conscience que c'est horrible –, ça signifie que plus personne ne nous cherche. Les Sharpe ne sont plus de ce monde, le sac a disparu. On ne risque plus rien. J'ai été imprudent, je le reconnais, en attendant je suis heureux que ce ne soit pas tombé sur nous.

Il me saisit la main et je considère nos doigts entremêlés. Il a raison. Moi aussi, je suis contente que ce ne soit pas tombé sur nous.

Ils nous croient morts. Et durant une seconde, cette pensée me donne l'impression d'être en sécurité.

Je suis presque certaine que nous n'avons laissé aucune trace, mais c'est bien le problème avec les erreurs, non ? Sur le moment, on ignore qu'on est en train d'en commettre une… Il faudrait peut-être appeler la police ?

Je m'abstiens cependant de faire part de mes doutes à Mark. Il a tranché : personne n'est à notre recherche. Mais il aura beau me le répéter de mille façons, je ne l'entends pas. Au fond de mon cœur, je suis sûre du contraire. Et je ne suis pas près de changer d'avis.

Pour autant, je préfère ne pas insister. Il faudra que je parvienne moi-même à sa conclusion. Ou pas.

Je hoche la tête.

— Oui, tu as raison.

Il me prend dans ses bras solides et me serre contre lui dans le silence de notre maison.

25

Lundi 19 septembre
Suivi de Holli

J'appuie sur la touche de l'interphone.

Phil et moi nous tenons à l'entrée du HLM où vit Holli Byford. Où vit sa mère, plus précisément. Il tombe un petit crachin qui recouvre d'un voile d'humidité nos vestes et nos cheveux. Pas assez dru pour ouvrir un parapluie mais suffisamment persistant pour que je sois transie jusqu'aux os. Je suis toujours dans cette phase délicate post-vacances où je sens que je vais attraper quelque chose ; ce n'est qu'une question de temps. Et cette bruine risque bien d'avoir raison de mes défenses.

J'applique notre plan : faire comme si tout était normal. Alors, je suis là, j'honore mes engagements professionnels.

Je jette un coup d'œil au terrain vague herbeux entourant la cité, sans doute baptisé « espaces verts collectifs ». Je me suis réveillée ce matin en pensant aux Sharpe. Malgré mes efforts pour les chasser de mon esprit, ils rôdent toujours dans les recoins de ma tête. Visions de gesticulations paniquées, de bulles dans l'eau. De deux cadavres boursouflés, allongés sur des tables en Inox. À cause de nous.

J'ai l'impression d'être surveillée depuis notre départ de Bora Bora, et plus encore depuis la révélation d'hier. Je scrute les immeubles lugubres autour de nous, à la recherche d'un observateur en embuscade, mais notre présence ne semble pas intéresser les résidents. Ils ne nous prêtent pas attention. Si les meurtriers des Sharpe ont retrouvé notre piste, s'ils nous suivent, ils restent discrets pour le moment. Cela dit, mon impression pourrait s'expliquer par une autre raison. Je repense au délicieux champagne que nous avons bu à Bora Bora – ce moment remonte-t-il à une semaine seulement ? Du champagne envoyé depuis l'autre bout du monde. Eddie s'intéresse aussi à moi, non ? A-t-il chargé quelqu'un de me filer depuis que je suis rentrée ? De m'espionner ? Je balaie du regard les alentours. Un jeune Blanc arpente le parking, un téléphone collé à l'oreille. Un Noir au volant d'une camionnette s'apprête à démarrer. Une vieille dame entre dans l'immeuble d'en face, traînant son caddie derrière elle. Personne ne paraît suspect. Personne n'a l'air d'un tueur. Et moi, je suis juste une femme sous la pluie attendant qu'on réponde à l'interphone. Je lève les yeux vers les centaines de fenêtres qui reflètent le ciel gris. Elles sont si nombreuses, si éloignées de l'avion échoué au fond du Pacifique sud…

Je presse de nouveau la touche. Longuement.

Phil soupire. La caméra pèse lourd. Je le comprends.

Il est 9 heures du matin. En principe, mère et fille devraient être levées. Je suis debout depuis l'aube et je sais déjà que cette journée ne correspondra pas à l'idée que je me faisais d'une reprise du travail en douceur. Elle s'annonce laborieuse. Ma première rencontre avec Holli me laisse supposer que celle à venir sera épuisante. Mais comme l'a dit Murakami, expert en matière de dur labeur : « La douleur est inévitable. La souffrance est optionnelle[1]. »

J'appuie encore une fois sur la touche.

— QUOI !? Qu'est-ce que vous voulez, à la fin ?

La voix cassante, agressive, accompagnée de grésillements, s'élève de la plaque métallique. Féminine, plus âgée que celle de Holli, plus bourrue et éraillée. Je crois que nous avons réveillé Mme Byford.

Je prends la parole.

— Bonjour, vous êtes Michelle Byford ? Je suis Erin. Erin Roberts. Je suis venue voir Holli. Je l'ai déjà interviewée en prison. Nous avons rendez-vous ici à 9 heures, pour filmer.

Le son de ma voix m'arrache une grimace. Je devine l'effet qu'elle produit : les gens l'associent aux privilèges, à la condescendance, au libéralisme bien-pensant.

Oh, bon sang. J'ai vraiment les idées noires, aujourd'hui. Daniel et Sally Sharpe me polluent la tête. *Reprends-toi, Erin !*

Silence. Phil soupire de nouveau.

— Ah, d'accord.

Le ton a changé. Il est résigné, à présent.

— Feriez mieux de monter, alors, marmonne Michelle Byford, manifestement contrariée.

1. Haruki Murakami, *Autoportrait de l'auteur en coureur de fond*, traduction de Paul Alexandre, Paris, Belfond, 2009.

La porte se déverrouille. Nous entrons.

J'ai bien tenté d'avertir Phil de ce qui nous attendait probablement, mais ce n'est pas facile à expliquer ; c'est plutôt lié à une impression générale qui se dégage de Holli, de son regard, de son sourire. Il a visionné la première interview, alors j'imagine qu'il a ressenti la même chose que moi. De toute façon, je l'ai prévenu : il ne faut surtout pas entrer dans son jeu.

L'appartement des Byford se situe au sixième. Bien entendu, l'ascenseur est en panne. Je doute que Phil ait encore l'énergie de jouer à quoi que ce soit après avoir gravi six étages avec la caméra.

Michelle se tient devant sa porte, en pantoufles duveteuses, peignoir bleu pâle et pyjama orné de l'inscription « Donnez-moi d'abord un café ». Elle fronce les sourcils. Nous l'avons tirée du lit, c'est évident. Aucun signe de Holli. Peut-être dort-elle encore ?

Sa mère paraît éreintée. D'après mes notes, elle est employée à temps plein dans un grand magasin depuis quinze ans. Depuis le départ du père de Holli. Je ne voudrais pas me montrer grossière, mais pourquoi n'est-elle pas au boulot à cette heure-ci ?

— Bonjour, Michelle, dis-je. Ravie de vous rencontrer. Désolée de vous déranger si tôt.

À ma grande surprise, elle attrape ma main tendue et la serre.

Sourire distrait. Elle semble préoccupée.

— Autant que vous l'allumiez maintenant, déclare-t-elle en indiquant la caméra de Phil.

Celui-ci me jette un coup d'œil, puis la cale sur son épaule. Voyant rouge allumé.

— C’est juste que j’ai pas envie de tout raconter deux fois, explique Michelle en me regardant, le front plissé. Bon, ben, entrez. Je vais mettre la bouilloire à chauffer.

Elle s’engage dans l’appartement en traînant ses pieds chaussés de pantoufles roses. Nous la suivons. Je commence à me dire que Holli n’est pas là.

Parvenue dans la cuisine étroite, Michelle se tourne vers nous.

— En fait, faut que j’appelle les flics si quelqu’un vient me poser des questions. Ça vous embête si je leur téléphone maintenant ?

Elle a l’air embarrassée, comme si elle était obligée d’obéir à des règles auxquelles elle n’adhère pas.

J’esquisse un geste de dénégation, mais la mention de la police a déclenché une sirène d’alarme dans ma tête. Ce n’est pas un mot que je pensais ni ne voulais entendre aujourd’hui.

— Excusez-moi, dis-je. Je ne comprends pas bien. Qu’est-ce qui se passe ?

Je lance un coup d’œil interrogateur à Phil. A-t-il saisi quelque chose qui m’aurait échappé ?

Durant une fraction de seconde, j’imagine que Michelle va appeler la police à cause de moi. De l’avion. Des Sharpe. Mais c’est absurde, évidemment. Elle ne sait rien. Elle ne me connaît ni d’Ève ni d’Adam. Et si j’ai moi-même éprouvé l’envie de prévenir les flics hier, celle-ci s’est dissipée depuis longtemps. Les impliquer à ce stade ne serait pas une bonne idée. Michelle lève un doigt, le combiné plaqué contre l’oreille. *Attendez*.

— Oui, bonjour, Michelle Byford à l’appareil. Pourrais-je parler à Andy Foster, s’il vous plaît ?

Un silence s'ensuit, durant lequel nous attendons tous, suspendus à ses lèvres. Dans cette cuisine où flotte une odeur de tabac froid, la tension est palpable.

— Merci. Oui, allô ? Bonjour, Andy. Oui, bien, merci. Non, non, pas du tout, mais il y a des gens chez moi qui voudraient voir Holli. Non, c'est pas ça. Oui, oui, je sais.

Elle éclate d'un rire nerveux.

— Non, ils ont interviewé Holli en prison pour un film. C'est ça, Erin, oui…

Je jette un coup d'œil furtif à Phil à la mention de mon prénom. Le correspondant de Michelle a entendu parler de moi ? C'est quoi, ce bordel ?

— Oui, et aussi un homme.

Michelle ignore le nom de mon collègue. Nous avons écourté les présentations.

— Phil, précise l'intéressé. Le cameraman.

— Phil, le cameraman, répète-t-elle. Oui, oui, je vais leur dire. Une seconde… d'ici dix ou quinze minutes, OK.

Elle écarte le combiné de son visage pour s'adresser à nous :

— Andy demande si vous pouvez patienter dix ou quinze minutes, le temps qu'il arrive. Il voudrait vous poser quelques questions.

Je consulte Phil du regard. Il hausse les épaules.

— Bien sûr, dis-je.

Que pouvais-je répondre d'autre ? *Non, en fait, je ne peux pas rester, Michelle, parce que je viens de dérober deux millions de dollars et que je suis peut-être responsable de la mort de deux innocents*. Je n'ai pas le choix. Il faut que je fasse comme si de rien n'était.

Le premier jour où je reprends le boulot, je suis déjà interrogée par la police. Mon estomac se contracte.

Michelle replace le téléphone contre son oreille. Je pense désormais avoir une idée de ce qui se passe : Holli a dû se soustraire aux obligations de sa liberté conditionnelle. Oui, c'est sûrement un problème de cet ordre-là. Mais j'ai beau essayer de m'en convaincre, j'ai les paumes moites.

— Andy ? Oui, oui, ils seront là. Non, je ne crois pas. Oui, d'accord. À tout à l'heure. Au revoir.

Elle coupe la communication puis sourit en regardant le combiné. Un sourire à l'intention du dénommé Andy, je présume, assis dans un bureau quelque part.

Phil et moi gardons le silence. Au bout d'un moment, Michelle relève les yeux.

— Désolée pour le contretemps. Un café ?

Elle rallume la bouilloire qui, comme l'eau vient déjà de bouillir, émet un grondement.

— Bon, vous avez compris que Holli était pas là, j'imagine ? reprend-elle en fixant son attention sur un point entre nous.

Oui, nous avons compris.

Elle hoche la tête.

— Elle est partie hier. Elle a disparu, comme ça. Quand j'ai voulu lui apporter son petit déjeuner au lit, dans la matinée, elle était plus là. On ignore où elle a pu aller. Les flics enquêtent. C'est Andy qui dirige les recherches. Il…

Elle s'interrompt et contemple la fenêtre crasseuse à double vitrage au-dessus de l'évier. La bouilloire s'éteint et glougloute à côté d'elle. Émergeant de ses pensées, elle sourit.

— Si on s'asseyait ? propose-t-elle.

Elle place des mugs sur la table pliante en pin, autour de laquelle nous nous installons.

Phil continue de la filmer pendant qu'elle boit son café brûlant à petites gorgées. « Le café embellit ma journée », affirme l'inscription sur son mug. Je l'espère. Jusque-là, elle ne semble pas très bien partie, pour aucun de nous.

Je baisse les yeux vers le breuvage gris-brun devant moi. De minuscules amas de café instantané non dissous collent à la céramique blanche.

Merde. La situation se présente mal et je donnerais cher pour ne pas être là. Je songe aux sachets cachés dans le grenier et un mélange de peur et de culpabilité m'envahit à l'idée de toutes les erreurs que nous avons accumulées. Je dois me ressaisir, refouler ce sentiment avant l'arrivée du policier.

Où diable est Holli ?

Michelle pose son mug avec précaution, en le tenant à deux mains, et explique :

— Bon, voilà ce qu'on sait.

Elle s'exprime comme quelqu'un qui connaît bien son discours. Je devine qu'elle a déjà répété son histoire une dizaine de fois au cours de la nuit. J'ai déjà interviewé suffisamment de personnes dans ma carrière pour être capable de déchiffrer leur expression.

— Je suis allée chercher Holli à sa sortie de prison le 12 septembre, vers 8 heures du matin. Ça fait sept jours maintenant. Elle a passé presque toute la semaine dans l'appartement, à regarder la télé et à se reposer. Elle était crevée, je crois pas qu'elle ait beaucoup dormi à Holloway. Et puis, avant-hier, c'est-à-dire samedi, on a fait un saut chez Sinead – c'est une copine du boulot, elle était coiffeuse, avant – pour qu'elle s'occupe des cheveux de Holli. Elle, ma fille, je veux dire, voulait des mèches et Sinead avait proposé de les faire gratis. C'est pour ça qu'on y est allées. J'avais aussi acheté des vêtements à Holli – des Adidas, vous voyez, c'est la mode chez les jeunes.

Elle sourit – le sourire entendu d'une mère dans la confidence.

— Elle les a mis. Après, on est allées chez Nando's s'offrir du poulet. Elle en rêvait, elle arrêtait pas d'en parler. À mon avis, ça devait pas être bon ce qu'on lui servait en taule. À sa sortie, elle était maigre comme un clou. Bah, je vous apprends rien, vous l'avez vue... Bref, elle s'est régalée, elle a avalé un demi-poulet et une portion de toutes les garnitures. Elle était aux anges. Quand on est rentrées ici, elle m'a dit qu'elle voulait passer des appels sur son ordinateur, alors elle s'est isolée un moment dans sa chambre. Là-dessus, on a regardé ensemble de vieux épisodes des Kardashian en replay. Elle s'est couchée vers 9 heures du soir, parce qu'elle était fatiguée. J'ai pas trouvé ça bizarre, vu qu'elle avait l'air d'être heureuse. Comme avant, en fait. Mais lorsque je suis entrée dans sa chambre hier matin, elle avait disparu. Elle avait pris seulement quelques affaires. Y avait pas de mot ni rien. J'ai raconté à Andy qu'elle avait emporté une photo de nous deux. Celle qu'elle gardait toujours près de son lit dans sa cellule. Elle l'aimait bien. Elle disait que la regarder lui remontait le moral chaque fois que je lui manquais trop. Des trucs comme ça, elle en disait pas souvent, alors je m'en souviens, forcément.

Michelle s'interrompt et nous considère en silence. Elle a donné sa version des faits, elle n'a rien à ajouter. Je demande :

— Vous n'avez pas une idée de l'endroit où elle a pu aller ?

Elle baisse les yeux vers son mug en poussant un soupir.

— Non, mais les flics ont une piste. Je sais qu'ils travaillent dessus mais, pour être franche, je suis pas sûre qu'ils me tiennent au courant de tout. Andy fait partie du SO15 – la section antiterroriste, vous connaissez ? –, alors c'est pas évident de lui tirer les vers du nez.

C'est tellement incongru que je manque d'éclater de rire. Phil me jette un coup d'œil. Le SO15… C'est une blague ? Je scrute le visage de Michelle à la recherche d'un indice révélateur, mais elle a juste les traits tirés et l'air fatigué. Elle ne plaisante pas, c'est évident. Je remue la tête en signe de dénégation ; non, je ne connais rien à l'antiterrorisme.

— Moi, je… j'ai du mal à croire que ma Holli soit impliquée là-dedans, reprend-elle. Elle a jamais parlé de ça, jamais mentionné Dieu, Allah ou aucun truc religieux. Andy a beau être gentil, il se trompe. En attendant, je lui fais confiance. Il va la retrouver et c'est le plus important. C'est tout ce qui compte.

Elle plonge la main dans la poche de son peignoir et en sort un paquet de cigarettes à moitié écrasé. Je songe brièvement au test de grossesse, à la croix bleue, tandis qu'elle en allume une, tire une bouffée et souffle la fumée dans la cuisine exiguë. Puis, après avoir reporté son attention sur nous, elle pose ses coudes sur la table.

— Holli, c'est pas une lumière, déclare-t-elle. Oh, elle a de la gueule, pour sûr, mais elle se laisse facilement influencer. Depuis toujours. Peut-être parce qu'elle a l'esprit compétitif. « Je suis plus forte que toi », « Ça, je peux y arriver mieux que toi »… Vous voyez le genre ? Et le « ça », ça peut être n'importe quoi. Un défi, du style incendier un bus ou je ne sais quoi. Ce qu'elle aime, c'est faire son show. Se mettre en valeur. C'est tout. Elle a toujours été comme ça, sauf que, plus les années passent, plus elle repousse ses limites. Oh, c'est sûrement ma faute. Son père était pas un bon exemple, et après elle s'est acoquinée avec Ash – pardon, Ashar – et sa bande. C'est bizarre. Ash, il était tellement mignon à l'école… Ses parents sont turcs. Des gens charmants. J'ai rencontré sa mère un jour. Je comprends pas. Peut-être que j'aurais dû m'occuper plus de Holli, rester plus souvent avec elle à la maison. Mais fallait bien que quelqu'un aille bosser, et on pouvait pas compter sur son père…

Elle se tait brusquement. Elle s'est perdue, égarée sur ses propres chemins de traverse, nous entraînant à sa suite. Il faut la remettre sur la bonne voie. Je demande :

— Holli est partie seule ou avec quelqu'un ?

La question m'a paru logique. Néanmoins, je pense déjà connaître la réponse.

— Elle est avec Ash, répond Michelle. Euh, Ashar, rectifie-t-elle.

Je hoche la tête. Tout se met en place. Ash, c'était le copain de Holli sur la vidéo. Et dans la voix de Michelle, je n'ai pas perçu de culpabilité, juste le désir de se dégager de toute responsabilité. Elle n'y est pour rien. Comment aurait-elle pu les arrêter ? Dans son esprit, la faute est partagée entre Holli et Ash. Deux gamins qui font des conneries et qui sont peut-être allés un peu trop loin cette fois. Pour autant, le danger n'est pas réel à ses yeux.

Moi, j'y vois un peu plus clair. Les pièces du puzzle commencent à s'agencer, comme dans le premier niveau du jeu Tetris. Je suis sûre qu'Andy, du SO15, éclairera notre lanterne quand il sera là. En attendant, il ne nous autorisera certainement pas à le filmer. Il faut que nous enregistrions le plus d'images possible avant son arrivée – avant qu'il nous ordonne d'éteindre la caméra.

Je me lève d'un bond, animée d'une énergie qui modifie l'atmosphère dans le petit appartement.

— Michelle ? Nous voudrions voir sa chambre, pour y tourner quelques plans.

Ce n'est pas une question. Je ne lui demande pas la permission. Mon esprit directif a pris le dessus, car j'ai besoin de matière pour mon documentaire. Attention, je ne cherche pas à profiter de la situation, mais il est évident que Michelle fait confiance et réagit bien à l'autorité. Si elle pense qu'elle n'a pas le choix, nous obtiendrons gain de cause. Et je veux filmer cette pièce. Je soutiens son regard un peu trop longtemps, délibérément. Elle finit par détourner les yeux.

La tactique fonctionne.

— Oui, oui, bien sûr, déclare-t-elle en se redressant à son tour, intimidée. La police l'a déjà fouillée et a pris des tas de photos, alors j'imagine que ça pose pas de problème.

Elle tourne la tête vers moi, quêtant mon approbation. Elle veut nous montrer qu'elle coopère. Qu'elle n'est pas comme Holli.

Elle nous précède hors de la cuisine et dans le couloir. Phil me gratifie d'un regard que je suppose accusateur. Il n'a pas apprécié ce que je viens de faire. Ça ne me ressemble pas. C'était cruel.

Je l'emmerde. Je crois que tout m'est égal, aujourd'hui. Je n'ai pas l'impression d'être moi-même. Je ne sais même plus qui je suis. Peut-être suis-je morte dans le Pacifique sud avec Sally Sharpe.

La chambre de Holli, petite, meublée sommairement, est typique de celle d'une ado. Phil épaule sa caméra. Photos de magazine collées au mur avec de la Patafix. Mannequins au regard dur brandissant des flacons de parfum. Sexualité. Fric. Autocollants pailletés. Cadavres de mouches sur le rebord de la fenêtre. Un poster d'un Harry Styles aux yeux de biche. D'autres de Kanye West. Des Wu-Tang Clan. Impressionnants. Dangereux. Bien loin de la banlieue grise de Croydon. Autant d'éléments d'un décor pré-prison. Les visages sur les affiches sont décolorés après presque cinq années à contempler une pièce vide.

Mais je cherche des pistes et je sens que Phil aussi. Même s'il désapprouve mes méthodes, je sais qu'il se fait la même réflexion que moi : y a-t-il des signes religieux dans cette chambre ? Quelque chose de révélateur ? Apparemment, non. Une pile de livres est posée près du lit : un ouvrage de mode signé Victoria Beckham, un album de Garfield aux pages cornées, *Le Pouvoir du moment présent*, *Le Petit Livre du calme*. Pas du tout le genre de lectures que j'imaginais pour Holli. Une tentative d'incursion dans l'univers du développement personnel ? Ou le cadeau d'une mère bien intentionnée ? Quoi qu'il en soit, aucun de ces ouvrages ne semble avoir été ouvert. Et alors ? De quel droit pourrais-je la juger ? Je ne les ai pas lus non plus. Et, de toute façon, ils n'ont pas de rapport avec ce qui se passe en ce moment. Rien à voir avec des manuels de terrorisme.

Soudain, je suis frappée par une pensée : Holli n'avait que dix-huit ans lorsqu'elle a quitté cette chambre.

Il n'y a ici que les reliques de son ancienne personnalité. Elle en a vingt-trois, aujourd'hui. On change, en cinq ans, surtout en prison. Qui sait comment elle a évolué ?

Tenez, moi, ma vie entière a été bouleversée en neuf jours. Je suis devenue une menteuse et une voleuse. Où serai-je dans cinq ans ? Impossible à dire. Pas derrière les barreaux, j'espère.

Un bruit de sonnette retentit soudain. Phil et moi jetons un coup d'œil à Michelle, qui hoche la tête et va ouvrir au visiteur.

Phil baisse la caméra.

— T'as remarqué quelque chose ? chuchote-t-il.

Une lueur d'excitation brille dans son regard. Pour lui, ce reportage a pris une nouvelle dimension. Il flaire déjà l'odeur de futures récompenses.

— Non. Elle n'a rien laissé ici, Phil. Ça faisait seulement une semaine qu'elle était revenue. Il faut qu'on cherche ailleurs : Facebook, Twitter, tout ça. Elle n'est pas idiote – ou, si elle l'a été, elle ne l'est plus.

J'examine une dernière fois l'espace autour de moi, certaine d'avoir raison. Il n'y a aucun indice dans cette pièce.

Quand nous nous engageons dans le couloir, nous découvrons Michelle en train de parler à un homme râblé près de la porte d'entrée. Le dénommé Andy, selon toute vraisemblance. Il est plus petit que je ne l'imaginais, mais aussi plus séduisant. Il dégage un charme naturel lorsqu'il se tourne vers nous pour nous saluer, un sourire triomphant aux lèvres. C'est sans doute un atout dans son métier : l'aisance relationnelle. Michelle a raison, il inspire confiance. Je lui donne la cinquantaine. Chevelure épaisse. J'ai presque l'impression de humer les effluves d'un après-rasage coûteux. Je vais devoir redoubler de prudence. Il est manifestement très compétent dans son domaine : il manipule Michelle comme un pro. Je dirais que c'est un gagnant, que tout lui sourit dans la vie. *OK, allons-y, Andy. Finissons-en au plus vite, parce que je ne mettrai pas les pieds en prison. Je ne perdrai pas cette bataille*. Je glisse discrètement la main sous ma veste et effleure mon ventre. *Tout va bien. Maman veille sur toi.*

J'affiche une expression neutre quand il s'avance vers moi, toujours souriant.

— Erin et Phil, je suppose ? Bonjour, je suis le capitaine Andy Foster. Mais appelez-moi Andy. Ravi de vous rencontrer et merci d'être restés.

Il nous serre fermement la main. Nous nous dirigeons tous les quatre vers le salon de Michelle. Phil laisse la caméra dans le couloir. Plus question de filmer.

Phil, Michelle et moi prenons place sur le canapé. Andy s'installe en face de nous sur un pouf en cuir de l'autre côté de la table basse encombrée.

— Bon, je ne sais pas trop ce que vous a dit Michelle, mais Holli a bénéficié d'une libération conditionnelle, déclare-t-il. Elle en a enfreint les termes en quittant son domicile. Et d'autant plus en quittant le pays.

Il a débité ces mots d'un ton léger.

Oh. C'est plus grave que je ne le pensais. Holli a fui l'Angleterre ?

— C'est une première chose, reprend-il. Notre principale préoccupation, cependant, c'est la possibilité que Holli veuille gagner la Syrie avec Ashar Farooq. Il semblerait que ce soit son projet. Leur projet à tous les deux. Nous savons qu'elle a pris un avion pour Istanbul à l'aéroport de Stansted il y a quatorze heures. Nous avons aussi récupéré des images filmées par les caméras de surveillance où on les voit sortir de l'aéroport d'Istanbul et monter dans un car. Autant vous dire que nous sommes inquiets.

Il s'exprime d'un ton sérieux, désormais. Professionnel jusqu'au bout des ongles.

La Syrie. Cette histoire est devenue énorme, tout d'un coup. Et vous voulez savoir la vérité ? L'inavouable vérité ? C'est le rêve éveillé de tout documentariste : la trame des événements remplaçant la structure narrative initialement prévue. Une véritable aubaine.

Pour autant, ce n'est pas du tout de l'euphorie que je ressens. J'ai beau voir le scoop se profiler, je n'éprouve que de la terreur. De l'horreur. Tout ça est réel. Holli a fait quelque chose de très grave. Il va y avoir une enquête. Je suis impliquée. Nous le sommes tous. Et il y a un sachet rempli de diamants dissimulé dans mon grenier, qui risque de paraître compromettant si la police décide de fouiller ma maison. Extrêmement compromettant.

En cet instant, chacune des fibres de mon être donnerait cher pour que Holli apparaisse comme par magie dans l'appartement, maussade et renfrognée, et nous envoie tous balader.

— Notre travail va se dérouler en deux étapes, poursuit Andy Foster. D'abord, localiser Holli, nous assurer qu'elle ne court aucun danger et si possible la ramener chez elle. Ensuite, nous aurons besoin de déterminer qui sont ses contacts, à quel moment elle s'est radicalisée en prison et comment elle est parvenue à quitter le Royaume-Uni. Voilà, c'est le genre d'informations qui m'intéresse.

Je m'interroge : comment peut-il penser que nous sommes en mesure de le renseigner ?

— Mais je vais être clair, poursuit le policier. Pour l'instant, Holli n'a rien fait de mal. La violation de sa conditionnelle, c'est du pipi de chat en comparaison de ce qui est peut-être en jeu, et il n'est pas question pour nous de la punir pour s'être enfuie. Ce qui nous importe, c'est qu'elle revienne et nous raconte ce qui s'est passé : comment elle s'est débrouillée pour obtenir des papiers, qui sont les personnes avec qui elle a été en relation. Nous voulons l'aider, comme toutes les jeunes filles dans sa situation. Vous devez me croire quand je vous affirme qu'elle va déchanter une fois sur place. Les recruteurs ont tendance à cibler des filles jeunes, qui ont des problèmes, et à leur faire miroiter toutes sortes de choses extraordinaires. Lorsqu'elles arrivent là-bas, elles ne peuvent plus changer d'avis et elles se retrouvent piégées. Holli ne va pas tarder à le découvrir. Ces filles ne comptent pas, ce ne sont que des trophées. Elles sont interchangeables.

Andy plonge son regard dans celui de Michelle.

— C'est pour ça que nous devons la ramener chez vous au plus vite.

Michelle a blêmi. Sa main descend vers sa poche à la recherche de son paquet de cigarettes ; elle a oublié qu'elle l'avait laissé dans la cuisine. Pour une raison inexplicable, son geste m'emplit de tristesse.

Le policier se concentre ensuite sur moi.

— Nous ignorions que vous deviez tourner ce matin, Erin. De toute évidence, Holli n'a pas mis sa mère au courant. Nous nous sommes entretenus avec la direction de Holloway à propos de votre interview avec elle. Si j'ai bien compris, personne ne l'a vue, mais ce serait très utile pour moi d'y jeter un coup d'œil. Je pense que ce sont les seules images que nous avons de Holli aujourd'hui, à part celles des caméras de surveillance, qui ne sont pas exploitables. Alors mes services ont hâte de les visionner. Vous les avez toujours ?

Je hoche la tête.

— Je n'ai pas fait le montage, ce ne sont que des rushes à ce stade. Et je ne les ai même pas encore regardés, alors je ne pourrais pas vous dire s'il y a des éléments qui…

— Pas de problème, m'interrompt-il.

Il me tend une carte de visite. Capitaine Andrew Foster. Numéro de téléphone et adresse e-mail.

— Transférez-moi la vidéo le plus rapidement possible.

— D'accord.

Je prends la carte et la glisse ostensiblement dans ma poche. Les policiers m'ont toujours rendue nerveuse. J'ai l'impression que celui-là me sonde à la recherche d'un signe, n'importe lequel, révélant que je suis coupable de quelque chose. Je m'efforce de lui opposer un visage impassible.

Il s'adresse alors à Phil :

— Vous n'assistiez pas à l'interview, n'est-ce pas ? Vous n'avez jamais rencontré Holli ?

— Non, jamais, déclare Phil. Je dois voir Alexa demain.

Il a répondu d'un air imperturbable. Et pour cause, il n'est pas associé à un crash aérien, à deux meurtres, à un vol d'argent et de pierres précieuses, à un transfert illégal de fonds… Je suis prête à parier que le pire dont on puisse l'accuser, c'est de fumer un joint de temps à autre. Et peut-être de faire quelques téléchargements illégaux.

L'attention d'Andy se focalise de nouveau sur moi.

— Ah oui, votre documentaire.

Il se fend d'un sourire que j'ai du mal à interpréter.

— Rappelez-moi qui sont les détenus que vous interviewez…

Il le sait déjà. Je suis sûre qu'il s'est renseigné. Je soutiens son regard.

— Eddie Bishop à Pentonville. Alexa Fuller à Holloway. Et Holli.

Tout est officiel, j'ai des documents pour le prouver.

Andy Foster hoche la tête. C'est un bon échantillon. Ça, j'en suis convaincue.

Il se tourne vers Phil.

— Sentez-vous libre de partir si vous le souhaitez. C'est surtout avec Erin que j'ai besoin de parler. Je ne tiens pas à vous retenir plus longtemps que nécessaire.

Ce même sourire réapparaît.

Phil me jette un coup d'œil. Je lui fais signe que tout ira bien. En quittant la pièce, il me lance un dernier regard, les sourcils levés. Quelle matinée bizarre !

Nous sommes tous les deux conscients du potentiel de cette histoire. Il va se précipiter dans le premier café venu pour explorer les réseaux sociaux sur son MacBook à la recherche d'une trace de Holli, j'en suis sûre.

Le policier éloigne ensuite Michelle en lui demandant de refaire du café. Après son départ, il se penche vers moi, les coudes sur les genoux, l'air grave.

— Dites-moi, commence-t-il, durant tout le temps que vous avez passé avec Holli, avez-vous noté quelque chose de particulier ? Quelque chose qui vous aurait paru étrange ? Une remarque, peut-être ?

Il a l'air plus âgé quand il ne sourit pas. Moins alerte, plus las, plus conforme à l'idée que je me faisais d'un flic de carrière.

Je repense à l'interview. Elle remonte à deux mois maintenant mais pourrait tout aussi bien avoir eu lieu il y a un an, compte tenu de tout ce qui s'est passé depuis. Qu'est-ce qui aurait pu me laisser supposer qu'elle projetait de s'enfuir au Moyen-Orient ?

L'image d'Amal, le gardien qui était avec nous ce jour-là, me traverse l'esprit. Amal, qui signifie « espoir » en arabe. Amal, avec son regard bienveillant.

Je me sens aussitôt honteuse.

Je repousse cette pensée. Je ne suis pas comme ça. Je ne veux pas être comme ça. Amal est un citoyen londonien qui a un prénom arabe, c'est tout. *Arrête, Erin.*

Andy attend une réponse.

— Non, pas vraiment, dis-je. Holli était... Eh bien, je l'ai trouvée déstabilisante. Mais ce n'était pas lié à quelque chose de spécifique, c'était plutôt une impression générale qu'elle dégageait.

Je m'interromps brusquement et repasse mes paroles dans ma tête. J'aurais sans doute dû répondre « Non » et en rester là. Quelle idiote ! Je ne peux pas me permettre d'être mêlée de près ou de loin à une enquête de police. La façade que nous offrons, Mark et moi, ne résistera pas à un examen approfondi. Notre société-écran en Arabie saoudite doit effectuer le premier versement sur mon compte britannique dans huit jours. Que penserait le capitaine Foster en découvrant que j'ai reçu des fonds en provenance du Moyen-Orient alors que Holli vient de partir là-bas ?

— Déstabilisante ? répète-t-il. Dans quel sens ?

Il a l'air préoccupé, à présent. Je l'ai rendu soucieux. Apparemment, j'ai bel et bien déclenché une alarme dans son esprit. Merde. Je tente de m'expliquer :

— Oh, c'était… une question d'attitude, à vrai dire. Par rapport à ce qu'elle avait fait avant. La vidéo qui la montrait en train de regarder le bus brûler. Le jour de l'interview, elle était…

De nouveau, les mots me manquent. Elle était quoi au juste ?

— Désolée, je ne vois pas trop comment exprimer ça. C'est une fille vraiment… flippante.

Autant y aller franchement. Et vous savez quoi ? Si je ne suis pas un témoin objectif, on ne me convoquera jamais au tribunal.

Il étouffe un petit rire.

Dieu merci.

Son expression est redevenue détendue. Je ne suis qu'une simple documentariste.

— Oui, j'ai vu les images du bus, confirme-t-il.

Il hoche la tête. Nous sommes de nouveau sur la même longueur d'onde.

— « Flippante », c'est le mot. Flippante, mais pas méchante. Du moins, je ne crois pas. Facilement manipulable. J'espère qu'elle se ravisera avant d'avoir traversé la frontière car, quand on franchit ce genre de limite, il n'y a plus de retour en arrière possible. On ne pourra plus l'aider après. On n'essaiera même plus de la ramener, si vous voyez ce que je veux dire.

Il parle à voix basse. J'entends Michelle s'affairer dans sa cuisine, tandis que la fumée de sa cigarette dérive jusqu'à nous. Andy Foster soupire.

Nous échangeons un regard.

— On fait ce qu'on peut, Erin, mais certaines personnes ne se rendent pas service.

J'ai l'impression que nous avons établi un lien. Le courant passe entre nous.

— À la décharge de Michelle, elle ne sait plus qui est sa fille, poursuit-il. Elle n'aurait pas pu deviner ce qui allait se produire. Une visite hebdomadaire à la prison pendant cinq ans n'a pas fait d'elle une mère attentive…

Il coule un regard furtif vers la cuisine. J'en profite pour avaler ma salive. Mon désir d'agir comme quelqu'un de normal met toutes les fonctions de mon corps à rude épreuve.

— Elle a changé environ cinq mois avant sa libération. Nous avons les déclarations des gardiens et des éducateurs. Deux choses se sont passées à cette époque : elle a fait appel à une association d'aide aux détenus et accepté de participer à votre documentaire. Oh, je ne dis pas que vous dirigez une cellule d'Al-Qaïda, Erin, mais je manquerais de professionnalisme si je ne creusais pas un peu cette piste.

Silence. Il m'observe. L'ombre d'un sourire joue sur ses lèvres.

Autrement dit, ils se sont déjà renseignés sur moi. Jusqu'à quel point ?

— Je suis suspectée ?

La question m'a échappé. Je sens une bouffée de chaleur se propager de mon cou à mes joues. Je ne contrôle plus mes réactions.

De nouveau, Andy Foster part d'un petit rire.

— Non, pas du tout. Vous ne connaissez pas Ashar Farooq, votre seule rencontre avec Holli a été filmée et tous vos appels téléphoniques à la prison ont été enregistrés. Je les ai écoutés.

Ah.

— Vous n'avez rien fait. Mais il faut absolument que vous me transfériez une copie de votre vidéo le plus vite possible. Après, nous ne vous embêterons plus. Nous n'avons rien contre vous. À ce stade.

Encore ce semblant de sourire. Puis il se lève et époussette les jambes de son pantalon. Avant de plonger son regard dans le mien.

— Il va sans dire que vous ne devez pas montrer cette interview pour le moment. À personne. Ni aux agences de presse ni aux journalistes, évidemment. Vous ne pourrez pas l'intégrer à votre documentaire tant que l'enquête ne sera pas bouclée. Et même à ce moment-là, il vaudrait mieux que vous m'appeliez d'abord, OK ? Restez en contact. Donnez-moi des nouvelles.

Un grand sourire, cette fois. Triomphant. Il est décidément séduisant.

Et là, sans réfléchir, je lance :

— Quand tout sera fini, je veux l'exclusivité sur cette histoire, d'accord ? Avant tout le monde. Une interview, ce serait génial.

Voilà. J'ai affiché la couleur.

Son sourire s'élargit encore. Il est surpris. Amusé aussi.

— Pourquoi pas ? réplique-t-il. Je n'y vois pas d'inconvénient, une fois que l'affaire sera rendue publique. J'ai l'impression que vous nous préparez un joli petit film, Erin. Intéressant en tout cas. Appelez-moi.

Sur ces mots, il s'en va.

À peine rentrée, je me précipite au grenier. Heureusement, Mark n'est pas encore là. Il avait rendez-vous avec d'anciens collègues aujourd'hui, pour essayer d'obtenir des pistes afin de vendre les diamants. Lesquels sont toujours chez nous. Dans notre planque. Si les flics décident de fouiller notre domicile, ils les trouveront. Je place une vieille machine à coudre sur le panneau d'isolant mal fixé. Puis je m'assois en tailleur sur le plancher plein d'échardes en me torturant l'esprit : si les enquêteurs du SO15 perquisitionnent chez nous, la présence de la machine à cet endroit ne risque-t-elle pas d'attirer leur attention plus qu'autre chose ? Sur le trajet du retour, j'ai googlé le SO15 : c'est une division de la police britannique spécialisée dans la lutte antiterroriste. Des super-flics.

Je finis par remettre la machine à coudre à sa place initiale.

Si les policiers décident de s'intéresser à moi et de fouiller la maison, ils en exploreront chaque recoin, rien ne leur échappera. Je ne peux pas enfouir les gemmes dans le jardin non plus. Ils s'apercevront que la terre a été retournée, et ils n'hésiteront pas à creuser partout, quitte à démolir la terrasse ; j'ai vu assez de séries policières pour le savoir. Et, maintenant que j'ai un lien avec l'enquête d'Andy Foster, il ne m'est plus possible de prendre un avion pour la Suisse afin d'aller mettre les diamants au coffre. Ce serait le meilleur moyen d'éveiller les soupçons. Il faut sortir ces cailloux de chez nous le plus rapidement possible. C'est la seule solution. Nous devons nous en débarrasser.

Je repense à l'avion. Aux passagers toujours à l'intérieur, attachés sur leurs sièges au fond des eaux sombres.

Je ne peux pas m'empêcher de me poser des questions sur eux. Qui étaient-ils ? Des méchants, comme l'a dit Mark ? En avaient-ils l'air ? Je suis heureuse de ne pas les avoir vus ; je crois que je n'aurais jamais pu les oublier. C'est déjà assez difficile comme ça de repousser les visions de visages gris et gonflés créés par mon imagination.

J'aurais vraiment voulu découvrir qui ils étaient. Nous avons tout essayé, des notices d'Interpol aux sites recensant les personnes disparues à Bora Bora. Peut-être devrais-je demander à Mark de passer une nouvelle fois en revue les photos ? Ou consulter moi-même les sites d'informations russes au cas où des disparitions y seraient signalées ?

26

Mardi 20 septembre
Les pierres

Mark a un contact pour les pierres. La solution vient d'une ancienne collègue qu'il a rencontrée hier, pendant que j'étais chez Holli. Elle tombe à pic. Une fois les diamants vendus, nous pourrons virer l'argent directement en Suisse et tout sera terminé. Nous aurons constitué notre bas de laine. Je n'ai pas parlé à Mark de Holli ni du capitaine Foster. Je tiens d'abord à mettre derrière nous la journée d'aujourd'hui ; je ne veux pas qu'il se ronge les sangs à cause de la police avant que la transaction soit effectuée. Même si je suis sûre de ne pas être l'objet d'une enquête, plus vite nous réglerons la question des pierres, mieux ce sera. Je ne lui ai toujours pas annoncé non plus que j'étais enceinte. J'attends des jours meilleurs. C'est une nouvelle trop fantastique, rien ne doit la gâcher. Je veux que ce soit un moment spécial. Pur.

Je lui dirai quand ce sera fini. Quand toutes les traces du contenu du sac et de l'avion auront disparu. Ces diamants constituent le dernier lien à couper.

Mark a été mis en relation avec son contact par l'intermédiaire d'une certaine Victoria, qui a suivi la même formation que lui chez J.P. Morgan. Elle a changé de voie assez rapidement et s'est spécialisée. Aujourd'hui, elle a un poste d'analyste quantitatif dans l'équipe de *trading* algorithmique chez HSBC. Perse d'origine, elle a un demi-frère qui s'occupe de négocier les actifs corporels, en particulier les œuvres d'art, les produits de luxe, les bijoux. Les vases Ming, les bicornes de Napoléon, ce genre de choses. Non, c'est une blague, pas les bicornes. Quoique… Qui sait ? En tout cas, les actifs liquides des ultrariches, quelle que soit la forme qu'ils prennent.

Le demi-frère de Victoria a un site web : Naiman Sardy Art & Assets Advisors.

Ma page favorite s'intitule « Les œuvres d'art comme collatéraux ». Je me demande ce qu'en auraient pensé des artistes comme Monet, De Kooning, Pollock, Bacon et Cézanne, entre autres.

D'après le site :

Dans le sillage de la crise financière internationale, les investisseurs ont commencé à se rendre compte de l'intérêt d'intégrer dans leur portefeuille d'investissement des actifs non monétaires tels que les œuvres d'art, les yachts, les bijoux et autres objets de collection. Ces actifs corporels nécessitent des compétences pointues et une gestion particulière, pas seulement dans des domaines tels que le stockage, l'exposition, la conservation et les assurances, mais aussi en tant qu'actifs négociables de valeur substantielle. Ils exigent le même niveau d'expertise que les portefeuilles uniquement financiers. Chez Naiman Sardy, nous vous aiderons à constituer et à maintenir un portefeuille équilibré en vous informant à tout moment de la valeur marchande de ces biens, en vous conseillant sur les meilleures périodes pour vendre, acheter ou garder et en vous assistant à chaque étape des différentes transactions.

Et voilà. L'art comme dispositif de protection. Utilisé comme le sont les cigarettes en prison.

J'ai bien peur que les clients de Naiman Sardy Art & Asset Advisors ne soient les premiers à se retrouver alignés contre un mur quand l'heure de la révolution sonnera, qu'ils aient des garanties ou pas.

Quoi qu'il en soit, Mark a demandé à Victoria d'appeler son demi-frère Charles pour un de ses « clients ». Mon mari et elle sont amis sur LinkedIn, et, après un bref échange de petites nouvelles devant un café, il a abordé le sujet : cela intéresserait-il Charles de rencontrer un éventuel nouveau client souhaitant dissoudre certains de ses actifs dans les mois à venir ? La proposition a paru séduire Victoria. Mark m'a raconté qu'elle s'était redressée sur sa chaise, prenant de toute évidence à cœur son rôle d'intermédiaire. La société de Charles ayant beaucoup souffert du contexte économique général, apparemment, la commission sur cette transaction lui apporterait une bouffée d'oxygène. Victoria a remis une des cartes de visite de son demi-frère à Mark en lui disant de la transmettre à son « client ». Elle l'a même remercié d'avoir pensé à Charles.

Mark a organisé le rendez-vous chez Naiman Sardy. C'est moi qui irai, en me présentant sous le nom de Sara, assistante personnelle de mon employeur. Caro m'a raconté que, la plupart du temps, les ventes d'œuvres exposées dans sa galerie s'effectuent par téléphone ou par l'intermédiaire d'assistantes de direction qui se chargent de les acquérir lors des vernissages. Pourquoi les acheter soi-même quand on peut mandater quelqu'un pour le faire à sa place ?

Je dois rencontrer Charles ce matin. Je laisse Mark à la Patisserie Valerie, à Green Park, et m'engage seule dans Pall Mall.

Le showroom se révèle discret. Lorsqu'on entre, on a l'impression de se retrouver dans une salle des ventes privée haut de gamme. Des vitrines d'exposition installées sur des socles sont disséminées dans la pièce, abritant des trésors qui, à mon avis, ne sont pas à vendre mais servent avant tout à conforter les clients dans l'idée qu'ils sont au bon endroit. Des symboles de classe sociale, des trophées, des emblèmes. En même temps, j'imagine que tout peut s'acheter à condition d'y mettre le prix.

Ici, derrière une vitre épaisse de plusieurs centimètres, un masque mortuaire inca réchauffé par la lumière des spots.

Là, une armure japonaise.

Dans une autre vitrine, un collier avec une grosse briolette chatoyante entourée de brillants plus modestes mais tout aussi scintillants.

Charles en personne vient m'accueillir. Plein d'énergie, le teint rubicond, le cheveu impeccable, il arbore un pantalon rouge et un soupçon de hâle suggérant un séjour dans le sud de la France.

Il semble être le seul occupant des lieux. Peut-être le showroom n'ouvre-t-il que sur rendez-vous ? Après tout, il ne doit pas y avoir beaucoup de passage dans le quartier.

Nous nous installons au fond de la pièce, dont le sol est recouvert d'une moquette épaisse, de part et d'autre d'un bureau massif en acajou. Si ce n'est pas un Chippendale, il en rappelle fortement le style. Je suppose que c'est tout l'intérêt de sa présence : le client est censé remarquer ce type de détail.

Dans un premier temps, nous échangeons quelques amabilités. Alors que Charles me prépare un café en capsule, je me dis que la balle est dans mon camp. Je suis sûre qu'il pourrait discuter toute la journée avec moi de la pluie et du beau temps si je ne décide pas à un moment ou à un autre d'entrer dans le vif du sujet. Ce n'est pas lui qui parlera affaires le premier, ce n'est pas le genre de la maison.

Cela dit, même les camelots de l'East End derrière leur étal adorent bavarder, non ? Oh, bien sûr, Charles n'a rien à voir avec eux. Lui, il est l'incarnation même des anciens étudiants d'Oxbridge[1] : efficace, concis, mais accablé par le sentiment de ne pas être à la hauteur de son propre potentiel. L'inconvénient, quand la vie vous offre tout sur un plateau, c'est que vous restez toujours en deçà des espoirs placés en vous. Chaque succès n'est que le minimum attendu de votre part, compte tenu des circonstances, et chaque échec n'est que le résultat d'une faiblesse de caractère.

Soyons clair : pour ma part, je trouve que Charles s'en sort très bien. Ce showroom est magnifique. Son métier semble de ceux qui font des envieux. Je serais fière si j'étais sa mère. Mais là encore, c'est le problème

1. Terme qui associe les deux plus prestigieuses universités anglaises, Oxford et Cambridge.

des garçons qui ont fréquenté des écoles privées. Ils jouent sur la corde sensible. Pas de vie sexuelle, mais une permanence téléphonique avec leur mère. Ils ne grandissent jamais.

Je finis par prendre la pochette dans mon manteau pour la poser sur le bureau. Les pierres sont maintenant bien à l'abri dans ce petit sac de cuir souple couleur crème que Mark et moi avons acheté en prévision de cette rencontre. Le sachet en plastique n'était pas adapté, et même si cet accessoire nous a coûté 150 livres, il apporte à ma démarche une touche de raffinement.

Charles se concentre sur moi, à présent. C'est pour ça qu'il est là, et l'année a été mauvaise.

Je lui explique que la famille pour laquelle je travaille cherche à liquider certains de ses actifs. Des diamants, dans un premier temps, pour tester le marché, savoir s'il est réceptif.

En réalité, il n'y a pas d'autres actifs. Mais j'ai pensé que, du côté de Charles, la perspective de diverses transactions à venir permettrait de 1) nous garantir le meilleur prix pour les pierres aujourd'hui et 2) atténuer les soupçons liés à une vente unique.

En tout cas, j'ai éveillé son intérêt, c'est évident.

Il va chercher un plateau de présentation et je lui tends la pochette. Je préfère qu'il la vide lui-même, qu'il éprouve le sentiment que j'ai eu la première fois où j'ai vu des dizaines de diamants se déverser dans la lumière.

Il secoue doucement le petit sac et les pierres s'éparpillent sur le feutre vert.

Il évalue ce qu'il a sous les yeux.

J'en ai la chair de poule. Toutes ces possibilités. Toutes ces occasions à saisir.

Il s'humecte les lèvres avant de lever les yeux.

— Elles sont très belles. Magnifiques, même.

La joie transparaît sous sa façade impassible. Il ne joue pas au poker, c'est certain.

Nous tombons d'accord sur une commission de dix pour cent. Il commencera à prospecter dès que je serai partie et devrait avoir des offres dans l'après-midi. Les choses bougent vite sur le marché des diamants. Il est possible qu'il puisse organiser la vente dès la fin de la journée si mes employeurs n'y voient pas d'objection.

Je pars avec un reçu manuscrit à la place des pierres et retourne au café retrouver Mark. Et soudain, sur le trajet, j'ai l'impression de sentir un regard rivé sur ma nuque. Je pile au croisement de Pall Mall et de St. James's Street, puis, les nerfs à fleur de peau, je fais mine de chercher mon téléphone dans mon sac. Les deux piétons derrière moi me doublent. Ils ne me suivent pas, ce ne sont pas des flics, juste des hommes bien habillés qui vont sans doute déjeuner. Je jette un coup d'œil par-dessus mon épaule, scrute Pall Mall jusqu'à Trafalgar Square, cherchant du regard la silhouette trapue du capitaine Foster. Parmi la vingtaine de passants sur les trottoirs, aucun ne correspond. Non, il n'est pas là, en train de me surveiller.

Arrête, Erin. Ne deviens pas parano.

Mon cœur s'est affolé pour rien. Je m'engage dans St James's Street.

Le visage de Mark s'éclaire lorsqu'il me voit entrer. Il veut savoir comment s'est déroulée mon entrevue avec Charles.

— On ne peut mieux, dis-je. Il s'est déjà mis en quête d'éventuels acquéreurs. Il était tout excité. Il a essayé de le cacher mais je m'en suis bien rendu compte. Si ça se trouve, on aura une réponse dans quelques heures ! Il doit m'appeler cet après-midi, quand il aura du nouveau.

Mes doigts tremblent légèrement sur la table. Mark avance la main et les recouvre de sa paume.

— Tu te débrouilles comme un chef, mon cœur. Tu m'impressionnes.

Il accompagne ces mots d'un grand sourire, que je lui rends. Oui, ce que nous sommes en train de faire est effrayant, mais aussi incroyablement excitant. Si je ne peux pas me prononcer pour Mark, compte tenu de son métier, pour ma part mes seuls démêlés avec la loi se limitaient jusqu'ici à une contravention par-ci par-là pour n'avoir pas payé mon stationnement. Je ne suis pas une délinquante. C'est étonnant, tout de même, la facilité avec laquelle nous sommes passés de l'autre côté… Dans ces conditions, me semble-t-il, j'ai le droit de céder à la paranoïa de temps à autre. Après tout, nous avons rapporté le danger en Angleterre.

— Bon, voilà ce que je te propose, reprend Mark. On reste en ville jusqu'à ce que Charles nous rappelle, d'accord ? Et s'il a une offre à nous soumettre, on accepte. Comme ça, tu n'auras plus qu'à y retourner pour boucler la vente. On pourrait être tranquilles dès ce soir. Adieu les diamants, retour à la vie normale. Ou presque.

Encore ce sourire.

Mon portable sonne à 13 h 30. C'est Charles, déjà ; je reconnais les trois derniers chiffres pour les avoir vus sur le téléphone de Mark ce matin. Je ne réponds qu'à la quatrième sonnerie. Il ne faut pas lui donner l'impression que nous étions impatients de l'entendre.

— Allô ? dis-je d'un ton brusque.

Sara, l'assistante, a beaucoup mieux à faire que d'attendre un appel de Charles.

— Allô, Sara ? C'est Charles, de Naiman Sardy…

L'intonation est hésitante.

— Ah oui, Charles ! Eh bien, que puis-je faire pour vous ?

J'ai posé la question d'un ton détaché, neutre, professionnel. Mark croise mon regard et sourit. Il aime bien mon personnage. Il doit le trouver sexy.

Nouvelle hésitation de la part de Charles, fugace mais perceptible. Il marque une pause infinitésimale à l'autre bout de la ligne avant de se lancer :

— Voilà, je suis navré, Sara, je ne vais pas pouvoir accepter cette affaire, hélas. J'aurais beaucoup aimé vous aider, mais je vais devoir passer la main, j'en ai peur.

Je sens mon estomac se nouer et je lève les yeux vers Mark. Il a déjà perçu le changement chez moi et il examine rapidement les autres clients dans le café. Sommes-nous démasqués ? Est-ce la fin de tout ?

Pensant être restée un peu trop longtemps silencieuse au téléphone, je m'enquiers calmement :

— Il y a un problème, Charles ?

Je suis parvenue à adopter un ton passif-agressif. Sara se demande pourquoi il lui fait perdre son temps s'il n'est pas capable de vendre les diamants.

Mark ne me quitte pas du regard.

— Je vous le répète, je suis désolé, répond Charles. C'est… ce n'est qu'une petite question de provenance. Ça me gêne même d'aborder le sujet. Vos clients ne se doutent certainement pas qu'ils sont en possession de… Eh bien, des inquiétudes ont été exprimées à propos de l'origine de ces pierres, ce qui pourrait créer des complications pour la suite. Alors je préfère me retirer à ce stade. Vous comprenez, j'espère ?

Il me laisse la possibilité de répondre dans le silence qui suit.

Je fais « non » de la tête à l'adresse de Mark. Pas de vente. J'articule en silence « provenance ». Je fronce les sourcils. Puis le jour se fait dans mon esprit : Charles me signifie qu'il pense avoir en main des diamants de sang, des pierres issues d'un trafic clandestin dans des pays d'Afrique peu scrupuleux en matière d'éthique. Évidemment, en l'absence de certificat ou de tout autre document officiel, l'hypothèse est plausible. Et, à vrai dire, je préfère qu'il envisage cette éventualité plutôt que la possibilité d'avoir affaire à des diamants volés. Bien sûr, il a dû soupçonner quelque chose de louche quand je les lui ai remis. Mais je suis prête à parier que ses réticences relèvent plus de la peur d'une éventuelle enquête policière que de considérations éthiques. Que, s'il avait pu négocier les pierres au cours des quelques heures écoulées, il l'aurait fait. Et je ne lui en veux pas de se dérober. À sa place, j'aurais fui à toutes jambes, surtout après une mauvaise année. Les hommes comme lui ne sont pas taillés pour la prison.

— Je vois, dis-je. Eh bien, merci pour ces précisions, Charles. Je suis sûre qu'elles intéresseront mes clients. Vous avez raison, ils sont loin d'imaginer des complications de cette nature. Et je vous sais gré pour votre discrétion.

Un coup de brosse à reluire. Je suis sûre qu'il n'en parlera à personne, mais ça ne coûte rien.

— Aucun problème, Sara.

À son intonation, je devine son soulagement.

— Pourriez-vous informer vos clients que je serais heureux de m'occuper d'autres actifs dont ils voudraient se séparer ? Je suis à leur disposition s'ils le souhaitent. Vous avez mes coordonnées, n'est-ce pas ?

Il est sensible à l'appât du gain, mais il ne veut pas se salir les mains. Comme tout le monde, Charles, comme tout le monde.

— Oui, bien sûr, dis-je. Je suis certaine qu'ils apprécieront votre professionnalisme.

Mark secoue la tête. Je flatte l'ego d'un homme qui vient de nous accuser d'être des criminels.

— Tant mieux, merci beaucoup, réplique-t-il. Oh, et… Verriez-vous un inconvénient à venir les chercher maintenant, Sara ? Tout est prêt. Le plus tôt sera sans doute le mieux.

Je m'y engage, raccroche et appuie mon front sur la table du café. Bon sang, c'est éreintant d'être une criminelle… Quand Mark m'ébouriffe les cheveux, je lève les yeux vers lui et murmure :

— C'est non. Il pense que ce sont des diamants de sang. Mais il ne dira rien. Il faut que j'aille les récupérer.

— Fait chier !

Ce n'est pas ce que Mark avait envie d'entendre. Et pour cause : il s'est beaucoup investi dans cette transaction.

— Et dire que c'était censé être la partie facile… Il n'a pas découvert qui étaient les vendeurs, au moins ? demande-t-il.

— Non. Je ne vois pas comment il pourrait le savoir. Et je suis sûre qu'il gardera le silence. S'il a trop peur pour essayer de vendre les diamants, il ne va pas prendre le risque d'ébruiter leur existence. Il ignore qui sont mes clients, pas vrai ? Et de quoi ces gens-là sont capables…

Pour moi, il est clair que nous n'avons rien à craindre de Charles.

L'expression contrariée de Mark disparaît, remplacée par un petit sourire.

— Alors, qu'est-ce qu'on va faire, maintenant ?

Il a posé la question d'un ton léger qui ne rend que plus évidente l'absurdité de la situation. Je n'ai aucune idée de ce que nous allons faire. Nous n'avons pas d'autres contacts. Et nous ignorons comment écouler des diamants.

Je pouffe malgré moi. Le sourire de Mark s'élargit, creusant des sillons au coin de ses yeux. Dieu qu'il est beau !

— Je croyais vraiment que c'était dans la poche, dis-je. Je m'attendais presque à ce que Charles fasse une offre sur-le-champ. Pourquoi est-ce si compliqué ?

— J'y croyais aussi, probablement parce qu'on a eu de la chance en Suisse ; tout s'est trop bien passé là-bas. Maintenant, on n'a plus qu'à chercher d'autres solutions. Je vais m'y mettre dès maintenant. Toi, va récupérer les pierres.

De la tête, il m'indique la porte.

Je laisse Mark se creuser les méninges pendant que je retourne voir Charles. Et soudain, je me surprends à sourire. Tout ça m'amuse, au fond. Je me vois bien jouer les Daisy pour son Gatsby jusqu'à la fin de mes jours.

Quand j'arrive au showroom, Charles n'est pas là. Un agent de sécurité m'ouvre la porte et me remet la pochette en échange du reçu délivré par Charles. Il me semble que ce dernier veut couvrir ses arrières, prendre ses distances. Mark sera obligé de feindre l'ignorance la plus totale s'il doit revoir Victoria. Se dire choqué que son « client » ait voulu se débarrasser de diamants de sang. Comment aurait-il pu s'en douter ? Sa position sera d'autant plus crédible qu'il n'était pas au cœur de l'action. Cela dit, je n'y étais pas non plus : c'est Sara qui s'est présentée.

Une petite voix dans ma tête me rappelle néanmoins que je suis chaque fois en première ligne. Si les choses tournent mal, c'est moi qu'on voit sur les images des caméras de surveillance en Suisse et dans Pall Mall. Mon nom n'apparaît pas, mais mon visage, si. Tandis que je retourne rejoindre Mark, je me demande : était-ce mon idée de m'exposer ainsi ou me suis-je juste glissée dans le rôle qu'il m'a attribué ? Suis-je plus courageuse que lui, plus douée pour jouer la comédie ou plus bête ? Pourquoi est-ce toujours moi qui monte au front ?

En même temps, c'est lui qui a les contacts, non ? Il ne peut pas s'impliquer lui-même dans les transactions, c'est logique. Et, pour être franche, je n'aime pas trop rester en coulisses. Nous formons le parfait tandem.

Il n'a pas eu de nouvelles idées pour les diamants quand je le rejoins, aussi décidons-nous d'en rester là pour aujourd'hui. Son cerveau semble de nouveau accaparé par des considérations professionnelles. Il a rendez-vous avec une autre ancienne relation de travail cet après-midi pour discuter de la réglementation financière dans le conseil indépendant. Afin de créer son cabinet, il va devoir accomplir de nombreuses démarches, franchir pas mal d'obstacles… Je lui dis d'y aller. Nous aurons besoin de plus de temps pour préparer notre nouvelle stratégie. Après l'avoir embrassé, je reprends le chemin de la maison, ma main froide refermée sur les diamants bien au chaud dans le petit sac en cuir au fond de ma poche.

L'idée me vient sur le trajet jusqu'à la station de métro.

Bon, si un homme aussi timoré que Charles est capable de vendre des diamants, pourquoi ne pourrions-nous pas tenter notre chance nous-mêmes ? Charles est un intermédiaire, qui cherche des acquéreurs pour ce dont les très riches ne veulent plus. Il négocie avec l'argent des autres. Et s'il a réussi à assimiler les principes de la négociation d'actifs après avoir décroché une licence d'arts plastiques, j'imagine que ce ne doit pas être sorcier. Au fond, l'activité de Charles se rapproche de ce que faisait Mark dans la City, sauf qu'il l'exerce à plus petite échelle. Et puis nous avons acquis quelques connaissances dans le domaine des diamants et nous avons tout appris sur les « quatre C[1] », à force d'avoir écumé les bijouteries après nos fiançailles. Nous savons approximativement combien valent ces pierres, il ne nous manque qu'un acheteur. Or, figurez-vous qu'il existe un quartier de Londres consacré à l'achat et à la vente de pierres précieuses. Il nous suffirait de trouver quelqu'un qui ne soit pas trop regardant sur la provenance. Quelqu'un d'un peu plus proactif que Charles, dirons-nous. Je peux toujours aller prendre la température, non ?

Je bifurque dans une ruelle proche de Piccadilly, sors du sac un brillant, puis remets le tout dans ma poche.

---

1. On mesure la qualité des diamants grâce à un système de normes internationales dit des « quatre C », on prend en compte leur couleur (*color*), leur taille (*cut*), leur pureté (*clarity*) et enfin leur poids en carats (*carat weight*).

À la station de Farringdon, je m'engage dans le dédale de rues qui constitue le quartier animé de Hatton Garden. Il fait froid, aujourd'hui, et le vent est mordant. Les trottoirs grouillent de Juifs hassidiques emmitouflés dans des manteaux en cachemire, tenant d'une main leur chapeau pour ne pas qu'il s'envole, tous pressés d'aller quelque part.

Ce n'était sans doute pas une bonne idée de venir ici, mais je n'ai pas non plus l'air d'une voleuse de bijoux, non ? Pourquoi une trentenaire bien habillée attirerait-elle l'attention juste parce qu'elle cherche à faire estimer un diamant ? C'est probablement monnaie courante, ici.

Je regarde ma bague de fiançailles. Elle est magnifique. Mark a fait une folie, je m'en rends compte, à présent. Sur le moment, cependant, je n'ai pensé qu'à une chose : combien il m'aimait, combien il était prêt à dépenser pour moi. À toutes les heures de travail que représentait cette pierre. À quel point elle était belle.

Aujourd'hui, je vois un trophée. L'équivalent d'une tête de gibier empaillée. Le dur labeur de Mark symbolisé par ce brillant à mon doigt. Si nous avions eu besoin d'argent, je l'aurais vendu sans hésiter. Pour la maison. Pour notre bébé. Le mince anneau en or signifie plus pour moi que le solitaire dessus. J'imagine néanmoins qu'avec le contenu du sac, je ne serai jamais obligée d'en arriver là. Surtout si je parviens à bien négocier.

J'essaie d'abord la bourse du diamant. C'est un espace caverneux où officient différents courtiers en pierres et métaux précieux. Des Juifs orthodoxes penchés sur des comptoirs voisinent avec des négociants cockneys en costume griffé, offrant l'image d'un large éventail de petites entreprises familiales.

Je ne suis pas allée bien loin quand un homme me fait signe d'approcher. Même si personne ne semble me remarquer, j'ai l'impression d'être un renard qui vient de croiser un équipage de chasse à courre.

— Vous cherchez quelque chose en particulier, ma belle ?

Il est chauve, cockney, en chemise, cravate et veste polaire. Cet homme-là est pragmatique, il s'habille en fonction du temps. Son sourire me paraît engageant. Je vais tenter ma chance avec lui.

— Je voudrais vendre une pierre, en fait. Un diamant de deux carats, qui était sur une bague de fiançailles.

C'est imparable, me semble-t-il. Personne ne va me demander à qui appartenait cette bague, n'est-ce pas ? Je veux dire, en toute logique, soit la propriétaire est morte, soit elle a rompu ses fiançailles. Ce n'est pas le genre de sujet qu'on a envie d'aborder pendant une transaction marchande. Il n'est pas de ceux qui permettent d'huiler les rouages du commerce. Et le fait que la pierre ne soit pas montée sur une bague laisse supposer un malheur quelconque ; dans ces conditions, il serait déplacé de poser des questions. Du moins, je l'espère. J'ai pensé à cette histoire dans le métro. Je la trouve convaincante.

— Deux carats ? répète-t-il. Excellent. Eh bien, voyons voir ça.

Son intérêt est manifeste. J'imagine que, dans sa profession, on ne sait pas d'un jour à l'autre sur quoi on va tomber. Quelque chose dans son expression au moment où je prends mon diamant dans ma poche me rappelle cet épisode célèbre de la série *Only Fools and Horses*. Vous savez, celui où Del et Rodney découvrent la montre et deviennent millionnaires. Il a gobé mon histoire.

Je place la pierre au milieu du plateau sur le comptoir. Elle a à peine touché le feutre dont il est recouvert que mon interlocuteur s'en empare. Puis l'étudie à la loupe, avant de me survoler du regard, de me jauger. Une représentante de la classe moyenne, soignée, la trentaine. Si un doute lui a traversé l'esprit, mon apparence le rassure : il se concentre de nouveau sur le diamant.

Il appelle un collègue, un certain Martin, qui s'approche et me salue d'un geste amical. Il est plus jeune que l'homme à la polaire, qui lui montre le brillant. Son fils, peut-être ? Un neveu ? Martin sort sa propre loupe pour examiner le diamant sous tous les angles. Il me jette un coup d'œil, me jauge lui aussi.

— Combien en voulez-vous ?

L'attitude de Martin a changé, elle est moins amicale qu'au début, plus professionnelle. J'en déduis que la marchandise l'intéresse. Le moment est venu d'arborer le masque de l'impassibilité.

— Je ne suis pas trop fixée, pour être franche. Je sais que c'est une pierre de deux carats. La taille et la couleur sont proches de la perfection. Je dirais… cinq mille ?

J'ai délibérément visé bas. C'est un test. Je fais semblant d'ignorer la valeur de ce que je possède. Or, Charles m'en a donné une idée précise avant de lâcher l'affaire, il a même noté les caractéristiques des diamants sur le reçu qu'il m'a remis. Celui-ci, comme tous les autres dans la sacoche, est de la couleur D (blanc exceptionnel), du niveau de pureté IF (sans défaut interne) ou VVS1 (inclusions difficilement visibles à la loupe). Une pierre ronde avec de telles spécificités irait chercher dans les 8 000 livres hors taxe, neuf mille cinq cents TTC. Mais celle que mes interlocuteurs ont en main est d'une taille

Radiant, une forme rectangulaire qui sublime l'éclat et la brillance. Plus rare, elle irait chercher dans les 18 000 à 20 000 livres hors taxe.

Les deux négociants n'en reviennent pas de leur chance. Celui à la polaire avance la lèvre inférieure comme pour me signifier que le prix lui paraît raisonnable. Il jette un coup d'œil à son collègue.

— Qu'est-ce que tu en penses, Martin ? On peut aller jusque-là ? C'est un beau caillou.

Il joue bien son rôle : si je ne savais pas à quoi m'en tenir, je penserais qu'ils me font une faveur.

Martin inspecte une nouvelle fois la pierre avant de pousser un profond soupir. Il me regarde, les lèvres pincées, comme s'il pesait sa décision.

— Oui, peut-être... Pourquoi pas ? Allez, c'est d'accord. Je vais mettre ça par écrit.

Il adresse un signe de tête à son collègue.

Celui-ci me sourit, l'air affairé.

— Cet arrangement vous satisfait, ma belle ? me demande-t-il.

Je suis surtout satisfaite d'avoir atteint mon objectif. Ces pierres sont vendables. Il y a des acheteurs qui, du moment qu'ils obtiennent un bon prix, sont prêts à ignorer la question de la provenance. Même si nous les laissons partir pour 5 000 livres seulement chacune, nous empocherons tout de même un bon million. Il est sans doute possible d'en tirer plus, mais c'est déjà bien. Ne soyons pas trop gourmands.

Je me fends d'un hochement de tête solennel, comme si je réfléchissais, histoire de les laisser mariner un moment.

— Oui, je suis ravie, messieurs. Je vais en toucher un mot à mon mari ce soir et je repasserai demain...

Je leur adresse un grand sourire – nous sommes entre amis, non ? – et range mon caillou.

Je n'ai évidemment pas l'intention de revenir. Ni de vendre deux cents brillants un par un dans différentes bourses aux diamants. Or, si l'expérience nous a bien enseigné une chose, c'est que les courtiers spécialisés dans le haut de gamme comme Charles n'y toucheront pas. Ne reste donc plus qu'à trouver quelqu'un qui acceptera de fermer les yeux moyennant un pourcentage conséquent. Je songe à toutes les histoires que Mark m'a racontées au fil des ans à propos des individus qu'il a côtoyés dans son métier. À tout ce qu'ils font ou ont fait. Je suis sûre que nous finirons par tomber sur la bonne personne.

Mark est dans le salon quand je rentre à la maison. Son rendez-vous de travail s'est très bien passé, apparemment. Par chance, la réglementation en vigueur dans sa branche favorise et soutient les créations d'entreprises ; elles n'ont jamais été aussi nombreuses qu'en ce moment. Il a également complété sa liste de clients potentiels. Les choses se présentent au mieux, m'explique-t-il d'un air ravi. Il semblerait que la chance lui sourie enfin. Une bonne odeur de café flotte dans l'air. Il m'en tend une tasse – une offrande pour célébrer mon retour chez nous.

— Alors, il y a du nouveau de ton côté ? me demande-t-il.

Il s'appuie contre le dossier du canapé, les bras croisés, auréolé par la lumière tamisée du couchant. Nous serons bientôt obligés d'éclairer.

C'est drôle de voir à quel point cette aventure nous réjouit. C'est devenu un jeu, parfois d'astuce, parfois de hasard. Et si nous y prenons autant de plaisir, c'est sans doute parce que nous sommes en veine pour le moment.

— J'ai eu une idée tout à l'heure, après t'avoir quitté, dis-je. Voilà, je suis passée à Hatton Garden. Ne t'inquiète pas, je n'ai rien fait d'inconsidéré. Je voulais juste prendre la température, voir s'il y avait des gens prêts à fermer les yeux sur la provenance. Eh bien, la réponse est « oui », Mark !

Je lui souris, consciente de mes joues qui s'empourprent. Il reste de marbre.

J'insiste.

— Il nous faut un acheteur pas trop regardant sur la légalité. Quelqu'un qui s'intéresse avant tout à l'argent.

Je ponctue ces mots d'un autre sourire hésitant. Il m'oppose toujours un regard vide. Pourquoi ne partage-t-il pas mon enthousiasme ?

Il se redresse et commence à arpenter la pièce, perdu dans ses pensées. Quelque chose cloche, c'est évident. Je me mordille la lèvre inférieure.

Au bout de quelques instants, il se tourne vers moi. Son expression est indéchiffrable.

— Mark ? Qu'est-ce qui ne va pas ?

J'ai posé la question d'un ton plus cassant que je ne l'aurais voulu. Il détourne les yeux. Je garde trop de choses pour moi, trop de secrets, la pression devient intolérable et je ne pourrai pas la contenir encore longtemps. Il faut qu'on se débarrasse de ces diamants au plus vite pour pouvoir reprendre le cours normal de notre vie. Je ne comprends pas pourquoi il n'est pas d'accord avec moi, pourquoi il s'est brusquement renfermé.

Il lâche soudain :

— Je ne peux pas croire que tu aies fait une telle conner… Non, rien. Oublie. Vas-y, continue.

Il se dirige vers son bureau, où il se plonge dans des documents de travail.

— Quelle connerie, Mark ? De quoi tu parles ? J'ai du mal à te suivre. Explique-moi, s'il te plaît. La journée a été mouvementée, et je crois m'en être plutôt bien sortie, alors si mes démarches te posent problème, dis-le. Ou mieux, tiens : expose-moi donc *tes* idées !

Il délaisse ses papiers et lève les yeux vers moi.

— J'ai trouvé la carte du capitaine Foster dans la poche de ton autre manteau.

Il a prononcé ces mots d'une voix douce. Il n'est pas en colère, il est déçu, ce qui est pire. Il devait penser que ça ne se passait pas comme ça entre nous, qu'on se disait toujours tout.

— Avant que tu poses la question, sache que je cherchais juste de la monnaie, poursuit-il. Tu comptais m'en parler à quel moment, hein ? J'ai eu le choc de ma vie ! Depuis quand tu me caches des trucs ?

Son regard me révèle qu'il est blessé.

— Sur le coup, j'ai pensé que tu avais prévenu les flics pour le sac, que tu leur avais tout raconté. Et puis je suis allé voir sur Google qui était ce Foster. En découvrant qu'il était de l'antiterrorisme, je suis tombé des nues. Je me suis même dit : est-ce qu'elle me trompe avec ce type ? Pourquoi a-t-elle sa carte ? Alors, comme un pauvre couillon, j'ai fouillé dans tes e-mails, et Dieu merci ! Dieu merci, j'ai lu celui que tu as envoyé à Phil hier, au sujet de Holli… Au moins, maintenant, je sais que ça concerne ton boulot. Mais tu ne peux pas m'exclure comme ça, Erin. J'ai le droit d'être informé de ce qui se passe, surtout si ça implique la police. Ne rien me dire en un moment pareil, c'est... c'est le plus sûr moyen de tout faire foirer.

Il fronce les sourcils, l'air accusateur.

— Je ne comptais pas aborder le sujet, j'aurais préféré que tu décides toi-même de me mettre au courant, sauf que maintenant tu ne me laisses plus le choix. Désolé si je ne partage pas ton enthousiasme, mais tu ne vois pas où je veux en venir ? Tu as été filmée par toutes les caméras de surveillance de Hatton Garden. Tu t'en rends compte, au moins ?

Les mots, pourtant prononcés d'un ton calme, résonnent dans ma tête.

— Si les flics s'intéressent à toi, Erin, qu'est-ce qu'ils vont penser de ces images ?

Il a raison, bien sûr. J'ai agi comme une idiote. Si ça tourne mal, je suis mouillée jusqu'au cou.

— Dis-moi juste qu'on fait toujours équipe, reprend-il. Tu ne me caches rien d'autre, hein ?

C'est une question cruciale qui mérite une réponse à la hauteur. Je mesure toute l'importance de cet instant. Mark se met dans une position vulnérable : je continue avec lui ou sans lui. Il n'y a pas de demi-mesure.

Je ne lui ai toujours pas révélé que j'étais enceinte, ni qu'Eddie connaissait notre adresse et savait tout sur nous deux, mais je ne peux pas lui avouer maintenant, me semble-t-il. Je marche sur des œufs. C'est moi l'écervelée qui court dans toute la ville en mentant, en prenant des risques. Si je lui annonce que j'agis ainsi en portant notre enfant, je briserai peut-être ce lien fragile entre nous que nous avons mis si longtemps à créer.

Il attend une réponse. Son inquiétude est visible. Je me sens mal. Très mal.

— Je te demande pardon, Mark. Sincèrement. J'avais l'intention de tout te raconter une fois les diamants vendus. Je ne voulais pas que tu te ronges les sangs, tu comprends ? Si j'avais pensé une seule seconde que le capitaine Foster me faisait suivre, je n'aurais jamais mis les pieds à Hatton Garden, je te le jure. Mais il faut qu'on sorte les pierres d'ici. Surtout maintenant. Tu le sais, n'est-ce pas ?

Je me rends bien compte qu'il est blessé, même s'il s'efforce de ne pas le montrer. Il finit pourtant par hocher la tête.

— Bon, on est d'accord, dis-je. On se débarrasse des pierres au plus vite et on vire l'argent à la banque ?

C'est une question. S'il veut que j'arrête tout sur-le-champ, je renoncerai. Je l'aime trop pour agir derrière son dos.

Après une brève hésitation, il déclare :

— D'accord.

— Je regrette, j'aurais dû te parler de Foster. Excuse-moi, Mark.

Je lui décoche un petit sourire, qu'il me rend. Je l'aime tant…

Le temps de traverser la pièce et je l'enlace.

— Que ça ne devienne pas une habitude, madame Roberts, murmure-t-il en m'attirant à lui. OK, on va les vendre, ces foutus diamants !

Je me presse contre lui, soulagée.

— Tu connais quelqu'un qui pourrait nous aider ?

Il baisse les yeux vers moi.

— Et toi ?

27

Mercredi 21 septembre
Suivi d'Alexa

Ils posent ses affaires sur le comptoir. Souvenirs d'une vie. Nous reculons et laissons le temps à Alexa de tout examiner. Puis de signer le formulaire.

Nous zoomons sur le comptoir. Gros plan sur un Nokia 6100, l'un des premiers mobiles à avoir une connectivité Internet – le téléphone le plus convoité en 2002. À l'époque, Alexa l'a sans doute acheté dès sa mise sur le marché. Mais il n'y a pas de chargeur. Ça m'étonnerait qu'elle puisse en trouver un aujourd'hui.

Il y a aussi un portefeuille Mulberry en cuir brun. Elle l'ouvre. Des cartes American Express obsolètes, des billets, quelques pièces de monnaie. Je me demande si les billets sont toujours utilisables. Ceux de cinq livres ont changé en septembre dernier ; ils changent tout le temps. Je songe à tous ces portefeuilles dans le local de la prison, remplis de coupures qui n'ont plus de valeur ou n'en auront bientôt plus.

Un parapluie noir pliant. La moitié d'un paquet de chewing-gums Wrigley's Extra. Une vieille carte de transport. C'est tout. L'existence d'Alexa résumée en quelques objets.

— Merci beaucoup.

Elle gratifie le gardien trinidadien d'un sourire chaleureux. Ils semblent avoir de bonnes relations.

— De rien, ma belle. Je vous souhaite une excellente journée. Et j'espère ne plus jamais vous revoir…

L'homme ponctue ces mots d'un rire guttural, puis sourit à la magnifique femme devant lui.

Alexa range ses effets personnels dans un petit sac en toile beige avant de se diriger vers la sortie.

Elle s'arrête près de la porte pour attendre qu'un autre gardien lui ouvre. Phil, Duncan et moi restons groupés derrière elle. C'est l'unique procédure de libération que nous avons été autorisés à filmer ; Alexa est la seule à nous avoir donné son feu vert. Nous avons tous conscience de la dimension intime de son geste. Nous la contournons, débouchons sous la pluie et braquons la caméra sur elle alors qu'elle émerge dans l'air automnal humide et que la porte se referme derrière elle.

Elle est dehors.

Elle lève la tête vers le ciel, laisse les gouttes lui mouiller le visage et la brise soulever ses cheveux. Elle prend une profonde inspiration, sa poitrine se soulève et s'abaisse. Rumeur assourdie de la circulation dans Camden Road. Bruit du vent dans les arbres.

Quand elle baisse enfin la tête, des larmes brillent dans ses yeux. Elle ne dit rien. Muets nous aussi, nous la filmons toujours en reculant vers la route.

Soudain, alors que nous atteignons la chaussée, un sourire s'épanouit sur sa figure en même temps que les larmes coulent sur ses joues. Elle éclate de rire.

Sa joie est communicative. Nous avons tous le sourire, à présent.

Devant le gouffre vertigineux que doit représenter pour elle sa toute nouvelle liberté, notre présence constitue sûrement une sorte de garde-fou bienvenu. Nous nous dirigeons vers la gare de Waterloo East, où elle prendra le train pour Folkestone, dans le Kent. Son nouveau foyer. La maison familiale. Nous irons tous ensemble et nous poursuivrons le tournage par intermittence pendant deux jours. Pour moi, c'est un soulagement de quitter Londres, même brièvement. Je n'arrête pas d'imaginer Andy Foster faisant irruption chez nous. C'est exténuant. Il me semble que les diamants manifestent leur existence à travers le plancher du grenier comme le cœur révélateur d'Edgar Poe. Ce court voyage va me changer les idées. Il me permettra de me concentrer.

J'ai loué une voiture pour nous emmener à la gare, mais Alexa tient à marcher un moment. Nous l'accompagnons sous le crachin.

Elle s'arrête dans un café pour acheter un jus d'oranges fraîchement pressées. Elle le boit avec une paille. Hoche la tête.

— Délicieux, commente-t-elle avec un sourire.

Elle en achète trois autres, un pour chacun de nous, en se servant de son petit pécule vieux de quatorze ans, et nous poursuivons notre chemin.

Nous entrons dans Caledonian Park, et elle s'assoit sur un banc mouillé. Nous nous postons à une certaine distance, hors de son champ de vision, tandis qu'elle contemple les arbres, le haut des immeubles, les promeneurs de chiens, les joggeurs. Elle dévore tout des yeux.

Enfin, elle se tourne vers nous et rompt le silence.

— On peut faire une pause ? demande-t-elle. Venez vous asseoir à côté de moi.

Elle tapote le banc assombri par la pluie.

Nous devons former un tableau étrange, tous les quatre, alignés comme nous le sommes : la frêle Alexa, Duncan l'Écossais trapu qui s'occupe du son, Phil avec sa Steadicam, et moi. Nous fixons tous du regard un point devant nous dans le parc envahi par la grisaille. Phil, la caméra posée sur les genoux, filme la vue.

— Merci d'être là, dit soudain Alexa. C'est le plus beau jour de ma vie.

Et, oui, nous enregistrons ses paroles.

Par chance, le train n'est pas bondé. Nous avons ainsi l'occasion de capturer certains moments du voyage : le premier journal d'Alexa, son premier gin tonic, sa première barre chocolatée.

Ensuite, direction le paisible village de Hawkings, où nous attend David, le père d'Alexa. Il est posté dans l'allée devant la maison. Alexa tâtonne pour ouvrir la portière du taxi, puis s'élance dehors. Père et fille courent l'un vers l'autre. Le septuagénaire au visage rubicond étreint fougueusement sa fille. Ils restent longtemps enlacés.

— Tu es chez toi, maintenant, dit-il, comme une promesse. En sécurité.

Il la serre encore plus fort contre lui.

Au bout d'un moment, il se tourne vers nous, la tête d'Alexa appuyée contre son épaule. Tous deux sont rayonnants.

— Venez, venez, nous invite-t-il. Je vais vous préparer un bon thé.

D'un geste, il nous indique la maison, puis nous précède à l'intérieur. Phil, qui filme toujours, ferme la marche.

Nous quittons le père et la fille lorsque la lumière du jour commence à décliner et prenons la direction des lumières scintillantes de Folkestone et de l'hôtel Premier Inn, où nous dormirons ce soir.

Rien n'est de « premier » choix dans l'établissement, qui ne se distingue que par ses prix. Un distributeur mural dispense une mousse antibactérienne en guise de savon. J'appelle Mark presque à contrecœur. Je m'en veux de l'avoir blessé hier, mais il va s'inquiéter, alors je me force à lui téléphoner. Il m'annonce qu'il a reçu de bonnes nouvelles : un client potentiel, qui avait entendu parler de son projet par un collègue, lui a annoncé qu'il serait prêt à lui confier la gestion de ses affaires dès que le cabinet serait monté. De plus, Hector a confirmé qu'il allait quitter son entreprise pour le rejoindre ; il est enchanté à l'idée de collaborer avec Mark. Ce sera un nouveau départ pour eux deux. Je suis si heureuse qu'il ait décidé de prendre les choses en main… Il n'a pas encore cherché d'autres débouchés pour les diamants, il est trop occupé. Je lui assure que nous trouverons une solution ensemble, comme toujours. Il faut d'abord que je termine mon tournage ici, avec Alexa, et que je filme Eddie samedi. Ensuite, j'aurai du temps pour réfléchir.

Ce nouveau cabinet est une vraie bouée de sauvetage pour Mark. Le marché de l'emploi n'offrant aucune perspective pour le moment, je ne sais pas ce qu'il serait devenu sans cet espoir auquel se raccrocher. Je lui souhaite une bonne nuit, puis vais me coucher sur mon matelas dur comme de la pierre, un sourire béat aux lèvres.

Le rendez-vous d'Alexa à la clinique de la fertilité est fixé à 10 h 35, à Londres. Ça me paraît étrange de penser que, depuis la dernière fois où nous avons parlé d'avoir un enfant, je suis moi-même tombée enceinte. Mon petit passager secret sera avec nous pendant cette consultation.

Alexa est taciturne ce matin, nerveuse. Dans la salle d'attente de l'hôpital Lister, elle garde les mains jointes sur ses genoux. Nous avons l'autorisation de filmer la consultation. J'ai lu pas mal de choses sur la fertilité, mais à vrai dire je ne sais pas trop à quoi m'attendre.

Au prix de quelques bousculades, nous parvenons tous à nous entasser avec notre matériel dans le petit cabinet médical.

Le Dr Prahani, une séduisante quadragénaire à l'allure impeccable et au sourire rassurant, invite Alexa à s'asseoir.

Elle pose ses mains manucurées sur le dossier devant elle.

— Bon, l'objectif principal de la visite d'aujourd'hui est de déterminer si vous avez vraiment besoin d'une FIV ou si nous pouvons envisager une méthode d'insémination moins invasive. À savoir, l'insémination intra-utérine. C'est beaucoup plus simple qu'une FIV : le processus consiste à sélectionner le meilleur sperme dans notre échantillon de donneurs au laboratoire et à l'introduire directement dans votre utérus via un cathéter. L'intervention est minimale et ne prend pas plus de cinq minutes. Ce serait de loin la meilleure solution, évidemment !

Alexa hausse les sourcils, le regard brillant d'espoir, et hoche la tête pour signifier son accord.

La praticienne effectue rapidement quelques analyses, dont une prise de sang. Puis elle tire le rideau autour de la table d'examen. Phil, Duncan et moi regardons le second moniteur dans la pièce, qui montre des images en noir et blanc de l'utérus d'Alexa.

Que sait-on vraiment de la fertilité et de la grossesse, au fond ? Pas grand-chose, me semble-t-il. C'est sans doute le sujet le plus important pour l'humanité, mais j'ai l'impression d'essayer de déchiffrer de l'ourdou.

Le niveau de sa réserve ovarienne est bon. Alexa se détend. Il faudra patienter jusqu'à demain pour avoir le résultat de son taux d'AMH, en attendant, la situation paraît bien engagée.

Alexa et moi nous étreignons devant la clinique. De mon côté, cette relation professionnelle a pris une tournure beaucoup plus personnelle. Les deux jours écoulés ont été riches en émotions. Pour plaisanter, Alexa déclare qu'elle aimerait bien garder Duncan comme animal de soutien émotionnel. J'éclate de rire. Elle a de l'humour. Et c'est vrai, Duncan arbore depuis quelque temps une barbe broussailleuse qui le fait ressembler à un gros nounours. Je promets à Alexa de l'appeler par Skype demain soir – une conversation juste entre nous –, quand elle sera rentrée dans le Kent. Pour prendre de ses nouvelles.

C'est drôle, j'ai l'impression de la connaître. De la connaître vraiment. Et je me dis qu'elle ressent peut-être la même chose. Elle se situe entre mon ancienne existence et la nouvelle que je suis en train de bâtir. Elle me paraît plus vivante que toutes les personnes dont j'ai pu croiser la route. Et soudain, je me rends compte que son sort me tient réellement à cœur.

28

Vendredi 23 septembre au matin
Drôles de choses

Quand je suis rentrée à la maison hier, Mark travaillait dans son bureau. Il en est sorti à mon arrivée et nous nous sommes tous les deux installés dans la cuisine. On nous avait offert des produits d'épicerie fine de chez Fortnum & Mason en cadeau de mariage, alors j'ai préparé du thé. Mark n'en a bu que quelques gorgées, accompagnées d'un biscuit à l'orange. Je n'étais restée absente qu'une nuit, mais j'avais désespérément envie de lui, alors je l'ai emmené à l'étage et nous avons fait l'amour au crépuscule. Peut-être est-ce l'effet du changement hormonal en moi, sans compter que nous n'avions pas couché ensemble depuis Genève, il y a cinq jours. Comme je l'ai déjà dit, pour nous, c'est long. Et je ne m'étais pas rendu compte à quel point j'en avais besoin. Après, alors que nous nous reposions entre les draps, dans les bras l'un de l'autre, j'ai envisagé de lui dire, pour le bébé. Mais je n'ai pas trouvé les mots. Et je me refusais à gâcher ce moment de bonheur. Je ne voulais pas que Mark tente de m'empêcher d'aller au bout de mes résolutions. De toute façon, il est encore trop tôt, la grossesse pourrait ne pas aboutir. Quoi qu'il en soit, je me suis fait une promesse : j'irai chez le médecin et j'annoncerai la nouvelle à Mark dès que les diamants seront hors de la maison. Dès que nous serons en sécurité.

Afin de préparer l'interview d'Eddie, prévue demain, j'ai été convoquée à la prison de Pentonville à 7 h 45, ce matin. Cette semaine est décidément celle des levers matinaux.

Cet établissement carcéral étant réservé aux hommes, on m'a donné quelques consignes à respecter. Par exemple de porter un pantalon pour mon entretien. Ce genre de chose. Mieux vaut ne pas trop se poser de questions.

Après avoir bien écouté, hoché la tête et signé les formulaires requis, je passe enfin la dernière porte sécurisée et affronte de nouveau le vent glacial qui souffle dans Roman Road. Je resserre les pans de mon manteau et je suis en train d'enrouler mon écharpe autour de mon cou en réfléchissant à la prochaine étape de ma journée quand une voix m'interpelle.

— Excusez-moi ? S'il vous plaît ?

Je me retourne vers les grilles, pour découvrir un homme en costume qui, un grand sourire aux lèvres, trottine vers moi.

— Désolé de… de vous retenir, halète-t-il, les joues rougies par le froid, la main tendue. Je me présente : Patrick.

Je lui serre la main. Je ne crois pas que nous nous soyons déjà rencontrés.

— Erin Roberts.

Son sourire s'élargit.

— Oui, oui, madame Roberts. Bien sûr, déclare-t-il en s'efforçant de reprendre son souffle.

Il m'indique la prison d'un geste. Je demande :

— J'ai oublié quelque chose ?

— Oh, euh, non. En fait, je voulais juste savoir ce que vous faisiez ici aujourd'hui, madame Roberts. J'ai vu votre nom dans le registre, mais je pense qu'il y a eu un raté et que le service administratif a oublié de m'informer de votre visite.

Il semble embarrassé.

— Eh bien, j'avais rendez-vous avec la directrice, Alison Butler, à propos de mon interview de demain, dis-je.

— Ah oui, bien sûr ! L'interview… Vous êtes journaliste, c'est ça ?

Son regard se fait soupçonneux.

Zut. Je n'ai vraiment pas envie qu'on me refuse maintenant l'autorisation de tournage. On m'avait avertie que l'administration de Pentonville me donnerait du fil à retordre. Jusque-là, néanmoins, tout s'est déroulé sans encombre. Je m'empresse d'expliquer :

— Non, non, c'est pour le documentaire. Sur les détenus. Nous avons obtenu l'accord l'année dernière. Souhaitez-vous que je vous envoie les informations par e-mail, Patrick ? Alison Butler les a déjà, j'en suis sûre.

J'entends la note d'incrédulité qui perce dans ma voix. Je ne tiens pas à me fâcher avec lui, évidemment, mais la situation me dépasse. C'est une prison, bonté divine, ils doivent bien savoir qui entre et qui sort, non ? Je songe à Holli, et soudain je comprends mieux qu'elle ait pu échapper aux obligations de sa conditionnelle.

S'il perçoit mon agacement, il ne paraît pas en prendre ombrage. Au contraire, il affiche un air contrit.

— Je vois, oui. D'accord, je me renseignerai auprès d'elle. Mon service a eu des difficultés ces derniers temps pour accéder au registre des visiteurs. Quoi qu'il en soit, ce n'est pas important. Je suis navré, madame Roberts, je veillerai à ce que tout soit en ordre pour la semaine prochaine. Votre interview est programmée quel jour, déjà ?

Les yeux plissés, il me regarde dans la froide lumière de septembre.

— Demain, dis-je. Pas la semaine prochaine. Samedi 24 septembre. Avec Eddie Bishop.

J'ai prononcé les mots lentement, en articulant bien. Patrick sourit et opine du chef.

— Parfait. Nous vous attendons demain, donc. Encore désolé pour ce malentendu.

Il me serre de nouveau la main avant de repartir vers la prison.

Je m'éloigne. Devrais-je lui envoyer un e-mail de confirmation sitôt rentrée à la maison ? Ce serait le meilleur moyen d'assurer mes arrières. Comme ça, il y aura une trace écrite de notre échange. Sauf que je n'ai pas son nom de famille. Je me retourne, décidée à le rappeler, mais il n'est plus là. Il a déjà disparu dans les entrailles de Pentonville. Zut.

Patrick comment ? Je repasse notre conversation dans ma tête. Il ne me l'a pas dit, me semble-t-il.

Un doute m'assaille brusquement quand je repense à sa main glacée dans la mienne. Il ne sortait pas d'un bureau, c'est évident…

Alors pourquoi me l'a-t-il laissé croire ? Il connaît mon nom, il est au courant de mes activités. Mais qui était cet homme ?

Je me dirige vers l'entrée de la prison et appuie sur l'interphone. Une voix s'élève :

— Oui ?

— Bonjour, est-ce que Patrick vient de rentrer ?

— Qui ?

— Patrick ?

— Patrick qui ?

— Euh… je ne sais pas. Patrick… je ne connais pas son nom de famille.

Mieux vaut opter pour la franchise.

— Ah. Et, hum, vous êtes… ?

— Erin Roberts. Je suis sortie il y a cinq minutes.

J'ai conscience de m'être exprimée d'un ton hésitant. Mon interlocuteur doit se demander si je ne suis pas folle.

— Je vois, oui. Vous venez de signer le registre de sortie. Et ? Quel est le problème ?

Le gardien semble plus détendu. Il se souvient de moi et je n'avais pas l'air d'une cinglée il y a cinq minutes.

— Oh, eh bien, il n'y a pas de problème. C'est juste que… Est-ce que quelqu'un est entré depuis mon départ ?

Un bref silence.

— Non, madame. Voulez-vous que j'envoie un collègue vous aider ?

Bon, voilà qu'il me donne du « madame », à présent. Il commence à se méfier. Je dois mettre un terme à cet échange avant d'aggraver mon cas.

— Non, non, ce n'est pas la peine. Merci, tout va bien. Au revoir.

J'en reste là.

Patrick n'est pas employé par la prison. Alors, pour qui travaille-t-il ? Il voulait que je lui confirme mon nom et la raison de ma présence ici. Une pensée insidieuse s'insinue dans ma tête : Patrick est-il à la recherche de son sac ?

À peine rentrée, j'ai l'impression que quelque chose cloche. La maison est vide, et quand je pénètre dans la cuisine, je sens le vent froid s'engouffrer par la porte entrebâillée. Mark n'aurait jamais laissé ouverte la porte de derrière. Autrement dit, quelqu'un est venu ici. Et y est peut-être toujours.

Je demeure quelques secondes pétrifiée. Mon esprit refuse de considérer les implications de ce constat. Croyant soudain déceler un mouvement dans le coin derrière moi, je fais volte-face mais, bien sûr, il n'y a personne – seulement le frigo qui bourdonne dans le silence.

Après avoir rassemblé mon courage, je vais jeter un coup d'œil dans toutes les pièces. La batte de cricket de Mark à la main – Dieu sait à quoi elle pourrait me servir –, j'ouvre les portes à la volée. Mon taux d'adrénaline atteint des sommets. Je ne sais pas trop ce que je cherche, quelqu'un ou quelque chose, la preuve d'une intrusion chez nous, un objet manquant ou déplacé. Mais rien d'évident ne me saute aux yeux.

Enfin, après m'être assurée que je suis bien seule chez nous, je baisse l'échelle permettant d'accéder au grenier. Il faut que j'aille voir sous l'isolant. Alors que je monte, une phrase me trotte dans la tête : *Faites qu'ils soient encore là, faites qu'ils soient encore là*. Mais en approchant de la cachette, je change de mantra : *Faites qu'ils ne soient plus là, faites qu'ils ne soient plus là*. Parce que, si les diamants ont disparu, quiconque s'est introduit ici n'aura plus de raison de revenir. À moins de vouloir aussi récupérer l'argent…

Sous l'isolant, tout est dans l'état où je l'ai laissé. Les diamants scintillent dans leur sacoche, le téléphone et la clé USB sont toujours dans la mallette. Nous n'avons pas été cambriolés. L'intrus n'était pas là pour voler, il voulait se renseigner sur nous.

Mais la graine du doute est plantée dans mon esprit. Peut-être suis-je passée à côté de quelque chose ? Je refais le tour de la maison, pièce par pièce. Je mobilise toute ma concentration, cette fois, inspectant chaque recoin, guettant une trace d'interférence, un indice révélateur. Et soudain, j'en trouve un.

Dans notre chambre, sur le manteau de notre cheminée georgienne, à côté de nos billets de concert et de notre pendule ancienne, il y a un vide. Un emplacement rectangulaire qui se dessine dans la poussière. Notre photo. Disparue. Celle du jour de nos fiançailles, qui nous montrait souriants devant l'objectif. Quelqu'un a emporté une photo de nous deux. Rien d'autre.

De retour dans le salon, je m'aperçois que le voyant rouge du répondeur clignote. Quatre messages. Je m'assois pour les écouter.

Le premier s'enclenche. Au début, je pense à un appel accidentel, à un numéro composé par un téléphone au fond d'une poche. J'entends des sons étouffés, ponctués par des bribes de conversations inaudibles. La rumeur sourde d'un lieu vaste où se presse beaucoup de monde. Une gare, peut-être ? Ou un aéroport. En tout cas, le propriétaire du mobile se déplace. Me serais-je appelée moi-même par mégarde quand j'étais à Waterloo East ?

Le message remonte à mercredi, alors que nous étions en route pour Folkestone. Je tends l'oreille, cherchant à identifier nos voix. Des fantômes du passé. Mais je ne nous entends pas. J'écoute tout l'enregistrement. Deux minutes et demie de bruits assourdis. Puis la communication est coupée. Je contemple le répondeur. Des appels par erreur de ce genre, ça arrive. Pourtant, ils ont quelque chose d'étrange, comme s'ils nous entrouvraient des portes sur d'autres vies. Mais peut-être que je me fais peur toute seule.

Le deuxième message défile, et là, pour le coup, ça devient vraiment bizarre.

C'est le même. Ou presque.

Je sais ce que vous pensez, et je comprends. Celui ou celle dont le portable a composé le numéro la première fois a dû appuyer de nouveau sur sa poche, au même endroit. Sauf que ce message-là date du lendemain. Et qu'il a été laissé exactement à la même heure : 11 h 03.

À ce moment-là, j'étais à la clinique avec Alexa et mon équipe. Mon téléphone était éteint. Par conséquent, il ne peut pas avoir composé mon numéro. Et puis les bruits sont différents. Ils sont extérieurs. Un parc, peut-être. Je distingue le bruissement du vent sur le micro. Des cris d'enfants en train de jouer. Le propriétaire du mobile avance. Au bout d'une minute, j'entends le ferraillement d'un métro ou d'un train, suivi par le bruit de voitures qui circulent sur une route. Puis la communication est coupée. Pourquoi téléphoner deux fois en deux jours, à la même heure, sans dire un mot ? Oui, pourquoi ? Ce ne sont pas des appels accidentels, j'en suis sûre. Quelqu'un voulait savoir si nous étions à la maison.

Le troisième message a été laissé à 8 h 42 ce matin, alors que j'étais en rendez-vous avec Alison Butler à Pentonville. Les bruits en arrière-fond sont plus discrets. Un intérieur, sans doute. Un café, peut-être. Il me semble discerner des cliquetis de couverts sur des assiettes, le murmure de plusieurs conversations. Comme si quelqu'un prenait son petit déjeuner. Je me concentre et je finis par entendre une femme demander, sans doute au propriétaire du portable :

« Vous patientez encore ? Voulez-vous que je revienne un peu plus tard ? »

Une voix d'homme marmonne une réponse inintelligible. Le reste n'est qu'un fond sonore indistinct. Ce matin, quiconque nous a appelés attendait quelqu'un. Vers 8 h 45, dans un café ou un restaurant, vraisemblablement à Londres, à en juger par l'accent de la serveuse.

C'est le dernier message, laissé à 9 h 45 aujourd'hui, qui m'effraie le plus.

Les bruits sont également ceux d'un intérieur. Je perçois une sorte de bourdonnement électrique. Un congélateur industriel, une chambre froide, quelque chose comme ça. Des conversations en sourdine. Un bip électronique irrégulier. Des pas, qui vont et viennent. Et soudain, un son familier, qui résonne distinctement : le carillon électronique à deux tons de la porte de notre marchand de journaux. L'appel a été passé tout près de chez nous. Au coin de la rue. Un frisson court le long de ma colonne vertébrale.

Je suis rentrée une quinzaine de minutes après ce coup de téléphone. Je songe à prévenir Mark. Ou la police, peut-être ? Mais pour dire quoi ? Toute l'histoire ? Non, impossible.

Je suis sûre que Mark ignore l'existence de ces messages. Il ne consulte jamais le répondeur, ne donne jamais notre numéro de fixe. Moi seule m'en sers, c'est ma ligne professionnelle.

Je repense à la main froide de Patrick dans la mienne. Numéro inconnu. Patrick aurait-il pu venir ici après m'avoir quittée ? Ou avant d'aller à Pentonville ? Est-ce ainsi qu'il a su à quoi je ressemblais ? Ou alors, peut-être était-il censé me retenir pendant qu'un complice fouillait notre maison ? Assise dans la lumière matinale, je réécoute les messages à la recherche d'un détail révélateur qui m'aurait échappé.

Je tente de me remémorer le visage de Patrick. Ses cheveux. Ses vêtements. Aucun détail précis ne me revient, hélas. La cinquantaine, un costume, une poignée de main ferme. Il parlait bien anglais, mais avec une trace d'accent. Français, peut-être ? Ou originaire d'un autre pays européen ? J'ai envie de pleurer. Je me sens tellement idiote ! Pourquoi n'ai-je pas fait plus attention à lui ? J'étais trop distraite par les circonstances, je suppose ; je cherchais avant tout à régler un éventuel problème concernant mon interview.

Mais que voulait-il ? Se montrer ? M'intimider ? Savoir pourquoi j'étais venue à la prison de Pentonville et si j'avais rendu visite à quelqu'un ? Cette rencontre aurait-elle un rapport avec Eddie ? Peut-être, oui. Peut-être que ça n'a rien à voir avec le sac. À moins que ce ne soit lié à Holli – à Holli et au SO15 ?

Quoi qu'il en soit, je n'ai qu'une certitude : quand Mark sera là, il faudra que je lui raconte tout.

29

Vendredi 23 septembre, après-midi
Drôles de personnes

Je raconte *presque* tout à Mark. Il m'écoute calmement, hochant la tête de temps à autre pour m'inciter à poursuivre. Je lui parle de Patrick, des messages téléphoniques. Il consulte son propre téléphone ; non, ce n'est pas lui qui a appelé par mégarde. Je mentionne aussi la porte de derrière entrebâillée et la photo disparue. Je garde cependant pour moi mes soupçons à propos d'Eddie. Si je lui révélais que ce dernier savait où nous étions partis en lune de miel et qu'il me fait peut-être suivre, Mark m'interdirait d'aller l'interviewer demain. Ça, il n'en est pas question.

Je ne lui dis pas non plus que je suis enceinte. Quand il l'apprendra, je serai obligée de tout arrêter : le documentaire, les diamants… Il ne me laissera pas continuer.

Lorsque je m'interromps, il s'adosse au canapé, les bras croisés. Il reste silencieux un long moment avant de prendre la parole :

— Bon, procédons par ordre. D'abord, la photo. Elle est dans mon bureau, je l'ai scannée l'autre jour pour maman. Ceci explique cela.

— C'est vrai ? Elle n'a pas été volée ?

Devant son sourire amusé, je sens mes joues s'empourprer. Non mais quelle imbécile je fais ! Je me cache le visage derrière les mains. J'en arrive à ne plus trop savoir ce qui est réel et ce qui est le fruit de mon imagination dopée à l'adrénaline.

Mark laisse échapper un petit rire avant de poursuivre :

— Non, elle est ici. Ensuite, je ne crois pas qu'il faille accorder trop d'importance à cette histoire de porte. C'est simple, on a oublié de la fermer à clé. Quand on est stressé, il arrive qu'on soit distrait… Cela étant, ta rencontre avec ce type aujourd'hui me paraît beaucoup plus problématique. Je pense que tu as raison de t'inquiéter. Pour moi, ce Patrick a un lien avec le capitaine Foster et l'enquête du SO15 sur Holli. C'est la seule explication logique, non ? Il t'a suivie et t'a vue entrer dans la prison un jour avant la date prévue pour ta grande interview. Du coup, il a décidé de te poser quelques questions. Il ne pouvait pas savoir que Pentonville t'avait appelée hier pour te convoquer, puisque tu ne l'as appris qu'en fin de journée. À mon avis, c'est ça.

Son raisonnement se tient. Pourtant, je ne peux me défaire du sentiment qu'il s'agit de tout autre chose.

— Mais pourquoi ne m'a-t-il pas dit qu'il était de la police, Mark ? Et pour les messages sur le répondeur, alors ?

— Tu penses qu'ils ont été laissés par ceux de l'avion, c'est ça ? Réfléchis : si c'étaient bien eux, s'ils nous avaient retrouvés, tu crois vraiment qu'on serait encore en vie ? Que ces trucs dans le grenier seraient toujours ici ?

— Non, c'est vrai.

— J'ignore pourquoi il ne t'a rien dit, admet Mark. Il espérait peut-être que tu le prendrais pour un employé de la prison, comme il te l'a laissé entendre. Il ne voulait sans doute pas griller sa couverture. Quant aux messages, ça pourrait être une farce. Ou une simple erreur. Et tu ne peux pas affirmer que c'est bien notre marchand de journaux sur l'enregistrement : la plupart à Londres ont ce genre de carillon électronique. Sérieux, je ne pense pas que quelqu'un cherche à nous intimider en nous faisant entendre un bruit. Et si c'était en rapport avec un de ces prisonniers que tu as rencontrés ? C'est une possibilité, non ?

Une nouvelle fois, je songe à Eddie et à la bouteille de champagne. Oui, c'est une possibilité. Eddie voulait peut-être me parler ? Mais comment aurait-il pu appeler d'un numéro inconnu à Pentonville ? Il n'a certainement pas le droit d'avoir un téléphone… Sauf qu'Eddie est un criminel patenté. Évidemment qu'il peut s'en procurer un. Je me souviens d'avoir lu que des détenus se faisaient fournir clandestinement des mobiles prépayés dans les prisons – un gros risque pour les sous-fifres chargés de les introduire en douce, mais qui leur valait l'assurance d'une grosse récompense ou, du moins, celle de ne pas être assassinés dans leur lit. À la réflexion, oui, c'est probablement Eddie qui a laissé ces messages.

— Il faut que tu te concentres sur la situation présente, décrète Mark. Cet homme à qui tu as parlé aujourd'hui, Patrick. Admettons que le SO15 s'intéresse à toi. Oublie la photo disparue et la porte de derrière ouverte, d'accord ?

— Je ne peux pas, Mark. Je ferme toujours cette porte.

Pourtant, je n'en suis plus si sûre. Mon assurance est ébranlée.

Il m'étudie une seconde, les sourcils froncés, l'air surpris.

— Désolé, ma chérie, mais ça t'est arrivé d'oublier. En plus, tu sais bien qu'il suffit parfois d'un coup de vent pour l'ouvrir si elle n'est pas verrouillée.

Oui, c'est vrai, je l'ai déjà constaté. Alors, si ça se trouve, j'ai bel et bien oublié de la fermer à clé… Puis je repense à la photo. Elle n'était plus dans la chambre depuis plusieurs jours, mais je n'ai remarqué son absence qu'aujourd'hui, c'est tout. J'étais distraite, j'avais trop de préoccupations en tête ces derniers temps. J'espère seulement que je n'ai pas été trop négligente lors de mes expéditions en ville.

— Quoi qu'il en soit, ce n'est pas grave, poursuit Mark. Revenons plutôt à ce Patrick. Aux faits. Il travaille sûrement pour les services du SO15. Ils se disent peut-être que tu transmets des informations de détenu à détenu, quelque chose comme ça. Après tout, ton père vit en Arabie saoudite…

Je lui décoche un regard noir. On ne parle jamais de ma famille. Pourquoi aborde-t-il le sujet ?

— Les flics sont obligés de suivre toutes les pistes, tu comprends ? ajoute-t-il. Même si tu n'es pas suspecte, ils sont tenus de procéder à des vérifications sur ton compte. Ce serait une faute professionnelle s'ils ne le faisaient pas. En attendant, je crois qu'il vaudrait mieux renoncer à Holli dans ton documentaire. Laisse tomber, d'accord ? Elle focalise trop l'attention en ce moment. Et si le capitaine Foster décidait pour une raison ou pour une autre de creuser un peu de notre côté, il pourrait tomber sur des trucs embarrassants.

Le front barré par un pli soucieux, il soutient mon regard.

Bien sûr. La police pourrait se demander pourquoi nous sommes allés en Suisse la semaine dernière. Et qui nous fait un virement mensuel.

— D'accord, dis-je, à contrecœur.

— Bien. Tu abandonnes Holli, tu stoppes tes recherches et tu prends tes distances pour te protéger. Pour nous protéger.

Son ton est catégorique. Pour lui, il est clair que c'est la solution. Aux dernières nouvelles, Andy Foster et son équipe avaient des images de Holli et Ash quittant l'aéroport d'Istanbul et montant dans un car à destination de Gaziantep, un petit village turc près de la frontière syrienne. Cette histoire est devenue vraiment grave.

— OK.

Je m'assois sur le canapé en face de lui. Mon cerveau s'active. Je reprendrai la partie du documentaire sur Holli quand nous aurons réglé tous nos problèmes. En attendant, il y a un point sur lequel je suis en désaccord avec Mark : je ne pense pas que Patrick ait un lien avec le capitaine Foster. Ni qu'il soit policier. Je reste persuadée que le sac est à l'origine de tout ce qui est arrivé aujourd'hui, et que quelqu'un s'est introduit chez nous, même si cette personne n'a pas emporté la photo. Peu importe que Mark soit convaincu du contraire. Et tant pis si je donne l'impression d'être parano. Ceux de l'avion ont-ils compris que nous n'étions pas morts ? Que nous avons toujours les diamants et le téléphone ? Si nous sommes encore en vie, c'est peut-être parce qu'ils prennent leur temps pour décider de la meilleure façon d'agir. Je songe au soin avec lequel ils ont simulé un accident, pour les Sharpe. En même temps, c'en était peut-être un. Mark le croit, en tout cas.

Plus tard ce soir-là, avant d'aller au lit, il s'assoit sur le rebord de la baignoire, une chaussette à la main, et m'observe tandis que je me brosse les dents. Je vois bien qu'il voudrait me dire quelque chose mais qu'il a du mal à trouver les mots justes. Enfin, il inspire à fond avant de se lancer.

— Je me fais du souci, ma chérie. Ne le prends pas mal, tu sais combien je t'aime, mais je crois que tu perds un peu le sens des réalités. Cette histoire de photo aujourd'hui, du répondeur téléphonique… Personne n'est à nos trousses, Erin, personne ne nous surveille, sauf peut-être la police. En même temps, tu refuses de voir le danger là où il est vraiment. Comme ce Patrick aujourd'hui. Il faut que tu arrêtes de faire des choses qui risquent d'attirer l'attention sur nous, mon cœur. Tu me le promets ? On joue déjà suffisamment avec le feu comme ça.

La douceur de son regard en cet instant me déstabilise et je me sens coupable à l'idée de tout ce que je lui ai caché.

Il s'inquiète pour moi. Pour nous.

— Pour en revenir à ces diamants, poursuit-il, j'y ai beaucoup réfléchi. Ça ne va pas te plaire, j'en suis sûr, mais je crois qu'on devrait les jeter. S'en débarrasser. Ça prend des proportions dingues. Il faut qu'on renonce à les vendre, les risques sont trop élevés. Et on a déjà touché le gros lot, Erin. On est à l'abri du besoin. Ça suffit.

À ces mots, quelque chose bouillonne en moi. Je ne sais pas pourquoi, mais j'éprouve une bouffée de colère. C'est la première fois que je me sens aussi frustrée par les réactions de Mark. Nous débarrasser des diamants ? Mais pourquoi ? Et son cabinet, ses ambitions, nos projets ? Lui qui s'inquiétait tellement de nos finances, comment peut-il raisonner ainsi ? La somme que nous avons déposée en Suisse ne durera pas éternellement, il nous faut aussi l'argent des pierres pour qu'il puisse lancer son affaire. Pourquoi ne pas les entreposer quelque part en attendant des jours meilleurs, plutôt ? Cela dit, le problème sera le même : nous ne trouverons jamais un acheteur comme par magie. Et quand nous aurons cet enfant, il ne sera plus question de prendre des risques. Alors c'est maintenant ou jamais.

Je le regarde, en caleçon, sa chaussette toujours à la main. Il a raison, c'est dangereux, pourtant je ne veux pas renoncer. Pas après tout ce qu'il a traversé durant ces deux derniers mois. Et si son projet de cabinet capotait, comme toutes ces offres d'emploi qui ne se sont jamais concrétisées ? Non, il faut qu'on continue. Mais… en redoublant de prudence.

— D'accord, oui, je comprends, Mark. Est-ce qu'on peut quand même faire une dernière tentative ? J'ai besoin de quelques jours pour réfléchir à un moyen, c'est tout.

Je dois faire un effort pour rester calme. Pas question d'abandonner.

Il plonge ses yeux dans les miens, puis les détourne. Il est déçu, encore une fois. Même s'il tente de le cacher, je m'en rends compte à son attitude.

— Comme tu voudras, finit-il par répondre. Mais si ça ne fonctionne pas, tu arrêteras ? S'il te plaît, promets-moi de ne pas t'obstiner. De ne pas pousser les choses trop loin.

Sans un regard pour moi, il se lève et marche vers la porte de la salle de bains. Distant. Solitaire. Cette conversation, la plus franche que nous ayons eue depuis un bon moment, me semble-t-il, ne nous a pas rapprochés. Une brèche s'est ouverte entre nous. Plus je me confie à lui, plus elle s'élargit. Il est au courant pour le capitaine Foster à présent, pour Holli, pour Patrick. Je ne peux pas le laisser s'en aller comme ça.

— Mark ? Tu crois vraiment qu'ils ne nous recherchent pas ?

Il se retourne, surpris.

— Qui, ma chérie ? demande-t-il, l'air déconcerté.

Parmi tous les prétextes possibles pour essayer d'opérer un rapprochement entre nous, pourquoi ai-je choisi celui-ci ? Sans doute parce que ces gens-là ne quittent pas mes pensées.

— Ceux de l'avion. Tu as peut-être raison, il est possible que je sois cinglée, mais j'ai l'impression que la menace se rapproche, Mark. De moi, de nous. Je ne parle pas seulement de la police. Non, ça pourrait être autre chose. Traite-moi d'idiote si tu veux, ou de parano, d'autant que je n'ai rien de concret pour justifier mon sentiment, en attendant je sens le danger rôder. Comme si c'était juste une question de temps avant qu'il s'abatte sur nous. Je t'assure, je…

Je m'interromps en voyant son expression soucieuse. Je dois lui paraître complètement folle. Et j'ai bien conscience que, dans la mesure où je suis dans cet état d'esprit, je ferais mieux de tout arrêter, comme il me l'a suggéré. Pourtant, je n'en ai aucune envie.

Mark rentre dans la salle de bains et me prend dans ses bras. J'appuie ma tête contre son torse nu et j'écoute battre son cœur. Il sait que j'ai besoin de lui.

— Ils ne nous recherchent pas, Erin. D'abord, comment pourraient-ils nous retrouver ? Et puis, n'oublie pas, ils nous croient morts. Si on doit s'inquiéter, c'est moins à cause d'eux que de l'enquête du SO15. À mon avis, ce Patrick fait partie de l'équipe du capitaine Foster. S'il avait un lien quelconque avec le sac, s'il nous surveillait, je suis sûr que les flics l'auraient déjà repéré.

Je hoche la tête contre son épaule. Ce n'est pas faux : en un sens, le capitaine Foster nous protège. Mark dépose un tendre baiser sur mon front, puis m'entraîne vers le lit. Comme par magie, nous sommes de nouveau proches. J'ai comblé la brèche. Pour le moment.

Une fois couchée à côté de lui, cependant, je m'interroge : les policiers le remarqueraient-ils si quelqu'un me suivait ? Ils ne se sont pas aperçus qu'une jeune fille vulnérable se radicalisait sous leur nez. Ni qu'Eddie se renseignait sur moi. Ils sont passés à côté de pas mal de choses.

30

Samedi 24 septembre
Troisième interview

Mon café fume dans l'air glacial de la salle d'interrogatoire à la prison de Pentonville. Ce mois de septembre a été jusque-là particulièrement froid. Le gardien qui se trouve dans la pièce avec moi m'évoque un figurant dans la série télé *Hooker* : un physique de colosse, dix pour cent casquette, quatre-vingt-dix pour cent muscles. Mais peut-être que je suis injuste. En tout cas, il est manifestement plus concentré que moi ce matin. Je me sens somnolente, encore sous l'effet d'un jetlag prolongé. Je repense au ciel à Bora Bora, à la chaleur, à ces magnifiques journées ensoleillées…

J'espère que je vais bientôt émerger.

Et si je passais le reste de ma vie piégée dans un rêve éveillé ? Je songe à Mark, qui est quelque part dans les rues animées de Londres. Il cherche des locaux pour son nouveau cabinet. Son projet est désormais en bonne voie. Et il a rendez-vous avec Hector plus tard dans la journée pour signer des papiers. Je suis tellement contente pour lui…

Mon téléphone vibre dans ma poche. Je ne prends pas la communication. C'est encore Phil. Il est furieux que j'aie décidé de supprimer Holli du documentaire. Je l'ai averti par e-mail à la première heure ce matin et il a déjà essayé de me joindre trois fois. J'ai aussi manqué un appel de Fred. Il voudrait voir les images que j'ai déjà tournées. Il est curieux, je suppose. J'imagine aussi qu'il a envie de parler du mariage. Il est assez rare qu'un réalisateur ayant été récompensé par la BAFTA et nommé aux Oscars s'intéresse à une première œuvre comme la mienne, mais bon, c'est sans doute du népotisme. Ou pas. Je veux dire, nous ne sommes pas parents, il m'a offert le contrat qui m'a lancée, j'ai réussi à ne pas saloper le boulot et depuis il garde un œil sur moi. Et il m'a accompagnée à l'autel. Alors j'aimerais vraiment lui montrer la vidéo, sauf que c'est le SO15 qui l'a. Expliquer la situation à Fred exige plus de temps que je n'en ai à ma disposition pour le moment.

Le bourdonnement du système de déverrouillage retentit. La pièce dans laquelle je suis n'a pas de porte, contrairement à celle où j'ai rencontré les détenues de Holloway – juste une entrée voûtée donnant sur le couloir. Je grimace à la vue des murs blanc cassé tout en me disant que la vie pourrait être pire. Ça peut toujours être pire.

Nouveau bourdonnement.

Je lève les yeux, pour découvrir Eddie Bishop, soixante-neuf ans, belle prestance, qui s'avance vers moi sur le sol recouvert de lino, escorté par un gardien.

Son survêtement gris chiné, le même que pour tous les autres prisonniers, n'entame en rien son allure.

Au contraire. Il pourrait tout aussi bien arborer un de ces costumes trois pièces que je l'ai vu porter sur d'innombrables photos, quand j'ai fait mes recherches. Il en impose. Ou peut-être me donne-t-il cette impression parce que je connais son histoire et l'ampleur de ses crimes.

Il m'évoque Cary Grant en version cockney. Comment peut-il rester aussi bronzé en prison ?

Dès qu'il me voit, il me décoche un grand sourire. Comment se fait-il que les mauvais garçons soient toujours aussi séduisants ?

Mais bon, j'imagine que, s'il n'a pas un physique avantageux, un mauvais garçon n'est en fin de compte qu'un voyou.

Il tire la chaise en face de moi et s'assoit. Voilà, c'est le grand moment : Eddie Bishop et moi.

Des sourires sont échangés. Puis le gardien qui ressemble à un acteur de *Hooker* demande :

— Vous êtes bien installé, Eddie ? Vous voulez quelque chose ? De l'eau, peut-être ?

Le ton est cordial. Nous sommes entre amis, ici.

Sans se presser, Eddie tourne la tête vers lui.

— Non, Jimmy. C'est parfait. Merci beaucoup.

Sa voix est enjouée. Aujourd'hui, c'est une bonne journée pour lui.

— Pas de problème, réplique le gardien. Appelez-nous en cas de besoin.

Jimmy jette un coup d'œil à son collègue, celui qui a amené Eddie, et lui adresse un signe de tête. Tous deux passent sous l'arcade donnant sur le couloir.

— On sera dans la salle de repos, lance encore Jimmy à Eddie.

Sur ces mots, les surveillants s'éloignent, faisant couiner le lino sous leurs semelles. Sidérée, je les suis des yeux.

Pourquoi nous laissent-ils ? Je n'ai même pas encore allumé la caméra ! Ce n'est pas normal. Personne ne m'a avertie pendant le briefing hier que je resterais seule avec Eddie Bishop.

Devrais-je m'affoler ? Je songe aux messages sur mon répondeur. Eddie a tué, ou fait tuer, beaucoup de gens. Des histoires circulent – des livres ont même été écrits – sur les tortures, kidnappings, agressions et autres exactions commises par le gang Richardson et durant les quarante ans de règne d'Eddie. Des légendes urbaines, peut-être. Impossibles à prouver, bien sûr. Rien de concret, pas de témoins.

J'en suis là de mes réflexions quand une pensée me traverse l'esprit. Je n'ai jamais compris pourquoi Eddie avait accepté de participer à mon documentaire. On a dû lui proposer un million de fois de raconter sa vie, mais jusque-là il avait toujours décliné. Et je m'aperçois soudain, assise là en face de lui, que je suis passée à côté d'un élément important. Il y a forcément un enjeu pour lui dans cette rencontre. Il a besoin de quelque chose. Et moi aussi, non ? Mon cœur s'emballe. Cette fois, j'ai bel et bien peur.

J'allume la caméra. Il sourit.

— Lumières, caméra, action, c'est ça ?

Il me tend la main par-dessus la table. Lentement. Il veille à ne pas m'effrayer. Il doit avoir conscience de l'effet qu'il produit sur ses interlocuteurs. De son aura personnelle.

— Ravi de vous rencontrer enfin, ma jolie.

Ma jolie. Je suis née dans les années 1990, j'ai lu les œuvres d'autrices féministes telles que Adichie, Greer et Wollstonecraft, et pourtant, l'entendre m'appeler « ma jolie » ne me dérange pas. Dans sa bouche, le terme semble étrangement innocent. Désuet.

— Ravie de vous rencontrer moi aussi, monsieur Bishop.

Je lui prends la main par-dessus le plateau en Formica. Il retourne la mienne sans la serrer, n'exerçant qu'une légère pression. Je suis une dame, c'est un homme et il me le fait savoir.

— Appelez-moi Eddie.

C'est tellement vieux jeu, tellement cliché, que c'en est comique. Pourtant, ça fonctionne.

Je souris malgré moi. Le rouge me monte aux joues.

— Alors, ravie de vous rencontrer, Eddie.

Je suis à deux doigts de pouffer. Parfait, je me comporte comme une idiote. Je ramène ma main.

Concentre-toi sur ton travail, nom d'un chien ! Je m'éclaircis la gorge. Me redonne une contenance.

— Bon, autant se débarrasser tout de suite des formalités, dis-je. Alors, merci pour le champagne. Cette attention a été très appréciée.

Je cherche son regard. Je veux lui montrer qu'il ne m'impressionne pas.

Il se fend d'un petit sourire entendu. Hoche la tête. De rien. Après un court silence, il déclare à l'adresse de la caméra :

— Je crains de ne pas savoir de quoi vous parlez, ma jolie. Si on ne vend pas ça ici, ça ne vient pas de moi. Mais ça me paraît être un beau cadeau. Pour une occasion particulière, peut-être ? lance-t-il d'un air innocent.

Je comprends. Nous ne mentionnerons pas non plus les messages sur le répondeur, je suppose. Très bien.

Je reviens à mon script.

— Avez-vous des questions à me poser avant que nous commencions l'interview ?

Je suis impatiente d'avancer, à présent. Nous n'avons pas autant de temps que je le souhaiterais.

Il se redresse sur sa chaise, carre les épaules, retrousse ses manches.

— Non, pas de questions. C'est quand vous voulez, je suis prêt.

— OK. Pourriez-vous m'indiquer votre nom, le motif de votre condamnation et la durée de votre peine, s'il vous plaît, Eddie ?

— Eddie Bishop. Condamné à sept ans d'emprisonnement pour blanchiment d'argent. Je dois sortir avant Noël. Je m'en réjouis, c'est la période de l'année que je préfère.

Bien, c'est parti. Il semble détendu, à l'aise.

Il hausse les sourcils. *Question suivante ?*

— Que pensez-vous de votre procès, Eddie ? De votre condamnation ?

Il ne va pas s'incriminer devant la caméra, mais il me répondra de son mieux, j'en suis sûre. Il aime jouer avec l'autorité, je l'ai lu dans les minutes de son procès.

— Ce que j'en pense ? Eh bien, Erin, c'est intéressant que vous me demandiez ça…

Son sourire est sarcastique, à présent. Il s'amuse, c'est évident.

— Je vais être franc avec vous : pas grand-chose. Pareil pour ma condamnation. Pendant trente ans, on a essayé de me coller toutes sortes de trucs sur le dos, et j'ai toujours été acquitté, ce que vous n'ignorez certainement pas. Apparemment, un gars de Lambeth qui réussit à bien gagner sa vie, honnêtement, ça ne plaît pas à tout le monde. Ce n'est pas dans l'ordre des choses, hein ? Alors, c'était sûr que les flics finiraient par me coincer. Quand on veut vraiment trouver, on trouve – d'une façon ou d'une autre, si vous voyez ce que je veux dire…

Il laisse les mots résonner dans l'air entre nous. Nous savons tous, j'imagine, que les forces de l'ordre dans les années 1960 et 1970 n'étaient pas trop regardantes sur les méthodes employées. Eddie insinue qu'on a fabriqué des preuves contre lui. C'est possible.

— Mais bon, que voulez-vous, reprend-il, ma comptabilité n'était pas tenue comme il aurait fallu. Bah, je n'ai jamais eu la bosse des maths. Je suis dyscalculique. J'étais distrait en classe, ajoute-t-il, ironique.

« Oh, bien sûr, ça n'a pas été diagnostiqué à l'époque. La dyscalculie, s'entend. On vous considérait juste comme un cancre ou un attardé. Mais comme j'avais l'esprit vif par ailleurs, les profs pensaient que je faisais ça pour les emmerder. C'est différent d'aujourd'hui, je crois. J'ai deux petits-enfants. Moi, je ne suis pas resté très longtemps à l'école, ça ne me convenait pas. Alors, c'était évident que, tôt ou tard, je m'emmêlerais dans mes calculs, hein ?

Large sourire. Chaleureux.

Je suis prête à parier qu'il avait un comptable. Que celui-ci a assisté au procès.

Je n'en reviens pas qu'il ait pu narguer ainsi les autorités pendant plusieurs décennies, défier le système et s'en sortir. Et peut-être plus étonnant encore, j'ai envie qu'il s'en sorte. J'ai de la sympathie pour lui. Pour son personnage de psychopathe cockney jovial. C'est drôle. Rien à voir avec le crime moderne, brutal, sanglant ; non, il incarne la tradition, au même titre que les Pearly Kings[1], le *pie and mash*[2] et la cérémonie du thé. Le bon vieux crime à l'anglaise, bien de chez nous. Comme dans les films avec Bob Hoskins, Danny Dyer et Barbara Windsor, ou encore *L'or se barre*.

— Bon.

Je me penche en avant, déterminée à lui montrer que j'accepte d'entrer dans son jeu.

— Vous ne comptez pas me parler des Richardson ni du reste, n'est-ce pas, Eddie ?

Il faut juste que je comprenne de quel jeu il s'agit.

— Erin, ma jolie, je vous dirai tout ce que vous voulez savoir. Je suis un livre ouvert. Il est possible que je ne connaisse pas les réponses à certaines de vos questions, mais je ferai de mon mieux. D'accord ? J'ai droit à un petit sourire ?

Il incline la tête d'un air coquin.

C'est plus fort que moi, je souris de toutes mes dents.

— Merci, Eddie. Dans ce cas, pourriez-vous me décrire Charlie Richardson, chef du gang Richardson ? Quel genre d'homme était-ce ?

Je pense avoir saisi les règles, à présent : l'interroger de manière indirecte, lui demander son opinion, éviter les faits.

---

1. Les Pearly Kings and Queens sont des bienfaiteurs qui, depuis le XIXe siècle, défilent chaque année à Londres en costume traditionnel pour récolter des fonds destinés à des œuvres caritatives.

2. Tourte à la viande et purée, plat populaire incontournable du paysage culinaire londonien.

— C'était un salopard de la pire espèce… mais on ne peut plus charmant. C'est parfois le cas, avec les salopards de la pire espèce.

Il soupire.

— Il n'y a plus rien à raconter sur les Richardson. Et tous ceux qui étaient mêlés à ces vieilles histoires de l'East End ne sont plus de ce monde aujourd'hui. On n'a pas le droit de dire du mal des morts, n'empêche… Charlie était une ordure. Je ne l'ai jamais vu moi-même torturer quelqu'un, je l'ai juste entendu en parler. Il se servait, entre autres, d'un groupe électrogène récupéré sur un bombardier de la Seconde Guerre mondiale pour électrocuter ses victimes. Il les malmenait, les charcutait, leur faisait peur jusqu'à ce qu'elles lui disent ce qu'il voulait entendre. Un jour, je lui ai demandé : « Comment tu peux être sûr que ces types ne te mentent pas si tu les tortures ? » Et lui, il m'a répondu : « Ils mentent jusqu'au moment où ils redeviennent comme des mômes, où ils ont plus d'autre choix que de dire la vérité. » Sauf que ce n'était pas le sens de ma question. Ce que je lui demandais, c'était : et s'ils disent la vérité dès le départ mais que tu continues à les torturer, est-ce qu'ils ne finissent pas par inventer des conneries ? Cette pensée-là ne l'avait jamais effleuré. Je n'ai pas insisté. Charlie, il était d'une autre génération. Il croyait avoir tout compris. En attendant, la torture, ça n'a jamais été efficace. C'est le respect qui compte, pas vrai, Erin ? Quand on veut se faire respecter, il faut respecter les autres. Les laisser mourir avec un minimum de dignité. S'ils n'en ont pas eu dans leur vie, c'est leur problème. On ne peut pas vous accuser d'avoir mal agi dans l'existence si vous avez traité tout le monde avec respect.

Je ne suis pas sûre que ce soit tout à fait vrai, néanmoins je l'incite à poursuivre :

— Avez-vous vous-même toujours traité les autres avec respect, Eddie ?

La question me semble importante.

Il me considère un instant sous ses paupières mi-closes.

— Toujours, affirme-t-il. Mais on ne s'engage pas dans certaines activités sans en connaître les règles, Erin. Et si on s'est engagé, on ne vient pas se plaindre lorsqu'on perd. Le tout, c'est de savoir perdre avec dignité.

Il s'interrompt et m'étudie.

Il semble sur le point de reprendre la parole. Je lui accorde un moment, mais il finit par détourner les yeux. Il a changé d'avis.

Silence. Il a l'air distrait, comme s'il avait soudain la tête ailleurs. Nous nous rapprochons d'un terrain glissant, je le sens.

J'opte pour un sujet plus léger.

— Quelle sera la première chose que vous ferez quand vous serez libre ? Vous y avez déjà réfléchi ?

Je l'encourage d'un sourire. Il faut poursuivre le dialogue.

— Éteignez ce machin.

Il me fixe d'un regard dur. Son charme s'est brusquement évanoui. Un frisson me parcourt l'échine.

Le silence devient pesant. Mon cœur cogne à tout rompre. Je ne parviens plus à interpréter son attitude. Il ne m'envoie plus de signaux, je n'ai plus aucun repère.

— Éteignez cette fichue caméra, Erin. Tout de suite !

Il est immobile. Solide, inébranlable. Dangereux.

Je tâtonne à la recherche du bouton. J'ignore pourquoi, mais je m'exécute. Oh, je pourrais appeler les gardiens, bien sûr, sauf que la situation ne l'exige pas. Non, il y a quelque chose en jeu et je veux savoir quoi. Alors j'obéis.

Le voyant rouge s'éteint.

— Ça ne va pas, Eddie ?

La question n'est pas pertinente. C'est moi qui ai les mains tremblantes.

— Détendez-vous, réplique-t-il. Vous ne risquez rien.

Son expression s'est adoucie, son intonation aussi. Je sens la tension dans mes épaules se relâcher. Je ne m'étais pas rendu compte que je m'étais crispée.

— Désolé si je vous ai effrayée, ajoute-t-il. Bon, voilà, je… Eh bien…

Il s'accorde une pause, manifestement plongé dans un débat intérieur.

— Voilà, j'ai quelque chose à vous demander, Erin. Je voulais le faire avant, au téléphone, mais je n'en ai pas eu la possibilité et je ne tiens pas à en parler devant la caméra. J'aimerais que vous me rendiez un service. Pour être tout à fait franc, c'est la seule raison qui m'a poussé à accepter cette interview. Vous me donnez ce que je veux, je vous donne ce que vous voulez. Échange de bons procédés. Alors, écoutez-moi attentivement, parce que je ne le répéterai pas.

Je n'arrive pas à croire que ce soit en train d'arriver. Est-ce pour ça qu'il m'a laissé tous ces messages ? Si c'est bien lui qui a appelé chez nous ?

— Je n'ai pas l'habitude de solliciter des faveurs, croyez-moi, reprend-il.

Il s'éclaircit la gorge.

— C'est d'ordre personnel et ça… enfin, je trouve ça stressant. Et, à mon âge, il vaut mieux éviter le stress, vous voyez ? J'aurais besoin de votre aide. Voilà. Vous voulez bien m'aider, Erin ?

Il m'observe. J'avale ma salive. Il attend une réponse, mais mon cerveau patine. Qu'est-ce qu'il espère ? Seigneur, faites que ce ne soit pas sexuel…

N'importe quoi, Erin. Ce n'est évidemment pas ça.

— Je, euh… Quel genre de faveur ?

Je me suis efforcée de parler d'une voix assurée.

— J'ai commis des erreurs dans ma vie, Erin. Avec ma famille. Avec ma femme. Tant pis, c'est comme ça. On ne peut pas revenir en arrière.

Il appuie ces propos d'un geste ferme.

— Mais j'ai une fille, Charlotte. Lottie. Elle… elle a vingt-huit ans. Elle vous ressemble un peu. Brune, jolie, elle a le monde à ses pieds. Elle a coupé les ponts, malheureusement. Elle ne veut pas de moi dans sa vie, près de sa famille. Je suis sûr que vous comprenez. Et je ne le lui reproche pas. C'est une fille intelligente. Ma femme et moi, on lui en a donné les moyens. Elle a un bon mari, qui la traite bien, et deux petites filles, aujourd'hui. Moi, je… je n'ai pas été le meilleur père du monde, vous l'avez sans doute deviné. Et, bref, pour vous la faire courte, je voudrais que vous alliez lui parler.

Il ponctue ces mots d'un petit hochement de tête satisfait. Voilà, c'est dit.

Eddie veut que j'aille parler à sa fille ? Génial. Encore un drame familial. Comme si je n'avais pas assez de problèmes dans mon propre foyer.

En même temps, ce n'est pas si terrible. Oui, je peux aller la voir. Je comptais l'interviewer, de toute façon. À moins que la requête d'Eddie n'ait un autre sens ? Est-ce une façon détournée de me demander de lui régler son compte ? Non, impossible. Il se serait montré plus explicite. En attendant, la situation est vraiment bizarre.

— Vous pourriez être un peu plus précis, Eddie ? Que voulez-vous que je dise à Charlotte ? Vous souhaitez que je l'interroge pour le documentaire ou y a-t-il autre chose ?

Je choisis mes mots avec soin.

Ce n'est manifestement pas évident pour lui de solliciter un service d'ordre personnel. À mon avis, il n'a pas eu à le faire souvent. Et je ne tiens pas à le braquer.

— Non, non, ça n'a rien à voir avec le documentaire. Pour être franc, je m'en fous complètement, de ce documentaire ! Je me suis renseigné sur vous quand on m'a soumis votre proposition ; vous m'avez l'air de quelqu'un de bien, avec qui ma fille pourrait être copine. Alors elle vous écoutera peut-être. Expliquez-lui que j'ai toute ma tête, que j'ai changé et repris ma vie en main. Vous rendriez un vieil homme vraiment heureux si vous acceptiez, Erin. Il n'y a personne d'autre à qui je peux demander ça, vous voyez ? Je n'ai pas beaucoup de femmes parmi mes amis, et, de toute façon, Lottie les fuirait à toutes jambes. Il faut lui dire que je serai quelqu'un de meilleur à l'avenir, une fois dehors. Que je serai là pour elle. Je veux faire partie de sa vie. Partager des choses avec elle. Me rapprocher des gosses. Mes petites-filles. J'aimerais que vous tentiez de la raisonner. De la persuader de me redonner une chance. Elle vous écoutera, j'en suis sûr. Elle doit savoir que je ne suis plus celui qu'elle a connu. Je suis différent, aujourd'hui.

Il se tait. Le silence revient.

Pourquoi sa fille m'écouterait-elle ? Qu'est-ce qui lui a mis une telle idée en tête ? Et s'il n'était pas aussi sain d'esprit que je le croyais ? J'aperçois soudain mon reflet dans le plexiglas protégeant un poster vissé au mur. Tailleur-pantalon, chemisier, talons hauts, cheveux brillants, alliance. Je vois ce qu'il voit : une jeune femme posée, sûre d'elle, qui mène son existence comme elle l'entend. Professionnelle mais ouverte, forte mais pas endurcie, encore dans cette période magique qui suit la jeunesse et précède la maturité. Il a peut-être raison. Il est possible que sa fille accepte de discuter avec moi.

Je n'entends pas les gardiens. Où sont-ils ? Attachent-ils la moindre importance à ce qui se passe ici ? Eddie leur a-t-il demandé de ne pas nous déranger ? C'est encore un homme de pouvoir, dans cette prison et en dehors. Je le regarde. Bien sûr, ils doivent le ménager ; après tout, il sera libre dans deux mois et demi. Intouchable. Et il vient de solliciter mon aide.

— D'accord, Eddie, je le ferai.

Après tout, la chance sourit aux audacieux.

— Ça, c'est bien parlé ! s'exclame-t-il.

Une pensée me vient, qui me noue l'estomac. Dans cet échange réside peut-être une chance pour Mark et moi. Je pourrais lui demander un service en retour. Mais est-ce une bonne idée ?

— Eddie ?

Je baisse d'un ton, me penche en avant.

— Si je vous aide, accepteriez-vous de me rendre la pareille ? Je n'ai personne d'autre à qui m'adresser, moi non plus.

Ma voix me semble plus grave, à présent, et aussi plus ténue. Presque implorante.

Il plisse les yeux. Scrute mes traits. Il n'a aucune difficulté à lire en moi, j'imagine. Je ne représente pas une menace pour lui. C'est la conclusion à laquelle il doit parvenir, car il ébauche un sourire.

— De quoi s'agit-il ?

— Eh bien… en deux mots, je… j'ai des pierres précieuses à… Je les ai trouvées, mais je ne peux pas les vendre. Elles sont illégales. Il faudrait que la transaction se fasse en toute discrétion. Connaissez-vous quelqu'un qui pourrait…

Je laisse ma phrase en suspens. Il n'y a pas que les anciens chefs de gang qui ont du mal à demander des services.

— Oh oh, la petite cachottière ! Comme quoi, il faut toujours se méfier de l'eau qui dort, hein ? Je vais vous dire, Erin, il n'y a plus grand-chose qui me surprend aujourd'hui, mais là, je n'ai rien vu venir. Bon, il semblerait que vous ayez un problème un peu spécial. De combien de pierres parlons-nous au juste ? Et de quel genre ?

Eddie s'amuse, à présent. Il est de nouveau dans son élément.

— Environ deux cents diamants. Deux carats, pas de défauts, différentes tailles.

J'ai chuchoté, mais je sais à son attitude que personne ne risque de nous entendre.

— Nom de Dieu ! s'exclame-t-il. Comment avez-vous mis la main sur une putain de fortune pareille ?

Sa voix se répercute dans le couloir. J'espère sincèrement que les gardiens ne sont pas dans le coin.

Le regard qu'Eddie pose sur moi a changé. Il est impressionné, à l'évidence. Un million, c'est un million. En même temps, un million, ce n'est plus ce que c'était à une certaine époque.

— Ha !

Il éclate de rire.

— Il est rare que je me trompe sur les gens. Mais on en apprend tous les jours, pas vrai ? Bien, très bien… Oui, Erin, ma jolie, je peux vous aider à régler votre petit problème. Vous avez un compte numéroté ?

Je confirme d'un signe de tête.

Il s'esclaffe de nouveau.

— Évidemment que vous en avez un. Brillant ! Vous êtes un sacré numéro, Erin. OK, vous recevrez un appel la semaine prochaine. Faites ce qu'il vous dit. Il vous tirera d'affaire, je lui en toucherai un mot. D'accord ?

Il me regarde d'un air ravi. Je ne peux que me réjouir de la tournure prise par la discussion, en attendant c'est déconcertant. Et tellement facile… Je ne suis pas sûre d'avoir compris ce qui s'est passé.

À mon tour de respecter ma part du marché.

— Et moi, j'irai voir votre fille la semaine prochaine aussi. Je lui téléphonerai dès aujourd'hui pour prendre rendez-vous.

Je sais qu'elle acceptera. Je ne l'ai pas dit à Eddie, mais je lui ai déjà parlé brièvement. Elle m'a paru charmante.

— Vous avez son numéro ? Son adresse ?

Il a soudain perdu de sa superbe. Sa voix trahit un mélange de crainte et d'espoir.

— Oui, tout est dans votre dossier.

Une idée me vient. À mon avis, ce serait un bon moyen de faciliter les choses.

— Eddie ? Et si je rallumais la caméra, pour que vous puissiez enregistrer un message destiné à Lottie ? J'isolerai cette séquence du reste de l'interview et je la lui montrerai quand je la rencontrerai. Je pense que ça pourrait tout changer si elle vous entendait lui parler directement. Pour moi, ça compterait. Si c'était mon père, je veux dire.

Le jeu en vaut la chandelle, me semble-t-il. Il est mieux placé que moi pour dire certaines choses.

Il réfléchit quelques secondes, les doigts tambourinant légèrement sur la table, puis acquiesce d'un signe de tête.

— Entendu. Allons-y.

Si incroyable que ça puisse paraître, il est nerveux.

— OK, je vais filmer. Vous êtes prêt ?

Il hoche la tête, rajuste son sweat-shirt, se tient plus droit sur sa chaise.

Au moment d'appuyer sur le bouton, j'immobilise mon doigt.

— Juste une dernière question, Eddie : est-ce vous qui avez laissé des messages sur mon répondeur ?

— Hein ? Non, ma jolie, ce n'est pas moi.

Ce point est réglé.

— D'accord. Oubliez ça. À vous, Eddie.

Je rallume la caméra.

En rentrant, je raconte tout à Mark. Je lui parle du marché que j'ai passé, en me préparant à affronter sa colère. J'ai conscience d'avoir fait quelque chose d'insensé, pourtant j'ai toute confiance en Eddie. Et ce n'est pas lui qui nous a laissé tous ces messages, alors je ne vois pas en quoi il serait une menace pour nous.

À ma grande surprise, Mark ne s'emporte pas, même si je me rends bien compte qu'il en a envie. Il reste calme. Met la situation à plat.

— Je sais que tu n'as pas réfléchi, que tu as voulu saisir ta chance tant que c'était possible, mais c'est comme ça qu'on commet des erreurs, Erin. Si jamais quelqu'un a vent de cette transaction… Au cas où cette histoire avec Holli prendrait de l'ampleur, les flics risquent de s'intéresser à toi et de visionner les images de surveillance où tu apparais. Il faut qu'on soit plus prudents. D'accord, si le contact d'Eddie nous aide, ce sera génial. Mais s'il nous fauche les pierres, on n'aura aucun recours. Et si le capitaine Foster nous voit traiter avec lui, on ne pourra pas s'en sortir.

Il ne m'apprend rien que je ne sache déjà.

— En admettant que le contact d'Eddie nous vole, eh bien, tant pis, il nous restera toujours l'argent. Et, de toute façon, tu voulais te débarrasser de ces pierres…

Il demeure silencieux quelques instants.

— Il pourrait aussi te tuer, ajoute-t-il d'un ton sinistre.

— Sérieux, Mark, tu penses vraiment que j'aurais passé un marché avec Eddie si je le croyais déterminé à me tuer ?

Il pousse un profond soupir.

— Tu n'es pas très douée pour juger les gens, ma puce. Tu as toujours tendance à voir le meilleur chez les autres, ce qui n'est pas forcément une qualité. Je dis juste qu'on va devoir prendre beaucoup plus de précautions. Si les flics ont réussi à se procurer des images de Holli partant pour un petit village turc, ils n'auront aucun mal à accéder à celles des caméras de Londres. Ils s'apercevront que tu as touché de l'argent en provenance d'un compte suisse juste après la disparition de Holli et ils te verront essayer de vendre des diamants à Hatton Garden. Et la semaine d'après, tu vas t'entretenir avec un gangster ? Ils se diront que tu rencontres des contacts ou que tu paies des détenus pour recruter des jeunes, qui sait ? Dans tous les cas, ça ne jouera pas en ta faveur.

Il parle comme si j'avais déjà été arrêtée et jugée. Comme si j'étais perdue. Il ne semble plus se soucier de l'argent. Il ne comprend pas.

— Je sais, Mark, je sais tout ça. Et je t'assure que je suis vigilante. Oui, c'est terriblement risqué, c'est un pari, mais je le fais pour nous. Pour nous deux. Et pour…

J'ai failli ajouter « notre bébé », mais je me suis interrompue à temps. Comment lui en parler ? Il me considère déjà comme une écervelée. Je ne peux pas lui dire que je mets aussi notre enfant en danger.

De fait, est-ce que je le mets en danger ? C'est la première fois que j'envisage les choses sous cet angle. Oui, peut-être. J'étais certaine d'agir dans notre intérêt à tous, mais, à présent, je me pose la question : et si je ne visais que le mien ? Cette pensée me coupe le souffle. Je me contente de regarder Mark en silence. Je me sens vide. Les larmes me montent aux yeux. Son expression s'adoucit.

Lui, il voit des larmes de repentir, de remords. Sauf qu'il se trompe. Ce sont des larmes d'incompréhension, parce que je ne sais plus pourquoi je fais tout ça.

31

Mercredi 28 septembre
Lottie

Il semblerait que je ne sois pas du bon côté de la table, cette fois.

Assise en face de Charlotte McInroy dans sa belle cuisine familiale, je m'interroge : qui suis-je aujourd'hui ? Il y a moins d'un mois, j'étais une madame-tout-le-monde, une citoyenne comme les autres, quelqu'un qui n'avait rien à cacher. Je me situais d'un côté de la table et les méchants de l'autre. Qu'ils le soient par nature ou par choix n'était qu'une question de pure forme. Dans tous les cas, ils étaient différents de moi. Complètement différents. J'étais normale. Aujourd'hui, c'est Charlotte qui se situe du bon côté.

Mais… ai-je jamais été une personne normale ? Ai-je réellement changé à ce point ? Je raisonne et me comporte toujours de la même manière. Je sais ce que je veux. À aucun moment je n'ai modifié ma ligne de conduite. Était-elle mauvaise dès le départ ? Suis-je moi-même quelqu'un de mauvais ? J'ai enfreint de nombreuses lois depuis quelque temps. S'il ne s'agit pas de délits graves – je l'espère, en tout cas –, ils me vaudraient certainement la prison. Après tout, Eddie a pris sept ans juste pour blanchiment d'argent. Cette pensée m'arrache un frisson.

Lottie est douce, charmante et vive – la digne fille d'Eddie Bishop.

Il y a bel et bien un air de ressemblance entre nous.

Elle est médecin urgentiste à l'hôpital de Lewisham. Malgré des journées de travail chargées, elle a volontiers accepté de me recevoir. Je ne pense pas que j'aurais été aussi accommodante à sa place, mais elle tient à coopérer. À faire les choses bien. Contrairement à son père.

Je me demande soudain si Mark et moi risquons de bousiller la vie de nos enfants, et de quelle façon. Et s'il voudra encore en avoir avec moi quand je lui annoncerai enfin la nouvelle. Je pose mes mains sur mon ventre, comme pour former un rempart supplémentaire de peau, de chair et d'os entre mon bébé à naître et le monde extérieur.

J'ai téléphoné à Alexa hier soir, après son rendez-vous pour l'insémination intra-utérine. Elle m'avait laissé un message pour m'annoncer qu'elle avait reçu le feu vert. Elle est peut-être enceinte, à présent. Elle doit faire un test dans deux semaines, nous en saurons plus à ce moment-là. Je n'aurais sans doute pas dû, mais je lui ai parlé de ma grossesse. Son enthousiasme était si communicatif que j'ai décidé de partager mon secret avec elle. J'en suis à huit semaines. Elle m'a conseillé d'aller voir un médecin, de prendre de l'acide folique et d'arrêter les fromages à pâte molle.

Je prends de l'acide folique depuis notre retour de Genève. Le flacon est dissimulé au fond de l'armoire à pharmacie. Alexa a raison, je devrais consulter, c'est important. Je lui ai néanmoins dit que j'étais débordée, qu'il nous était arrivé des tas de choses. Je ne pouvais évidemment pas lui expliquer la situation, même si j'en mourais d'envie.

Le fossé entre Mark et moi ne cesse de s'élargir. Je me rends bien compte que j'abuse de sa patience. Je ne veux pas que ces diamants signent la fin de notre couple.

— On fait toujours équipe, toi et moi ? a-t-il chuchoté hier soir, au lit.

— Bien sûr, ai-je répondu.

— Alors, on oublie les pierres, a-t-il répliqué d'un ton crispé. On a encore la possibilité d'annuler cet accord passé avec Eddie. La police nous surveille peut-être et, qui sait, il est possible aussi que tu aies raison, que ceux de l'avion soient sur nos traces. Et tu voudrais qu'on s'acoquine avec un mafieux ? C'est d'une stupidité sans nom, Erin ! Tu nous mets tous les deux en danger. Respecte ta part du marché, mais dis à Eddie qu'on n'a plus besoin de son aide.

Je partage son opinion sur un point : quelqu'un nous surveille. J'en ai maintenant la certitude. Il y a déjà eu deux nouveaux messages sur le répondeur cette semaine. Est-ce en rapport avec l'avion ? Le SO15 ? Je n'en ai aucune idée. Mais on nous observe.

À mon avis, il est trop tard pour revenir sur les engagements pris avec Eddie. Ça ne se fait pas dans son milieu. Mark me remerciera un jour, j'en suis sûre. En attendant, je m'apprête à remplir ma part du contrat.

Charlotte boit son thé à petites gorgées, l'air songeur, pendant que j'installe trépied et caméra.

Quand je la regarde dans le viseur, je la vois auréolée de la lumière provenant des portes-fenêtres qui donnent sur son jardin automnal – une belle lumière, à la fois claire et délicate.

Elle paraît détendue. À l'aise. Son calme contraste avec l'énergie fébrile de Holli.

J'allume la caméra.

— La semaine dernière, Lottie, j'ai rendu visite à votre père. Il m'a parlé de vous avec beaucoup de tendresse. Étiez-vous proche de lui, dans votre jeunesse ?

J'y vais sur la pointe des pieds. Après tout, je ne sais pas trop quels sentiments elle éprouve pour lui.

Elle prend une courte inspiration.

Si elle s'attendait à des questions, elle semble prendre conscience seulement maintenant de la réalité de l'interview. De la nécessité pour elle de replonger dans le passé.

— Oui, répond-elle enfin. Je ne pourrais pas vous dire si nous étions plus proches que dans d'autres familles, je n'avais pas vraiment de points de comparaison. À l'école, les autres gardaient leurs distances. Je m'explique mieux pourquoi aujourd'hui. J'ai moi-même des enfants, et jamais je ne les laisserais approcher quelqu'un comme mon père. À l'époque, néanmoins, je pensais que c'était ma faute, qu'il y avait quelque chose qui clochait chez moi. Chez nous tous. Dans la famille. Et cette situation a resserré les liens entre nous. Entre papa et moi, je veux dire. Je m'entendais mieux avec lui qu'avec maman. Elle était… elle avait un caractère difficile. C'est pour ça que papa l'aimait, je crois. Parce qu'elle représentait un défi permanent. Une victoire à remporter. Il disait souvent que des coûts d'entretien élevés garantissent la qualité des performances. Comme pour une voiture, en somme.

Bref, mes relations avec maman étaient compliquées. Mais j'étais le petit ange de papa. C'était un très bon père. Il me bordait le soir, me racontait des histoires… Il était vraiment gentil. Oui, nous étions proches.

Elle s'interrompt, puis me regarde d'un air interrogateur, attendant la question suivante.

— Que saviez-vous de son travail ? De sa vie en dehors des moments qu'il partageait avec vous ?

Il faut en général aux interviewés un certain temps pour rassembler leurs pensées, réfléchir à leurs réponses. Mais Lottie a déjà une idée bien précise de ce qu'elle veut dire.

Elle jette un bref coup d'œil vers le jardin, puis s'adresse de nouveau à moi.

— Rien du tout, jusqu'à mes treize ans. Cette année-là, mes parents m'ont changée d'école, ils m'ont envoyée dans un collège privé. Papa gagnait bien sa vie, je pensais que c'était un homme d'affaires. Tout le monde l'admirait, lui demandait son avis… C'était le patron, à l'évidence. Il y avait toujours des gens à la maison. Des hommes bien habillés, qui se réunissaient dans le salon de papa. Mes parents avaient chacun leur salon, vous voyez ? C'était comme ça, ajoute-t-elle en haussant les sourcils.

J'acquiesce d'un signe de tête. Oui, je vois. Ce n'était pas un mariage idyllique.

Sa mère s'est remariée pendant qu'Eddie était en prison. La famille a éclaté après le procès, chacun est parti dans une direction différente.

— Comment j'ai su, pour papa ? reprend-elle. Eh bien, je me souviens de la soirée où j'ai tout découvert. Je venais d'entrer dans ma nouvelle école. J'étais à la maison pour le week-end, il y avait du monde chez nous, une fois de plus, les habitués et aussi un nouveau. Ils étaient tous dans le salon de papa, et moi je m'étais installée dans celui de maman, devant un film. À un moment, je suis sortie pour aller chercher du pop-corn dans la cuisine. J'ai alors entendu un drôle de bruit au bout du couloir, comme si quelqu'un pleurait. Je me suis dit que les visiteurs de papa étaient partis et qu'il regardait peut-être encore *Il faut sauver le soldat Ryan* en ayant monté le son. Il le repassait souvent, il adore Tom Hanks. Alors, j'ai voulu le rejoindre. Papa était là, adossé à son bureau, entouré de trois de ses collègues. La télé n'était pas allumée. Il y avait un inconnu agenouillé par terre devant lui, sur une bâche en plastique, la bouche en sang. Il était secoué de sanglots. Tous se sont tournés vers moi. Je suis restée pétrifiée sur le seuil. Papa, lui, n'a pas eu l'air étonné de me voir. En fait, il avait le regard vide. Et il portait toujours son pardessus. Ce détail m'a frappée. Il l'avait gardé, comme s'il s'apprêtait à partir. Et puis maman a débouché du couloir. Elle a tout de suite cerné la situation et m'a prise par la main pour m'emmener à l'étage. Pour une fois, elle a réagi avec beaucoup de douceur. Elle m'a expliqué que l'homme à genoux était quelqu'un de méchant et que papa devait régler le problème. Mon père est monté nous rejoindre dix minutes plus tard. Il m'a demandé si ça allait. Je l'ai serré dans mes bras de toutes mes forces, pendant une éternité. Comme si je voulais lui communiquer quelque chose ou, au contraire, faire sortir quelque chose de lui. Et c'est à ce moment-là que j'ai eu une révélation : c'était lui, le méchant. Par la suite, je ne me suis plus comportée de la même manière avec lui. Je suis devenue méfiante, je dirais. Mais, et c'est tout à l'honneur de l'adolescente que j'étais, je ne pense pas qu'il ait remarqué mon changement d'attitude à son égard.

Je ne voulais pas qu'il s'en aperçoive. Je l'aimais toujours, Erin. Je ne voulais pas le blesser.

Elle s'arrête brusquement, puis concentre son attention sur moi.

— Attendez… Je ne suis pas sûre que vous puissiez citer mes propos, dit-elle. Je ne veux pas témoigner au tribunal ni rien. Je ne sais pas exactement ce que j'ai vu ce jour-là. C'était juste… suffisant pour que je comprenne, ajoute-t-elle avec un sourire tremblant.

— Ne vous inquiétez pas, je montrerai le documentaire à des avocats avant qu'il soit diffusé. Je leur signalerai cette séquence. Si on ne peut pas l'utiliser pour des raisons juridiques, on l'effacera. Avez-vous peur que votre père soit bouleversé par vos déclarations ?

Elle laisse échapper un petit rire surpris.

— Non, non, pas du tout ! Ces événements ont réellement eu lieu ; si ça ne lui plaît pas, tant pis pour lui. Mais je ne l'incriminerai jamais. Il y a une limite que je ne franchirai pas.

Elle s'est exprimée d'un ton posé. À mon avis, il en faut beaucoup pour la déstabiliser. Les chiens ne font pas des chats. Elle a peut-être plus de choses en commun avec son père qu'elle ne veut bien le croire.

Il me semble que le moment est venu d'accéder à la requête d'Eddie.

— Si vous êtes d'accord, Charlotte, j'aimerais maintenant vous montrer une vidéo. C'est un message que votre père a enregistré pour vous pendant notre interview samedi dernier. Je sais que c'était votre choix de ne pas lui rendre visite pendant toutes ces années, alors si ça vous met mal à l'aise, je n'irai pas plus loin.

Je m'efforce de ne pas la bousculer. J'ai beau avoir besoin de l'aide de son père, je ne suis pas prête à malmener Lottie pour l'obtenir. Si elle refuse de renouer avec lui, c'est le problème d'Eddie, pas le mien.

Elle hoche la tête à plusieurs reprises.

— OK, dis-je.

Je sors mon ordinateur portable et le place sur la table.

— Je vais charger la vidéo. Je peux laisser la caméra tourner ?

Je veux des images d'elle regardant Eddie. Je veux voir sa réaction. Je veux que les gens la voient.

Je tourne l'ordinateur vers elle. Elle appuie sur « Play », puis porte les mains à sa bouche.

Le trouve-t-elle vieilli ? A-t-il l'air triste ? Est-ce l'effet du survêtement ? De la pièce austère aux murs blanc cassé ? Peut-être lui paraît-il plus maigre, plus vulnérable que dans son souvenir. Je l'ignore. Sept ans, c'est long. J'observe Charlotte. Elle paraît hypnotisée. J'entends défiler le message d'Eddie.

Il a vu des photos de Ben, de leur mariage.

Des sillons se dessinent au coin des yeux de Charlotte. Elle sourit derrière ses paumes.

Ben est quelqu'un de bien, elle a pris la bonne décision.

Il est fier du métier qu'elle exerce.

Elle fronce les sourcils.

Il est fier aussi des choix qu'elle a faits.

Elle baisse les mains, les laisse reposer sur la table devant elle. Toujours captivée.

On en arrive à l'essentiel.

Il a commis des erreurs qu'il regrette. Il va changer.

Les yeux de Charlotte s'embuent. Elle est complètement immobile. Les larmes qui perlent sur ses cils coulent sur la table.

Pour elle, je ne suis plus dans la pièce. Il n'y a qu'eux deux : le père et la fille.

Il ne l'exposera jamais à ce monde-là. Elle ne risque rien.

Elle s'essuie les yeux. Se redresse. L'air solennel.

Il sera un grand-père formidable.

Rien.

Il aura toujours les poches pleines de bonbons.

Un éclat de rire fugace.

Il l'aime.

Silence.

Charlotte referme l'ordinateur, puis m'adresse un sourire contraint.

— Il faut que j'aille chercher des mouchoirs. Je reviens tout de suite.

Elle sort du champ.

Ses yeux sont toujours rouges lorsqu'elle revient, mais elle a recouvré sa contenance, même si elle semble un peu embarrassée d'avoir laissé transparaître ses émotions. Je rallume la caméra.

— Que ressentez-vous, Charlotte ? Pensez-vous que vous pourriez lui accorder une autre chance ? Le laisser revenir dans votre vie quand il sera libre ?

Je suis curieuse de connaître sa réponse, autant pour moi que pour Eddie.

Je ne sais pas comment je réagirais à sa place. Je pourrais toujours émettre des suppositions, mais il me semble qu'elles ne coïncident jamais avec la réalité. Pour les choses importantes, du moins.

Charlotte sourit, puis se fend d'un petit rire d'autodérision.

— Désolée, ça fait beaucoup d'informations à assimiler d'un coup. Bon sang, et moi qui pensais avoir tourné la page ! Hum, c'était quoi la question ? Ah oui, vous m'avez demandé si j'étais prête à le laisser revenir dans ma vie. Non. Non, je ne crois pas que ce soit une bonne idée. Oh, je suis certaine que, lorsqu'ils verront ces images, les gens prendront le parti de mon père. Bien sûr, il joue sur la corde sensible. C'est un charmeur, vous vous en êtes sans doute aperçue. Mais non, je n'y tiens pas. Et je vais vous dire pourquoi : parce que c'est un meurtrier. Oh merde ! Non, excusez-moi, un meurtrier présumé ! *Présumé !* N'utilisez pas cette séquence, s'il vous plaît. Merde… Écoutez, c'est un criminel qui a été condamné. On ne peut pas lui faire confiance, il est manipulateur, dangereux, et j'ai deux jeunes enfants et un mari que j'adore. Ma belle-famille ne veut pas entendre parler de lui non plus. J'aime l'existence que je mène, Erin. Je l'aime telle qu'elle est. Je l'ai construite toute seule, à partir de rien. Attention, comprenez-moi bien : je suis reconnaissante à mes parents de m'avoir payé des études, mais de mon côté je n'ai pas ménagé ma peine. Si j'ai trouvé la force d'aller en cours tous les jours, ce n'est pas grâce à eux mais plutôt en réaction contre eux.

Elle regarde droit vers l'objectif pour ajouter :

— Je sais que tu regarderas cet enregistrement, papa. Alors, voilà. Je t'aime. Je t'aime énormément, pour autant je refuse de me sentir responsable de toi. Tu as fait tes choix. Je suis heureuse que tu sois fier de moi et je mettrai tout en œuvre pour que tu continues à l'être. Cela dit, je ne veux pas de toi dans ma vie. S'il te plaît, respecte ma décision.

D'un mouvement de tête, elle me signifie qu'elle a terminé. J'éteins la caméra.

— Je me rends bien compte que vous avez de la sympathie pour lui, Erin, mais vous ne le connaissez pas. Croyez-moi. Ça me touche beaucoup que vous souhaitiez une fin heureuse pour nous tous, malheureusement ce n'est pas possible. Il se fiche pas mal des autres. Ça lui est égal si les gens disparaissent des écrans radar. Eh bien, moi, ça ne m'est pas égal. Néanmoins, j'apprécie sa démarche. Sincèrement. Quand vous le reverrez, dites-lui qu'il a bonne mine. Ça lui fera plaisir.

Nous bavardons de tout et de rien pendant que je rassemble mes affaires.

J'ai fait mon possible. Elle n'est pas idiote : si je m'étais évertuée à défendre son père, j'aurais éveillé sa méfiance. Je lui ai transmis le message, c'était à elle de trancher. Mon rôle s'arrête là. J'espère seulement que ce sera suffisant pour Eddie.

32

Mercredi 28 septembre
Un homme à la porte

Le téléphone fixe se met à sonner au moment où j'ouvre la porte de la maison. Mark est parti visiter d'autres locaux, il ne sera pas là avant au moins une heure. Je lui ai demandé de revenir vers 15 heures, au cas où mon entrevue avec Charlotte se serait mal passée.

Je me précipite dans le vestibule. Deux sonneries se succèdent encore avant que j'atteigne le combiné. Et si c'était le mystérieux correspondant ? Patrick, qui sait ? Cette fois, je réussirai peut-être enfin à lui parler.

— Allô ? Je suis bien chez Erin Roberts ?

Voix masculine bourrue, la quarantaine, accent cockney. C'est en rapport avec Eddie, j'en ai aussitôt la certitude.

— Oui, c'est moi.

Je m'efforce d'adopter un ton neutre, comme s'il s'agissait d'un appel professionnel. J'espère vraiment qu'Andy Foster ne m'a pas mise sur écoute, car cette conversation pourrait très vite devenir compromettante.

— Bonjour, je m'appelle Simon. J'ai un paquet à récupérer chez vous, je crois.

Une seconde de silence. Puis :

— Vous êtes sûrement occupée mais, comme je suis dans le coin, je me demandais si je pouvais passer le chercher maintenant.

Il se montre prudent dans le choix de ses mots ; il doit se méfier lui aussi. J'ai réellement l'impression de parler à un coursier. Le cas échéant, ce sera l'argument que j'avancerai au tribunal.

— Oui, bien sûr, dis-je. D'ici dix minutes, c'est possible ?

Je m'efforce de dissimuler au mieux mon soulagement et ma joie à la perspective d'être enfin débarrassée des diamants.

Dans quelques minutes, ils seront hors d'ici. Tout sera terminé. Il n'y aura plus que la clé USB et le téléphone sous l'isolant.

Le combiné coincé contre l'épaule, je note sur un bout de papier le numéro de notre compte en Suisse. Je l'ai appris par cœur. Il n'est écrit nulle part, j'ai brûlé les documents bancaires il y a une semaine, dans le jardin, après avoir mémorisé toutes les informations. Le numéro et le mot de passe. À l'autre bout de la ligne, j'entends une voiture démarrer.

— Parfait, répond mon correspondant. Je serai là dans dix minutes.

Il raccroche.

Il m'a paru amical, presque sympathique. Sans doute est-il au courant de la situation – du marché qui nous lie, Eddie et moi…

Non, mais qu'est-ce que je raconte ? Il m'a probablement suivie jusqu'au domicile de Charlotte et ensuite jusqu'ici. Sont-ils nombreux à surveiller mes faits et gestes ? Le SO15 ? Patrick ? Si l'un d'eux s'aperçoit de la présence des autres, tout pourrait s'écrouler autour de nous. En attendant, je suis sûre que Simon m'a filée, aujourd'hui. Sinon comment aurait-il pu savoir que je viens de rentrer ? C'est pour ça qu'il est « dans le coin ».

Je grimace. Je suis décidément d'une naïveté confondante. J'ai de la chance d'être encore en vie.

Il ne me reste pas beaucoup de temps avant l'arrivée de Simon. Je glisse dans la poche de mon pantalon le bout de papier sur lequel j'ai noté le numéro.

Puis je me précipite dans l'escalier pour aller chercher les pierres. Je ne tiens pas à laisser mon visiteur seul dans la maison tout à l'heure pendant que je monte au grenier. Je ne peux pas m'offrir le luxe de lui faire confiance.

Soudain, une pensée m'arrête : et si cet homme n'était pas envoyé par Eddie ?

Ou alors, est-il possible qu'il le soit mais que j'aie mal jugé la personnalité d'Eddie ? Suis-je en danger ?

J'imagine Mark découvrant mon cadavre à son retour, gisant dans le couloir telle une poupée de chiffon, une balle en plein front. Une exécution en bonne et due forme. Contrat rempli.

Mais non, ça n'arrivera pas. Mon instinct me le souffle et je dois m'y fier. Tout ira bien, j'en suis certaine.

Néanmoins, je m'empresse de redescendre et d'attraper mon portable pour joindre Mark.

Il répond après trois sonneries. Il semble distrait, un peu absent. Je distingue un brouhaha assourdi en arrière-fond.

— Mark ?

— Oui ? Ça va ? Comment ça s'est passé avec Charlotte ?

— Oh, bien, très bien même. Écoute, j'ai eu un appel pour les…

Merde. Je ne peux pas parler des pierres ou d'Eddie au téléphone. Andy Foster a peut-être également mis mon mobile sur écoute. *Réfléchis. Trouve un moyen de contourner le problème.*

— Hum… Un coursier va venir chercher nos souvenirs de voyage, dis-je.

Nous en avons acheté pour les parents de Mark. Je n'aurai qu'à les envoyer à East Riding par FedEx cet après-midi pour donner de la crédibilité à cette version. Bon sang, tout ça est d'un compliqué ! La vie des hors-la-loi n'est décidément pas de tout repos.

Mark garde le silence. Il doit lui aussi se demander ce qu'il peut dire ou pas. Je suis heureuse d'avoir épousé un homme aussi avisé.

— Tant mieux, déclare-t-il enfin. Tu peux t'en sortir toute seule ou tu as besoin de moi ?

À son intonation, je me rends compte qu'il est inquiet. Je sais ce qu'il pense d'Eddie : il se méfie de lui.

— Non, ça va. Je t'assure, Mark, je voulais seulement te mettre au courant. Je vais me débrouiller. Il sera là dans quelques minutes, alors je vais te laisser, d'accord ?

Je lui donne la possibilité de tout stopper s'il estime que c'est de la folie. Confier pour un million de diamants à un inconnu que je vais recevoir dans ma propre maison ?

— D'accord, ma puce, répond-il. Je vais bientôt rentrer, de toute façon. Je t'aime ?

C'est une question, me semble-t-il. Du genre à contenir beaucoup de non-dits.

— Je t'aime aussi.

Ma réponse en contient tout autant.

Il raccroche.

Merde. Je ne lui ai pas demandé comment il allait. Ni où il était. J'ai eu l'impression qu'il se trouvait dehors, au milieu d'une foule, peut-être dans une gare, mais…

Le temps presse. Je remonte en courant à l'étage et déplie l'échelle du grenier.

Les diamants sont toujours là, dans leur pochette crème, tiédis par les canalisations du chauffage. Je les retire de leur cachette avant de remettre l'isolant en place.

La sonnette retentit alors que je redescends l'échelle.

J'éprouve une brusque bouffée de terreur – une décharge d'adrénaline.

Je songe à cette arme, celle que nous avons jetée dans l'océan à Bora Bora. Aurait-il fallu la garder ?

Mais qu'est-ce que je ferais d'une arme ? Je ne sais pas m'en servir. Je ne serais même pas capable de déterminer si elle est chargée ou si le cran de sûreté est mis.

De toute façon, je n'en ai pas besoin. Tout se passera bien. Que peut-il arriver en plein jour ? Je saute du troisième barreau de l'échelle, puis fonce au rez-de-chaussée.

Les joues en feu, j'ouvre la porte à la volée. Simon est là.

Il a l'air inoffensif. Costume, cravate, sourire. Pas un sourire carnassier, plutôt celui d'un copain un peu louche de votre père. Un brin trop entendu, peut-être, sans pour autant être alarmant.

Son attitude amicale semble suggérer que nous sommes du même bord. Je fais partie du gang, maintenant.

— Vous êtes Simon ?

Il fallait bien que je dise quelque chose pour rompre le silence.

— Je plaide coupable.

Nouveau sourire. Celle-là, il doit la sortir souvent. Ce petit trait d'humour achève cependant d'apaiser mes craintes.

— Vous voulez entrer ?

Il va certainement se rendre compte, à mon ton hésitant, que je n'ai aucune idée de la conduite à tenir dans une telle situation. J'espère qu'il va prendre la direction des opérations.

— Non, merci, je suis pressé. Je vais juste récupérer le colis, et ensuite je file.

J'apprécie la délicatesse dont il fait preuve devant mon ignorance flagrante. En un sens, c'est rassurant. Je lui tends la pochette, qu'il saisit.

Et pour l'argent ? Devrais-je le mentionner ? Il me devance :

— Vous avez un numéro à me donner ?

Cc n'est manifestement pas la première fois qu'il effectue ce genre de transaction.

— Ah oui. Tenez.

Je sors le papier de ma poche et le lisse sur ma cuisse.

— Désolée, il est froissé. Vous pouvez lire les chiffres ?

Je le lui remets.

Nous examinons tous les deux l'inscription parfaitement lisible. Je me fais l'effet d'une parfaite idiote.

— Oui, oui, ça ira, murmure-t-il en feignant un intérêt exagéré pour le document. Bon, eh bien, je vous laisse.

Le papier dans une main, la pochette dans l'autre, il se détourne pour partir, puis s'adresse de nouveau à moi.

— Juste une petite question, ma belle : comment ça s'est passé, aujourd'hui ? Eddie aimerait le savoir.

— Oh. Hum, je ne crois pas que ça débouchera sur le résultat espéré.

J'ai parlé d'une voix douce, comme si j'avais le cœur brisé par ce tour cruel du destin. Eddie, le criminel repenti, se voit refuser une seconde chance par sa fille.

Ma réponse semble plonger Simon dans la perplexité.

— Pourquoi ? Comment elle a réagi ?

— Hum, elle a regardé la vidéo et elle a pleuré. Elle était bouleversée, mais elle s'inquiète pour ses enfants et…

— Ah oui, les gosses, me coupe-t-il. Bah, ça, c'est rien.

Il a l'air assez satisfait. Je me demande s'il relayait juste la demande d'Eddie et si je n'en ai pas trop dit en m'aventurant sur le terrain privé.

— Vous inquiétez pas pour les gosses, reprend-il.

Son sourire est de retour. Tout va bien.

— Il saura comment contourner le problème. En tout cas, bien joué, ma belle. Elle a pleuré ? C'est bon signe. Eddie sera rudement content. Si elle pleure, on a fait la moitié du chemin.

Il affiche une mine réjouie, à présent. C'est une bonne nouvelle, à l'évidence.

— Bon, ce coup-ci, j'y vais.

Sur un signe de la main, il s'éloigne.

— Au fait : merci, Simon !

Je me suis sentie obligée de dire quelque chose. Je ne pouvais pas me contenter de le regarder en silence marcher vers sa Mercedes noire en emportant mes diamants.

33

Jeudi 29 septembre
Derniers détails

Dans la matinée, on me livre un énorme bouquet de fleurs, accompagné d'une carte :

« Merci pour votre aide. Je ne l'oublierai pas. E. »
Eddie a de la classe, je veux bien lui reconnaître ça. Mark n'est cependant pas de cet avis.

— Pour la discrétion, on repassera ! fait-il remarquer au petit déjeuner.

Il s'inquiète toujours d'une éventuelle surveillance policière.

— Ce ne sont que des fleurs, Mark. Il peut très bien me les avoir envoyées pour me remercier de l'interview. Par son avocat, quelque chose comme ça. Je suis certaine qu'à ce stade de sa carrière, Eddie sait couvrir ses traces. Sauf en ce qui concerne sa comptabilité, bien sûr…

Je souris. Nous avons réussi, non ? L'argent des diamants a été viré sur notre compte numéroté à minuit hier soir. La somme est encore plus élevée que nous ne l'imaginions : 2 millions de livres sterling… Impossible d'effacer le sourire béat sur mon visage. 10 000 livres par pierre. Eddie a pris une commission minime. Le transfert a été effectué depuis un autre compte numéroté – celui où Eddie a entreposé ses propres fonds, j'imagine. Les grands esprits se rencontrent.

Mark reste soucieux.

— Oh, je suis sûr que toutes les précautions ont été prises de son côté, Erin. C'est plutôt le nôtre qui me pose problème. Si les flics du SO15 t'ont à l'œil, ils vont se demander…

Il indique d'un geste l'énorme bouquet.

— Sérieux, Mark, ça m'étonnerait qu'ils me surveillent vingt-quatre heures sur vingt-quatre… Pourquoi le feraient-ils ? Et si c'était le cas, comment Eddie pourrait-il l'ignorer ?

— À mon avis, il n'est pas du tout impossible qu'ils s'intéressent de très près à toi. Ils se disent peut-être que Holli va essayer de te contacter d'une manière ou d'une autre.

— Mais enfin, pour quelle raison s'adresserait-elle à moi ? On n'était pas proches, on s'est rencontrées une seule fois. Je l'ai interviewée pendant trente minutes en tout et pour tout. Alors non, je ne crois pas qu'on fasse l'objet d'une surveillance intensive. OK, ils ont peut-être placé notre téléphone fixe sur écoute, mais à mon avis Eddie a dû s'assurer qu'il n'y avait aucun risque de ce côté-là avant d'accepter de nous aider. S'il y avait un problème, il l'aurait mentionné. Il n'est pas idiot. En fait, j'ai le sentiment que son influence nous protège.

Pensif, Mark regarde distraitement par la fenêtre la pluie tomber.

Qu'est-ce qui le contrarie encore ?

Je tends la main par-dessus la table pour effleurer son bras.

— C'est fini, Mark. On n'a plus rien à craindre. Entre les billets et les diamants, on a mis près de 3 millions de livres à la banque. En sécurité. On l'a fait, tu te rends compte ? On a réussi !

Je le dévisage, dans l'expectative.

L'ombre d'un sourire apparaît sur son visage.

Je presse son bras.

Son sourire s'élargit.

Il hoche la tête, puis saisit son mug de thé.

— Je suis content que le plan ait fonctionné, évidemment. Mais il ne faut plus prendre de risques, tu m'entends ? On arrête, Erin, d'accord ?

Au fond, je ne peux pas lui en vouloir de ne pas me faire confiance. J'ai gardé des secrets. Et, je le reconnais, il y a eu des moments où je me suis demandé si je ne ferais pas mieux de l'écouter, si je n'allais pas trop loin.

— Oui, promis, dis-je.

Je me penche pour déposer un baiser sur ses lèvres chaudes. Je vois bien qu'il n'est pas entièrement convaincu. N'empêche, il me rend mon baiser. Tant mieux. Tout va redevenir comme avant, enfin.

Je suis en train de savourer cette pensée quand mon esprit me rappelle à l'ordre : non, il reste des détails à régler, là-haut dans le grenier. Des indices qui mènent à une épave au fond du Pacifique sud.

Ce n'est pas encore tout à fait fini.

— Attends, Mark… Qu'est-ce qu'on devrait faire du téléphone ? Et de la clé USB ? On les jette ? C'est le seul lien entre l'avion et nous. Le dernier problème à gérer.

Il ferme brièvement les yeux. Il avait oublié.

— Merde. OK, il faut qu'on réfléchisse.

Il s'absorbe dans ses pensées, le regard rivé sur le jardin détrempé derrière la vitre éclaboussée de pluie.

— On devrait peut-être garder le téléphone, au cas où, déclare-t-il au bout d'un moment. S'il arrive quelque chose, on pourra s'en servir pour prouver l'existence de ces gens. Ou l'utiliser comme moyen de pression pour négocier avec eux le cas échéant. Je ne dis pas qu'on en aura besoin, mais ce serait une sorte d'assurance.

Il s'interrompt et fait « non » de la tête.

— Tu sais quoi ? Oublie ça. On va s'en débarrasser aussi. On jette tout, la clé et l'iPhone, au cas où la police déciderait de fouiller la maison.

Son ton est ferme. La discussion est close, à l'évidence. Et je suis d'accord.

— J'ai une idée, Mark : si on partait dans le Norfolk, là, tout de suite ? On couche là-bas, et demain matin on louera un bateau pour aller les balancer en pleine mer.

Comme il ne réagit pas, j'insiste :

— On pourrait même rester quelques jours sur place. Ce serait bien de changer d'air. De se retrouver, tous les deux. On en a besoin. Tu me manques.

Il se lève, contourne la table et vient prendre mon visage entre ses mains. Il m'embrasse sur les lèvres, tout doucement.

— C'est une excellente idée, ma puce. J'ai l'impression que notre lune de miel remonte à une éternité.

Je comprends. Il parle de notre *vraie* lune de miel – avant que le sac apparaisse, avant qu'il se transforme en autre chose. Tout ce que je désire maintenant, c'est être avec Mark. J'ai envie de sentir sa peau contre la mienne. De ressusciter notre intimité.

— Si on part dans le Norfolk aujourd'hui et qu'on fait disparaître les dernières preuves, dis-je, on pourra dès demain reprendre notre vie d'avant. En mieux, évidemment, puisqu'on a assuré notre avenir.

Mark n'aura plus jamais à craindre de tout perdre encore une fois. D'en être réduit à envisager de bosser dans un bar ou un supermarché. Et dès notre arrivée dans le Norfolk, je lui parlerai du bébé.

Alors qu'il me dévisage, il me semble déceler une ombre de tristesse dans son regard. Il doute encore de moi, de la possibilité pour nous de redevenir ce que nous étions. Je dois lui prouver que je suis concentrée sur notre couple, à présent.

— On a besoin de passer du temps ensemble, Mark. S'il te plaît…

Ses yeux s'embuent de façon presque imperceptible et je prends soudain conscience de tout ce que je lui ai imposé ces dernières semaines. J'ai failli détruire ce lien qui nous unit – ce lien si fragile, à manipuler avec soin, à renforcer… Il se penche de nouveau et m'embrasse sur le front.

— Je sais, Erin. Malheureusement, même si je trouve ton idée formidable, je ne peux pas partir aujourd'hui. Tu te rappelles ?

Zut, j'avais complètement oublié… Il me l'a annoncé la semaine dernière. Je me sens encore plus mal. Il s'envole pour New York cet après-midi. Je ne l'ai écouté que d'une oreille quand il me l'a dit, de toute évidence. Il doit rencontrer de nouveaux clients à New York demain et il rentrera dans la soirée. Une visite éclair.

Je serai ici toute seule. Je ne peux pas m'empêcher, tout à coup, d'être effrayée à l'idée que Mark puisse mener sa vie de son côté, sans moi. C'est ma faute, bien sûr.

J'aurais dû m'intéresser plus à ses affaires au lieu de ne penser qu'au documentaire, à l'argent, aux diamants… J'aurais dû être plus présente pour lui. Mais je vais me ressaisir. M'améliorer. Nous n'aurons qu'à aller dans le Norfolk le week-end prochain. Quelle importance si nous différons notre départ de quelques jours ?

Je m'allonge sur le lit pendant qu'il prépare sa valise. Il me parle des locaux qu'il envisage de louer pour y installer ses bureaux. De ses grands projets.

— Tu veux bien venir les voir avec moi la semaine prochaine ? demande-t-il, tout excité.

— Bien sûr ! J'ai hâte.

Je suis heureuse qu'il m'associe de nouveau à ses activités. Heureuse de le voir aussi joyeux. Peut-être la brèche entre nous est-elle en train de se refermer.

— Excuse-moi si je n'ai pas été là pour toi, Mark… Je suis désolée.

— Ne t'inquiète pas pour ça. Tu as eu beaucoup de choses à régler. Tout va bien. Je t'aime.

Il soutient mon regard et je me sens pardonnée. J'ai tellement de chance… J'envisage encore une fois de lui révéler ma grossesse, mais je ne veux pas perturber l'harmonie de ce moment. Je lui dirai à son retour. Pendant le week-end. Alors j'opte pour :

— Je t'aime aussi.

Je me lève pour aller l'enlacer. Le plus fort possible, de tout mon cœur. Un peu plus tard, quand son taxi s'éloigne dans la rue devant chez nous, je ressens physiquement la douleur de la séparation. L'effet des hormones, sans doute. Tout mon corps se languit déjà de lui. De la chaleur de son étreinte, de l'odeur de sa peau…

Après son départ, je monte au grenier.

L'air est étouffant là-haut. Sous l'isolant, le téléphone est chaud. L'enveloppe contenant la clé USB sous plastique est posée à côté. La température peut-elle altérer la mémoire des appareils ? Je palpe le petit support de stockage à travers l'enveloppe.

Puis je contemple l'écran noir de l'iPhone en me remémorant le SMS reçu il y a deux semaines. L'horrible sensation qui m'a noué l'estomac. Ces trois points gris dans la fenêtre de conversation.

Qui êtes-vous ?

De nouveau, je me demande qui « ils » sont. Les morts dans l'avion, les Russes avec qui ils étaient en relation, l'émetteur du texto… J'ai essayé d'ignorer la question, d'écouter les conseils de Mark, mais, à présent, elle resurgit avec force. Qui sont-ils ? J'ai parcouru des sites russes sans rien découvrir. Patrick est-il l'un d'eux ? Ou, comme le pense Mark, s'agit-il d'un agent du SO15 qui opère sous couverture ? Est-ce lui qui nous laisse ces étranges messages silencieux ? L'autre jour, j'ai même imaginé un instant que ces appels avaient été passés par Holli, qu'elle était peut-être rentrée en Angleterre. Mais je me suis rappelé la réponse inintelligible faite par un homme à la serveuse. Sans compter que Holli n'a jamais eu mon numéro de téléphone. Ça ne peut pas être elle.

Mes pensées me ramènent à l'avion, aux Russes. Ont-ils réussi à découvrir l'adresse IP de l'hôtel à Bora Bora ? Se sont-ils rendus sur place ? Et s'ils ont tué les Sharpe, ont-ils mis un terme à leurs recherches après leur mort ?

La réponse à cette dernière interrogation s'impose à moi avec la force d'une révélation : ils sont toujours à nos trousses, c'est certain. Ils ont dû se rendre compte qu'ils n'avaient pas éliminé le bon couple. Et maintenant, je suis toute seule. Je revois le visage de Mark quand il s'est éloigné dans le taxi. J'étais tellement obsédée par la nécessité d'échapper à la police et de convertir les pierres en liquidités que j'ai négligé la détermination de leurs propriétaires à les récupérer. La possibilité d'un coup frappé à la porte, d'une balle dans la tête…

Je songe à la porte de derrière ouverte, il y a six jours. Je ne veux pas mourir. Je dois savoir à qui j'ai affaire. Cette résolution en tête, je redescends au rez-de-chaussée avec le téléphone, enfile mon manteau et quitte la maison.

Le moment est venu de le rallumer. Dans un endroit sûr, où il y a du monde.

Quand j'arrive à Leicester Square, je me fraie un passage dans la cohue et me dirige vers le jardin au milieu. Je repère un groupe d'étudiants étrangers qui discutent et jouent avec leur portable tout en déjeunant sur l'herbe. Je m'installe le plus près possible d'eux puis me risque à allumer l'iPhone. Il s'éclaire. Fond blanc, logo Apple, écran d'accueil. Je ne tente même pas de le mettre en mode avion. Je le laisse chercher un signal. La réception est bonne, j'ai quatre barres.

Je vous explique mon raisonnement : Leicester Square est la zone piétonne la plus animée d'Europe. J'ai fait des recherches sur mon propre téléphone avant de l'éteindre devant notre station de métro. En moyenne, 250 000 passants circulent quotidiennement sur cette place. En entrant dans le jardin, j'ai vu d'innombrables personnes avec un mobile à la main, en pleine conversation ou tête baissée, en train de tapoter sur leur écran. Il y a 109 caméras de surveillance disséminées dans les parages, mais je mets au défi quiconque de déterminer qui est sur quel téléphone. Je me cache dans la foule, au vu et au su de tous. Même si les Russes localisaient le signal, ça ne leur servirait à rien.

Des notifications s'affichent sur l'iPhone. Il y a deux nouveaux messages.

L'offre tient toujours.

Contactez-moi.

C'est le même numéro que la dernière fois.

Mais je ne comprends pas. Quelle offre ? Je fais défiler les SMS, sans rien voir d'autre que les anciens, ceux que j'ai lus à Bora Bora. Puis je remarque un petit rond rouge sur l'icône des appels. Je l'effleure. Le journal me révèle qu'il y a eu deux appels manqués, passés de ce même numéro, depuis que nous avons le sac – depuis que j'ai envoyé ce texto ridicule à Bora Bora. Deux appels manqués et… un message vocal.

Je m'assois sur un banc, j'active la messagerie et je porte le téléphone à mon oreille.

La première voix que j'entends est celle du système automatisé de l'opérateur de réseau. Féminine, s'exprimant dans une langue que je ne connais pas. Probablement du russe. Puis un silence, suivi par un long bip.

La communication s'établit. Encore un bref silence, avant qu'une autre voix s'élève, calme et grave. Masculine. L'homme parle anglais, mais avec un accent difficile à identifier.

« Vous avez reçu le message précédent. L'offre tient toujours. Contactez-nous. »

C'est tout. Je ne suis pas plus avancée. Quel précédent message ? Quelle offre ? La voix féminine automatisée débite encore une fois des propos incompréhensibles. Juste après, l'homme reprend la parole. Un message sauvegardé. Le précédent.

« Vous avez une chose qui nous appartient. Nous aimerions en reprendre possession. »

Ma respiration se bloque.

« Je ne sais pas comment vous l'avez eue. Ce n'est pas important à ce stade, mais il est dans votre intérêt de nous la rendre. »

Il me vient soudain à l'esprit que quelqu'un a déjà entendu ce message ; c'est pour ça qu'il a été archivé. Je repense à la porte de derrière ouverte. À la main froide de Patrick serrant la mienne, chaude. Au SO15, à Simon et à Eddie. Est-ce que quelqu'un a fouillé notre grenier ? Mais qui ? À peine me suis-je posé la question que la réponse s'impose d'elle-même : il n'y a qu'une autre personne susceptible d'avoir allumé ce téléphone. Si c'était cet homme au bout du fil qui s'était introduit chez nous et avait découvert l'iPhone, pourquoi aurait-il écouté son propre message ? Si c'était le capitaine Foster, pourquoi n'aurait-il pas emporté les pièces à conviction ? La vérité, c'est qu'aucun intrus n'est monté dans notre grenier. Et que je ne suis pas la seule à avoir des secrets. Mark a déjà écouté ces mots.

« Nous vous dédommagerons. Une prime pour votre peine. »

Je balaie la place du regard, le cœur battant à tout rompre. J'ai l'impression d'être observée. Je scrute les visages dans la foule, sans toutefois rien remarquer de suspect.

« Si vous avez la clé USB, contactez-moi, poursuit la voix. À ce numéro. L'offre est de 2 millions d'euros. »

Des euros… Autrement dit, cet homme est en Europe. Ou alors, il nous a localisés à Londres. Il a vraisemblablement tracé le signal du téléphone quand Mark l'a allumé.

« Cette somme est non négociable. Si vous pouvez fournir la clé, nous procéderons à l'échange. Nous n'avons pas l'intention de vous poursuivre ; seule la clé nous intéresse. La décision de nous la restituer vous appartient. Contactez-moi. »

C'est tout.

La clé USB. Pas l'argent, donc. Ni les diamants. Que peut-il y avoir dessus ? Et ai-je même envie de le savoir ? Je ne parviens pas à reprendre mon souffle.

J'éteins l'iPhone.

Pourquoi Mark ne m'en a-t-il pas parlé ? Pourquoi a-t-il allumé le téléphone ? Et où l'a-t-il fait ? Bien sûr, il est beaucoup plus prudent que moi, il a dû lui aussi se rendre dans un lieu fréquenté. Mais pourquoi ? À force d'y réfléchir, j'entrevois une explication : il a compris que la mort des Sharpe n'était pas un accident, il s'est senti responsable et ça l'a effrayé. Alors il a essayé de savoir si les Russes nous cherchaient toujours. Et il a découvert que c'était le cas. Il ne m'a rien dit pour m'épargner. Me protéger. Cette pensée m'emplit de culpabilité. Mark a affronté la situation tout seul, pendant que moi, je continuais à jouer les casse-cou…

Mais justement, me dis-je soudain, il ne voulait pas que j'entende cette offre, parce qu'il se doutait que je serais tentée de procéder à l'échange. Et, à la réflexion, oui, j'en ai envie. Car, si nous nous y prenons bien, nous toucherons le gros lot. Sans compter que, si nous ne leur rendons pas ce qu'ils demandent, ils n'arrêteront jamais de nous chercher.

C'est évidemment une idée insensée, je le sais. D'abord, parce que si les Russes avaient réussi à nous localiser, ils auraient déjà récupéré la clé, ensuite parce que nous n'avons pas besoin de cet argent. Le problème, c'est qu'après avoir pris les choses en main dès le départ et maintenant que je suis au courant de cette offre, je n'ai plus qu'une idée en tête : accepter. Je veux ces 2 millions d'euros supplémentaires.

Mark me connaît mieux que je ne me connais moi-même. Voilà pourquoi il a gardé le silence. Pour m'empêcher de faire une folie.

Je repense à la dernière phrase du message : « Nous n'avons pas l'intention de vous poursuivre ; seule la clé nous intéresse. La décision de nous la restituer vous appartient. Contactez-moi. » S'agit-il d'une menace ? Pas exactement. D'un avertissement, plutôt : ils ne s'intéressent pas à nous, seulement à la clé USB.

Hé, une minute… Deux millions d'euros ? Mais que peut-il bien y avoir sur cette foutue clé ? Cette question-là me pousse à quitter Leicester Square sur-le-champ pour retourner dans notre grenier à North London.

34

Jeudi 29 septembre
Une demoiselle en détresse

Je soulève l'isolant, saisis l'enveloppe et l'ouvre.

Pas de clé USB. Elle n'est pas là. L'objet rectangulaire que j'ai senti à travers le plastique tout à l'heure n'est que l'étui. Vide.

Je le contemple quelques secondes, sidérée. Puis je me relève, en nage, encore essoufflée par ma course folle depuis la station de métro. Où est-elle ? Sont-ils venus la chercher ? Non, impossible. Ils auraient emporté aussi le téléphone. Alors c'est sans doute Mark qui l'a prise. Qu'en a-t-il fait ? L'a-t-il jetée ? Cachée ailleurs pour éviter que je la trouve au cas où j'aurais écouté les messages ? Je rallume mon propre téléphone et vérifie l'heure. Il doit être dans l'avion, à présent. Je ne peux pas le joindre. En proie à une nouvelle vague de nausée, je m'appuie contre une des poutres de la charpente. Il faut que je me calme.

Je décide d'envoyer un SMS à Mark.

J'ai entendu les messages ! Pourquoi ne m'as-tu rien dit ? Où est-elle ?

Le doigt immobilisé au-dessus de l'écran, je relis mes mots. Non, ça ne va pas. Le ton est trop furieux. Trop paniqué. Si Mark ne m'en a pas parlé, c'est pour une bonne raison. Et après tout, j'ai moi-même passé pas mal de choses sous silence. J'efface le message et écris :

Appelle-moi à ton arrivée. Je t'aime. Bisous.

Cette fois, j'envoie le SMS. Oui, c'est mieux. Il me donnera des explications plus tard. Il a dû déplacer la clé pour m'empêcher de faire une bêtise. Je me demande où elle peut être. Et s'il sait ce qu'elle contient. Moi, en tout cas, j'ai désormais terriblement envie de le savoir. Il faut que je mette la main dessus.

Je commence par explorer la chambre. Je fais le tour de nos cachettes habituelles. Nous vivons ensemble depuis maintenant quatre ans, je pense les connaître toutes. Je vérifie le tiroir de sa table de chevet, le petit coffre à l'intérieur – le code est sa date d'anniversaire –, mais il n'y a rien à l'intérieur à part des pièces de monnaie étrangères. Je jette un coup d'œil sous le matelas, de son côté ; il y a un jour dissimulé mon cadeau d'anniversaire : des billets pour le concert de Patti Smith. En l'occurrence, je ne vois rien. Je fouille les poches du pardessus de son grand-père dans la penderie, ainsi que les vieilles boîtes à chaussures sur l'étagère du haut.

Puis je me rends dans la salle de bains, où je passe en revue le contenu de l'armoire à pharmacie. Je vais ensuite inspecter son bureau, son vieil attaché-case… En vain.

Peut-être qu'il l'a bel et bien emportée, après tout. Non, à la réflexion, ça m'étonnerait, il aurait eu trop peur de la perdre. Elle est forcément ici.

C'est à ce moment-là que la colère me saisit. Folle de rage, je retourne la maison de fond en comble. Je vide les placards, enlève les draps des lits, examine la doublure des rideaux et des bagages…

Rien.

Échevelée, en sueur, je m'immobilise dans le salon. Je me sens nauséeuse et j'ai la tête qui tourne. Je me suis trop agitée, il faut que je fasse retomber la pression et que je mange un peu, sinon pour moi, du moins pour mon bébé. Je me laisse choir par terre dans la pièce et tire vers moi le sac Liberty of London rempli de confiseries qu'on nous a offert pour le mariage. J'en retire une boîte en fer-blanc. Des truffes au champagne rosé. Ça me va. Je dévisse le couvercle, plonge les doigts à l'intérieur… et la clé est là, tout au fond. *Merde, Mark. À quoi tu joues ?*

Épuisée, je grignote quelques truffes, le petit support de stockage posé à côté de moi.

Un moment plus tard, mon téléphone bipe. Je le récupère parmi les divers objets que j'ai disséminés sur le sol pendant ma fouille. C'est Mark. Il a dû atterrir.

— Allô ?

— Coucou, ma puce. Tout va bien ?

— Pourquoi l'as-tu cachée, Mark ?

Inutile de tourner autour du pot. Je suis exténuée. Et blessée.

— Hein ? De quoi tu me parles ? lance-t-il d'un ton léger.

Je distingue des bruits de foule en arrière-fond. Il est à l'autre bout du monde.

— De la clé USB, dis-je. Pourquoi l'as-tu dissimulée dans les chocolats ? Et pourquoi ne m'as-tu pas parlé des messages ?

Je sens des larmes me piquer les yeux. Mais je ne pleurerai pas.

— Ah, d'accord… Tu l'as trouvée ? Tu as regardé ce qu'il y avait dessus ?

— Oui à la première question, non à la seconde.

Je contemple l'objet dans ma paume. Un mystère.

— Désolé, reprend-il, mais je te connais trop bien. J'ai écouté les messages, c'est vrai. Il le fallait, après ce qui est arrivé aux Sharpe. Et comme ce type réclamait uniquement la clé, j'ai voulu voir ce qu'elle contenait de si important pour lui. Et ce que j'ai découvert m'a fait froid dans le dos, Erin. Vraiment. Alors j'ai décidé de te protéger. Je me disais que si tu entendais toi aussi ces messages, tu ne pourrais pas t'empêcher de jeter un coup d'œil à la clé. Voilà pourquoi je l'ai cachée.

Il m'accorde quelques secondes pour assimiler ses propos.

— Mais pas assez bien, de toute évidence…, ajoute-t-il.

Il se force à rire pour alléger la tension.

— S'il te plaît, Erin, promets-moi de ne pas y toucher, reprend-il. Laisse-la où elle est jusqu'à mon retour. D'accord ? Tu me le promets ?

Sa voix trahit une profonde inquiétude, à présent.

— Remets-la où tu l'as trouvée et on la détruira ensemble quand je rentrerai. Ne fais rien. On s'en débarrassera tous les deux, OK ?

— OK, dis-je dans un souffle.

Je me sens triste, soudain, sans trop savoir pourquoi. Peut-être parce que je ne suis pas digne de confiance.

— Je t'aime, Mark.

— Écoute, je regrette, c'est la seule idée qui m'est venue. Mais j'aurais peut-être dû t'en parler ?

Non, parce que j'aurais évidemment fait tout ce qu'il a dit.

— Tu as eu raison, Mark. Et je t'aime.

— Je t'aime aussi, ma puce. Rappelle-moi si tu as besoin de quelque chose.

Sur ces mots, il raccroche.

Je suis ébranlée, je n'ai pas les idées claires et j'ai terriblement soif. Je remplis un grand verre d'eau glacée au distributeur dans la porte du frigo, puis contemple notre magnifique cuisine. Les plans de travail fabriqués sur-mesure, la cave à vin encastrée, le dallage en ardoise que le chauffage au sol rend tiède sous mes chaussettes. La pièce garde la trace de mes recherches frénétiques : il y a des casseroles, des poêles, des provisions et des détergents éparpillés partout. Et soudain, au milieu du fatras, j'aperçois mon ordinateur portable. Sans réfléchir, je le récupère, l'allume, sors la clé USB de son emballage en plastique et l'insère dans le port.

Une nouvelle icône apparaît sur le bureau. Je clique dessus. Une fenêtre s'ouvre. Des fichiers. J'affiche le premier.

Il contient du texte crypté. Des pages entières de caractères indéchiffrables. Impossible de les lire.

Je n'ai pas la moindre idée de ce que j'ai sous les yeux et ça m'effraie. Mark a-t-il décodé ces données ? S'agit-il de documents bancaires ? D'autre chose ? Je ne sais pas ce que je regarde, pourtant je sens que c'est important.

Et dangereux. Et que ce n'est pas destiné à des gens comme nous.

Qui est derrière tout ça ? Est-ce à cause du contenu de cette clé que les Sharpe ont été tués ? Pourquoi l'homme qui a laissé les messages y tient-il plus qu'aux diamants et à l'argent ? Quel genre d'informations peut valoir 2 millions d'euros ?

Allons-nous mourir, nous aussi ?

J'ai besoin de réfléchir. Je retire la clé USB et la replace dans le plastique. *Respire, Erin. Réfléchis.*

OK. Par où commencer ?

D'abord, il faut que je sache ce qu'il y a sur ce support de stockage. Ça me permettra de comprendre à quel genre de personnes nous avons affaire. Je me rappelle les e-mails que j'ai vus à Bora Bora. Les sociétés-écrans. Les papiers flottant sur l'eau. Qui sont ces individus ? De quoi sont-ils capables ? Quelle est l'ampleur du danger qui nous menace ? La réponse à ces questions se trouve sûrement dans ces fichiers cryptés.

Sauf que je suis bien incapable de les décrypter. Je pense néanmoins connaître quelqu'un qui pourrait m'aider. Je fourre la clé dans ma poche et enfile mon manteau. Le numéro de portable d'Eddie est griffonné au dos de la carte qui accompagnait le bouquet ce matin. Moi, Erin Roberts, j'ai accès au téléphone clandestin d'Eddie Bishop… Quel est l'intérêt d'avoir des relations si on ne les met pas à contribution ? Dans le vestibule, j'attrape la carte glissée parmi les fleurs, puis je sors en trombe de la maison.

Il y a une cabine téléphonique en piteux état dans Lordship Road. Je suis passée devant en voiture suffisamment souvent pour me demander a) pourquoi personne ne balaie le verre brisé ni ne change les vitres et b) qui peut bien utiliser encore cette ruine d'un autre âge. Eh bien, aujourd'hui, me dis-je en marchant d'un bon pas vers elle, ce sera moi.

Je ne me souviens même pas de la dernière fois où j'ai mis les pieds dans une cabine téléphonique. J'étais peut-être encore à l'école… Je me revois aligner mes pièces de dix pence sur la tablette avant d'appeler la maison.

L'intérieur de la structure se révèle encore plus miteux que je ne l'imaginais. C'est une sorte de cage métallique branlante, au sol jonché d'éclats de verre laiteux. Des touffes de mauvaises herbes ont même poussé dans les fissures du bitume. Il y a des toiles d'araignée dans les ouvertures, qui flottent mollement dans l'air humide. Lequel, au moins, a le mérite d'atténuer la puanteur de l'urine.

Je cherche de la monnaie dans mes poches. Une grosse pièce de deux livres. Parfait. Je compose le numéro d'Eddie.

Quand il répond, il mâchonne quelque chose. Je consulte ma montre : 13 h 18. L'heure du déjeuner.

— Bonjour, Eddie, désolée de vous déranger. C'est Erin. J'ai trouvé votre numéro sur la carte qui accompagnait les fleurs. Je suis dans une cabine, alors…

Je lui signifie ainsi que nous pouvons parler librement, mais bon, c'est à lui d'en juger.

— Oh, d'accord. Bonjour, ma jolie. Comment allez-vous ? Il y a un problème ?

Il ne mastique plus. Quelque part à Pentonville, je l'entends s'essuyer la bouche avec une serviette en papier. Les gardiens sont-ils au courant qu'il possède un téléphone prépayé ? Je ne serais pas surprise s'ils se contentaient de détourner les yeux.

— Non, pas vraiment. Mais j'ai une question. Voilà, je ne sais pas si… est-ce que vous connaîtriez quelqu'un qui…

Je m'interromps.

— Je peux parler, Eddie ?

Je ne tiens pas à me compromettre. Ni à aggraver la situation.

— Oui, oui. Il y a quelqu'un près de vous ? Des caméras ?

Je survole du regard cette rue résidentielle en retenant mon souffle. Je l'ai choisie parce que c'est la moins fréquentée de notre quartier, il n'y a pratiquement jamais de piétons, mais j'en viens maintenant à me poser la question : y a-t-il des caméras de surveillance partout dans Londres ? En tout cas, je n'en vois nulle part

— Pas de passants, pas de caméras, dis-je dans le combiné.

— Bien.

Je devine qu'il sourit. J'ai piqué sa curiosité.

— Voilà, je… j'ai un léger… enfin, une petite difficulté à résoudre. Vous, hum… vous vous y connaissez en cryptage de fichiers, Eddie ? Ou alors, vous auriez quelqu'un à me recommander ? C'est important.

Je m'efforce de réprimer la note d'urgence dans ma voix. Je ne veux pas susciter sa méfiance ni paraître trop familière. Après tout, je suis en train de lui demander un autre service, et cette fois je n'ai rien à lui offrir en retour.

— C'est pour des trucs d'informatique, c'est ça ? Oui, on a un gars qui, lui, s'y connaît. Bon, expliquez-moi en gros de quoi il s'agit et je lui passerai un coup de fil. Vous avez aimé les fleurs, au fait ? J'ai commandé quelque chose de joli, mais on ne peut jamais être sûr de ce qui va être livré.

C'est vraiment un homme charmant. Je repense au bouquet monstrueux dans le vestibule. En d'autres circonstances, je suis sûre que nous nous serions bien entendus, lui et moi.

— Oh, excusez-moi, dis-je. Oui, oui, je les aime beaucoup. Elles sont magnifiques, merci mille fois. Je suis contente d'avoir pu vous aider.

— Et ça compte beaucoup pour moi, ma jolie. Il n'y a rien de plus important au monde pour moi que ma fille. Alors, vous m'expliquez votre problème ?

— En deux mots, j'ai une clé USB avec des fichiers encodés. Et j'ai besoin de savoir à quoi j'ai affaire.

Eddie s'éclaircit la gorge.

— Comment l'avez-vous obtenue ? demande-t-il d'un ton soudain grave.

— Je ne peux pas vous répondre, j'ignore qui est derrière tout ça. Et il faut que je puisse avoir une idée du contenu de cette clé pour établir un plan d'action.

— Attendez, Erin. Je vous arrête tout de suite, ma jolie. Non, vous n'avez pas besoin d'en savoir plus. Laissez tomber, dans l'intérêt de tout le monde. Si quelqu'un s'est donné la peine de crypter ces données, ce n'est pas pour rien. C'est sûrement des trucs dangereux qu'il vaut mieux ne pas lire.

Je revois toutes ces pages de texte illisible. Mark les a-t-il déchiffrées, lui ? En a-t-il déjà trop appris ?

— Mon instinct me dit que vous devez copier ces fichiers, reprend Eddie. Vous allez remettre la clé à quelqu'un, c'est ça ? Un échange est prévu ?

— Euh… oui.

Je n'étais même pas encore allée jusque-là dans mes réflexions. Durant une seconde, j'éprouve un tel soulagement que je suis saisie d'un léger vertige. J'ai eu le bon réflexe en appelant Eddie. Il sait comment traiter avec ce genre d'individus.

— Bon, il vous faut une assurance au cas où la partie adverse ne voudrait pas jouer à la loyale, déclare-t-il. Au moment de la rencontre, vous faites très exactement ce qu'on vous dit, mais vous ne donnez rien tant que vous n'avez pas l'argent. Vous avez commis cette erreur l'autre jour avec Simon, il m'en a parlé. Ce n'est pas comme ça qu'on procède, Erin. Vous remettez la clé *après* avoir reçu les fonds sur votre compte, pas avant. Vous comprenez ?

— Oui, oui. Merci, Eddie.

Ça me fait tout drôle d'avoir une conversation aussi franche avec un criminel. Je lui dis plus de choses qu'à Mark… En tout cas, il a raison : je dois veiller à couvrir mes arrières.

— Vous avez besoin d'aide pour effectuer la transaction ? demande-t-il. Je pourrais charger Simon de vous donner un coup de main, ajoute-t-il d'une voix plus douce.

J'ai l'impression que la suggestion est d'ordre plus personnel. Eddie s'inquiète pour moi.

— Non, je devrais pouvoir m'en sortir, dis-je. Merci, Eddie. Mais est-ce que… je peux vous tenir au courant ?

Au moment où je pose la question, j'ai conscience de lui donner l'image de quelqu'un de vulnérable.

Une demoiselle en détresse. J'aimerais dire que c'est une manœuvre délibérée de ma part pour obtenir son assistance, pourtant ce n'est pas le cas. J'ai beau être dépassée par la situation, je ne peux pas me permettre de laisser Eddie et Simon intervenir. De leur faire confiance. Après tout, ce sont des criminels… Vu les circonstances, cette réflexion ne manque pas d'ironie, je vous l'accorde, mais vous me comprenez. Je dois me débrouiller seule.

— Bien sûr, ma jolie. Vous savez où me joindre si vous avez besoin de moi.

— Oh, et… pourriez-vous aussi m'indiquer comment me procurer un… hum… un moyen de défense ?

Si la formulation est un peu alambiquée pour désigner une arme à feu, j'estime désormais avoir besoin d'une protection.

Il reste silencieux quelques secondes.

— Vous savez vous en servir ? s'enquiert-il.

À ce stade, je ne peux que mentir :

— Oui.

— Eh bien, vous êtes décidément pleine de surprises ! Pas de problème, Simon vous apportera ça ce soir. Faites attention à vous, ma jolie. Soyez prudente. Si vous devez me rappeler, allez dans une cabine différente et dans un autre quartier. À partir de maintenant, évitez Lordship Road. Brouillez les pistes.

Comment sait-il d'où j'appelle ? C'est effrayant.

— Compris. Merci pour tout, Eddie. J'apprécie.

— De rien, ma jolie. À bientôt.

Il coupe la communication.

Je vais aller jusqu'au bout de cette histoire. Pour nous deux. Mark et moi. Il n'y a pas d'autre solution. On ne peut pas continuer à dissimuler la clé USB dans des boîtes de chocolats en croisant les doigts pour que rien n'arrive. Il faut finir ce que nous avons commencé, et de la meilleure façon possible, parce que je suis absolument certaine que nos poursuivants ne renonceront pas à récupérer ce qui leur appartient. Nous avons allumé le téléphone à deux reprises, ils doivent nous avoir localisés. Reste à déterminer quand et où nous allons nous rencontrer. Et sous quelles conditions.

Je songe aux Sharpe, à leur triste destin. À leurs ultimes efforts désespérés pour respirer, à l'eau de mer qu'ils ont avalée. Mais la différence entre eux et moi, c'est qu'ils n'avaient aucune idée de ce qui les attendait. Ils ont été pris au dépourvu et ils ont paniqué. Ils n'avaient pas l'ombre d'une chance. Moi, si.

Je me dirige vers la gare de St. Pancras et, dans la foule sous l'horloge géante, j'allume l'iPhone. À travers la vitre devant moi, je vois des passagers débarquer de l'Eurostar. J'affiche le SMS le plus récent et réponds :

J'ai la clé USB.

D'accord pour l'échange.

Instructions à suivre.

J'envoie, éteins le mobile et le glisse dans ma poche. Maintenant, je n'ai plus qu'à déterminer une date et un lieu de rendez-vous.

De retour à la maison, je passe la soirée à regarder des vidéos sur YouTube pour me préparer. C'est fou, tout ce qu'on peut apprendre sur Internet – entre autres, à démonter et à remonter un Glock 22.

Simon m'en a déposé un avec deux boîtes de munitions il y a deux heures. Je lui ai offert une tasse de thé, et il est parti avec la tasse.

J'ai déjà visionné plusieurs tutoriels : nettoyage d'un Glock, prise en main d'une arme à feu, caractéristiques de sécurité, comment tirer avec une arme de poing, comment sécuriser son arme avant et après usage. Au bout du compte, je dirais qu'il est à peu près aussi difficile de démonter un pistolet et de le remonter que de changer le filtre d'une carafe Brita. Au cas où ça vous intéresserait…

Apparemment, le lubrifiant ménager WD-40 peut servir à graisser et à nettoyer une arme à feu après trois ou quatre jours d'utilisation. Je ne me servirai de la mienne qu'une journée, et encore, j'espère ne pas avoir à m'en servir du tout. Quoi qu'il en soit, je ne prendrai pas le risque d'entrer dans une armurerie demain pour acheter des produits adaptés. Je suis peut-être toujours sous la surveillance du SO15. Ou de Patrick. Ou de quelqu'un d'autre.

Je ne décroche pas quand Phil m'appelle une nouvelle fois – la troisième aujourd'hui. Il m'en veut d'avoir renoncé au tournage sur Holli. Il est fou de rage, j'ai des messages vocaux pour le prouver. Je ne tiens pas à lui parler pour le moment. Il peut attendre. Tout le monde peut attendre.

Les Glock 22 sont d'une facilité d'utilisation déconcertante. Il y a peu de manipulations à faire, à vrai dire, et donc pas grand risque de se planter. La spécificité du Glock, c'est qu'il ne comporte pas de cran de sûreté. Vous avez déjà vu ça dans les films, j'en suis sûre :

la scène où la fille récupère son arme pour sauver sa peau, la braque sur l'affreux qui la menace, presse la détente et... *clic*, rien. Elle a oublié d'ôter le cran de sûreté. Eh bien, ça n'arriverait pas avec un Glock. Avec un Glock, la tête du méchant explose. Si le pistolet est armé et si le chargeur est à l'intérieur, il vous suffit de presser la détente et de tirer. Sinon vous pouvez sans crainte laisser tomber l'arme ou la fourrer derrière la ceinture de votre pantalon. Le système Safe Action garantit qu'il ne se passe rien tant que vous n'appuyez pas sur la détente jusqu'au bout.

Mon mobile s'anime de nouveau. Cette fois, c'est Nancy, la femme de Fred. Zut ! J'ai oublié de la remercier d'avoir surveillé la maison pendant notre lune de miel et d'avoir rempli le frigo. Je n'ai pas non plus donné de nouvelles à Fred pour le documentaire. Ils doivent se demander pourquoi. Mark a raison, je suis négligente. Je laisse l'appel passer sur messagerie.

Si vous trouvez un jour un Glock, vous pourrez l'identifier grâce au logo en bas à droite sur la poignée : « G » en grand, « lock » en plus petit. Et si vous en trouvez un, voici ce que je vous conseille de faire. D'abord, vous le ramassez, sans toucher à la détente. Il devrait y avoir un petit bouton sur la poignée, à droite de votre pouce. Il permet d'éjecter le chargeur. Appuyez dessus en plaçant votre autre main sous la crosse. Récupérez le chargeur dans votre paume. S'il est plein, vous apercevrez une balle au sommet. Maintenant, rangez-le dans un endroit sûr. Ensuite, vous devez vérifier et vider la chambre. En d'autres termes, voir s'il reste une balle à l'intérieur et, le cas échéant, l'enlever. Pour ça, faites coulisser la glissière vers l'arrière, ce qui en principe devrait dégager une petite fenêtre. S'il y a une balle, éjectez-la. Assurez-vous ensuite qu'il n'en reste pas d'autre. Voilà, votre arme ne présente plus de danger. Après, pour charger, insérez cette balle en haut du chargeur que vous avez mis de côté, remettez-le en place, visez et tirez. Répétez la manœuvre une bonne vingtaine de fois, et vous finirez par être aussi crédible que n'importe quel acteur de *Full Metal Jacket*. L'intérêt de l'exercice, c'est aussi de vous empêcher de trop penser aux raisons pour lesquelles vous avez besoin d'une arme.

Mark me téléphone pour prendre des nouvelles. C'est le seul appel auquel je réponds.

— Oui, tout va bien, dis-je. Je regarde des trucs sur mon ordi.

Ce qui n'est pas faux.

— Comment tu te sens ? insiste-t-il.

Il est toujours mal à l'aise, c'est évident.

— Ça va, Mark, je t'assure. Ne t'en fais pas pour moi.

Nous échangeons un « Je t'aime » avant de raccrocher.

Une fois familiarisée avec mon arme, je la nettoie méticuleusement et applique sur la poignée du ruban adhésif gris pris dans la boîte à outils de Mark. Les parties granuleuses de la crosse ne peuvent pas retenir les empreintes, contrairement aux zones lisses à l'avant et à l'arrière. D'après Internet, il vaut mieux enlever l'adhésif après usage plutôt qu'essuyer l'arme. C'est plus efficace. Et je me connais : si on doit en arriver là, je ne serai plus en état de réfléchir après.

Je laisse un mot à Mark dans l'escalier du couloir. Il rentrera de New York demain soir et je ne serai pas là. Je lui écris que je l'aime de tout mon cœur, que je suis désolée pour la pagaille, que je ne voulais pas rester seule à la maison et que je dormirai chez Caro cette nuit. Et que j'ai hâte de le revoir.

Dans ce vaste capharnaüm qu'est devenu notre foyer, je commence à rassembler les affaires dont j'aurai besoin. Je télécharge une application GPS sur mon iPhone, qui me servira à trouver les coordonnées du lieu de rendez-vous. Je remplis un sac à dos avec le Glock, les munitions, le téléphone et la clé USB, des vêtements de rechange, des articles de toilette, un vieux réveil de voyage jaune que j'ai depuis toute petite, ma tenue et mes chaussures de randonnée, et une lampe torche. Alors que je m'active, je me demande à quel moment exactement tout s'est mis en branle. Si je pouvais revenir en arrière, jusqu'où faudrait-il que je remonte ? Au moment juste avant que j'allume l'iPhone ? À celui avant que j'ouvre le sac ? Au cercle de papiers flottant sur l'eau ? Au mariage ? Au jour où Mark m'a appelée des toilettes pour hommes ? Ou devrais-je aller encore plus loin ?

35

Vendredi 30 septembre
Viser et tirer

À 7 heures du matin, après avoir chargé la voiture, je pars pour le Norfolk. Il n'y a pratiquement pas de circulation et le bourdonnement monotone de Radio 4 emplit l'habitacle tandis que je récapitule mon plan dans ma tête. Je me suis dit que le Norfolk était le meilleur choix possible. C'est isolé. La présence policière y est quasi inexistante. Je connais bien les bois là-bas et il n'y a pas de caméras de surveillance. Personne pour m'observer. Et si quelqu'un me suit, je suis sûre que je m'en apercevrai rapidement. Je m'arrête sur le bas-côté pour envoyer un SMS au numéro de mon mystérieux correspondant. Je précise seulement l'heure et la région pour demain. J'enverrai les coordonnées GPS précises du lieu un peu avant le rendez-vous.

Mark quittera New York dans la soirée et ne sera à la maison qu'après minuit. J'essaie de ne pas penser à lui, à son regard quand j'arriverai demain matin, une fois la transaction effectuée. Il comprendra aussitôt que je lui ai menti, que je n'étais pas chez Caro. Il n'est pas idiot. Et je serai obligée de tout lui raconter. Je me promets de ne plus jamais lui mentir. Je serai la meilleure épouse du monde.

J'ai réservé une chambre dans un hôtel – pas celui où nous avons déjà séjourné ; un autre, que je ne connais pas. J'y passerai une seule nuit. J'ai fixé le rendez-vous à 6 heures du matin et obtenu une confirmation. Ainsi qu'un nouveau message vocal. La même voix masculine qu'auparavant. L'homme veut aussi que je lui transmette les coordonnées du site où l'avion s'est crashé. Ça fait désormais partie du marché. Par chance, je dispose de cette information.

Je suis certaine qu'il sera sur place à temps, d'où qu'il parte. Un vol en jet privé au départ de n'importe quel endroit du monde ne prend que quelques heures. Tenez, la Russie par exemple n'est qu'à quatre heures de vol. C'est dire.

J'ai choisi un endroit éloigné dans les bois et j'ai opté pour 6 heures du matin afin de minimiser les risques d'interruption éventuelle de l'échange. Je veux en finir au plus vite. Mon sac à dos est posé sur la banquette arrière, enveloppé dans mon épais manteau. J'ai glissé à l'intérieur une bouteille d'eau et quelques provisions. Il fait froid ici et j'ai du pain sur la planche aujourd'hui. La clé USB est rangée dans la poche avant du sac à dos. Une cachette facile d'accès. L'arme est dans la poche intérieure, avec les munitions et le téléphone. Tout ce dont j'ai besoin pour demain.

Il est 10 heures quand j'arrive à l'hôtel. Je n'ai pas reçu d'autres messages vocaux. La réceptionniste est charmante, mais elle doit avoir pris ce travail en attendant mieux. Elle ne me pose aucune question, ce qui m'arrange.

Ma chambre se révèle petite et accueillante. Le lit a tout d'un épais nid de draps en coton et de plumes d'oie. Il y a une magnifique baignoire en cuivre dans la salle de bains. Parfait.

Je vérifie une dernière fois que j'ai bien toutes mes affaires, enfile ma veste matelassée, ajuste les sangles du sac à dos sur mes épaules et quitte l'hôtel. Je vais repérer l'itinéraire pour demain.

D'après le GPS de mon téléphone, je peux faire tout le chemin à travers bois sans passer par les routes. Pour moi, c'est l'option la plus sûre.

Il me faut une heure en marchant d'un bon pas pour atteindre la zone qui m'intéresse. Il va falloir que j'enregistre les coordonnées GPS de deux sites en prévision de la transaction. J'enverrai celles du lieu de rendez-vous au moment de partir demain. Ce serait idiot de leur donner le temps de faire des repérages avant notre rencontre. Le second site sera celui où j'aurai laissé la clé USB. Je vais l'ensevelir aujourd'hui. Une fois que l'homme aura viré l'argent sur notre compte en Suisse, je lui enverrai par SMS les coordonnées de la cachette, comme me l'a conseillé Eddie. De cette façon, j'éviterai une confrontation directe. Pour finir, je lui indiquerai l'emplacement de l'avion. Et tout sera terminé.

Pour avoir souvent randonné avec Mark dans ces bois, je sais qu'on peut se balader au moins une demi-journée sans croiser quiconque. Les seuls bruits à cette distance du village sont ceux des bestioles qui cavalent dans les fourrés et, de temps à autre, l'écho d'une détonation lointaine. Par ici, personne ne se pose de questions en entendant des coups de fusil. La chasse, ça fait partie de la vie quotidienne. C'est aussi ce qui a guidé mon choix.

Je suis maintenant dans une clairière en plein cœur de la forêt, à vingt minutes de la route la plus proche. Je me défais de mon sac à dos, le pose par terre et en retire le Glock. Puis je prends une feuille de papier A4 – la lettre de bienvenue de l'hôtel – et la fixe au plus gros arbre avec une punaise récupérée sur le tableau d'affichage des informations touristiques à la réception.

J'ai besoin de m'entraîner. Il faut au moins que j'aie tiré quelques coups de feu avant de pointer mon arme sur quelqu'un.

Eddie m'a conseillé de prévoir une « assurance ». Je l'ai écouté.

J'ai un chargeur qui contient quinze balles, ainsi qu'une autre boîte de munitions. Au total, je dispose de vingt-sept balles. Simon n'a pas lésiné sur la quantité, par chance. Peut-être a-t-il deviné que je devais m'exercer.

Je vais conserver assez de projectiles pour remplir le chargeur en prévision du rendez-vous de demain. Au cas où je serais réellement dans l'obligation de me servir de mon arme.

Autrement dit, je peux en utiliser douze aujourd'hui. J'en ôte trois du chargeur et les range avec la boîte de munitions dans la poche du sac à dos.

Après avoir remis le chargeur en place, je braque le pistolet devant moi, bras tendu. J'aligne le viseur du Glock avec la cible en papier sur l'arbre.

Les vidéos que j'ai regardées m'ont mise en garde contre l'effet de recul, mais la position qu'on est censé adopter pour le contrebalancer n'est pas celle à laquelle je m'attendais. Ce n'est pas comme dans les films. Il faut se tenir de face, pas de profil, les pieds écartés de la largeur des hanches, les genoux souples. Main droite autour de la poignée, index près du canon, à distance de la détente. Main gauche soutenant la droite, épaules penchées légèrement vers l'avant, coudes bloqués. Pas très naturel, mais bon, si c'est efficace…

Je m'efforce de respirer lentement. Calmement. Le bruit sera beaucoup plus fort que je ne l'imagine, et j'aurai sans doute l'impression de recevoir un coup, mais je dois m'efforcer de l'encaisser au mieux.

Je prends une profonde inspiration. Pose mon doigt sur la détente. Expire et tire.

La détonation déchire le silence des bois. Le choc est tel que j'ai l'impression d'avoir été percutée par un adulte. L'adrénaline affole mon cœur, brouille ma vision. Pourtant, contre toute attente, je parviens à maintenir ma position. Devant moi, je finis par distinguer la feuille amputée d'un coin, ainsi qu'un gros morceau d'écorce arraché qui pend du tronc. J'ai atteint la cible ! Si c'était un homme, je l'aurais touché. Je me laisse griser un instant par cette petite victoire, puis me ressaisis, me concentre et vise de nouveau.

Je presse ainsi la détente onze fois de suite.

En fin d'après-midi, il ne reste plus rien de la feuille de papier et le tronc d'arbre est massacré. Je décide de m'éloigner un peu avant de chercher un site pour le rendez-vous. Je ne veux pas qu'on voie cet arbre. Cinq minutes plus tard, je débouche dans une autre petite clairière boueuse qui fera l'affaire. J'entre les coordonnées GPS données par l'appli dans les notes de mon iPhone.

Puis je cherche un endroit où enfouir la clé USB protégée par un sac plastique. Je choisis un chêne à la forme caractéristique qui se dresse à la lisière de la trouée, près d'un fossé. Je pourrai m'y dissimuler demain. Je m'accroupis près du chêne, creuse un trou à mains nues, dépose le sachet au fond et le recouvre de terre et de feuilles mortes. Après avoir noté les coordonnées de la cachette, je retourne à l'hôtel.

Dans ma chambre, je fais quelques derniers préparatifs. Je règle mon réveil de voyage sur 4 h 30, puis le pose sur la table de nuit, à côté de la lampe de chevet. Je range le pistolet et les munitions dans le petit coffre-fort.

Après avoir commandé mon dîner au room service, j'appelle le portable de Mark, pour tomber sur sa messagerie.

— Mark ? C'est moi. Ton avion a déjà dû décoller mais je voulais juste te dire que tout va bien. Tu me manques. Je t'aime. Ah, euh… écoute, je te préviens : c'est le bazar à la maison. Ne t'inquiète pas, je rangerai demain. Bon voyage. Je t'aime. À bientôt. J'ai hâte.

Je raccroche. Quand il rentrera, il trouvera mon mot dans l'escalier, disant que je passe la nuit chez Caro. Pourvu que mon plan fonctionne !

Lorsque mon plat arrive, je mange en silence. Pas de télé ni de musique pour me tenir compagnie. Je pense à Eddie et à Lottie, à Holli et à son copain Ash quelque part, Dieu sait où. Je pense aussi à Mark dans son avion, survolant l'Atlantique, et aux morts dans l'épave au fond du Pacifique. Et à Alexa, qui est peut-être enceinte. Elle doit être si heureuse… Je songe au petit être que je porte en moi. Je n'ai pas d'appétit mais je me force à finir mon assiette pour lui. Il faut que je prenne mieux soin de nous deux. Alors, après le dîner, je me fais couler un bain dans la baignoire et me glisse dans l'eau chaude et mousseuse. Je me vide la tête, les yeux fixés sur la vitre dépolie de la porte : un motif y est gravé, qui représente des plantes grimpantes en fleur et des oiseaux. C'est joli. Cet hôtel est décidément charmant. Il plairait à Mark. Ou peut-être pas. Après tout, je suis ici pour faire quelque chose que je lui ai promis de ne surtout pas faire… Avec un soupir, je sors de l'eau, la peau rougie, puis me sèche avec une serviette et me prépare à me coucher.

36

Samedi 1er octobre
Dans le noir

J'ouvre brusquement les yeux. Seule la faible lueur des aiguilles lumineuses du réveil troue l'obscurité. Je ne sais pas ce qui m'a tirée du sommeil. Je suis maintenant bien réveillée. Quelque chose cloche. Il y a quelqu'un dans la chambre, je le sens. J'ignore combien de temps j'ai dormi, mais aucune lumière n'est visible autour des rideaux. L'arme est au fond du coffre dans la penderie, je ne parviendrai jamais à l'atteindre à temps. J'aurais dû la garder avec moi… Je n'entends rien. Pas de mouvement. Aucun son, sauf le tic-tac assourdi du réveil. Et soudain, un bruissement, un frottement de tissu, dans le coin droit de la pièce. *Oh merde, merde, merde.* Il y a réellement quelqu'un.

L'adrénaline déferle aussitôt dans mes veines. La terreur à l'état pur. Je dois mobiliser toute ma volonté pour ne pas bondir hors du lit, pour me forcer à rester immobile. Je devine que l'intrus me croit endormie. Ça me permet de réfléchir. De planifier. Peut-être que, si je ne bouge pas, il va finir par partir. Peut-être qu'il va prendre ce qui l'intéresse et s'en aller. Sauf que je ne dors pas. Il me semble impossible qu'il ne soit pas sensible au changement dans l'atmosphère, à cette peur panique qui l'imprègne à présent. Le bruissement s'élève de nouveau.

Que fait-il ?

Et moi, que devrais-je faire ? Vais-je mourir ici, toute seule dans cet hôtel qui accueille les amoureux le week-end ? *Est-ce ainsi que tu veux finir, Erin ?*

Réfléchis.

Je m'oblige à conserver une respiration régulière, comme si j'étais profondément assoupie.

C'est lui, l'homme du téléphone. Forcément. Il m'a retrouvée.

Quel est le dernier SMS que je lui ai envoyé ? Celui où j'ai indiqué le lieu du rendez-vous ? Je tente désespérément de comprendre comment il m'a localisée, mais je n'y parviens pas, mon esprit se bloque. De toute façon, quelle importance ? Il est là, maintenant. Oh mon Dieu ! Quelle imbécile je fais !

Ce qu'il cherche n'est pas ici, évidemment. Alors il va me réveiller à un moment ou à un autre, pour m'obliger à lui révéler où est la clé USB.

Je vais mourir.

Il me tuera sans bruit, peut-être en m'étouffant avec un oreiller ou en me noyant dans la baignoire. Pour ne pas éveiller les soupçons. Ça ressemblera à un accident. Comme s'il n'était jamais venu ici.

J'ai l'impression que ma poitrine va exploser, tant je m'efforce de contrôler mon souffle. Je dois me retenir de tendre la main vers mon téléphone en charge sur la table de nuit. La sueur trempe mon T-shirt sous l'édredon épais. Il faut absolument que je trouve une idée.

Je ne veux pas mourir.

Un bruit de fermeture Éclair qu'on ouvre. Je ne peux pas l'ignorer, il est trop sonore. Je pousse un profond soupir et me tourne dans mon lit. Le son a perturbé mon sommeil, mais pas au point de me réveiller.

Qu'est-ce qu'il a ouvert ? *Réfléchis. Réfléchis !*

Je ne peux jouer que sur l'effet de surprise, je n'ai rien d'autre. Comment faire ? Le frapper avec quelque chose de dur, peut-être ? Une fois, pour prendre l'avantage.

Mais avec quoi ? Un putain d'oreiller ?

Il y a un verre d'eau près de la lampe. Si je le lui jetais à la figure ?

Ah oui ? Il sera mouillé, et alors ?

OK. Pourquoi pas la lampe ?

C'est un gros objet baroque, en métal, avec un pied en marbre. Oui ! Si je la projette sur l'intrus avec suffisamment de force, j'arracherai la prise en même temps.

Il est à côté de la porte de la salle de bains, à présent. Près de mon sac à dos. Soudain, mon téléphone s'éclaire dans l'obscurité. Les bruissements cessent, et je coule un regard furtif vers la table de nuit. J'aperçois le début d'un SMS. De Mark.

Je sais où tu es, je serai…

Je n'ai pas le temps de lire le reste. L'homme dans ma chambre sait que je suis réveillée. C'est maintenant ou jamais. Je me propulse vers la table de chevet.

Au même instant, je décèle un mouvement dans ma direction. L'intrus approche rapidement. J'attrape la lampe et la lance de toutes mes forces vers lui.

Je sens la prise électrique se débrancher, le marbre s'écraser contre l'os.

Un cri guttural. L'homme recule en chancelant. Un juron.

— Salope !

Il a parlé à voix basse, d'un ton haineux. Il revient vers moi. L'obscurité m'empêche de voir à quelle distance il se tient ou s'il a une arme. Je ne peux que frapper encore une fois, au jugé. Le pied de lampe l'atteint de nouveau, avec un bruit mat.

Il titube. J'entends son souffle laborieux, près du sol. Il est à genoux.

Il faut que j'éclaire, que je voie ce qui se passe. Que je le voie, lui. Je me précipite vers la porte de la salle de bains et cherche frénétiquement l'interrupteur.

Un flot de lumière blanche inonde la chambre.

Il est là, agenouillé au bout du lit, une main sur la tempe. Cheveux bruns, blouson noir. Il est grand, costaud. Je ne distingue pas son visage.

Je tiens toujours la lampe, prête à repasser à l'attaque. Une traînée de sang macule le pied. Mon agresseur se retourne, lève lentement la tête. C'est Patrick, l'homme rencontré devant la prison. Je n'étais pas parano, il m'a bel et bien suivie. Et je suis sûre maintenant qu'il ne fait pas partie du SO15. Ce n'est pas un flic. Du sang coule de la blessure sur son front, dégouline le long de sa joue. Il s'essuie les yeux, puis pose sur moi un regard vide. Froid. Tout ça ne peut finir que d'une seule façon.

Je repense à toutes les erreurs que j'ai commises. Une vague de nausée me submerge. Je vais mourir. Mes battements de cœur affolés m'assourdissent, mes jambes se dérobent.

Au moment où je m'effondre, il bondit vers moi.

Je perds connaissance.

37

Samedi 1er octobre
Mark arrive

Quand j'ouvre les yeux, je ne vois que du blanc. Je suis étendue par terre dans la salle de bains, sous la lumière crue du plafonnier, la joue appuyée sur le carrelage froid. Je suis seule dans la pièce. La porte est fermée mais le panneau vitré de la moitié supérieure me révèle que l'obscurité règne dans la chambre. Je me redresse trop vite et la brusquerie du mouvement me donne un léger vertige. Sur le bord du lavabo à côté de moi, je distingue une longue trace de sang hideuse, l'empreinte d'une demi-main. J'ai mal à la tempe et, lorsque je l'effleure, je sens sous mes doigts un liquide poisseux. Mon assaillant a dû me cogner le crâne contre la cuvette en porcelaine. J'ai toujours entendu dire que les blessures à la tête saignaient beaucoup, sans forcément être graves. J'espère ne pas avoir de traumatisme crânien… Je tente d'évaluer les dégâts, de mesurer la douleur. C'est bizarre, j'ai l'impression d'être à la fois ivre et en proie à une bonne gueule de bois. Je songe au bébé et pose la main sur mon ventre, avant de la glisser rapidement entre mes cuisses. Pas de sang, cette fois. Pas de fausse couche. Dieu merci. *Fais bien attention à toi, mon tout-petit. Tiens bon, je t'en supplie.*

Je me traîne jusqu'à la porte en luttant contre la nausée. Je n'entends rien de l'autre côté. J'éponge avec mon T-shirt le mélange de sueur et de sang qui me coule dans les yeux, puis je colle mon oreille au battant. Rien. Patrick a dû partir. Je prie pour qu'il soit parti. J'ai dû rester inconsciente un bon moment : le sang sur le carrelage a séché. Je m'agenouille et risque un coup d'œil à travers la vitre. Il n'y a aucun mouvement dans la chambre.

Je pose la main sur la poignée mais je devine que la porte est verrouillée avant même d'appuyer : la clé n'est plus dans la serrure. Il m'a enfermée.

Je secoue en vain la poignée. Je suis coincée. Il veut me garder ici au cas où il ne trouverait pas la clé USB. C'est l'unique raison pour laquelle je suis encore en vie. Il reviendra s'il fait chou blanc.

Qui est Patrick ? Est-ce l'homme du téléphone ? Quelle que soit son identité, je sais maintenant qu'il travaille pour le propriétaire du sac. J'ai perdu. Ils ont tout, à présent : mon iPhone était près du lit. Patrick l'a sûrement emporté, et il n'aura aucun mal à récupérer les coordonnées des sites enregistrées dans la mémoire. Je leur ai fourni malgré moi les indications dont ils avaient besoin.

Je dois sortir d'ici avant son retour. M'éloigner au plus vite. Rentrer à la maison. Ensuite, Mark et moi, nous appellerons la police. Nous expliquerons tout. À ce stade, je me fiche complètement des conséquences.

Nous aviserons plus tard. Peut-être nous sera-t-il possible de négocier nos informations ? En attendant, il nous faut une protection policière. Je ne veux pas finir comme les Sharpe.

Soudain, je me rappelle le SMS de Mark. Il est en route. Mais pour aller où ? Est-ce qu'il vient ici ? Non, impossible. Même si, en arrivant chez nous, il a deviné ce que j'avais l'intention de faire, il n'a aucun moyen de me localiser. À moins que… Oui, bien sûr ! Il y a trois ans, j'ai perdu mon portable. Quand j'en ai racheté un, Mark a installé une appli de géolocalisation de téléphone au cas où j'égarerais le nouveau. Il lui a suffi de l'ouvrir sur mon ordinateur pour repérer le signal.

Il est en route pour me rejoindre. Dieu soit loué !

Nous alerterons la police dès son arrivée, qui ne devrait plus tarder. Je commence à me détendre quand une pensée me frappe : il ne viendra pas *ici*, il ira à l'endroit où est maintenant mon iPhone… Oh mon Dieu ! Il va se jeter droit dans la gueule du loup.

Il faut que je l'arrête, que j'arrive sur les lieux avant lui. Je dois l'avertir. Le sauver. Tout est ma faute.

Je secoue la poignée de la porte, plus fort cette fois. Sans succès. Un gémissement de frustration m'échappe. Je jette un coup d'œil dans le trou de la serrure. Vide. Pas de clé de l'autre côté, à faire tomber sur un papier pour la tirer vers moi comme dans les films. Patrick l'a prise ou abandonnée quelque part. Je lève les yeux vers le panneau vitré avec son délicat motif de fleurs et d'oiseaux de paradis.

Quand je me redresse, la salle de bains se met à tanguer. J'attends que le malaise se dissipe.

J'attrape ensuite une épaisse serviette de toilette sur le portant et je l'enroule autour du porte-savon en céramique. Puis j'ouvre le robinet de la douche pour étouffer le bruit.

Une pluie d'éclats de verre tombe sur le carrelage et la moquette de la chambre. De minuscules morceaux parsèment mes joues et mes cheveux. Je ferme le robinet et retiens mon souffle, aux aguets. Je n'entends rien. Pas de portes qui s'ouvrent dans le couloir, pas de voix. Je tire la poubelle vers moi, grimpe prudemment dessus et dispose une autre serviette sur l'encadrement de la vitre pour ne pas me couper. Puis je me faufile dans l'ouverture afin de regagner la chambre. Comme je m'y attendais, mon portable a disparu. Ignorant la coupure que je viens de me faire sur le bras, je me précipite vers le téléphone fixe pour appeler Mark, avant de me figer. Je ne peux pas l'appeler, son numéro est enregistré dans mon iPhone. Je ne le connais pas par cœur. Vive la technologie moderne… Je ne connais même pas le numéro de mon mari. Pourquoi ne l'ai-je pas mémorisé, bordel ? Si je veux prévenir Mark du danger, je n'ai pas le choix : il faut que j'aille moi-même sur place, à l'endroit où est cachée la clé USB.

Je fouille la chambre du regard. Plus aucune trace de mon sac à dos. Merde ! Mais c'est un autre détail qui me glace le sang : le petit coffre-fort dans la penderie est ouvert. Et vide. Le Glock n'est plus là. Comment Patrick a-t-il su, pour le code ? Il est vrai que j'utilise toujours le même, celui dont nous nous servons chez nous, tellement facile à deviner que c'en est risible : la date d'anniversaire de Mark. Patrick devait connaître nos dates de naissance et il a tenté les combinaisons les plus évidentes. À présent, je n'ai plus ni arme, ni téléphone, ni plan.

Il y a du verre brisé sur la moquette. Du sang sur le couvre-lit. Patrick et moi avons semé une belle pagaille… Il faudrait que je nettoie un peu, mais je n'ai pas le temps. Le réveil sur la table de nuit indique 4 h 18. Il sonnera dans douze minutes. Je l'éteins et le lance sur le lit. Je vais être obligée de l'emporter car, ayant oublié ma montre, je n'ai pas d'autre moyen d'avoir l'heure.

Dans le miroir, je découvre que le haut de mon front, à gauche, est rouge, enflé, encroûté de sang noirci. Durant une seconde, je cède à la panique et songe à appeler les flics. À les envoyer dans les bois. Mais je dois d'abord sortir Mark de là. Je ne veux pas qu'il soit pris dans une fusillade.

Alors je m'habille en hâte, j'enfile des chaussures, puis un bonnet pour dissimuler ma tête amochée par Patrick.

Douze minutes plus tard, je quitte discrètement l'hôtel. La pancarte « Ne pas déranger » accrochée à la porte de ma chambre saccagée est désormais le seul rempart entre moi et la police. Je compte une heure pour arriver à la clairière et je n'ai plus de téléphone pour appeler Mark, Eddie ou toute autre personne susceptible de m'aider, pas de GPS non plus pour me guider et aucune idée de ce que je ferai une fois sur place. Peu importe, une seule pensée m'obsède : sauver Mark.

Il fait toujours sombre dehors. Mon souffle forme de petits nuages de vapeur. Rien de tel que de devoir sortir à 5 heures du matin pour remettre en question ses choix de vie… Et, aujourd'hui, ce sentiment est particulièrement pertinent. J'ai vraiment fait des mauvais choix jusque-là, mais au moins, maintenant que je le sais, je vais pouvoir y remédier.

Je consulte mon réveil. Si je cours, je diviserai par deux le temps de trajet. Alors je cours. Longtemps.

À 5 h 43, je commence à m'affoler. J'ai atteint la minuscule aire de stationnement le long de la route B. J'ai dû dépasser le site sans le voir. Je retourne dans la forêt.

À 5 h 57, je perçois des voix à une cinquantaine de mètres sur ma droite, de l'autre côté d'une petite butte. Je me mets à genoux, puis je rampe jusqu'au sommet de la pente et risque un coup d'œil vers la clairière en contrebas. Je découvre deux hommes en train de parler. Pas de signes d'agressivité. Pas d'armes en vue.

Je ne distingue pas leurs traits dans la grisaille précédant l'aube. Je me rapproche un peu afin de mieux entendre, tout en faisant mon possible pour ne pas trahir ma présence malgré les feuilles mortes et les débris qui craquent sous mon poids. Les voix sont plus nettes, à présent. Et soudain, je me fige.

Cette voix… Je ne la connais que trop bien. C'est celle de Mark. Il est déjà là. Je voudrais m'élancer vers lui et me jeter dans ses bras. S'il est en danger, nous affronterons la situation ensemble.

Mais quelque chose m'arrête.

Il s'exprime d'un ton posé, mesuré. Manifestement, il obéit à des instructions. Je suis arrivée trop tard… Il a dû tomber sur Patrick alors qu'il essayait de me localiser. J'avance encore. Dans la faible luminosité, je les vois s'agenouiller tous les deux pour retourner la terre de leurs mains gantées de cuir. Patrick a lu les coordonnées des sites dans les notes sur mon iPhone, il sait que j'ai caché la clé et maintenant il oblige Mark à la chercher avec lui. Ce n'est qu'une question de minutes avant qu'ils la découvrent. Il faut que je vienne en aide à Mark.

Brusquement, j'aperçois le visage de l'autre homme. Je réprime de justesse un hoquet de stupeur. Ce n'est pas Patrick. Ce n'est pas lui qui m'a agressée dans la chambre. Je suis prise de panique. Combien sont-ils ? Et où est Patrick ? Je coule un regard derrière moi mais le bois ne me révèle rien. Patrick est-il parti après s'être acquitté de sa mission ou fait-il le guet quelque part dans l'obscurité ? Sous mes yeux, Mark et l'inconnu se relèvent, puis se dirigent vers une autre partie de la clairière. L'autre homme est plus grand que mon mari, ses cheveux bruns grisonnent. Sous son pardessus, j'aperçois un costume et une cravate. Une tenue coûteuse, peu adaptée à des fouilles. Il me rappelle Eddie, mais dans une version européenne. C'est sans doute lui qui a répondu à mes SMS. Patrick lui a apporté mon iPhone pour lui permettre de remonter jusqu'à la clé USB. Et l'application de géolocalisation a conduit Mark droit jusqu'à lui.

Je me concentre sur mon mari, qui creuse toujours la couche d'humus, l'air fermé et déterminé. Se demande-t-il où je suis ? Est-il effrayé ? Il le cache bien, pourtant il me semble déceler de la peur dans son expression. Je le connais, je sais qu'il fait appel à toute sa volonté pour ne pas la montrer. Peut-être qu'il a un plan. Je me souviens de la façon dont il a manipulé la réceptionniste au Four Seasons il y a deux semaines. Il a tellement bien joué son personnage… Il est intelligent, il doit avoir une solution de repli. Je l'espère, en tout cas.

Je scrute les alentours en essayant de réfléchir à une stratégie moi aussi, mais que puis-je faire ? Je n'ai plus d'arme. Je ne peux pas débouler comme ça dans la clairière, je risquerais de nous faire tuer tous les deux. Il faut que je trouve une idée, et vite, avant qu'ils mettent la main sur la clé et que Mark devienne encombrant. Avant le retour de Patrick, s'il est bien quelque part dans les parages.

Je décide de me rapprocher de l'endroit où j'ai enfoui le périphérique. Jusque-là, j'ai pu compter sur la pénombre pour me dissimuler, malheureusement le ciel s'éclaire peu à peu et je serai bientôt exposée. Je me contorsionne pour redescendre la pente, puis me dirige vers l'arbre que j'ai choisi hier comme repère. Les voix diminuent derrière moi. Je me tapis dans le fossé derrière mon chêne, d'où j'ai une vue dégagée sur l'emplacement de la clé.

J'entends du mouvement à présent, des craquements de brindilles. À plat ventre sur le sol dur et froid, j'aperçois par-dessus le bord du fossé les deux hommes qui arrivent dans ma direction. Parvenus près du chêne, ils recommencent à creuser en silence. Mark est si proche que j'ai envie de lui crier : « Va-t'en, Mark, cours ! », mais j'ai bien conscience que ce genre d'acte inconsidéré pourrait causer notre perte. Qu'a-t-il en tête ? Je ne sais pas quoi faire. Tout est ma faute. Mon Dieu, il doit tellement s'inquiéter pour moi ! Pense-t-il que j'ai été kidnappée ? Tuée, peut-être ? Il me suffirait de tendre le bras, de le toucher pour lui révéler ma présence, le rassurer…

Soudain, il découvre la cachette. La scène semble se dérouler au ralenti.

Il saisit la clé, puis jette un coup d'œil par-dessus son épaule à l'inconnu qui, ne s'étant aperçu de rien, poursuit ses recherches. *Bien joué, mon cœur. Vas-y, glisse-la dans ta poche, gagne du temps. Profite de ce qu'il ne te regarde pas pour l'assommer.*

Mais, à mon grand étonnement, ce n'est pas du tout ce qu'il fait.

Au lieu d'empocher la clé USB, il éclate de rire. Et la brandit triomphalement, comme un enfant qui a déniché un trésor. L'air ravi, il se relève, puis essuie les traces de terre sur ses genoux. L'inconnu hoche la tête, esquisse un sourire crispé et lance mon iPhone aux pieds de mon mari. Il n'en a plus besoin. Il a ce qu'il voulait. Mark se penche pour le ramasser.

Quand l'autre homme plonge la main dans sa poche, je redoute de voir luire le métal d'une arme.

— Il n'y a pas de copies des fichiers ? demande-t-il.

Je m'aperçois que je tremble au bruissement des feuilles mortes autour de mes bras.

— Non, répond Mark en récupérant mon portable.

Est-ce qu'il joue la comédie ? Quelque chose m'échappe. Je ne comprends pas ce qui se passe.

L'inconnu paraît satisfait.

Un détail me chiffonne. Le ton de Mark. Sa posture. Il n'a pas l'air effrayé. Ni même inquiet.

Oh, Seigneur ! J'en déduis qu'il a décidé de procéder à l'échange. Comment s'y est-il pris ? Que s'est-il passé avant que j'arrive ? Pourquoi les autres accepteraient-ils de conclure le marché alors qu'ils détiennent déjà toutes les cartes ?

L'inconnu est maintenant au téléphone. Il parle dans une langue étrangère, d'un ton sec. Puis raccroche.

— C'est fait, annonce-t-il. Consultez votre compte.

Mark tire un autre téléphone de sa poche, lentement, sans doute pour bien montrer qu'il ne s'agit pas d'une arme. Il paraît calme, parfaitement maître de lui. Une pensée déconcertante me vient alors : ils réagissent de la même manière, l'inconnu et lui. Deux hommes d'affaires en pleine négociation.

— Où est-elle ? Votre femme ? interroge soudain l'inconnu.

Je retiens mon souffle. *Attention, mon amour, ne tombe pas dans le panneau.* Ce type sait exactement où je suis, où Patrick m'a laissée. Mark ignore que j'ai été attaquée, mais il a bien compris que son interlocuteur avait mon iPhone, qui l'a conduit jusqu'ici. Il va se douter que c'est une question piège. *Ne te laisse pas avoir.*

Mark, occupé à tapoter sur son portable, lève les yeux.

— Elle n'est au courant de rien, répond-il. Je me suis occupé d'elle. Faites-moi confiance, elle ne causera plus de problèmes.

Sa voix traduit l'ennui. Il pose de nouveau les yeux sur son écran. *C'est ça, Mark. Bien joué.* Bon sang, il est vraiment doué ! Alors qu'il attend la confirmation du virement, il offre l'image même de l'impassibilité.

Mais quelque chose cloche. Pourquoi touche-t-il cet argent ? Pourquoi les autres nous paieraient-ils alors qu'ils ont obtenu tout ce qu'ils voulaient ? Ce n'est pas comme si Mark menaçait cet homme avec une arme… Alors, pourquoi ?

Une immense détresse me submerge, remontée du plus profond de mon être, laissant dans son sillage un sentiment de vide absolu dont je n'avais jamais fait l'expérience. Et, subitement, tout se met en place.

Mark n'est pas venu ici pour me porter secours. Il est venu m'empêcher d'effectuer moi-même la transaction. Il se moque complètement de ce qui a pu m'arriver. Il ne se soucie pas de moi. Tout ce qu'il voulait, c'était procéder à l'échange derrière mon dos. Et garder les 2 millions pour lui.

L'envie de hurler est si forte que je dois plaquer ma main gantée sur ma bouche. Parce que cet homme dans les bois en face de moi, c'est Mark, mais c'est aussi un étranger.

Mon esprit s'active pour donner un sens à la situation. Qui est cet homme que j'ai épousé ? Depuis combien de temps me ment-il ? Comment s'y est-il pris ? Dans mon cerveau défilent tous les événements survenus depuis un mois. À quel moment Mark a-t-il commencé à me trahir ? C'est lui qui a pénétré dans l'avion au fond de l'eau. Qu'a-t-il vu au juste ? C'est lui aussi qui a semé des indices conduisant aux Sharpe. Il est responsable de leur mort. Et c'est lui qui m'a envoyée rencontrer Charles et ouvrir le compte bancaire en Suisse. Il répétait à l'envi que personne n'était à nos trousses et que personne ne cherchait le sac. Quand il insistait pour se débarrasser des diamants, était-ce pour pouvoir les vendre lui-même ? Il a passé sous silence les messages vocaux à propos de la clé – clé qu'il a soigneusement dissimulée afin de la négocier lui-même. Il a pris soin de couvrir ses traces depuis que nous avons quitté Bora Bora, se servant de moi comme d'un homme de paille. Et maintenant, il a accès à une véritable fortune.

Je suis comme anesthésiée par le choc. Comment ai-je pu être aussi aveugle ? Je n'ai rien remarqué. Rien du tout. Mais je l'aimais, je n'avais pas de raison de douter de lui, c'est mon mari, nous étions censés former une équipe… Le problème, c'est que je n'ai jamais été douée pour juger les gens, contrairement à lui. Je ne sais pas qui est cet homme. Celui que je croyais connaître, dont je suis tombée amoureuse et que j'ai épousé, n'a jamais existé.

— Les fonds ont été virés, déclare-t-il en rempochant le téléphone. Voilà la clé, ajoute-t-il à l'adresse de l'inconnu.

— Vous permettez que je vérifie, moi aussi ? réplique ce dernier.

Il ne fait pas confiance à Mark. Je le comprends : je ne lui fais pas confiance non plus, et je suis sa femme.

L'homme s'éloigne en veillant à ne pas lui tourner le dos. Je le vois s'approcher d'un sac en toile noire posé à la lisière de la clairière. Il se penche et en retire un mince ordinateur portable.

Après l'avoir calé sur son bras, il y insère la clé USB tandis que le soleil se lève.

— Vous l'avez ouverte, hein ? lance-t-il. Mais vous n'avez pas décrypté les fichiers. Sage décision. Ça facilite les choses.

Il adresse à Mark un sourire dénué d'humour.

Mark lui rend un petit sourire suffisant. Là encore, il m'a menti : il n'a aucune idée de ce que contient cette clé. Il sait juste que ça vaut 2 millions d'euros.

— Ce ne sont pas mes affaires, affirme-t-il.

Son interlocuteur semble momentanément distrait. Il se concentre sur son ordinateur. Je me demande ce qu'il examine sur son écran, quels secrets valent une telle somme. Je suppose que ça restera toujours un mystère.

— Satisfait ? demande Mark.

— Oui.

L'homme range l'ordinateur et la clé dans le sac.

À cet instant, je me rends compte que je ne verrai plus jamais Mark. Je n'aurai plus jamais l'occasion de le toucher, de l'embrasser, de dormir à côté de lui. Nous ne regarderons pas nos enfants grandir, nous n'irons pas nous installer à la campagne avec un gros chien. Et nous ne vieillirons pas ensemble. Tous ces moments heureux que j'ai vécus n'étaient qu'illusions. À présent, il n'y a plus de retour en arrière possible. Il m'a dépossédée de notre vie commune. Et il va aussi me déposséder du reste. Je n'ai pas consulté le solde de notre compte en Suisse depuis des jours et, si ça se trouve, Mark a peut-être déjà transféré l'argent sur un autre compte ailleurs. Celui sur lequel il vient de faire virer les 2 millions d'euros.

Et que fabriquait-il à New York hier ? Il ne s'y est pas rendu pour procéder à l'échange avec les Russes, puisqu'il n'avait pas la clé. A-t-il pris des dispositions pour entamer sa nouvelle vie là-bas ? Je me demande soudain ce qu'il a réellement fait durant ces trois dernières semaines.

Autant de questions auxquelles je ne peux pas répondre. J'aurais dû être plus attentive. Moins confiante. Mais il est trop tard.

Mark va disparaître, me laissant seule dans une maison vide que je n'ai pas les moyens de garder.

À moins qu'il n'ait l'intention de s'en prendre à moi ? De supprimer le dernier lien qui le rattache à lui ?

Depuis combien de temps planifie-t-il son avenir ?

— Maintenant, il me faudrait les autres coordonnées, déclare l'inconnu.

Un silence pesant s'ensuit.

Un oiseau s'égosille au loin.

— Lesquelles ? interroge Mark, les sourcils froncés.

Ha ! Mark ne comprend pas. Pour un peu, j'éclaterais de rire. Une joie mauvaise s'empare de moi. Il ignore que son interlocuteur a exigé aussi les coordonnées du site où l'avion s'est abîmé. Il n'a pas entendu le dernier message vocal, celui que j'ai reçu hier matin.

— Celles du site du crash, précise l'homme.

Mark ne les a pas. C'est lui qui les a notées, mais c'est moi qui les ai mémorisées, au cas où nous serions obligés de retourner sur place. Ça m'avait paru important sur le moment, je me disais que quelqu'un chercherait peut-être les passagers. Et j'ai brûlé le papier sur lequel il avait inscrit l'information le jour où j'ai fait disparaître toute trace de notre compte bancaire en Suisse. Je suis la seule personne au monde à savoir où est l'épave de l'avion.

Mark a commis une erreur. Il ne sait pas quoi répondre, alors il va bluffer, j'en suis sûre.

Le silence se prolonge. L'inconnu commence manifestement à s'interroger. Mark a créé des difficultés.

Je retiens ma respiration. Mon cœur me pousse à crier, à lui venir en aide malgré tout, mais ma raison m'ordonne : « Tu la fermes ! »

— Je vous ai demandé les coordonnées GPS de l'appareil, insiste l'inconnu. Où avez-vous trouvé cette clé ? Où est l'épave ?

L'air s'est chargé d'électricité. La situation risque de dégénérer. Rapidement.

Mark n'a plus d'atout dans sa manche. Il ignore où est l'avion. Alors, soit il bluffe, soit il se couche.

Il tente de faire les deux.

— Je ne les ai plus, répond-il. Mais je peux vous donner une idée de…

— Stop ! Taisez-vous.

Mark s'exécute.

— Vous avez dit dans votre message que vous les aviez, reprend l'inconnu. Vous pouvez m'expliquer ce qui s'est passé depuis ? Vous comptez les vendre ailleurs, peut-être ? Mauvaise idée. Si vous ne me les communiquez pas au plus vite, nous allons avoir un sérieux problème.

Il soutient le regard de Mark. Le défie.

Ils se dévisagent un long moment. La tension entre eux grandit encore, laissant augurer du pire.

Soudain, l'homme plonge une main dans sa poche et en retire une arme qu'il braque sur Mark. Rien d'étonnant, n'est-ce pas ? Nous nous doutions tous qu'il en avait une. Ce qui l'est, en revanche, c'est la vitesse à laquelle les choses se sont dégradées. Mark s'est raidi, stupéfié par la tournure des événements.

En cet instant, je donnerais cher pour avoir mon Glock. Mais c'est Patrick qui l'a emporté. Où qu'il soit allé.

Instinctivement, je jette un coup d'œil derrière moi. Il n'y a toujours personne. Quand je reporte mon attention sur les deux hommes, Mark s'est déplacé. Il se tient de profil, à présent, et je vois un pistolet dans sa main. *Mon* pistolet ! Je distingue le ruban adhésif gris sur la poignée. Une fois de plus, je tombe des nues. C'est Patrick qui le lui a remis, forcément. Il me l'a volé sur ordre de Mark. Voilà comment mon mari s'est *occupé de moi*… Un pigeon ramier s'envole brusquement derrière eux dans un grand battement d'ailes et le bruit précipite les choses.

Mark sursaute. Il a déjà dû poser le doigt sur la détente, car le coup part et la détonation se répercute dans le silence de la forêt. Je vous l'ai dit, il n'y a pas de cran de sûreté sur les Glock.

L'autre riposte presque instantanément – un tir qu'il mettra sans aucun doute sur le compte de la légitime défense. La balle de Mark l'a manqué de peu et il a fait feu pour se protéger.

Une tache rouge est apparue sur la poitrine de Mark, qui chancelle et tend le bras vers l'arbre à côté de lui. Il s'appuie contre le tronc de tout son poids, mais ses jambes se dérobent et il s'effondre. Les deux coups de feu résonnent toujours dans ma tête.

L'inconnu balaie du regard les alentours avant de se diriger vers mon mari qui gît sur le dos dans la boue. Il se penche vers lui. Mark gémit, et son souffle laborieux, saccadé, forme de petits nuages blancs dans l'air glacial.

L'homme s'empare de son – de *mon* – Glock. Je dois contracter tous mes muscles pour ne pas hurler. Il considère un moment mon mari, puis tire une nouvelle fois sur lui, à bout portant. Le corps de Mark tressaute sur les feuilles mortes.

J'ai arrêté de respirer. À côté de moi, un filet de sang coule sur mon poignet. Mes ongles se sont enfoncés si fort dans ma paume qu'ils l'ont écorchée. Je me force à rester immobile. Je ne pleurerai pas. Je ne crierai pas. Je ne risquerai pas ma vie pour Mark.

Il n'aurait pas risqué la sienne pour moi.

J'appuie mon front sur le sol, ferme les yeux et prie pour que tout se termine enfin.

J'entends l'homme marcher dans la clairière et rassembler ses affaires. Puis le bruit de ses pas diminue tandis qu'il s'éloigne. Et enfin, le silence revient.

J'attends encore plusieurs minutes qui me semblent durer des siècles, mais personne d'autre ne se manifeste.

Au bout d'un moment, je me redresse. Mark, en costume et pardessus, est étendu à quelques mètres de moi, à côté de mon sac à dos. Je ne l'avais pas encore remarqué. Je titube vers lui.

Ce que j'éprouve est étrange, difficile à décrire. L'amour que j'éprouvais pour lui est toujours là. En cet instant, je donnerais n'importe quoi pour pouvoir remonter le temps, malheureusement c'est impossible. Je m'approche à pas lents. Je suis sur mes gardes. S'il est encore en vie, va-t-il essayer de me tuer ? Pour finir ce qu'il a commencé ? Mais il ne fait pas le moindre mouvement, et en un sens, c'est encore pire.

Je m'accroupis près de lui et contemple son beau visage, ses cheveux, ses lèvres, ses yeux.

J'effleure son bras. Il ne réagit pas. Je m'enhardis et baisse la tête vers sa figure. Je sens son haleine chaude sur ma joue, que je pose ensuite sur sa poitrine. Je perçois un battement assourdi. Il est toujours vivant.

Je repousse ses cheveux pour lui dégager le front.

— Mark ? Mark, tu m'entends ?

Rien.

— Mark ? C'est Erin. Est-ce que tu…

Il cille et ouvre les yeux. Les lève lentement vers moi. Puis il est saisi d'une violente quinte de toux qui lui arrache une grimace de douleur. Mon Dieu, il va mourir…

Quand son regard croise le mien, il s'éclaire durant une fraction de seconde, comme celui d'un patient atteint de la maladie d'Alzheimer qui reconnaît soudain un proche, et j'ai l'impression de retrouver mon Mark. Cette lueur disparaît cependant presque aussitôt, remplacée par une autre expression qui assombrit ses yeux. Celle-là, je ne l'oublierai jamais. Elle traduit ce qu'il ressent réellement à mon égard. Elle est fugace mais révélatrice. Un instant plus tard, il rend son dernier souffle.

Je tressaille lorsqu'un oiseau lance son cri. Je me redresse lentement et demeure immobile. Perdue, brisée, incapable de bouger.

Puis, mue par une impulsion subite, j'attrape mon sac à dos et m'élance vers le bois.

Si, au début, je cours à l'aveugle, un plan se forme peu à peu dans mon esprit. L'instinct de survie prend le dessus. Je dois trouver un téléphone public. Intraçable. Alors que j'ai parcouru la moitié du chemin jusqu'à la route, je trébuche sur le corps de Patrick. Il est allongé sur le sol, les bras en croix, la gorge ouverte. Réprimant un cri, j'accélère l'allure.

Quand j'atteins enfin la chaussée, je suis épuisée, à bout de forces. J'essaie de m'arranger un peu. Après avoir baissé mon bonnet sur mon front blessé et essuyé le sang de Mark sur ma joue, je me dirige vers le village, où j'ai vu qu'il y avait une cabine téléphonique.

Il est 6 h 53. Il décroche à la huitième sonnerie.

— Eddie ? C'est Erin. J'appelle d'une cabine. Je, je… ça s'est mal passé. Très mal.

Le chevrotement de ma voix me fait monter les larmes aux yeux. Je suis en état de choc, je suppose. Secouée, hébétée, hors d'haleine. Je tente désespérément de me raccrocher à un semblant de normalité alors que toute ma vie vient de voler en éclats. Je regarde trembler ma main immobilisée près de la fente. Elle tient une pièce de monnaie et le bout de papier froissé sur lequel est inscrit le numéro d'Eddie.

— D'accord, ma jolie. Prenez le temps de respirer. C'est fini, maintenant ? Vous allez bien ? Vous êtes en sécurité ?

Il est avec moi. Je l'entends à sa voix : il est inquiet, il me soutient. *Tout va s'arranger. Eddie est là.*

— Euh, oui. Oui, oui, je vais bien. À part ma tête qui… Non, ça va. Je ne sais pas quoi faire, Eddie…

J'ai du mal à me concentrer sur ce qui est important. Sur ce que je peux dire ou pas.

— À quel propos ? demande-t-il d'un ton patient. Pour l'argent ?

— Ils sont, il est… il est… et il y en a aussi un autre. Je n'ai aucune idée de ce que je dois faire. Je ne veux pas aller en prison, Eddie.

Voilà, c'est dit. C'est le cœur du problème. La raison pour laquelle je l'ai appelé lui, et pas la police.

— OK, réplique-t-il. Pas de questions. Et vous, pas un mot de plus. D'abord, je voudrais que vous vous calmiez, Erin, d'accord ?

Je crois l'entendre se redresser dans son lit, faire grincer les ressorts du sommier. Quelque part à Pentonville, deux pieds nus se posent sur le sol.

— Oui, d'accord, j'ai compris. Je me calme.

Je m'efforce de contrôler ma respiration, d'en ralentir le rythme. Je prends conscience des haies qui bordent la route, du silence du petit matin. Je distingue un bâillement à l'autre bout de la ligne. J'imagine Eddie assis dans sa cellule, son téléphone prépayé plaqué contre l'oreille.

— Bien. Alors, où est-il ? Enfin, où sont-ils ? Et vous, où êtes-vous ?

Il va trouver une solution, je le sens.

— Dans le Norfolk. En pleine forêt.

Un silence. Il ne devait pas s'attendre à une telle réponse.

— Je vois. Il n'y a plus que vous ?

— Oui. Et lui. Et aussi un autre.

Il me semble évident que je parle de cadavres, pas de personnes vivantes.

— Deux, donc. Par balles ?

— Oui. Non. Un par balles, l'autre avec un couteau. Une blessure au couteau.

— OK. Vous êtes seule ?

— Oui.

— L'endroit est isolé ?

— Très.

— Parfait. Bon, je vous explique, Erin : vous allez devoir les enterrer. Vous comprenez ? Vous y retournez et vous creusez. Ça va prendre un certain temps.

Je ne sais plus où j'en suis. Je n'arrive plus à aligner deux pensées cohérentes. Je suis juste heureuse de recevoir des instructions.

— Il y a des habitations dans le coin ? s'enquiert-il.

Je regarde autour de moi. Une église se dresse en face de la cabine téléphonique. Un peu plus loin, j'aperçois une autre bâtisse. Un vieux cottage délabré, envahi par la végétation.

— Une maison, oui.

— Alors, allez voir derrière s'il n'y aurait pas une pelle ou une pioche qui traîne, un truc comme ça. Maintenant, écoutez-moi bien : il faut les ensevelir correctement. Ce sera dur, mais vous y arriverez. Appelez-moi quand ce sera fini – d'une autre cabine, n'oubliez pas. On va régler tout ça, ne vous inquiétez pas.

Il semble confiant. C'est tellement rassurant que j'ai envie de pleurer. Je ferais n'importe quoi pour lui.

— Entendu. Je vous appellerai après. Au revoir.

Je raccroche et me dirige vers le jardin du cottage.

38

Samedi 1er octobre
Remise en ordre

J'ai les joues rouges, je suis en nage et couverte de boue quand j'arrive à l'hôtel, mais ma blessure est dissimulée par mon bonnet et mon apparence peut très bien s'expliquer par une longue randonnée en terrain accidenté.

Dans mon sac à dos se trouvent une bouteille d'eau de Javel et divers produits ménagers que j'ai achetés dans une station-service sur le trajet du retour. J'ai même pensé à ajouter une boîte de Tampax Super Plus, pour dissiper d'éventuels soupçons. Les caissières sont en général si embarrassées lorsqu'elles les voient qu'elles ne prêtent pas attention aux autres articles. Elles veulent juste que vous fassiez disparaître la boîte dans un sac le plus vite possible. Essayez, si vous ne me croyez pas.

Par chance, la pancarte sur la porte de ma chambre a rempli son office et personne n'est entré. Il y règne toujours une pagaille indescriptible. Traces de sang, débris de verre, signes de lutte… Je déniche la clé de la porte de la salle de bains dans la poubelle. Patrick a dû la jeter en partant cette nuit. J'ai fouillé dans son téléphone prépayé avant de le traîner jusqu'à la tombe où gisait déjà Mark. Il ne travaillait pas pour les Russes ; c'était Mark qui le payait pour me suivre. Et qui lui a donné l'ordre de m'attaquer. Il ne lui a pas demandé de me tuer, c'est vrai, mais il voulait s'assurer que je resterais à l'écart de l'action. Avait-il l'intention de me supprimer lui-même plus tard ? Je ne le saurai sans doute jamais.

Les SMS échangés entre leurs téléphones prépayés m'ont révélé que Mark s'était mis en relation avec lui deux jours après notre retour de lune de miel. Mais il avait durci le ton quand je l'avais mis au courant pour l'estimation des diamants à Hatton Garden, le capitaine Foster et l'enquête du SO15 sur Holli. Ses messages étaient devenus plus sombres, plus violents à mon égard, demandant à Patrick de m'intimider ou même de m'effrayer. J'ai aussi découvert que c'était Patrick qui avait appelé chez nous et laissé ces messages silencieux sur le répondeur. Et que c'était Mark qu'il attendait dans ce restaurant où je l'avais entendu répondre à la serveuse. De son côté, c'était Mark qui avait laissé la porte de derrière ouverte et déplacé la photo... Il voulait me faire croire que je devenais folle. Lorsqu'il prétendait vouloir se débarrasser des diamants, il avait en réalité l'intention d'aller les récupérer après coup et de les revendre lui-même. Il devait avoir peur que le SO15 s'intéresse de trop près à moi, et donc à lui, en enquêtant sur la disparition de Holli. Je me suis rendu compte qu'il avait également ouvert son propre compte en Suisse, sans doute pendant mon rendez-vous avec son collègue Tanguy. Il comptait y déposer l'argent des diamants et les deux millions que lui rapporterait la clé USB, puis s'en servir pour transférer les fonds que j'avais moi-même portés à la banque. Sauf que je n'arrêtais pas de contrecarrer ses plans, ce qui l'avait rendu furieux et l'avait poussé à agir.

Avant de l'enterrer, j'ai fouillé ses poches. J'espérais encore tomber sur un indice prouvant qu'il s'agissait d'un énorme malentendu. Qu'il m'aimait réellement. Qu'il avait fait tout ça pour moi, pour nous. Mais, bien sûr, je n'ai rien trouvé de tel. J'ai néanmoins déniché deux autres téléphones sur lui : son iPhone et le nouveau mobile prépayé qu'il avait utilisé pour vérifier que l'argent avait été viré sur son compte pendant l'échange. L'iPhone était en mode avion, pour qu'on ne le localise pas. Le dernier SMS qu'il m'avait envoyé était assez vague : « Je sais où tu es, je serai bientôt à la maison. Bisous. » Si, pour une raison ou pour une autre, j'avais disparu au cours de mon expédition dans le Norfolk, il aurait pu plaider l'ignorance. Il avait assuré ses arrières.

En parcourant ses e-mails sur le téléphone prépayé, j'ai découvert qu'il avait visité des appartements à Manhattan ces deux derniers jours. Pour y entamer sa nouvelle vie. Seul.

Je me demande ce que j'ai pu faire pour l'éloigner ainsi de moi. Et comment j'ai pu me tromper à ce point sur nous. Sur lui. Je croyais sincèrement qu'il m'aimait. Je le voyais, même. Je vous le jure. Je savais qu'il tenait à moi.

Mais ce n'est pas le moment de pleurer sur mon sort. Il faut que je remette de l'ordre dans cette chambre le plus rapidement possible, pour éviter que les choses ne prennent une tournure encore plus désastreuse. Les erreurs s'expliquent par trois facteurs, je vous le rappelle :

1) manque de temps, 2) manque d'initiative, 3) manque de motivation.

J'enlève les draps tachés de sang. Après les avoir nettoyés à l'eau froide, je les fais sécher sur le radiateur. Puis je passe le lavabo et le carrelage de la salle de bains à l'eau de Javel. J'essuie ensuite soigneusement le pied de lampe en marbre, que je replace sur la table de nuit. Une fois la pièce rangée et le lit refait, je me déshabille pour aller me doucher.

Je laisse l'eau chaude couler sur ma tempe blessée et soulager mes muscles endoloris. Je ne parviens cependant pas à me détendre. Devant la glace, je fais saigner l'entaille sur le côté de mon front, vérifie que le carrelage est mouillé et fracasse le dernier morceau de verre sur la porte. Il se brise avec un bruit satisfaisant.

Quand je téléphone à la réception, ma voix tremble. J'ai besoin d'aide.

La réceptionniste accourt. Ce n'est pas la même qu'hier ; celle-ci est plus âgée, plus chaleureuse. Enveloppée dans une grande serviette, je lui explique que j'ai glissé en sortant de la cabine de douche et percuté la porte. Du sang coule sur ma joue.

Elle semble consternée et se confond en excuses. Elle va même jusqu'à proposer de me rembourser le prix de la chambre.

Je lui assure que ce n'est pas la peine. Tout va bien. Je suis juste secouée.

Elle appelle son manager, qui tient à m'offrir une nuit de plus. Comme je refuse, il me suggère à la place un repas gratuit. Pour le coup, j'accepte. J'ai vraiment besoin de manger. J'ai déjà grignoté tous les cookies du minibar, il y a une heure. Une fois habillée, je descends dans le restaurant de l'établissement.

La réceptionniste me donne un pansement pour ma blessure et insiste pour l'appliquer elle-même sur ma tempe.

Plus tard, après avoir pris l'autoroute pour rentrer, je m'arrête dans une station-service afin d'appeler Eddie d'un téléphone public.

— C'est fini, Eddie. Merci. Merci pour votre aide, je vous en suis extrêmement reconnaissante.

Je me sens proche de lui. Nous avons fait front ensemble.

— Pas de problème, ma jolie. Heureux d'avoir pu vous rendre service. Mais que ça ne devienne pas une habitude, hein ?

Son rire s'élève à l'autre bout du fil.

Je souris. Oh non, certainement pas.

— Promis.

Il n'imagine même pas à quel point je lui suis redevable. Pourtant, il doit quand même s'en douter, car il ajoute :

— Oh, je n'ai fait que vous donner des conseils sur des points auxquels vous auriez certainement fini par penser vous-même, une fois le premier moment de stupeur passé. Je me souviens encore de ma première fois… Quand on est sous le choc, le cerveau réagit bizarrement. Mais vous allez mieux, maintenant, pas vrai ?

Il a posé la question sur un ton bourru, terre à terre. Fini le sentimentalisme, retour à la réalité.

— Oui, nettement mieux. Juste une dernière chose, Eddie : au bout de combien de temps faut-il signaler une disparition ?

Silence à l'autre bout de la ligne.

— C'est simple : on ne la signale pas, répond-il enfin.

— Et si on est obligé de le faire ?

Nouveau silence.

— OK, je vois. Bon, écoutez-moi bien…

Il commence à m'expliquer la marche à suivre.

Sitôt rentrée, j'appelle l'iPhone de Mark. Je tombe sur la boîte vocale, évidemment. Enterrée à un mètre de profondeur dans les bois du Norfolk. Je m'éclaircis la voix.

— Salut, mon amour. Je viens de rentrer et je me demandais où tu étais. J'espère que tu as bien profité de New York. Moi, je reviens d'un petit tour dans le Norfolk. Dis-moi si tu as envie de quelque chose de particulier pour le dîner. À tout à l'heure. Je t'aime.

Je ponctue ces mots d'un bruit de baiser et je raccroche.

Étape n° 1 : OK.

Étape n° 2 : ranger la maison. Je brûle le mot que j'ai laissé dans l'escalier. Je n'ai jamais mis les pieds chez Caro. Je raconterai à la police que je suis allée dans le Norfolk prendre l'air pendant que Mark était en déplacement professionnel.

Quand toutes les traces de désordre sont effacées, je m'assois sur le canapé dans ma maison vide et contemple les murs peints dans une nuance de blanc que nous avions choisie ensemble.

39

Dimanche 2 octobre
Disparition

Ce matin, je me suis réveillée tôt, après avoir dormi comme une masse. Tous mes muscles, malmenés par des heures de stress et d'efforts physiques, me font mal. Je me prépare une tasse de chocolat. J'ai besoin de sucre. Et de chaleur.

À 7 h 05, j'appelle de nouveau le portable de Mark.

— Mark ? Je ne sais pas ce qui se passe et je commence à m'inquiéter. Tu peux me rappeler, s'il te plaît ?

Je me rends dans le salon, où j'allume un feu. Je vais rester à la maison, aujourd'hui. Toute la journée.

Je vérifie le solde du compte en Suisse. Deux millions d'euros y ont été virés hier matin. Mark avait dû prévoir de transférer la totalité des fonds sur son nouveau compte après l'échange. Je remarque néanmoins un débit de 800 000 livres sterling. Je n'en trouve pas trace sur le compte épargne de Mark ni sur son compte courant. Qu'a-t-il fait de cette somme ? Je n'ai aucun moyen de le découvrir. En attendant, c'est plutôt une bonne chose pour mon plan.

À vrai dire, tout s'agence parfaitement. L'histoire que je raconterai tiendra la route.

Mark s'est renseigné pour un de ses clients qui avait besoin d'aide afin de liquider certains de ses actifs. Des diamants. L'opération paraîtra suspecte. Oh oui… Mon mari a pris la fuite après avoir découvert quelque chose de louche. Ou alors, il s'est acoquiné avec les mauvaises personnes. Les flics auront beau enquêter, ils ne sauront jamais ce qu'il est devenu.

Plusieurs étapes sont nécessaires dans la réalisation d'un documentaire : les recherches, la préparation, le tournage, et enfin le montage pour créer le récit le plus captivant possible. D'accord, la vie n'est pas un documentaire, mais pourquoi ne pas appliquer le même principe à la situation actuelle ? Croyez-moi, cette histoire n'est pas de celles que j'avais envie de raconter, mais voilà, je suis bien obligée de faire avec. Et de mettre au point une version crédible pour la police.

En consultant son relevé de compte courant sur Internet, j'ai vu qu'il avait retiré 300 livres au distributeur près de la maison après son retour de New York. C'est le maximum autorisé. J'imagine qu'il a dû prendre un taxi pour aller dans le Norfolk, après avoir appris par Patrick que j'y étais.

C'est d'ailleurs un point qui m'échappe. Qui a tué Patrick dans ces bois ? Mark avait sûrement rendez-vous avec lui après l'attaque de l'hôtel, et c'est à ce moment-là qu'il a récupéré mon sac à dos, mon téléphone et le Glock. A-t-il égorgé Patrick après ? J'ai ramassé le couteau près de son cadavre et je l'ai placé dans la tombe aussi. Peut-être que Mark ne voulait pas prendre le risque d'être obligé de partager ses gains ? Ou alors, est-il possible que Patrick ait été alerté par les coups de feu et soit tombé sur l'inconnu qui venait de quitter la clairière après avoir abattu mon mari ?

Dans un cas comme dans l'autre, je ne peux toujours pas concevoir que Mark – l'homme que j'ai épousé – l'ait engagé pour me terroriser, m'amener à douter de tout et même m'agresser. Et, à présent, ils sont morts, tous les deux.

J'ai essayé de déterminer le moment où les choses ont changé entre Mark et moi. C'est bizarre, plus je m'interroge sur les raisons qu'il avait de me trahir, plus je me rends compte que les signes étaient évidents. Mais je ne les ai pas vus. J'étais trop aveuglée par mon bonheur, par mon amour pour lui.

En rangeant la maison, j'ai repensé à notre terrible dispute d'il y a deux mois, après la dégustation au restaurant. J'avais tenté d'oublier ce qu'il avait dit. J'y étais presque parvenue. J'avais attribué sa réaction au stress, à l'angoisse d'avoir perdu son travail. Aujourd'hui, je me demande si ce n'est pas ce jour-là que tout a commencé.

Je me rappelle sa fureur disproportionnée. Et mon sentiment d'impuissance. Je me rappelle aussi avoir pensé : Ce n'est plus lui, c'est quelqu'un d'autre qui est dans mon salon. J'avais alors éprouvé un sentiment de solitude totale, une envie quasi irrépressible de pleurer. Je m'étais dit que c'était probablement ma faute, pas la sienne. J'avais les larmes aux yeux, mais il s'était détourné de moi.

« Je n'arrive pas à croire que tu aies pu dire ça », avais-je répliqué.

Mais, maintenant, tout s'explique.

Rien ne permet de situer Mark dans le Norfolk. Les seuls faits que les flics pourront établir, c'est qu'il a atterri à Heathrow, pris un taxi pour rentrer et retiré de l'argent au distributeur avant de disparaître. Il ne m'a jamais appelée, jamais revue. Son dernier SMS disait simplement qu'il savait où j'étais et qu'il rentrerait bientôt. Ensuite, plus rien.

Moi, pendant ce temps-là, j'étais dans le Norfolk. J'ai des reçus de carte de crédit pour le prouver. Et des témoins. La réceptionniste de l'hôtel pourra même parler de ma blessure à la tête après une chute dans la salle de bains. J'ai un alibi en béton.

Je copie sur un disque externe tous les fichiers de mon ordinateur que je veux conserver. Eddie doit m'envoyer quelqu'un pour nettoyer la mémoire et réinitialiser tout le système.

J'annule le virement imminent en provenance de mon compte suisse. Pour le moment, je dois m'abstenir de faire la moindre transaction.

Une heure et demie après le premier appel de la journée, j'affiche de nouveau le numéro de Mark.

— Mark ? Où es-tu, bon sang ? Rappelle-moi, s'il te plaît. J'ai vérifié : ton avion n'a pas eu de retard. Tu l'as raté, c'est ça ? Je commence à être sérieusement inquiète, là. Je vais essayer de joindre la compagnie aérienne pour en savoir plus.

Je raccroche, puis téléphone à British Airways. On me confirme, évidemment, qu'il était parmi les passagers de ce vol.

Je décide ensuite d'interroger ses parents. Mais, quand Susan décroche, je n'ai que le temps de couper la communication et de me précipiter aux toilettes pour vomir un flot de bile. La seconde fois, je parviens à faire face.

— Bonjour, Susan. Oui, oui, ça va. Dites, je suis désolée de vous demander ça, mais… est-ce que vous auriez des nouvelles de Mark ?

Je lui explique qu'il est parti en voyage à New York, qu'il a bien pris l'avion pour rentrer mais qu'il n'est toujours pas là. Si elle semble vaguement troublée, elle finit par m'assurer qu'il ne va plus tarder. Il a dû perdre son téléphone, dit-elle, ou avoir un imprévu d'ordre professionnel. Ça me donne une idée.

Après avoir remercié ma belle-mère, j'appelle Hector. C'est logique que je veuille me renseigner auprès de lui, ils se sont retrouvés si souvent, ces derniers temps…

Il n'a pas de nouvelles, lui non plus.

— Donc, la dernière fois que tu l'as vu, c'était il y a huit jours ? dis-je.

Silence. Puis une réponse pour le moins inattendue :

— En fait, je ne l'ai pas revu depuis votre mariage.

Il paraît décontenancé. Quant à moi, pour la première fois depuis tous les événements qui se sont produits dans le Norfolk, les bras m'en tombent.

Où allait Mark quand il affirmait avoir rendez-vous avec Hector ? Qu'est-ce qu'il foutait ? Il rejoignait Patrick ? Mettait tout en place pour construire sa nouvelle vie à New York ?

La question m'échappe :

— Il ne t'a pas appelé pour le boulot ?

— Hum, non, non. Il a des pistes ? s'enquiert Hector d'un ton plus léger, manifestement soulagé par le changement de sujet.

Peut-être soupçonne-t-il Mark de m'avoir trompée et de s'être servi de lui comme prétexte, qui sait ? En tout cas, il est clair que Mark ne projetait pas de s'associer avec lui. Bien. Ça aussi, ça m'arrange.

Reste le dernier coup de fil.

— Mark ? J'espère que tu vas écouter ce message, parce que personne ne sait où tu es. Je viens de parler à Hector, il m'a dit qu'il ne t'avait pas vu depuis le mariage. Et qu'il n'avait jamais entendu parler de ta nouvelle affaire. Qu'est-ce qui se passe, putain ?! Je ne comprends plus rien. Il faut absolument que tu me rappelles ! Je panique, là !

Je raccroche. Voilà, j'ai semé mes indices. Mon mari s'est enfui.

Demain matin, je préviendrai la police.

40

Lundi 3 octobre
Vide

Après avoir raccroché, je demeure assise un moment dans le silence de la maison vide. La police sera là dans une heure. Il ne me reste plus qu'à attendre.

Mark me manque. L'esprit fonctionne d'une drôle de façon, non ? Il me manque tellement que c'en est douloureux.

Et cette souffrance, je ne la comprends pas. Pas plus que je ne comprends ce qui s'est passé. Mais j'imagine qu'on ne connaît jamais vraiment les gens…

À quel moment ses sentiments à mon égard ont-ils changé ? Le jour où il a perdu son travail ? Ou en a-t-il toujours été ainsi ?

Je ne parviens pas à déterminer si nous formions un couple heureux et solide qui a volé en éclats ou s'il était voué à l'échec dès le départ et que les événements ont juste servi de révélateurs. Dans tous les cas, si j'avais la possibilité de revenir en arrière, à l'époque où tout semblait aller bien, je le ferais sans hésitation. Si je pouvais me blottir une dernière fois dans ses bras, je puiserais dans cette étreinte la force d'entretenir mes illusions jusqu'à la fin de ma vie.

J'attrape mon téléphone sans l'avoir prémédité. Ça ne fait pas partie du plan. Je veux juste lui parler. Une dernière fois. J'affiche son numéro de portable et effleure l'écran. Durant une fraction de seconde, quand la communication s'établit, ma gorge se serre et je me surprends à espérer qu'il va répondre, qu'il est vivant. Tout ça n'était qu'un affreux cauchemar, il est en route pour me rejoindre et je pourrai bientôt l'enlacer. Mais, bien sûr, il ne reviendra jamais et je tombe sur sa boîte vocale. Sa voix s'élève, grave et assurée – le son le plus merveilleux du monde –, et lorsqu'il m'invite à laisser un message, j'ai le plus grand mal à recouvrer l'usage de la mienne.

— Mark ? Tu me manques tellement… Je voudrais tant que tu rentres… Rentre, s'il te plaît. Je t'en prie. Je ne sais pas pourquoi c'est arrivé, pourquoi tu es parti. Pardonne-moi si je t'ai blessé, si je n'ai pas dit ou fait ce qu'il fallait. Je suis désolée. Mais je t'aime plus que tout. Je t'aimerai toujours.

Je repose le téléphone et fonds en larmes.

Hier soir dans mon lit, j'ai longuement tenté de négocier avec un dieu auquel je ne crois pas. Je serais prête à rendre tout l'argent pour pouvoir remonter le temps. Retrouver ma vie d'avant.

Comme la police ne sera là que dans un moment, j'ouvre nos albums photos. Nous les avons faits ensemble à Noël dernier, après nos fiançailles. Pour nos futurs enfants : papa et maman quand ils étaient jeunes.

Ces pages réveillent tant de souvenirs… Le visage de Mark éclairé par les lueurs du feu, avec les guirlandes de Noël floues à l'arrière-plan. Je me rappelle l'odeur de la fumée. Le vin chaud. Le sapin. Mes doigts courant sur son épais pull en laine. La sensation de ses cheveux sur ma joue. Son parfum. Son corps. Ses baisers. Son amour.

Est-ce que tout ça n'était qu'un mensonge ? Ça paraissait si réel, pourtant…

Ce sont les jours les plus merveilleux de mon existence. Tous ceux que j'ai partagés avec lui.

Au fond de mon cœur, je suis persuadée que c'était réel. Il avait peur de l'échec. Il n'était pas parfait. Je le sais d'autant mieux que je ne le suis pas non plus. Je regrette de n'avoir pas été capable de le sauver. De *nous* sauver. Il avait perdu son travail, c'est tout. Sauf que, pour certains hommes, c'est la fin du monde. Après le krach financier, il y en a qui ont sauté dans le vide ou avalé un mélange de médicaments et d'alcool. Mark, lui, a survécu. Il a juste tenu le coup plus longtemps que quelques-uns de ses collègues.

Il avait compris qu'il ne se hisserait plus jamais au sommet et il ne voulait pas repartir de zéro. Il était terrifié à l'idée de régresser, d'être obligé de retourner à East Riding, de tout recommencer. Et cette peur-là l'a rongé.

Si seulement je m'en étais rendu compte à temps. Si seulement j'avais été en mesure de l'aider…

Mais il est trop tard. Mark a disparu. Et je me retrouve seule. Je ne pense pas pouvoir refaire ma vie. Je lui resterai fidèle jusqu'à la fin de mes jours. Même si ce que nous avons vécu n'était pas réel, je l'aimais.

Qu'est-ce qu'il me manque, bordel…

Quand la police arrive, je suis dévastée.

41

Samedi 24 décembre
Ce qui est arrivé après

J'ai signalé sa disparition il y a maintenant deux mois. Les enquêteurs m'ont demandé beaucoup de choses : les numéros de téléphone et adresses de ses amis, des membres de sa famille, de ses contacts professionnels. Je leur ai aussi donné son ordinateur, ses coordonnées bancaires, une liste des lieux qu'il fréquentait. Je leur ai parlé de la façon dont sa banque s'était séparée de lui. Des disputes entre nous qui avaient suivi et de ma certitude que nous surmonterions le problème. J'ai également mentionné ses nouveaux projets professionnels et la conversation que j'avais eue avec Hector au téléphone. Je leur ai dit tout ce qu'ils voulaient savoir. Ils ont même emporté sa brosse à dents, pour y prélever son ADN.

Trois jours plus tard, le capitaine Foster a sonné à la porte. Ses services lui avaient signalé que j'apparaissais dans une seconde enquête. Si la disparition de Mark ne concernait pas le SO15, elle avait tout de même éveillé sa curiosité. Sa visite n'avait rien d'officiel, a-t-il précisé, il avait juste quelques questions à me poser. J'y ai répondu de mon mieux, les joues empourprées par la culpabilité à la pensée de tous les messages qu'il m'avait laissés, me demandant de le rappeler, et que j'avais ignorés. Il est sans doute difficile de croire qu'une même personne puisse être en lien avec deux affaires de disparition sans pour autant être impliquée dans l'une ou dans l'autre. Mais si j'ai appris quelque chose, ces derniers temps, c'est que la vie nous réserve de drôles de surprises.

Ça n'a pas été facile de convaincre Andy Foster qu'il perdait son temps avec moi. Que, même si l'on pouvait me reprocher beaucoup de choses, je ne faisais pas partie d'une organisation terroriste et que je n'avais rien à voir avec Holli ni avec son départ pour la Syrie. Et que Mark, si l'on pouvait lui reprocher beaucoup de choses à lui aussi, ne s'était certainement pas envolé pour la Syrie. Bref, il m'a fallu fournir pas mal d'efforts pour persuader le capitaine Foster de ma bonne foi. Et si la police ne m'avait pas trop harcelée jusque-là, elle l'a assurément fait après.

Durant ces deux mois, j'ai souvent consulté les sites d'informations pour savoir si on y parlait d'un avion disparu, sans rien trouver. Les passagers semblent s'être évaporés sans avoir laissé de traces. Sont-ils toujours au fond de l'eau, sanglés sur leurs sièges dans l'obscurité de la carlingue ? J'essaie de ne pas trop y penser, mais je me pose la question.

De même, je me demande encore ce qu'il pouvait bien y avoir de si précieux sur cette clé USB pour l'homme dans les bois et, j'imagine, son employeur. J'y ai beaucoup réfléchi. Tous ces fichiers cryptés, étaient-ce des comptes bancaires ? Des dossiers sur des entreprises ?

Des listes de noms et d'adresses ? Des données piratées ? Je l'ignore. Peut-être. Au fond, je suis heureuse de n'avoir pas eu l'occasion de les décrypter et d'avoir suivi les conseils d'Eddie. Je suis presque sûre que, dans le cas contraire, j'aurais été en danger. Et puis, de toute façon, qu'est-ce que j'aurais fait de ces informations ?

Je n'ai plus téléphoné à Eddie après la visite de la police. Par chance, mon interview de suivi avec lui était prévue au début de ce mois. Phil et moi sommes allés chez lui. Dans la maison d'Eddie Bishop. Simon était là aussi. Et Lottie. J'en ai déduit que le père et la fille s'étaient réconciliés, finalement. Simon avait vu juste : les larmes de Lottie étaient un bon signe. Et je ne doute pas qu'Eddie puisse se montrer très persuasif quand il veut quelque chose. En tout cas, Lottie paraissait heureuse.

Après le tournage, Phil nous a laissés seuls quelques minutes, le temps d'aller aux toilettes. Lottie et ses enfants regardaient des dessins animés dans le salon télé. Eddie m'a de nouveau remerciée d'être intervenue auprès de sa fille. Il m'a même serrée brièvement dans ses bras.

Avant de me relâcher, il m'a chuchoté à l'oreille :

— Tout est réglé, ma jolie ?

— Oui, ai-je dit dans un souffle.

— Tant mieux, parce que j'aurais besoin que vous me rendiez un autre service. Plus tard. Oh, rien de très compliqué. Rien d'insurmontable pour vous, a-t-il ajouté avec un sourire entendu.

— Vous devriez vous méfier, Erin, a lancé Simon, d'un ton enjoué. Il est retors, vous savez.

Moi aussi, ai-je pensé. En attendant, j'ai passé un bon moment avec eux tous. Je me suis sentie bien accueillie.

Acceptée. Je suppose que je fais partie de la bande, maintenant. Un autre service… J'aurais dû m'y attendre. Il me tient, non ? Après tout, j'ai une dette envers lui.

Je loge chez Alexa pour la semaine. Je suis devenue une fugitive essayant d'échapper à sa vie, je suppose. Quoi qu'il en soit, je ne voulais pas me retrouver seule chez moi le matin de Noël. Pas pour tout l'or du monde.

Alexa et son père m'ont invitée. Je les entends s'activer dans la cuisine au rez-de-chaussée. Nous aurons du jambon rôti, ce soir. Apparemment, c'est une tradition chez eux pour le réveillon. Nouvelles traditions, nouveaux départs. Tous deux m'ont été d'un grand soutien depuis la disparition de Mark.

Parfois, à la maison, je crois l'entendre remuer dans l'obscurité de notre chambre. Je dors dorénavant avec la lumière allumée dans le couloir. Et un objet lourd près de mon lit.

Je vais avoir l'enfant de Mark. Notre enfant. Je suis enceinte de vingt et une semaines. Je vais bientôt entamer le troisième trimestre. Mon ventre s'est arrondi. D'après ce que j'ai lu sur Internet, le bébé a la taille d'un pamplemousse. Son petit cœur est complètement formé et bat trois fois plus vite que le mien. À ce stade, il y a plus de vie en elle qu'il n'en reste en moi. J'ignore comment je sais que c'est une fille, mais je le sais, c'est tout.

Pour Alexa, la procédure d'insémination intra-utérine a été un succès. Deux semaines après la visite de la police chez moi, j'ai entraîné Phil et Duncan dans le cabinet du Dr Prahani pour filmer Alexa apprenant la bonne nouvelle. C'était une belle journée. Sa grossesse suit la mienne de peu, et je me réjouis de pouvoir partager cette expérience avec quelqu'un, d'autant que Caro ne s'est pas beaucoup manifestée depuis les événements survenus il y a deux mois. Quelques coups de fil, un rendez-vous pour un café, rien de plus. Au fond, c'est presque un soulagement : Caro me rappelle trop la personne que j'étais avant et que je ne suis plus sûre de comprendre aujourd'hui.

Je ne pense pas raconter un jour à Alexa tout ce qui s'est passé, même si je la considère à présent comme une amie proche. Elle m'a dit de ne pas me laisser affecter par la soudaine désertion de Mark. Elle croit toujours qu'il a pris la fuite, bien sûr. En attendant, je l'ai écoutée quand elle m'a conseillé de ne pas céder à la colère, de ne pas non plus m'effondrer, mais de me rappeler que nous perdons tous tôt ou tard les êtres auxquels nous tenons le plus et qu'il faut se réjouir d'avoir eu la chance de pouvoir profiter d'eux. Je serais sans doute bien avisée de m'inspirer d'elle. Et puis elle me fait rire, ce qui ne m'était pas arrivé depuis longtemps. Parfois, les bonnes personnes surgissent dans votre vie pile au bon moment. Malheureusement, les mauvaises aussi. Et il n'est pas toujours facile de les distinguer.

Une chose est sûre : je ne toucherai pas à l'argent avant la naissance du bébé. Jusque-là, je pourrai me débrouiller pour rembourser l'emprunt. Je vendrai la maison dès que j'aurai obtenu la tutelle des biens de Mark, d'ici à deux ou trois mois. Il faudra cependant attendre sept ans avant de pouvoir le déclarer officiellement décédé.

Mais j'attendrai. Je suis patiente. Je continuerai à travailler, à réaliser des documentaires. Et je rendrai ce dernier service à Eddie. Je me servirai de l'argent sur le compte en Suisse quand ma fille sera née, puis, lorsqu'elle aura sept ans et que je serai légalement libre, nous quitterons peut-être le pays. Je ne suis encore sûre de rien, nous verrons bien. Pour le moment, toutes ces perspectives d'avenir – de notre avenir – m'excitent et me rendent heureuse.

Il est 19 h 39 quand Alexa m'appelle de la cuisine. Je suis en haut, allongée sur le lit dans la chambre d'amis. Ma chambre. Elle ne prononce mon prénom qu'une fois. Fort. Distinctement. Et, soudain, je ressens une émotion qui m'avait désertée depuis deux mois. La peur. Étouffante, fulgurante, brutale. Il se passe quelque chose, je le devine à son intonation. Les bruits des préparatifs du dîner ont cessé. Un calme irréel règne dans la maison. Guidée par le son de la télévision en bas, je descends et entre dans la cuisine accueillante. La bonne odeur de notre jambon rôti au sirop d'érable s'échappe de la cuisinière Aga. Je découvre Alexa et son père de dos, immobiles devant le téléviseur fixé au mur. Ils ne se retournent pas à mon arrivée. Je m'approche d'eux et regarde moi aussi l'écran. BBC News 24 diffuse des images d'une rue bordée de boutiques – une rue londonienne déserte, peut-être Oxford Street, sauf qu'il n'y a personne. Il y aurait forcément du monde dans Oxford Street la veille de Noël. Puis je découvre le cordon de sécurité établi par la police. De la Rubalise bloque l'accès à tout le périmètre. C'est un flash spécial. Un événement qui se déroule en direct.

Nous voyons alors une silhouette accroupie sous l'auvent d'un magasin orné de guirlandes lumineuses bondir vers la chaussée et, en restant baissée, manifestement terrifiée, courir vers les voitures de patrouille. Fuyant quelque chose d'invisible pour nous. De terrible.

Le bandeau défile : « ATTAQUE EN COURS... PLUSIEURS MORTS. DEUX ASSAILLANTS. POLICIERS ARMÉS SUR PLACE. »

Si un journaliste commente le reportage, je ne l'entends pas. Je n'ai conscience que des deux photos apparues dans un coin de l'écran. Le portrait des assaillants. Je reconnais l'un des visages instantanément.

Alexa tourne lentement la tête vers moi, comme pour s'assurer que je vois la même chose qu'elle. La photo de Holli. Pâle, plus jeune. La première pensée qui me vient à l'esprit, je ne sais pas trop pourquoi, c'est que la chaîne n'a pas choisi de montrer son cliché d'identité judiciaire. C'est une autre image, peut-être prise pendant les vacances. Avant la prison. Avant l'incendie du bus. Avant tout ça. Puis je prends conscience de la réalité de ce que j'ai sous les yeux et j'en ai le souffle coupé. Il est arrivé quelque chose d'horrible. Elle a commis un acte terrible, cette fois.

Ses paroles me reviennent. Ce jour-là en prison, quand je l'ai interrogée sur ses projets, elle a répondu : « Vous verrez bien. Mais vous serez pas déçue, Erin. Pas déçue du tout. »

Elle me l'a dit. Elle m'avait prévenue, non ? En un sens, je savais, même si rien ne me laissait présager un tel dénouement.

Mais qu'aurait-il fallu faire ? On ne peut pas sauver tout le monde. Parfois, il importe juste de se sauver soi-même.

Remerciements

Toute ma gratitude à :

Ross, pour m'avoir montré l'exemple et donné l'élan nécessaire pour m'engager dans cette voie. Un grand merci pour ton énergie, tes connaissances et tes conseils.

Ma mère, qui est aussi ma première lectrice. Merci d'avoir vérifié que ce n'était pas nul ! Merci aussi pour tes encouragements, pour m'avoir incitée à lire quand j'étais plus jeune, pour m'avoir poussée à aller de l'avant.

Un merci tout spécial à Camilla Wray, une merveilleuse agente. Merci d'avoir répondu après ce premier synopsis que je t'ai envoyé, d'avoir lu les trois premiers chapitres et, le lendemain, le manuscrit entier. Merci de m'avoir fait partager tes réflexions et tes idées brillantes, et d'avoir été un tel soutien pour Erin. Je ne te serai jamais assez reconnaissante de m'avoir fait découvrir ce nouveau monde si exaltant.

Merci à la formidable Kate Miciak, mon éditrice chez Ballantine, pour avoir lu aussi rapidement le manuscrit et pour s'être montrée si enthousiaste dès notre toute première conversation téléphonique, puis tout au long du processus. Merci pour tes compétences d'éditrice, ton regard d'aigle et ton amour des bonnes histoires. Notre collaboration a été un immense plaisir pour moi. Merci encore d'avoir fait étinceler ce livre.

Merci à Anne Perry, mon excellente éditrice britannique, d'être tombée amoureuse de ce roman et d'avoir fait de notre travail commun un tel bonheur. Je me réjouis que *Something in the Water* ait trouvé un aussi merveilleux foyer chez Simon & Schuster UK.

Enfin, merci à tous ceux qui m'ont aidée à donner naissance à ce roman que vous tenez maintenant entre vos mains ! Cette collaboration avec vous a été aussi agréable qu'un rêve tout de soleil et de sable chaud.

Cet ouvrage a été composé et mis en page
par Nord Compo à Villeneuve-d'Ascq

Imprimé en France par
CPI Bussière
en septembre 2023
N° d'impression : 2073920

#lisez! engagé
www.lisez.com
Pour plus d'information :
Imprimé sur du papier issu de forêts gérées durablement.

Pocket – 92 avenue de France, 75013 PARIS

S33385/02